CARLA MORI

HEAVY
Tödliche Erden

CARLA MORI

HEAVY
Tödliche Erden

KRIMINALROMAN

GMEINER

Immer informiert

Spannung pur – mit unserem Newsletter informieren wir Sie
regelmäßig über Wissenswertes aus unserer Bücherwelt.

Gefällt mir!

Facebook: @Gmeiner.Verlag
Instagram: @gmeinerverlag
Twitter: @GmeinerVerlag

Besuchen Sie uns im Internet:
www.gmeiner-verlag.de

© 2022 – Gmeiner-Verlag GmbH
Im Ehnried 5, 88605 Meßkirch
Telefon 0 75 75 / 20 95 - 0
info@gmeiner-verlag.de
Alle Rechte vorbehalten
1. Auflage 2022

Lektorat: Claudia Senghaas, Kirchardt
Herstellung: Mirjam Hecht
Umschlaggestaltung: U.O.R.G. Lutz Eberle, Stuttgart
unter Verwendung eines Fotos von: © Fablok / shutterstock
Druck: CPI books GmbH, Leck
Printed in Germany
ISBN 978-3-8392-0138-1

Für Berit und Malte

JÖNKÖPING, SCHWEDEN

Es war Samstag, und Nils Berglund konnte es kaum erwarten.

Die Frage, wie sie ihm in ein paar Stunden begegnen würden, in vertrauter Selbstverständlichkeit oder mit dieser verhaltenen Freundlichkeit, die sie beim letzten Besuch an den Tag gelegt hatten und die er fürchtete, führte dazu, dass er sich in der Nacht unruhig hin und her gewälzt hatte, und schließlich war er früher als gewöhnlich aufgestanden. Es war immer so, wenn sie kamen. Er kannte das. Zwei Wochen hatte er sie jetzt nicht gesehen.

Entschlossen spritzte er sich kaltes Wasser aus der Waschschüssel ins Gesicht, schlüpfte in seine derben Hosen und trank am Fenster stehend in kleinen Schlucken einen Becher Kaffee. Dann schulterte er sein Gewehr und ging hinaus in das Blaugrau des frühen Morgens.

Still und dunkel lag der Wald, der an seine Holzhütte grenzte und den er wie seine Westentasche kannte, vor ihm. Etwa einen Kilometer nordöstlich ging er über in steiniges Gebiet mit nur spärlicher Vegetation, und dorthin wollte er an diesem Morgen. Er dachte daran, dass noch in seiner Kindheit ein Baustoffunternehmen hier Basalt für den Straßenbau abgebaut hatte, doch seitdem die Vorkommen erschöpft waren und das Gebiet unter Naturschutz stand, passierte auf dem Areal nichts weiter, als dass die hier lebenden Singvögel, Käuzchen und Feldhasen sich vermehrten. Nils war froh darüber, denn er liebte es, die Tiere insbesondere in den frühen Morgenstunden zu beobachten. Vielleicht hatte er heute Morgen Glück und würde auf seinem Ansitz einen Hasen schießen. Nils streckte prüfend die Nase in die Luft. Der Wind stand günstig, er kam von Westen. Kein Hase würde ihn auf seinem Ansitz wittern.

Nils zog den Schulterriemen seines Gewehrs stramm und steckte die Hände tiefer in die Taschen seiner Wolljacke. Frühmorgens war es noch empfindlich kalt, seine Finger waren klamm, doch gegen Mittag konnten die Temperaturen durchaus 20 Grad erreichen.

Kinderwetter.

Nils blinzelte.

Wenn Olov und Ebba Lust dazu hatten, würde er morgen mit ihnen hinunter zum Fluss wandern. Er hoffte, dass sie von der Idee begeistert waren, denn etwas Besseres fiel ihm nicht ein.

Der Huskvarnaan war reich an Fischen, und die Chancen standen nicht schlecht, dass sie einen Lachs oder eine Forelle, vielleicht auch einen Barsch fangen würden. Seine Kinder liebten es, wenn ein Fisch am Haken hing, Ebba allerdings versteckte sich hinter dem nächstbesten Baum, sowie es ans Töten und Ausnehmen ging. Allein das dumpfe Klacken, wenn sein schwerer Holzstock den Fischkopf betäubte und er ihn mit einem schnellen Stich in Herz oder Kiemen tötete und der Fisch aufhörte, in seinen Händen zu zappeln, ließ sie die Hände vors Gesicht schlagen und blind die Flucht ergreifen.

Als würde sie vor allem Bösen im Leben wegrennen wollen, überlegte Nils. Doch auch Ebba würde die Begegnung mit dem Bösen nicht erspart bleiben, keinem blieb sie erspart. Selbst wenn Nils alles dafür tun würde, es von ihr fernzuhalten.

Olov hingegen stach ohne Zögern zu und schlitzte den Fisch mit seinem Taschenmesser geschickt auf, zweimal schon hatte er es gemacht. Nils hatte ihm das Messer zum Geburtstag geschenkt, und seitdem hütete Olov es wie seinen Augapfel und trug es stets in der Hosentasche bei sich.

Gedankenversunken folgte Nils dem kleinen Pfad durch den Mischwald Richtung Ansitz. Während er einen Schritt vor den anderen setzte, dachte er daran, wie vernünftig seine Kinder inzwischen geworden waren. Ebba war zwölf und Olov zehn, und in den zwei Jahren, in denen er nicht mehr bei ihnen und ihrer Mutter lebte, hatte ihre Entwicklung einen großen Sprung gemacht. Unter Ebbas T-Shirt zeigten sich bereits zarte Wölbungen, und Olovs Gesichtsauszüge hatten in den vergangenen Monaten trotz seines jungen Alters an Weichheit verloren und einen erstaunlich ernsten Ausdruck angenommen.

Nils malte sich aus, wie jede Nachdenklichkeit, die sich in den Augen seiner Kinder spiegelte, durch Neugier und Lebensfreude ersetzt werden würde, wenn sie erst bei ihm vor der Tür standen. Sie würden den Verdruss, der Trennungskindern anhaftete, abstreifen, neugierig gespannt auf das, was er mit ihnen vorhatte. Irgendwann würden sie schließlich ihre nackten Füße kreischend ins eiskalte Wasser des Huskvarnaan tauchen und später reglos mit der Angel in der Hand nebeneinander auf dem kleinen Steg über dem Fluss hocken. Wenn der Lachs, den sie schließlich fangen würden, an Ort und Stelle gegrillt und aufgegessen war und sie alle zusammen auf einer Decke am Flussufer lagen, würden die Kinder ihn anbetteln, eine Geschichte aus seiner Jugend zu erzählen. Nils kratzte sich hinterm Ohr. Ihm würde schon irgendetwas einfallen.

Auf die Wipfel der Bäume fiel gleißendes Licht.

Vor nicht allzu langer Zeit hatte er sich noch den Kopf darüber zerbrochen, wie er seine Kunden zufriedenstellen konnte. Und heute? Heute war das einzig Wichtige in seinem Leben, seine Kinder glücklich zu machen. Nils seufzte. Die Zeiten änderten sich.

Nachdem ein Journalist im *Swedish Art Magazine* über seine handgefertigten schlichten Möbel berichtet hatte, waren die Kunden nicht nur aus Jönköping zu ihm gekommen, sondern auch von weiter her, aus Göteborg und Malmö und Stockholm, und einige waren sogar aus Großbritannien, Deutschland und Italien angereist. Oft hatte er bis in die Nacht hinein an der Hobelbank gestanden und dabei völlig vergessen, dass er eine Frau und Kinder hatte, die zu Hause auf ihn warteten. Die Rechte an seinen Möbelentwürfen waren mittlerweile verkauft, und wenigstens um Geld musste er sich keine Sorgen machen.

Nils presste die Lider zusammen. Nun lebte er seit zwei Jahren schon allein.

Ein lautes Knacken im Gebüsch ließ ihn zusammenzucken. Nils sah sich um, aber da war nichts. Er lauschte, das Geräusch wiederholte sich nicht, weiter entfernt hörte er nur das Kreischen einer Säge. Der Ton erstarb, und Nils setzte sich wieder in Bewegung. Wenn er die Hasen, die morgens besonders aktiv waren, nicht verpassen und rechtzeitig auf seinem Ansitz hocken wollte, musste er sich beeilen.

Er sog tief die Luft in seine Lungen und dachte, allein für die Einzigartigkeit der frühen Morgenstunde im Wald hat es sich gelohnt, nach der Trennung in die Blockhütte gezogen zu sein. Sein Vater hatte sie ihm vermacht, und er empfand tiefe Dankbarkeit dafür.

Taubenblau hatte er die Hütte gestrichen, nicht schwedisch rot. Wie immer ein klein wenig entgegen jeder

Erwartung. Nils hatte den einzigen Raum von Spinnweben befreit, den Fichtenholzboden geschrubbt, bis er wieder hell war, und die Art und Weise, wie er die Hütte eingerichtet hatte, widersprach ebenfalls jeder Erwartung. Es gab einen Tisch, zwei Stühle, einen Hocker, einen Herd, ein schmales Bett, eine Kleidertruhe und auf dem Boden stapelweise Bücher. Die Möbel waren aus einfachem Fichtenholz. So hatte er es gewollt und nicht anders. Ballast abwerfen. Zu sich finden. Kein Schnörkel an nichts.

Seit er hier lebte, in diesem abgelegenen Winkel der Welt, ungefähr 200 Kilometer nordöstlich von Jönköping, vertrieb er sich die Zeit mit Lesen, wenn er nicht fischen oder jagen ging. Im Sommer suchte er nach Beeren, kochte ein, und an langen Winterabenden versuchte er sich am Schreiben von Gedichten.

Mittlerweile hatte er sich an die Einsamkeit gewöhnt. Auch seine Gedanken ängstigten ihn nicht mehr. Die quälende Frage nach seiner Schuld hatte er wie ein Paket verschnürt und in eine Schublade seiner Seele geschoben. Vielleicht würde er es eines Tages wieder ans Tageslicht holen, und vielleicht würde er eines Tages auch in die Zivilisation zurückkehren, aber soweit war es noch lange nicht.

Nils stutzte und hob den Kopf. Irgendetwas an der Umgebung irritierte ihn, doch er wusste nicht, was. Das Gefühl war jedoch deutlich, so deutlich, dass er stehenblieb und Bäume und Boden um sich herum mit zusammengepressten Augen begutachtete. Seitdem er das ungewohnte Geräusch vernommen hatte, war eine seltsame innere Unruhe in ihm aufgestiegen. Eine Nervosität, die er hier mitten in der Natur so noch nie gefühlt hatte.

Sein Blick wanderte prüfend über die Stämme von Fichten und Eichen und Buchen und glitt hinauf bis zu ihren

Kronen und wieder hinunter, verharrte auf dem Waldboden und folgte dann plötzlich und überrascht Zweigen, die auf dem Boden lagen und als deutliche Spur in den Wald hineinführten. Die Blätter an den Zweigen waren noch voller Saft.

Nils konzentrierte sich auf die ihn umgebenden Bäume und Büsche. Bei genauem Hinsehen bot sich ihm das immer gleiche Bild, es sprang ihm geradezu ins Auge, dass irgendjemand eine Art schmale Schneise in den Wald geschlagen hatte.

Nils runzelte die Stirn. Wer hatte das gemacht?

Warum?

Ein vages Gefühl drohenden Unheils erfasste ihn. Er konnte nicht sagen, weshalb. Es war unbestimmt, aber es war da.

Ohne lange zu überlegen, folgte Nils der Spur in das Dunkel des Waldes hinein.

Der Hase konnte warten.

KÖLN, DEUTSCHLAND

Hannah Franckh, Kriminalhauptkommissarin, betrachtete ihren Kollegen Sven Becker mit wachsendem Interesse. Sie hatte es sich in ihrem gepolsterten Bürostuhl so gemütlich gemacht, so gut es eben ging, den Rücken an die harte Lehne gedrückt, die Beine weit ausgestreckt. Die Tango-Vorstellung, die ihr Kollege Sven für sie gab, war zweifelsfrei unterhaltsam. Momentan gab es für sie sowieso nicht viel mehr zu tun, als letzte Zeugenaussagen an die Staatsanwaltschaft weiterzuleiten. Der Raubmord, in dem sie und Sven vier Wochen ermittelt hatten, galt seit gestern als aufgeklärt, und Hannah genoss das Gefühl, gute Arbeit geleistet zu haben. Ihre Beine waren heute jedoch schwer und ihre Bewegungen langsamer als üblich, und ihre kleinen Augen im Spiegel auf der Damentoilette hatten sie erschreckt. Schnell hatte sie den Blick gesenkt. Auch die Fahlheit ihrer graublonden Haare wirkte deprimierend, und so hatte sie sich auf ihre Hände konzentriert, eiskaltes Wasser über ihren Puls laufen lassen und gespürt, wie es sie erfrischte. Schließlich hatte sie mit müder Geste das Papierhandtuch in die Aussparung des Waschtischs geworfen und gedacht, es gibt eben solche Tage, und sie hatte sich damit getröstet, dass sie, dem Himmel sei Dank, nicht allzu oft vorkamen. Anschließend hatte sie im Automaten auf dem Flur einen Espresso gezogen und achselzuckend ihren Frieden mit sich und diesem Tag gemacht.

Sie hatte am Abend zuvor ihren 52. Geburtstag gefeiert.

Ein paar Freunde waren bei ihnen vorbeigekommen, Wein und Blumen und Bücher in der Hand. Sie und die Freunde und Carl, mit dem sie seit einem Jahr zusammen auf seinem Hof in der Eifel lebte, und sein Sohn Max hatten lange draußen auf der Terrasse gesessen. Sie hatten geredet, Käse gegessen und Wein getrunken und im Bewusstsein, dass das Leben schön war, auf den Paddock geschaut, auf dem Max' Pferde standen. Doch irgendwann war die Stimmung gekippt. Ihre Freunde hatten das Thema Rechtsextremismus und Rassismus bei der Polizei angesprochen und damit Hannahs wunden Punkt berührt. Aktuell wurde in den Medien über eine beachtliche Anzahl von Verdachtsfällen berichtet, was sie schmerzte. Nicht, dass darüber berichtet wurde, sondern dass es diese Fälle tatsächlich gab. Carl und Max und ihre Freunde hatten sich in Rage geredet. Sie vertraten die Ansicht, dass viel zu nachlässig gegen rechtsextreme Beamte ermittelt wurde. Max, inzwischen 28, beharrte sogar darauf, dass disziplinar- und arbeitsrechtliche Maßnahmen nur in wenigen Fällen nach Abschluss der Disziplinarverfahren verhängt wurden, was an sich schon wieder verdächtig sei. Hannah hatte ihm Recht gegeben, fühlte sich jedoch wie immer, wenn ihr Arbeitgeber kritisiert wurde, persönlich angegriffen. Sie war durch und durch Polizistin, und daher lehnte sie die Rigorosität der Argumentation instinktiv ab, denn sie ließ ihrer Ansicht nach viel zu wenig Spielraum für alles, was nicht eindeutig gut oder böse, recht oder unrecht war. Vor allem war ihr am vergangenen Abend die einhellige Tendenz zur Verallgemeinerung auf die Nerven gegangen.

Hannah seufzte und sah auf die Uhr. Kein Wunder, dass sie heute nicht ganz auf der Höhe war, sich erschöpft und müde fühlte. Die Aussicht, dass sie in zwei Stunden ihre

Sachen zusammenpacken und nach Hause fahren würde, half ihr durchzuhalten.

Aus schmalen Augen richtete sie ihre Aufmerksamkeit erneut auf Sven, und sie beobachtete ihren Kollegen bei seinen Verrenkungen. Tango tanzen konnte er nicht besonders gut, fand sie, aber wenigstens war er kein Rechter. Seit einigen Wochen besuchte er, wie er ihr anvertraut hatte, einen Tangokurs. Sven hoffte, hier mehr Glück bei der Suche nach einer Freundin zu haben als auf einer der vielen Dating-Plattformen, auf denen er sich schon nach einer Partnerin umgesehen hatte. Doch während Hannah ihn so betrachtete, fragte sie sich, ob Tango wirklich das Richtige für ihn war.

Sie beobachtete ihren jüngeren Kollegen dabei, wie er die fiktive Frau in seinen Armen mit halb geschlossenen Lidern durch den Raum schob, und plötzlich fühlte sie ein Glucksen in sich aufsteigen, das sie rasch unterdrückte. Ganz objektiv betrachtet, war Sven nicht sonderlich attraktiv, schon gar nicht beim Tangotanzen.

Hannah lehnte sich noch ein Stück weiter in ihrem Stuhl zurück und betrachtete ihn. Er war etwa ein Meter 90 groß, hatte dunkelblondes strähniges Haar und wirkte, egal was er tat, ungelenk. Doch er verfügte über einen scharfen Verstand und einen trockenen Humor, und sie wusste beides zu schätzen. Außerdem war er sensibel.

Sie selbst maß nicht mehr als ein Meter 64 und hatte graublondes Streichholzhaar. Außerdem glaubte sie im Gegensatz zu ihrem Kollegen ein wahres Wunder an Geschmeidigkeit zu sein. Für irgendetwas mussten die Gymnastikkurse, die sie seit Jahren besuchte, und ihr Fitnesstraining ja gut sein. Hannah strich zufrieden mit der Hand über ihr muskulöses Bein, wie um sich zu vergewissern, dass es immer noch in Topform war.

»Du hast ja keine Ahnung«, stöhnte Sven, stemmte eine Hand in seinen Rücken und richtete sich mühsam auf, »du hast keine Ahnung, wie schwierig so ein Tango ist.«

»Sieht ganz danach aus«, lächelte Hannah.

»Wie wäre es mit einem kleinen Applaus?« Sven strahlte Hannah auffordernd an, und als sich nichts tat, sagte er mit Nachdruck: »Motivier mich doch mal.«

Hannah klatschte in die Hände, leise zwar, aber sie klatschte. Dann beugte sie sich vor und sagte: »Du bist ein wunderbarer Kommissar und mein Lieblingskollege, aber ein großer Tänzer wirst du nicht. Nicht genug Körperspannung.«

»Direkt wie immer!«, beschwerte sich Sven und fragte: »Was meinst du damit?«

»Drama. Ich meine, es fehlt dir an Drama.«

Sven ließ sich frustriert auf den Stuhl vor Hannahs Schreibtisch fallen. »Willst du damit sagen, ich mache mich lächerlich?«

Hannah lehnte sich wieder zurück.

»Nein, natürlich nicht. So würde ich es nicht ausdrücken.« Bedächtig strich sie sich durch ihr kinnlanges Haar. »Vielleicht fehlt es dir ein wenig an männlicher Ausstrahlung …«, sagte sie vorsichtig und fragte sich, ob er den Ball, den sie ihm zugeworfen hatte, auffangen würde.

»Ich arbeite mich jeden Morgen vor dem Frühstück an Hanteltraining ab«, gab Sven zu.

»Dann wirst du eines Tages auch wie Phönix aus der Asche steigen«, neckte sie und lächelte. »Was nicht ist, kann ja noch werden.«

Hannah liebte diesen vertrauten Ton zwischen ihnen, seit Hannah in Köln lebte, arbeiteten sie zusammen. Sven war 20 Jahre jünger als sie, und er fragte sie gelegentlich auch privat um Rat, was ihr schmeichelte, denn es bedeutete, dass er ihr vertraute. Sven schien ihre Meinung und auch ihre Lebenserfahrung zu schätzen. Andererseits brachte er sie mit seinen privaten Anliegen auch in Bedrängnis und sie fragte sich, ob sie als seine Vorgesetzte damit nicht eine Grenze überschritt. Schließlich war sie nicht seine Psychotherapeutin und auch nicht seine Mutter.

»Zu wenig männlich?« Sven starrte Hannah frustriert an.

»Die Wahrheit liegt immer im Auge des Betrachters, das weißt du doch«, tröstete Hannah. »Nimm nicht so ernst, was ich sage. Meine Meinung ist eine von vielen. Wahrheit ist immer subjektiv. Wenn wir überhaupt darüber sprechen können, dass etwas wahr ist, müssen wir über Uhrzeiten, Körpergrößen oder Tathergänge reden. Und selbst die geben die Wahrheit häufig nicht eindeutig wieder, das haben wir doch in den langen Jahren unserer Arbeit oft genug erfahren.« Mit Bitterkeit erfahren, ergänzte sie im Stillen.

»Was sollte ich also deiner Ansicht nach unternehmen?«, fragte Sven nun, und Hannah überlegte, was sie ihm raten sollte. »Ich meine, was würdest du an meiner Stelle tun?«

Hannah seufzte. »Wenn du es wirklich wissen willst, kauf dir knackige Jeans und ein enganliegendes Hemd. Du hast doch eine breite Brust, die musst du nicht hinter diesen Stoffzelten verstecken. Und arbeite beim Tango an deinem Blick.«

»Meinem Blick?«

»Ja.« Hannah nickte und sagte zögernd: »Ein bisschen mehr Tiefe und Geheimnis wären nicht schlecht.«

Er erhob sich, und er ächzte ein wenig dabei, und zu allem Überfluss stemmte er eine Hand in den Rücken, als habe er Bandscheibenprobleme.

Wie sie ihn so sah und hörte, überflutete Hannah bei seinem Anblick eine Welle warmer Zuneigung, und am liebsten hätte sie ihn in diesem Moment wie den Sohn, den sie nie gehabt hatte, an sich gedrückt. Stattdessen sagte sie einfach nur: »Vergiss es. Wahrscheinlich stehen andere Frauen auf ganz andere Dinge als ich.«

Die Tür flog auf, herein stürmte ein Kollege. Hannah atmete auf. Sie war erlöst.

»Ihr müsst sofort nach Lindenthal fahren. Dort ist jemand in seinem Haus erschossen worden.« Der Kollege fuhr sich mit der Hand über den kahlen Schädel. »Die Spurensicherung ist schon unterwegs.«

Hannahs Müdigkeit war schlagartig verflogen. Sie und Sven tauschten einen Blick, und einen Moment später waren sie aus der Tür.

✳

Hannah erfasste die Situation sofort. Die Küche des Hauses, in dem Professor Peter Meyers gelebt hatte, wirkte irgendwie maskulin. Auf dem übergroßen Edelstahl-Gasherd standen gusseiserne Töpfe, die dunkelgrauen Schränke waren mit einer Arbeitsplatte aus schwarzem Granit abgedeckt, und teure Messer wurden in einem hölzernen Block präsentiert.

Der Professor lag auf dem Rücken. Sein weißes T-Shirt war vollgesogen mit Blut, und der Steinboden in schwarz-weißem Schachbrettmuster war rund um seinen Brustkorb herum tiefrot. Auf Meyers Jeans gab es keine Flecken, seine Füße steckten in dunkelblauen Sneakers, die Schuhsohlen waren sauber. Hannah schätzte ihn auf Anfang 60. Professor Meyers hatte volle graue Haare und den Bauch derjenigen, die mit sich und ihrem Leben zufrieden sind, nicht zu voluminös, nicht zu flach. Gerade umfangreich genug, um ihr Meyers Sinn für Genuss wie auch für Disziplin zu verraten.

Hannah nickte kurz in die Runde. Die Kollegen von der Spurensicherung und der Rechtsmediziner waren bereits vor Ort. Er stand, ohne aufzublicken, über seinen Aluminiumkoffer gebeugt, sein wichtigstes Utensil. Hannah erinnerte es seit jeher an den Werkzeugkasten eines Handwerkers.

Der Rechtsmediziner hielt ein elektronisches Tatortthermometer in der Hand, mit dem er zur ersten Bestimmung des Todeszeitpunktes sowohl die Raumtemperatur als auch die Körpertemperatur des Toten messen konnte, und sortierte herabhängende dünne Kabel. Anhand der Messungen ließ sich bereits am Tatort eine Aussage zum ungefähren Todeszeitpunkt treffen.

»Und? Können Sie schon etwas sagen?« Hannah sah ihn fragend an.

Der Rechtsmediziner mühte sich ab, Ordnung in die Kabel zu bringen. »Kleinen Moment noch …«

Hannah blickte auf ihre Armbanduhr. Sie trug sie aus nostalgischen Gründen, aus Protest gegen den allgemeinen Handywahn, und nicht zuletzt, weil sie die 50 Jahre alte Uhr mit dem kleinen goldenen Zifferblatt und den schwarzen römischen Ziffern, die ihre Großmutter ihr vererbt hatte, immer noch schön fand. Es war kurz vor 17 Uhr.

Hannah ging in die Knie und hockte sich dicht neben die Leiche auf den Küchenboden. Der Anblick von Toten verursachte ihr schon lange kein Unwohlsein mehr. Auch nicht ihr Geruch, es sei denn, die Verwesung hatte bereits eingesetzt, was hier jedoch nicht der Fall war. Unmerklich sog sie tiefer als üblich Luft durch die Nase. Wenn Meyers roch, dann höchstens nach Zwiebeln.

Hannah musste unwillkürlich lächeln und überlegte kurz, was Carl heute Abend wohl auftischen würde. Sie hatte seit Mittag nichts mehr gegessen, und ihr Magen beschwerte sich mit einem leisen Knurren. Schnell lenkte sie ihre Gedanken zurück zum aktuellen Geschehen und konzentrierte sich wieder ganz auf den Toten.

Professor Meyers machte einen friedlichen Eindruck, seine Gesichtszüge wirkten entspannt, und wäre da nicht überall Blut, könnte man annehmen, er würde einfach nur zufrieden schlafen.

Hannah, immer noch in der Hocke, faltete die Hände. Es war ihr egal, was die Kollegen dachten. Sollten sie glauben, sie würde beten, was sie nicht tat. Den Kopf gesenkt, verharrte sie bei sich und dem Toten. Ein Moment tiefer Kontemplation. Sie war erfüllt von allumfassendem Respekt vor der Einmaligkeit gelebten Lebens und durchdrungen von Trauer angesichts seiner Bedeutungslosigkeit.

Bis vor Kurzem war Professor Meyers' Körper noch warm gewesen, hatte sich weich angefühlt. Bis vor Kurzem hatte er noch geatmet und sich bewegt, aller Wahrscheinlichkeit nach mit seinem Mörder gesprochen. Vielleicht war es belanglos gewesen, möglicherweise wichtig, privat oder beruflich, wer wusste das schon.

Hannah versuchte, Meyers' Wesen zu erfassen, in seine Aura einzutauchen, und in diesem langen Moment ignorierte sie alles andere um sich herum.

Zuletzt hatte er Bratkartoffeln gegessen, wahrscheinlich ein Bier dazu getrunken. Eine leere *Kölsch*-Flasche stand neben der Spüle. Möglicherweise hatte er sich beim Essen entspannt. Oder war er in Eile und gestresst gewesen? Hannah suchte in den Zügen und Linien, die seinem Gesicht die unverwechselbare Form verliehen, eine grundsätzliche Gestimmtheit seiner Seele zu erfassen, und auch die Stimmung zu erahnen, in der er sich kurz vor seinem Tod befand. Noch hatte die Totenstarre nur leicht eingesetzt, waren die weichen Informationen, sie nannte sie so im Gegensatz zu den harten Fakten, nicht für immer verloren.

Hannah überlegte, was der Mann als Letztes gedacht haben mochte. Was es auch gewesen war, es musste ihn zufriedengestellt haben, beinahe triumphierend wirkten seine Züge.

Oder täuschte sie sich?

Wie konnte ein Mensch, der ermordet worden war, in den letzten Sekunden seines Lebens derartig zufrieden aussehen? Hannah runzelte die Stirn. So etwas war ihr in den langen Jahren ihrer Dienstzeit noch nicht vorgekommen.

»Ich würde ihn jetzt gern ganz entkleiden und mit der Arbeit beginnen«, drängte der Rechtsmediziner. Hannah blickte auf, seinen Worten zum Trotz machte er ein freundliches Gesicht. Sie hatte noch nie mit ihm gearbeitet.

»Joost Franzen, ich bin der Neue«, stellte er sich vor. Ich bin erst seit zwei Tagen im Dienst.«

Hannah erhob sich und lächelte. »Auf gute Zusammenarbeit.«

Joost Franzen nickte und machte sich umgehend an der Leiche zu schaffen.

Hannah sah ihm zu, wie er die Körpertemperatur des Toten maß und mit unterschiedlichsten Instrumenten hantierte. Schließlich sagte Franzen: »Der Mann ist schätzungsweise vor etwa zweieinhalb Stunden ermordet worden. Selbstmord scheidet aus.«

Nach einem Moment erklärte er: »Glatter Herzschuss.«
Hannah sah sich um, sie hatte laute Schritte gehört. Es war Sven.

»Es sind sogar zwei Schüsse«, sagte Joost Franzen und deutete auf den Brustkorb des Toten. »Außer dem Schuss ins Herz gibt es unterhalb noch einen weiteren Schuss, der die Rippe verletzt hat.«

Hannah beugte sich über den Toten und folgte mit den Augen Franzens Zeigefinger.

»Wurde der Rippenschuss zuerst abgefeuert?«, fragte sie halblaut. »Wahrscheinlich, denn der wird ihn kaum getötet haben. 100-prozentig weiß ich es allerdings erst nach der Obduktion.«

»Es könnte ein Hinweis darauf sein, dass der Täter kein Profi war«, sagte Sven, der das Gespräch verfolgt hatte und nun neben Hannah stand.

Hannah nickte und fragte: »Wie geht es Meyers' Frau?«

»Sie ist verstört, sitzt immer noch wie betäubt im Wohnzimmer. Lass uns nachher nochmal mit ihr sprechen, wenn sie sich etwas erholt hat«, erwiderte Sven mit leiser Stimme. »Du willst dir doch bestimmt ein eigenes Bild machen.«

»Ja.«

»Was meinst du? Profi oder nicht?«, nahm Sven den Faden wieder auf.

»Es würde mich wundern, wenn nicht.« Nachdenklich strich sich Hannah eine Haarsträhne aus ihrem Gesicht: »Einbrecher flüchten in der Regel, wenn sie überrascht werden, es sei denn, sie treffen auf unerwarteten Widerstand, sind ungewöhnlich brutal, oder suchen nach etwas ganz Bestimmtem.«

Sven nickte. »Allerdings müssten wir uns dann fragen, warum der Einbrecher die Ehefrau verschont hat.«

»Warten wir die Ergebnisse des Rechtsmediziners und der Spurensicherung ab. Wird sie noch von unserer Psychologin betreut?«, wechselte sie das Thema und deutete mit dem Kopf Richtung Wohnzimmer.

»Ja.« Sven trat unwillkürlich einen Schritt zurück. »Verwandte oder Freunde will sie momentan nicht sehen.«

Hannah überlegte, ob das etwas zu bedeuten hatte.

»Vielleicht hat sie ihn umgebracht?«, überlegte Sven.

Hannah beobachtete den Rechtsmediziner, der gerade im Begriff war zu vermessen, in welchem Winkel Professor Meyers' rechtes Bein vom Körper abstand. »Haben Sie noch weitere Verletzungen entdeckt?«, wandte sie sich fragend an ihn.

»Keine erkennbaren.« Joost Franzen maß unbeirrt weiter.

»Ist diese Küche der Tatort?«

»Der Blutmenge nach zu urteilen, ja.«

Hannah fröstelte leicht. Durch die geöffnete Terrassentür, an der sich einige Kollegen von der Spurensicherung mit Pinseln und Folien zu schaffen machten, zog ein frischer Lufthauch ins Zimmer. Von gestern auf heute hatte es einen Temperatursturz gegeben. Sie dachte daran, dass sie am vergangenen Abend noch bis nach Mitternacht leicht bekleidet auf der Terrasse gesessen hatte, und jetzt sehnte sie sich nach einem Pullover. Hannah schlang die Arme um ihren Oberkörper. Das Wetter spielte verrückt. Morgen schwitze ich um diese Zeit vermutlich wieder, überlegte sie, sagte sich dann aber, dass vielleicht der Anblick des Toten sie frösteln ließ.

»Vermutlich ist der Täter dort hinaus«, Sven deutete auf die Terrassentür, »und aller Wahrscheinlichkeit nach ist er auch da hereingekommen.«

Hannah hörte Svens Überlegungen zu, doch sie zündeten keinen Funken in ihr. Allerdings bemühte sie sich darum, es sich nicht anmerken zu lassen, genauso wenig wie ihre Müdigkeit, die sie in diesem Augenblick wieder überfiel.

Sie beobachtete den Rechtsmediziner, der sich erhob und die Ergebnisse seiner Untersuchungen in ein kleines Gerät diktierte. Kurz darauf gab er den Kollegen von der Spurensicherung zu verstehen, dass er fertig sei und nun sie sich an der Leiche zu schaffen machen könnten.

»Haben wir Einbruchspuren?«, wandte Hannah sich an die Kollegen.

Ein Mann im weißen Schutzanzug schüttelte den Kopf. »Auch keine Kampfspuren.«

»Meyers hat den Täter wohl gekannt«, überlegte Sven.

Hannah sah auf. »Möglich«, sagte sie und trat an Sven vorbei aus dem Windzug auf den, für alle außer den Kollegen der Spurensicherung, markierten Laufweg. Es hatte oberste Priorität, keine Spuren zu verwischen. Während sie die Informationen in ihrem Kopf nach Wichtigkeit sortierte, beobachtete sie die Kollegen dabei, wie sie die Oberflächen der Luxusküche mit irgendwelchen Chemikalien einpinselten. Hannah war von der Intensität und Unterschiedlichkeit der Farben jedes Mal wieder beeindruckt. Stundenlang hätte sie dabei zugucken können, wie auf penibelste Art und Weise versucht wurde, auch den kleinsten Hinweis auf Tat oder Täter zu gewinnen. Ebenso faszinierten sie die Gestalten, die die Chemikalien auftrugen. In ihren weißen wulstigen Schutzanzügen mit Kapuze, Kunststoffhandschuhen und den Plastiküberzügen für die Schuhe hatten sie auf Hannah schon immer wie Marsmenschen gewirkt, die sich auf die Erde verirrt hatten. Sie hoffte, dass die Kollegen Brauchbares fanden wie Fingerabdrücke und Material für DNA-Analysen wie Haare, Speichel oder Hautschuppen. Hannah inspizierte den Fußboden. Vielleicht fanden sich auch dort irgendwo Hinweise, die Rückschlüsse auf den Täter zuließen, beispielsweise Fußabdruckspuren.

»Wenn schon keine Tatwaffe gefunden wurde, sind vielleicht Geschosse sichergestellt worden?«, wollte sie von einem Kollegen der Spurensicherung wissen.

Er schüttelte bedauernd den Kopf. »Die stecken wahrscheinlich noch in der Leiche.«

Hannah bemerkte, dass Sven neben ihr ebenfalls fröstelte. Ein leichtes Zittern ging durch seinen Körper, und sie fragte sich verwundert, warum. Lag es nur an der Kälte? Es hatte sich inzwischen noch weiter abgekühlt.

»Frau Meyers behauptet, sie habe sich um 13 Uhr schlafen gelegt und ihren Mann nach dem Aufwachen gegen 15 Uhr tot in der Küche gefunden«, berichtete er leise. »Sie sagt, sie habe nichts gehört. Kein Klingeln, kein Klopfen, keine ungewohnten Geräusche. Erst recht keinen Schuss. Sie hatte eine halbe Schlaftablette genommen.«

»Am Nachmittag?«, fragte Hannah kopfschüttelnd.

Sven zuckte mit den Schultern.

Einer der Kriminaltechniker unterbrach ihr Gespräch: »Dem Einschusswinkel nach zu urteilen, haben sich Täter und Opfer frontal gegenübergestanden.«

»Vielleicht doch ein Ehestreit?«, überlegte Sven.

Hannah sah ihn nachdenklich an, kommentierte seine Vermutung jedoch nicht. Stattdessen bedeutete sie Sven, ihr ins Wohnzimmer zu folgen.

Claudia Meyers hockte in der Ecke eines riesigen beigefarbenen Samtsofas. Sie war zierlich, hatte kurzes dunkles Haar und wirkte verloren in dem großzügigen Zimmer, das modern eingerichtet war. Auch hier hatte vermutlich der Geschmack von Herrn Professor Meyers regiert. Hannah schätzte das Baujahr des Bungalows, in dem das Ehepaar Meyers wohnte, auf Anfang der 60er- Jahre. Nach einem prüfenden Blick kam sie zu dem Ergebnis, dass Frau Meyers in etwa so alt sein musste wie das Haus.

Alles passt hier zusammen, dachte Hannah. Mir wäre es zu perfekt. Kunst in den Regalen und an den Wänden. Am Hungertuch nagte das Ehepaar offensichtlich nicht.

Claudia Meyers hielt ein zerfleddertes Papiertaschentuch in der Hand, und Hannah bemerkte sofort die eigenartige Entrücktheit der Frau. Mit leerem Blick starrte sie auf ihren Schoß, dann wandte sie langsam ihr und Sven den Kopf zu, und sie verzog keine Miene.

Die Psychologin saß Frau Meyers schräg gegenüber in einem Sessel und blickte Hannah und Sven bedeutungsvoll an. Hannah kannte sie seit vielen Jahren, und im Gegensatz zu einigen ihrer vorwiegend männlichen Kollegen hielt sie viel von Mechthild Spoors Arbeit. Wie sie selbst war Mechthild Anfang 50, hatte jedoch honigblondes Haar, und Hannah vermutete, dass sie es färbte.

Mechthild erhob sich und legte der Ehefrau des Toten behutsam eine Hand auf ihre Schulter. »Frau Meyers, hören Sie mich?«, fragte sie leise. »Meine Kollegen würden gern noch einmal mit Ihnen sprechen.«

Claudia Meyers reagierte nicht.

»Frau Meyers?«

Endlich zeigte Claudia Meyers eine Regung. Wie in Zeitlupe blickte sie von Mechthild zu Hannah und dann zu Sven. »Was wollen Sie denn noch? Wir haben doch schon miteinander gesprochen«, sagte sie mit leisem Vorwurf in der Stimme.

»Es wird nicht lange dauern, Frau Meyers. Was passiert ist, tut uns furchtbar leid, und ich verstehe Ihren Schock. Aber je mehr wir gleich zu Beginn unserer Ermittlungen wissen, desto eher können wir den Tod Ihres Mannes aufklären. Das wollen Sie doch auch?«, fragte Hannah.

Claudia Meyers nickte. »Natürlich will ich das.« Sie deutete auf die Sesselgruppe gegenüber vom Sofa. »Also gut. Bitte nehmen Sie Platz.«

Mechthild Spoor ergriff die Gelegenheit und verabschiedete sich. Bevor sie ging, bot sie Claudia Meyers an, dass sie sich jederzeit bei ihr melden könne, auch abends noch, ihre Handynummer habe sie ja. Die Psychologin bedachte sie mit einem ermutigenden Blick, dann wandte sie sich an Hannah und erklärte: »Frau Meyers hat vorhin eine Beruhigungstablette geschluckt, daher ist sie noch ein wenig benommen.« Die Psychologin ergriff ihre große Handtasche, aus der Papiere quollen, und verließ nach einem kurzen Abschiedsgruß den Raum.

Hannah wartete einen Moment, dann wandte sie sich an Claudia Meyers und fragte sanft: »Wann genau haben Sie Ihren Mann gefunden?«

»Es muss kurz vor oder nach 15 Uhr gewesen sein. Ich sagte es Ihrem Kollegen schon.«

»Ich weiß. Schildern Sie bitte trotzdem auch mir noch einmal die Situation. In allen Einzelheiten.«

Claudia Meyers holte tief Luft. Ihre Hand krampfte sich um das Taschentuch. »Ich hatte geschlafen. Nachdem ich wach wurde, ging ich vom Schlafzimmer in die Küche. Ich wollte ein Glas Wasser trinken.« Sie hielt einen Moment inne, bevor sie weitersprach. »Da sah ich meinen Mann auf dem Boden liegen. All das Blut …« Sie schüttelte sich. »Ich wusste sofort, dass er tot ist.«

»Was geschah dann?« Hannah bemerkte, dass Sven die Frau aufmerksam beobachtete.

»Ich wählte die Nummer des Notrufs. Wenige Minuten später war der Rettungswagen da. Kurz darauf trafen dann Ihre Kollegen ein. Die Sanitäter hatten sie informiert.«

»Was haben Sie zwischen Ihrem Anruf und dem Eintreffen des Rettungswagens gemacht?«

»Ich habe meinen Mann angestarrt. Irgendwann bin ich durch die Terrassentür hinaus in den Garten gegangen.« Claudia Meyers senkte den Kopf. »Ich konnte seinen Anblick nicht länger ertragen.«

Hannah wartete einen Moment, bis sie die nächste Frage stellte. »Haben Sie irgendetwas Ungewöhnliches bemerkt? Gab es Hinweise, dass jemand Fremder in Ihrem Haus oder in Ihrem Garten war?«

»Die Terrassentür stand offen …«, Claudia Meyers dachte nach, »aber sie war schon beim Mittagessen weit offen gestanden. Vermutlich hat mein Mann sie beim Kochen geöffnet … um den Bratgeruch hinauszulassen … Sie kennen das …« Kurz darauf sagte sie, den Blick auf Hannah gerichtet: »Nein. Da war niemand. Das hätte ich bemerkt.«

»Wann haben Sie sich hingelegt?«, wollte Hannah wissen.

»Gegen 13 Uhr, unmittelbar nach dem Mittagessen. Da ich unter Schlafproblemen leide und heute Mittag völlig übermüdet war, habe ich eine halbe Schlaftablette eingenommen. Danach habe ich wie ein Stein geschlafen.«

Kein Wunder, dachte Hannah, dass Claudia Meyers so abwesend wirkt. Erst eine halbe Schlaftablette und obendrauf noch eine Beruhigungstablette, so viel Chemie verlangsamt Körper und Geist. Einen Moment überlegte sie, ob es nicht besser wäre, wenn sie und Sven sich verabschiedeten und am nächsten Tag wiederkämen. Die Frau schien völlig sediert zu sein, und der Gedanke, jetzt nach Hause zu fahren, erschien Hannah äußerst verlockend. Einen Moment gab sie sich der Vorstellung hin, in Kürze schon am heimischen Esstisch zu sitzen, doch dann entschied sie sich gegen diese Option. Es machte einfach Sinn, die Frau jetzt zu vernehmen, da sie noch frisch unter dem Eindruck des Erlebten stand, auch wenn sich ihr Hirn und ihr Körper im Schneckenmodus befanden. Aus Erfahrung wusste Hannah, dass Zeugenaussagen unmittelbar nach der Tat der Wahrheit am nächsten kamen. Sie musste unwillkürlich seufzen.

»Wie lange dauert es, bis eine Schlaftablette bei Ihnen wirkt?«, wollte Sven wissen.

»Etwa 20 Minuten.« Claudia Meyers lächelte beinahe unmerklich. »Wer so jung ist wie Sie, kennt dieses Problem wahrscheinlich nicht.«

Sven stutzte einen Moment und schüttelte dann den Kopf.

»Haben Sie in diesen 20 Minuten irgendetwas Ungewohntes gehört?«, fragte Hannah dazwischen.

»Nein. Nur vertraute Geräusche. Das Klappern von Geschirr und Besteck. Mein Mann hat nach dem Mittagessen wohl die Spülmaschine eingeräumt.« Sie unterbrach sich kurz, wandte sich an Sven und erklärte: »Nach etwa 20 Minuten sind Sie schlagartig weg. Es ist, als puste man Ihr Licht aus. Durchaus ein schönes Gefühl.«

Hannah und Sven sahen sich an.

»Wieso haben Sie Schlafprobleme? Hat irgendetwas in letzter Zeit Sie besonders beschäftigt oder aufgewühlt?«, fragte Hannah.

Claudia Meyers sah aus dem Fenster. Dass sie erregt war, erkannte Hannah an der Unruhe ihrer Hände. Sie umklammerten das Taschentuch, als könnten sie Halt oder Trost daran finden.

»Hatten Sie und Ihr Mann Streit?«, fragte Hannah behutsam.

»Nein.«

»Worüber haben Sie und Ihr Mann beim Essen gesprochen?«, wollte Sven wissen.

»Wir haben nicht viel geredet. Mein Mann war schon immer eher der schweigsame Typ.« Claudia Meyers lachte leise auf. »Es war nicht immer einfach für mich. Zu Beginn unserer Beziehung fand ich es noch interessant.«

Hannah spürte Mitleid. Beziehungen, in denen wenig miteinander gesprochen wurde, waren nie die glücklichsten. Da macht sich die Liebe eines Tages unweigerlich davon, dachte sie. »War es üblich, dass Ihr Mann mittags nach Hause kam?«, fragte sie.

Claudia Meyers wirkte plötzlich so erschöpft, als habe sie einen Marathonlauf hinter sich. »Nein. Das war heute eine Ausnahme, und dass mein Mann erst kochte und nach dem Essen sogar noch blieb, war noch ungewöhnlicher. Normalerweise aß er mittags kurz etwas in der Kantine.« Claudia Meyers schluckte.

»Was hat er beruflich gemacht?«, fragte Hannah.

»Er war Geophysiker und hat im Institut für Angewandte Geophysik gearbeitet. Er besaß echten Forschergeist. Vielleicht kam er heute so gut gelaunt nach Hause, weil er einen besonderen Erfolg zu verzeichnen hatte … Er hatte Kartoffeln eingekauft und freute sich aufs Kochen. Vielleicht wollte er sich für irgendetwas belohnen.«

Hannah und Sven sahen Claudia Meyers mit gerunzelter Stirn an. »Wofür? Hat er irgendetwas dazu gesagt?«, fragte Hannah.

Claudia Meyers zuckte mit den Schultern. »Über seine Projekte haben wir nie viel geredet, seine Forschung war für mich ein Buch mit sieben Siegeln.«

»Wieso?«

»Zu kompliziert.«

Haben Sie denn gar keine Idee, womit er sich inhaltlich beschäftigt hat?«, fragte Hannah ungläubig. »Nicht im Geringsten?« Sie konnte sich beim besten Willen nicht vorstellen, dass man nicht wusste, womit der Partner sein Geld verdiente.

»Ich kann es Ihnen wirklich nicht sagen. Wenn er mal von einem Projekt redete, hatte ich nach fünf Minuten bereits wieder vergessen, worum es ging. Geophysik ist eine ungeheuer trockene Angelegenheit.« Claudia Meyers machte eine resignierte Handbewegung. »Irgendwann habe ich aufgehört zu fragen. Und mein Mann hörte auf, mir etwas zu erzählen. Wir haben das Thema ab einem bestimmten Zeitpunkt einfach ausgespart.«

Hannah betrachtete sie nachdenklich.

Claudia Meyers fuhr sich mit den Fingern durch ihr dunkles Haar. »Im Großen und Ganzen waren es Steine. Was es so gibt in der Erdkruste …« Sie hielt einen Moment inne, bevor sie weitersprach. »Welche Mineralien oder Metalle wo vorkommen, und wie man sie zu Tage fördern kann. Er war ziemlich erfolgreich bei seiner Arbeit, hat viele Vorträge gehalten. Weltweit.«

»Mit welchen Vorkommen beschäftigte sich Ihr Mann konkret?«, fragte Hannah interessiert.

Claudia Meyers zuckte mit den Schultern. »Tut mir leid, das kann ich nicht sagen. Im Institut wird man es Ihnen sicher erklären können.« Sie stand auf, verließ den Raum und kam nach wenigen Minuten mit einer Visitenkarte in der Hand zurück. »Die gehörte meinem Mann. Es stehen alle Kontaktdaten drauf.«

Hannah nahm die Karte an sich. »Sie waren häufig allein?«, fragte sie und fügte hinzu: »Sie sagten, Ihr Mann sei viel auf Reisen gewesen.«

Claudia Meyers seufzte und sagte leise: »Er war ständig auf Kongressen.«

»Hatte Ihr Mann Feinde? Gab es Menschen, die ihm etwas neideten? Beruflich? Oder auch privat?«

Claudia Meyers strich sich einen unsichtbaren Fussel von ihren hellblauen Jeans. »Nicht, dass ich wüsste.«

»Kam er Ihnen in letzter Zeit verändert vor? Hatte er Sorgen?«

Claudia Meyers zögerte einen Augenblick, dann erwiderte sie jedoch mit Bestimmtheit: »Nein. Es gab immer wieder mal Zeiten, in denen er mehr oder weniger in sich gekehrt wirkte. Dann gab es auf der Arbeit ein größeres Problem, aber das war ziemlich normal. Es kam regelmäßig vor, dass er sich mit schwierigen Fragen herumschlagen musste. Letztendlich hat er sie aber meistens gelöst.«

»Und in den letzten Tagen?« Hannah sah Professor Meyers' Ehefrau aufmerksam an. »Wirkte er da bedrückt oder in sich gekehrt?«

»Nein, je länger ich darüber nachdenke … er wirkte tatsächlich eher aufgeräumt, beinahe beschwingt.«

Also doch, dachte Hannah. Ich habe mich nicht getäuscht. Wenn Claudia Meyers die Wahrheit sagte, war ihr Mann guter Laune gewesen, bevor er starb. Hannah dachte, wie schön es sein musste, mit einem Lächeln auf den Lippen zu sterben. Das war nicht jedem vergönnt.

»Hat Ihr Mann für die Zeit nach dem Essen jemanden erwartet?«, wollte Hannah wissen. Es war mühsam, Claudia Meyers zu vernehmen. Hannah musste ihr jedes einzelne Wort entlocken, und allmählich ging es ihr auf die Nerven. Sie wäre dankbar dafür gewesen, wenn die Frau etwas gesprächiger gewesen wäre.

»Nein. Unsere Freunde besuchen uns abends, und wenn, dann am Wochenende. Mitten in der Woche bleibt dafür gar keine Zeit.« Claudia Meyers schüttelte den Kopf und sah Hannah eine Spur länger an als nötig, und es kam Hannah so vor, als wäre Claudia Meyers exakt in diesem Moment etwas eingefallen. Doch sie senkte den Blick und sagte: »Nein, ich weiß von keinem angekündigten Besuch.«

Einen Augenblick schwiegen sie alle. Nach einer Weile sagte Hannah: »Nochmal zurück zur Frage meines Kollegen. Worüber haben Sie und Ihr Mann beim Essen gesprochen?« Sie ließ Claudia Meyers nicht aus den Augen. Aus der Küche drangen Stimmen von Mitarbeitern der Spurensicherung. Jemand wurde aufgefordert, einen Pinsel anzureichen.

Claudia Meyers hob die Hände und ließ sie dann wieder in den Schoß sinken, und nach einem Augenblick sagte sie: »Ich hatte meinem Mann erzählt, dass ich am Wochenende mit einer Freundin nach Berlin fahren wollte.«

»Ach ja?« Hannah gab sich keine Mühe, ihre Überraschung zu verbergen. »Und was hat er dazu gesagt?«

»Dass er sich für mich freuen würde.« Claudia Meyers blickte an Hannah vorbei an die Wand. »Abwechslung hat er mir immer gegönnt.«

»In jeder Hinsicht?«, fragte Sven doppeldeutig.

Hannah warf ihm einen strengen Blick zu. Sie hoffte, er würde merken, wie indiskret seine Frage war.

»Wieso interessiert Sie das?« Claudia Meyers Augenbrauen schossen in die Höhe.

Sven knetete versonnen sein Ohrläppchen. Eine Angewohnheit aus Kindertagen, hatte er Hannah verraten. Das Durchwalken des weichen Fleischlappens beruhigte ihn. »Tut mir leid, ich wollte Ihnen nicht zu nahetreten. Vergessen Sie's«, sagte er und wiederholte noch einmal, dass es ihm leidtäte.

Hannah kam es so vor, als ob er sich auch bei ihr für die Frage entschuldigen wollte. Ihm schien bewusst zu sein, dass er, wie so oft, allzu interessiert am Privatleben seines Gegenübers war.

»Wie war Ihr Verhältnis zu Ihrem Mann?«, lenkte Hannah ab.

»Denken Sie etwa, ich hätte ihn umgebracht?« Claudia Meyers' Augen blitzten.

»Die Frage gehört zur Routine«, erklärte Hannah und fügte mit weicher Stimme hinzu: »Mehr nicht.« Die Frau tat ihr plötzlich leid.

Claudia Meyers ließ sich gegen das Polster der Sofa-Rückenlehne sinken und gab ein seltsames Geräusch von sich, das Hannah absurderweise an das leise Pfeifen eines Delphins, der aus dem Wasser auftaucht, erinnerte. Sie hatte es kürzlich in einer Tier-Dokumentation gehört.

»Haben Sie sich geliebt?«, fragte Sven.

Hannah merkte auf. Svens Frage war indiskret, aber nicht unwichtig.

»Was geht Sie das an?« Claudia Meyers blickte hilfesuchend von Sven zu Hannah, doch Hannah reagierte nicht.

»Haben Sie sich geliebt« war eine Frage, die Sven grundsätzlich und bei nahezu jeder Befragung stellte, ob es passte oder nicht, auf jeden Fall immer dann, wenn es sich wenigstens am Rande anbot, sie zu stellen. Hannah starrte an die Decke. Die Liebe. Svens Thema. Vor allem sein wunder Punkt.

»Wie das so ist mit alten Ehepaaren … ich meine, wenn man fast 10 Jahre verheiratet ist …«, antwortete Claudia Meyers überraschend versöhnlich. »Vermutlich verstehen Sie davon nichts«, fügte sie hinzu und sah Sven an. »Sie sind viel zu jung, um zu begreifen, was ich meine …« Sie zögerte einen Moment, bevor sie weitersprach: »Ich habe meinen Mann sehr geliebt, das ist die Wahrheit. Er mich auch, doch die Gefühle ändern sich im Laufe der Zeit … Wenn man Glück hat, wird Freundschaft daraus.« Claudia Meyers verstummte.

»Hatten Sie Affären?«, fragte Hannah leise. Sie hatte die Worte noch nicht ganz ausgesprochen, da bemerkte sie bereits, wie Claudia Meyer erstarrte.

Die Frau des ermordeten Professors wirkte plötzlich verschlossen. »Ich weiß nicht, ob er eine Geliebte hatte. Was mich betrifft … nein, es gibt keinen anderen Mann.«

Claudia Meyers' Verhalten gab Hannah zu denken. Ihr plötzlich kalter, abweisender Blick, das vorgereckte Kinn, die betonte Festigkeit ihrer Stimme – all das wirkte unecht. Hannah war sich sicher, dass sie nicht die Wahrheit sagte.

✳

Hannah war spät dran.

Gegen 19 Uhr verabschiedeten sie und Sven sich von Claudia Meyers, ohne dass sie noch etwas Wesentliches erfahren hätten. Sie hatte versichert, dass weder sie noch ihr Mann eine Waffe besaßen, geschweige denn damit umgehen konnten. Sie hatten eine 24-jährige Tochter namens

Lea, die in Würzburg studierte und eventuell am nächsten Tag anreisen würde.

Aus der Art und Weise, wie Claudia Meyers von Lea sprach, schloss Hannah, dass ihr Verhältnis nicht besonders gut war. Ihre Stimme war ohne mütterliche Wärme, als sie erzählte, dass Lea, nachdem sie vom Tod ihres Vaters erfahren hatte, überlege, ob sie vor der Beerdigung überhaupt anreisen wolle.

Im Grunde ist es nicht verwunderlich, dass Claudia Meyers Lea nicht hierhaben will, wenn Lea sich so zögerlich verhält, dachte Hannah. Sie ließ sich von Claudia Meyers Leas Handynummer geben und war jetzt schon gespannt auf das Gespräch mit ihr.

Dann schob Hannah jeden Gedanken an ihre Arbeit konsequent beiseite und konzentrierte sich ganz auf die Fahrt nach Hause.

Sie trat aufs Gaspedal. Nicht nur, weil sie hungrig war, sondern weil Carl Zuspätkommen hasste. Vor allem hasste er es, wenn Hannah freitags zu spät kam. Das war ihr gemeinsamer Abend. Hannah vermutete, dass er gerade in der Küche stand und das Essen zubereitete. Sie würde sich beeilen müssen, wenn sie nicht riskieren wollte, dass der Haussegen schief hing.

Ein Blick auf die Uhr vergrößerte nur noch ihr schlechtes Gewissen.

Sie tippte Carls Namen ins Display des Autotelefons und horchte auf das Freizeichen, während die Landschaft neben der Autobahn an ihr vorüberflog. Er nahm nicht ab. Hannah beruhigte sich mit dem Gedanken, es wenigstens versucht zu haben.

Hohe Schornsteine der Chemieindustrie säumten die Straße. Beinahe durchsichtige, spindeldünne Schwaden stiegen auf in den fahlblauen Himmel, und sie sahen nicht nur giftig aus, sondern sie rochen auch so. Es war ein undefinierbarer chemischer Geruch, dumpf und beißend. Hannah fuhr das Fenster hoch. Wie jedes Mal, wenn sie die futuristische Industrielandschaft hier passierte, war sie froh, wenn sie endlich daran vorbei war.

Die Abendsonne schien goldgelb durchs Fenster, und Hannah klappte den Sichtschutz herunter, um nicht geblendet zu werden. Die Freude über den Sonnenschein führte dazu, dass sie das Industriegift vergaß und das Gaspedal noch ein Stückchen weiter nach unten drückte. Im Radio gab es einen Bericht über Spaziergänger, die wieder einmal einen Alligator im Fühlinger See gesichtet haben wollten, und der Moderator erwähnte, dass die Feuerwehr auf der Suche nach ihm das Gelände durchkämmte. Ein breites Grinsen stahl sich in Hannahs Gesicht. Wenigstens musste sie sich nicht mit Alligatoren herumschlagen.

Die Tachonadel bewegte sich auf 150 zu, eine Geschwindigkeit, die sie grundsätzlich nicht überschritt. Sie hielt das Lenkrad fest in beiden Händen, sah in den Rückspiegel und überholte einen roten Kleinwagen.

Sie sann darüber nach, warum das gemeinsame Abendessen für Carl so wichtig war. Im Grunde war es ihr klar, dennoch wunderte sie sich immer wieder darüber. Sie glaubte, dass Carl ihr und Max und vor allem sich selbst das Gefühl vermitteln wollte, dass sie eine Familie waren. Hannah seufzte leise. Max war Carls Sohn, nicht ihrer, und sie war Carls Lebensgefährtin, nicht mehr und nicht weniger. Weder wollte sie jemals mütterliche Verantwortung für Max übernehmen noch wäre das in Max' Sinne, das stand für sie und auch für Max außer Frage, wie sie glaubte. Allein Carl hing diesem Wunschbild nach, dem

Bild von einer heilen Familie. Und weder sie noch Max brachten es übers Herz, es ihm zu nehmen.

Sie sah ihn vor sich, wie er am Vormittag eilig den Einkaufswagen an den Regalen des Supermarkts vorbeigeschoben hatte, um sie abends bekochen zu können. Sie ging davon aus, dass er anschließend Reitunterricht gegeben und die Pferde versorgt hatte, und höchstwahrscheinlich hatte er danach noch mit verschiedenen Anbietern wegen des neuen Zuchthengstes telefoniert.

Und sie? Hannah lenkte den Wagen durch die Toreinfahrt. Sie hatte ein wenig aussagekräftiges Gespräch mit einer Tatverdächtigen geführt, deren Mann tot in der Küche lag, und war hundemüde. Hannah blickte auf die Uhr, als der Motor erstarb. Es war 20.15 Uhr. Und sie war wieder einmal zu spät.

In dem Moment, als sie aus dem Auto stieg, betrat Hannah eine andere Welt. Ein Idyll inmitten von Grün. Bäume, Hecken, Wiesen soweit ihr Blick reichte. Einen Moment verweilte er auf dem alten Fachwerkhaus, Carl hatte es schon vor ihrer Zeit eigenhändig renoviert. Stall und Paddock lagen etwas erhöht linker Hand vom Haus, dahinter wuchsen ein alter Birnbaum und eine Zwetschge, im Sommer saßen sie hier oft. Hannah atmete tief ein. Es roch nach Pferd und gebratenem Gemüse. Ihr Herz ging auf, sie fühlte sich willkommen.

Sie umrundete das Haus, und als sich die Terrasse vor ihr auftat, sah sie Max. Er saß allein am Tisch. Seinen leeren Teller hatte er von sich geschoben, in der Hand hielt er eine Bierflasche. Um seinen Mund spielte ein kleines Lächeln, als er ihr entgegensah. »Na, einen anstrengenden Tag gehabt?«, fragte er lapidar.

Seinem Ton entnahm Hannah, dass ihre Antwort ihn nicht sonderlich interessierte, und sie spürte umso deutlicher, wie sehr dieser Tag sie mitgenommen hatte. Sie ließ ihren zierlichen schwarzen Lederrucksack, den sie statt Handtasche trug, auf einen der leeren Stühle plumpsen und zog einen Sweater über, der über der Stuhllehne hing und den vermutlich Carl schon für sie bereitgelegt hatte. Dann setzte sie sich und streckte die Beine aus.

»Ja, es war anstrengend«, erwiderte sie seufzend, goss sich ein Glas Mineralwasser ein und nahm einen großen Schluck. Sie mochte es nicht, wenn Carl oder Max beim Essen Bier aus der Flasche tranken, aber Max war ja bereits fertig, und sie war nicht anwesend gewesen, so hatte sie auch kein Recht, sich zu beschweren. Oft genug hatte sie mit den beiden über ihre Tischsitten diskutiert, doch letztendlich stellte sie sich die Frage, woher sie die Berechtigung nahm, ihre Meinung für das Nonplusultra zu halten. Hannah schluckte. Heute Abend war es ihr sowieso egal.

Sie lächelte Max an, und ihr Lächeln fiel nicht herzlicher aus als seines soeben. »Wo ist dein Vater?«, wollte sie wissen.

»In der Küche. Er holt den Auflauf aus dem Ofen. Carl hat mit dem Essen auf dich gewartet«, sagte Max und bedachte sie mit einem unsicheren Grinsen. Er nannte seinen Vater nicht Vati oder Papa, sondern Carl, was Hannah jedes Mal aufs Neue irritierte. Sie hatte nie etwas dazu gesagt, es ging sie nichts an, das sollten die beiden miteinander ausmachen. Hannah vermutete, dass Max sich seinem Vater gegenüber ebenbürtiger fühlte, wenn er ihn bei seinem Vornamen ansprach, erwachsener wohl. Obwohl Max sich mit seinen 28 Jahren immer noch verdammt kindisch benahm, wie sie fand.

Carls Schritte nahten, und Hannah drehte freudig den Kopf.

»Schön, dass du da bist«, begrüßte er sie. Die Auflaufform in beiden Händen, die in Topflappen steckten, trat er an den Tisch. In seiner Stimme lag nicht die Spur eines Vorwurfs. Hannah lächelte entspannt.

»Wie war dein Tag?« Im Gegensatz zu seinem Sohn schien Carl ernsthaft an ihrer Antwort interessiert. Er setzte die Auflaufform vorsichtig ab, dann beugte er sich zu Hannah herab und gab ihr einen Kuss. Hannah bemerkte aus den Augenwinkeln, dass Max währenddessen seinen Blick auf das Etikett der Bierflasche heftete.

»Wir haben einen neuen Mord«, erklärte sie und goss sich ein weiteres Glas Mineralwasser ein. »Ein Geophysiker. Er wurde heute Nachmittag tot in seinem Haus aufgefunden – erschossen.«

Carl hievte Gemüseauflauf auf den Teller. »Also das Übliche«, nickte er.

Hannah mochte seine großen, geschickten Hände. Immer wenn sie sie betrachtete, dachte sie, die sind verlässlich und gut. »Und was habt ihr heute so getrieben?«, wollte sie wissen und sah von Carl zu Max und von Max zu Carl.

Carl berichtete von seinem Tag. Er war genauso verlaufen, wie Hannah es sich ausgemalt hatte.

»Und du? Was hast du so gemacht?«, fragte sie Max, der im Begriff war, eine weitere Bierflasche zu öffnen.

»Nicht viel«, sagte er ausweichend und fügte vage mit einem unsicheren, abgehackten Lachen, das so typisch für ihn war, hinzu: »Ein bisschen dies, ein bisschen das.«

Hannah fühlte sich zu müde, um nachzuhaken, sah ihn aber weiterhin an. Sie merkte, dass sie unbewusst die Stirn runzelte.

»Ich habe ziemlich lange geschlafen«, erklärte Max schließlich. »War ja recht spät gestern.« Er lachte wieder. »Aber sehr nett. Auf alle Fälle«, bekräftigte er.

Hannah konnte nicht anders, obwohl sie, als sie nun doch eine Frage an ihn stellte, bereits wusste, dass es ein Fehler war: »Hast du die Bewerbung geschrieben?«

Max war seit sechs Monaten mal wieder arbeitslos, sein Ex-Chef, Inhaber einer kleinen Kfz-Werkstatt, hatte ihm gekündigt, und in Hannahs Augen bemühte Max sich nicht ernsthaft genug um einen neuen Job. Weil er sich seine Wohnung nicht mehr leisten konnte, war er bei Carl und ihr eingezogen, und auch seine Freundin Juliane übernachtete öfter bei ihnen. Es war in Ordnung für Hannah, dass Max jetzt bei ihnen lebte, doch sie hoffte, dass es nur ein Übergang war. Zu verschieden waren ihre Lebensstile, das Zusammenleben mit ihm stellte sie regelmäßig auf die Probe.

Hannah störte, dass er kiffte, und vermutlich blieb es dabei nicht. Hin und wieder eine *Extasy*-Pille war sicher drin. Oft schlief Max bis zum Nachmittag, und wenn er aufstand, rannte er ungeduscht ziellos in schmuddeligen Klamotten herum. Seine Blässe beunruhigte sie, auch seine zunehmend spitzer werdende Nase, doch jeder Versuch, mit ihm über seinen Drogenkonsum zu reden, scheiterte, er tat alles, was sie sagte, als spießig oder übertriebene Sorge ab.

Manchmal konnte Hannah ihn einfach nicht ertragen, insbesondere wenn er gekifft oder zu viel getrunken hatte. Dann kam es vor, dass er voller Überzeugung behauptete, global vernetzte Politiker und Wirtschaftsbosse würden im Hintergrund daran arbeiten, die Weltherrschaft zu übernehmen. In solchen Momenten hörte sie zwar zunächst eine Weile geduldig zu, doch wenn Max sich dann immer weiter ereiferte und mit gerötetem Kopf in Rage redete, ohne auf nur ein einziges Gegenargument einzugehen, gab es nach einer Weile für sie nur eins: die Flucht. Zu kraus waren seine Fantasien, seine Worte so dicht aneinandergereiht, dass nicht ein einziger Satz von ihr oder Carl mehr dazwischen passte.

Carl bewies mit Max mehr Geduld als sie. Er versuchte mit unerschöpflichen Argumenten, etwas gegen seine Verschwörungstheorien einzuwenden, doch ab einem gewissen Zeitpunkt, wenn Max mehrere Biere intus und genug THC im Blut hatte, schmetterte er jeden Einwand ab. Er warf ihnen Ignoranz und Blindheit vor, und natürlich waren sie die allergrößten Spießer. Dass Hannah bei der Polizei arbeitete, diesem in seinen Augen korrupten, rechten und gewalttätigen Verein, war für Max nicht nachvollziehbar. Carls Versuche, ihn zu beruhigen, scheiterten meist, und Hannah, gekränkt, zog sich in solchen Momenten regelmäßig ins Schlafzimmer zurück.

»Ich bin nicht dazu gekommen, eine Bewerbung zu schreiben«, antwortete Max in Hannahs Gedanken hinein und lachte leise sein unsicheres, abgehacktes Lachen.

»Solche Gelegenheiten bieten sich nicht alle Tage. Die Stellenanzeige liest sich sehr gut. Wenn du die Stelle bekämst, wäre das beinahe wie ein Lottogewinn«, sagte Hannah.

»Ich weiß«, erwiderte Max. »Ja. Wäre super.« Er hielt einen Moment inne und bekräftigte dann: »Auf alle Fälle. Der Laden ist groß genug, dass sie Weihnachtsgeld und sogar Urlaubsgeld zahlen.«

»Also worauf wartest du noch?«, fragte Hannah, um einen neutralen Gesichtsausdruck bemüht, doch sie ärgerte sich. Max hatte viel zu wenig Antrieb, seine Lethargie kam zum großen Teil vom Kiffen, davon war sie überzeugt. Sie wünschte sich sehnlich und nicht ganz uneigennützig, dass er sein Leben endlich in den Griff bekam, denn auch ihr Leben würde dann wieder ruhiger verlaufen. Sie und Carl könnten endlich aufatmen und sich wieder mehr um sich selbst kümmern. Jetzt fragte sie sich mit gerunzelter Stirn, warum Carl sich nicht dazu äußerte, dass Max nicht einmal den Versuch unternommen hatte, eine Bewerbung zu formulieren. Er schwieg einfach. Wie so oft. Hannah holte tief Luft. Carl widmete sich ganz dem Essen.

»Brauchst du Unterstützung?«, wandte sie sich an Max und schlug vor: »Du formulierst einen Text, und ich schaue ihn mir morgen an?«

Max lächelte breit, und wenn er lächelte, war er unglaublich weich und hübsch. Hannah erlag in diesen Momenten jedes Mal seinem Charme.

»Gern«, sagte Max, setzte die Bierflasche an seine Lippen und nahm einen großen Schluck.

Hannah biss sich auf die Unterlippe. Wieder einmal war sie in die Falle getappt. Max war mit seinen 28 Jahren wahrhaftig alt genug, um sein Leben selbst in die Hand zu nehmen, und doch hatte sie immer wieder Mitleid mit ihm. Er war ein Scheidungskind, seine Mutter war alleinerziehend und damit völlig überfordert gewesen, und grundsätzlich tat es Hannah unendlich leid, dass Max ganz offensichtlich ohne sicheren Hafen aufgewachsen war.

Sie blickte zu Carl, der gerade Messer und Gabel, zum Zeichen, dass er mit dem Essen fertig war, nebeneinander auf den Teller legte. Doch warum nur sagte er zu allem, was sein Sohn tat oder auch nicht tat, Ja und Amen? 100-prozentig konnte sie es sich nicht erklären, Ansätze für Erklärungen gab es jedoch genug.

So war sie davon überzeugt, dass Carl sein schlechtes Gewissen, sich früher nicht genug um seinen Sohn gekümmert zu haben, hinter einem Schutzschild aus unerschöpflicher Geduld und finanzieller Zuwendung versteckte, was dazu führte, dass er jederzeit Geldscheine zückte, Max brauchte nur mal kurz zu fragen. Das schlechte Gewissen seines Vaters war wie ein Joker in Max' Hand, den er im geeigneten Moment ausspielte und dem alle anderen Spieler nicht viel entgegenzusetzen hatten.

Weder Carl noch sie.

Hannah fühlte sich plötzlich wieder schrecklich müde. Der Sweater, den sie übergezogen hatte, wärmte nicht genug, und sie suchte Carls Blick, um vorzuschlagen, ins Haus zu gehen, doch Carl kam ihr zuvor. »Komm, es ist frisch. Ich setze mich vor den Fernseher, und du gehst schlafen. Du siehst so aus, als ob du es nötig hättest.«

Hannah nickte zustimmend, fühlte jedoch einen leisen Stich. Ihr wäre lieber gewesen, sie hätte gespürt, dass Carl noch ein bisschen Zeit mit ihr verbringen wollte, anstatt sie ins Bett zu schicken. Sie erhob sich, griff nach ihrem leeren Glas und der Flasche Mineralwasser und fragte mit zusammengezogenen Augenbrauen, an Carl gewandt: »Bist du nicht auch müde?«

Carl sah sie überrascht an.

»Fände ich schön«, sagte Hannah und blinzelte.

Carl stutzte, dann sagte er: »In zehn Minuten komme ich nach.«

Hannah war bereits im Haus, als sie Max' auf der Terrasse zu seinem Vater sagen hörte: »Geh schon mit. Abräumen ist heute mein Job.« Es folgte sein leises Stakkato-Lachen, dann ein verhaltenes Murmeln, kurz darauf vernahm sie das Klirren von aneinanderschlagenden Bierflaschen, und schließlich knarrte die Schuppentür. Carl stellte wohl die Flaschen dort in den Kasten.

Erst als Hannah ihre Sachen ausgezogen hatte und unter der wärmenden Bettdecke lag, beruhigte sie sich. Sie musste an Claudia Meyers denken. Was sie jetzt wohl machte? War sie allein? Weinte sie um ihren Mann? Oder hatte sie noch eine Schlaftablette genommen und lag in komaähnlichem Tiefschlaf? Hannah schob die Gedanken an Claudia Meyers beiseite, morgen war auch noch ein Tag. Und als sie Carls feste Schritte hörte, die zielstrebig die Treppe heraufkamen, kehrte das Gefühl von Glück zu ihr zurück.

*

Hannah hielt den Hörer fest in der Hand. Am anderen Ende der Leitung war Lea Meyers, sie sprach mit erstickter Stimme.

Ins Büro schien die Sonne, die Temperatur war wieder gestiegen, und Hannah fühlte sich nach acht Stunden Schlaf kräftig und erholt. Sie war voller Tatendrang. Die weiße Bluse, ihre hellblaue Jeans und die leichten Sneakers, für die sie sich nach dem Aufwachen entschieden hatte, spiegelten die Helligkeit ihrer Stimmung aufs Trefflichste. Selbst das Gespräch mit Lea, das sie über den Tod ihres Vaters mit ihr führen musste, belastete sie in diesem Moment nicht über die Maßen.

»Den Vater zu verlieren, ist schwer«, hörte sie sich dennoch teilnahmsvoll sagen, und sie meinte es ernst. Ihr Herz war voll Mitgefühl. »Ich gehe davon aus, dass wir den Täter finden.« Auch dieser Satz war keine Floskel.

Ihr eigener Vater war schon lange tot, er war vor vielen Jahren an Lungenkrebs gestorben, obwohl er nie geraucht hatte und zeitlebens auch keinen giftigen Stoffen ausgesetzt gewesen war. Oder kaum. Er hatte als Oberstudienrat an einem Gymnasium Biologie und Chemie unterrichtet und mit ihrer Mutter in einem Reihenendhaus ein geregeltes, beinahe beschauliches Leben geführt.

Hannah war Studentin und in Leas Alter gewesen, als sie vom Tod ihres Vaters erfahren hatte. Sie hatte gerade am Schreibtisch gesessen und sich auf eine Klausur vorbereitet, als der Anruf kam. Den Schock, den die Nachricht bei ihr auslöste, würde sie nie vergessen.

»Es ist so unvorstellbar, dass er umgebracht wurde. Er hat doch niemand etwas Böses getan ...«, sagte Lea mit erstickter Stimme.

Hannah war davon überzeugt, dass etwas Gutes darin lag, wenn Kinder außerstande waren, sich vorzustellen, dass ihre Eltern böse Dinge taten. Dass Mütter und Väter ebenso wie andere Menschen logen, betrogen, hinterhältig und gemein sein konnten.

»Ich würde gern wissen, wo Sie sich gestern zwischen 12 Uhr und 15 Uhr aufgehalten haben. Es tut mir leid, aber ich muss diese Frage stellen.«

»An der Uni. Ich habe den ganzen Tag über Vorlesungen besucht. Ab 9 Uhr morgens bis nachmittags um 17 Uhr.« Lea fügte nach einem Moment hinzu: »Es gibt eine Menge Zeugen.«

»Das ist gut.« Hannah notierte einige Namen, Sven würde sie überprüfen.

»Ich verstehe das alles nicht. Mein Vater ist ermordet worden, aber warum? Wer hat das getan?« Leas Stimme klang verzweifelt.

Hannah schwieg einen Moment, bevor sie leise sagte: »Deswegen möchte ich mit Ihnen reden.«

»Ich habe die ganze Nacht kein Auge zugetan.« Lea begann, leise zu schluchzen.

Hannah hörte die Verzweiflung, die darin lag, und ihr Magen krampfte sich vor Mitgefühl zusammen. Behutsam fragte sie: »Haben Sie irgendeine Ahnung, wer das getan haben könnte?«

Am anderen Ende der Leitung herrschte einen Moment lang Stille. »Nein, absolut nicht. Mein Vater war beliebt. Freundlich zu allen, hilfsbereit, intelligent.«

»Ehrgeizig?«, fragte Hannah. Sie hoffte, dass Lea sich bald beruhigte.

»Klar. Sonst hätte er es in seinem Beruf nicht so weit gebracht.«

»Könnte ihm jemand, ein Kollege vielleicht, seinen Erfolg geneidet haben?« Hannah hörte, wie Lea sich die Nase putzte. Sie dachte daran, dass Claudia Meyers auf ihre Frage, ob ihr Mann nach dem gestrigen Mittagessen eventuell einen Kollegen erwartete, seltsam reagiert hatte. Sie hatte die Frage entschieden verneint.

»Vermutlich hat ihm tatsächlich der eine oder andere seinen Erfolg missgönnt ... ich kenne jedoch keinen seiner Kollegen mit Namen.« Lea schwieg einen Moment, bevor sie weitersprach. »Doch. Der Kollege, mit dem er eng zusammengearbeitet hat, heißt Doktor Lück. Die beiden haben sich aber meines Wissens gut verstanden.« Hannah notierte den Namen. »Woran hat Ihr Vater aktuell gearbeitet?«

»Keine Ahnung.«

Hannah überlegte, ob Lea in ihrem jungen Leben bereits mit Neid und Missgunst Erfahrung gemacht hatte. Sie sah auf die hellgrünen filigranen Blätter der mächtigen Birke, die seit vielen Jahren vor ihrem Bürofenster in die Höhe gewachsen war.

»Mir fällt definitiv niemand ein. Wenn es jemanden gegeben haben sollte, der ihm seinen Erfolg neidete, hätte mein Vater es mir gegenüber allerdings sicher niemals erwähnt. Ich kannte keinen seiner Kollegen persönlich … den einen oder anderen Namen hat er sicher mal fallen lassen, wie den von diesem Doktor Lück, doch an weitere erinnere ich mich nicht.«

In den Zweigen der Birke hockten kleine Vögel. Hannah fand, sie sangen schön.

»Hatten Sie ein gutes Verhältnis zu Ihrem Vater?«, fragte sie.

»Ja, ein sehr gutes.«

»Und privat? Hatte Ihr Vater in seinem privaten Lebensumfeld Feinde?«

»Nein … oder naja, doch«, korrigierte Lea sich. »Es gibt gerade Streit mit den Nachbarn.«

»Mit den Nachbarn?«

»Ein Ehepaar um die 80, das glaubt, tun und lassen zu können, was es will. Sie haben kürzlich erst in einer spontanen Aktion, wie sie behaupten, drei Kletterhortensien, die die Trennmauer zum Nachbargrundstück von unserer Seite aus berankten, bis auf die Wurzel heruntergeschnitten, die Pflanzen sind jetzt tot.«

»Warum haben die das getan?« Hannah dachte, dass die Niedertracht wohl überall lebte, man konnte solch verkorksten Menschen einfach nicht entfliehen.

»Das weiß niemand. Vielleicht sind die einfach senil. Sie behaupteten jedenfalls, es seien ihre Pflanzen gewesen, was natürlich völlig absurd ist. Wahrscheinlich haben sie sich an ein paar Blättern gestört, die über die Mauer rankten, und sind selbstgerecht zur Tat geschritten.«

»Ihre Eltern besitzen das größere Haus? Den schöneren Garten? Und haben vielleicht auch noch die höhere Bildung?«

»Genau. Und sie fahren zwei größere Autos«, ergänzte Lea und sagte: »Mein Vater hat vor einigen Wochen einen Anwalt eingeschaltet, die Sache ist noch nicht endgültig geklärt. Die Nachbarn sollen den Schaden bezahlen, den sie verursacht haben.«

Hannah fragte sich, ob diese Nachbarn auch Menschen ermorden würden.

»Wie heißt das Ehepaar?«, erkundigte sie sich.

»Streitler.«

Beinahe hätte sie gelacht. »Der Name ist also Programm.«

»Genau.«

»Trauen Sie denen zu, Ihren Vater ermordet zu haben?«

»Man kann nie wissen. Wir haben ihnen auch nicht zugetraut, dass sie einfach unsere Pflanzen rausreißen.«

Das Mädchen hatte recht. Sie würde Sven für alle Fälle mal hinschicken, es konnte nicht schaden. Sie glaubte zwar nicht, dass etwas dabei herauskam, aber sie würde dem Hinweis nachgehen. »Wann kommen Sie nach Köln?«, wechselte Hannah das Thema.

»In den nächsten Tagen …« Lea flüsterte mit tränenerstickter Stimme: »Mein Vater war immer für mich da.«

»Es tut mir so leid … Sie werden mit seinem furchtbaren Tod leben müssen … ach, es fällt mir so schwer, Worte des Trostes zu finden«, sagte Hannah mit brüchiger Stimme. »Es gibt ihn nicht. Es ist ganz entsetzlich, wenn ein geliebter Mensch stirbt, doch ihn ermordet zu wissen, ist grauenvoll.« Hannah hörte Lea laut in ein Taschentuch schnäuzen.

»Claudia ist meine Stiefmutter. Hat sie Ihnen das erzählt?«, brach es aus Lea heraus.

»Nein«, sagte Hannah verblüfft.

»Meine Mutter starb, als ich zwölf Jahre alt war.«

Hannah strich sich eine Strähne ihres Haars hinters rechte Ohr. »Das tut mir sehr leid.« Wie schrecklich muss es sein, mit zwölf Jahren die Mutter zu verlieren, dachte sie.

»Sie ist an Brustkrebs gestorben. In den letzten Monaten ihres Lebens hat sie sehr gelitten. Wir hatten eine Pflegerin zu Hause, und ich habe mich ebenfalls, so gut es ging, um meine Mutter gekümmert.«

Mit zwölf? In einem Alter, in dem andere Mädchen anfingen auszugehen und sich für Jungs zu interessieren? Hannah schwieg einen Moment. Fakt war, dass sie gestern richtig vermutet hatte. Das Verhältnis zwischen Claudia Meyers und Lea schien kein besonders gutes zu sein. »Wie kommen Sie mit der Frau Ihres Vaters zurecht?«, fragte sie vorsichtig.

»Ich kann sie nicht leiden.«

Hannah schluckte. Das war eine klare Aussage.

»Sie ist launisch, und ich finde sie auch nicht besonders klug. Meine Mutter war ein ganz anderes Kaliber – feinsinnig, intelligent, und sie hatte Herz.« Lea brauchte einen Moment, um sich zu sammeln, bevor sie weitersprach. »Mein Vater hat Claudia drei Jahre, nachdem meine Mutter gestorben war, kennengelernt. Ich war zu dieser Zeit 15 und lebte noch zu Hause. Claudia hat sich um mich bemüht, aber sie hat alles falsch gemacht.«

Hannah wartete ab, was noch kam. Es war deutlich zu spüren, dass Lea noch nicht fertig war mit dem, was sie ihr erzählen wollte.

»Claudia hat alles Mögliche versucht, um mich für sich einzunehmen. Sie ist mit mir shoppen gegangen, doch das hat mich total gelangweilt. Sie hat für mich und meine Freundinnen Partys arrangiert und einmal auch eine Band eingeladen, doch die war völlig out, total peinlich war das.« Lea holte tief Luft. »Außerdem hat sie mir geschmacklose Sachen für mein Zimmer gekauft. Batikkissen und so. Ich könnte die Liste endlos weiterführen ... So hat sie mich gegen meinen Willen im Tennisklub angemeldet, ich hasse Tennis ... nur weil sie den Sport mag, muss ich mich noch lange nicht dafür begeistern, sie hat ... ach, es führt zu nichts, wenn ich noch mehr Dinge ausplaudere. Ich langweile Sie nur.«

»Nein, nein, erzählen Sie!« Hannah überraschte die offene Aggression in Leas Worten. Alles, was die Tochter des Professors sagte, klang danach, als habe sie der neuen Frau ihres Vaters nicht gerade den roten Teppich ausgerollt.

»Ich bin sicher, dass Claudia es auf das Geld meines Vaters abgesehen hatte. Von Anfang an.«

»Ist Ihr Vater denn so reich?«

Lea zögerte einen Moment, dann sagte sie: »Meinem Vater gehören einige Immobilien, und er verdient gut.« Sie machte eine Pause, bevor sie weitersprach. »Claudia gibt eine Menge aus, sie geht mit Vorliebe einkaufen, am liebsten Klamotten, und sie verbringt zweimal im Jahr einige Wochen in teuren Ayurveda-Resorts. Vierhändige Massagen, Stirngüsse, gesundes Essen, Sie wissen schon ... generell ist sie viel auf Reisen. Ihren Job bei der Bank hat sie gleich nach der Hochzeit aufgegeben.«

Hannah kam in den Sinn, dass sie in der Vergangenheit ebenfalls mit einer Ayurveda-Kur geliebäugelt, sich aber wegen des hohen Preises dagegen entschieden hatte, und ein wenig bedauerte sie es bis heute. »Ihre Stiefmutter hat sich wahrscheinlich oft sehr einsam gefühlt.« Hannah hasste dieses Wort, doch ihr fiel kein besseres ein. »Ihr Vater war viel auf Reisen …«

Lea schwieg einen Moment, dann sagte sie hasserfüllt: »Aber musste sich Claudia deswegen gleich einen Liebhaber nehmen?«

*

Hannah saß nach dem Telefonat mit Lea Meyers noch eine ganze Weile still hinter ihrem Schreibtisch und blickte nachdenklich in die Zweige und Blätter der Birke. Die Vögel waren verstummt oder sie hatten sich einen anderen Baum gesucht, in diesem konnte sie jedenfalls keinen mehr entdecken. Sie sann über das Verhältnis von Müttern und Töchtern nach. Es wunderte sie nicht, dass Lea die zweite Frau ihres Vaters nicht akzeptieren konnte. Lea hatte ihre leibliche Mutter sehr geliebt. Sie vermisste sie. Wie sollte da eine frisch verheiratete Frau, die offensichtlich auch noch den Ehrgeiz hatte, der 15-jährigen Tochter ihres Ehemannes eine perfekte Ersatzmutter zu sein, es ihr auch nur ansatzweise recht machen können?

Mit Claudia Meyers war in Leas Leben alles anders geworden. Die neue Lebensgefährtin ihres Vaters hatte ihr enges Verhältnis zu ihm bereits in dem Moment zerstört, in dem sie wie eine Lawine Leas bisheriges Leben überrollte.

Claudia beanspruchte Peter Meyers' Aufmerksamkeit für sich und sie walzte nieder, was Vater und Tochter vor ihrem Erscheinen verbunden hatte. Nach und nach hatte Claudia, wenn auch unbeabsichtigt, das Vertrauensverhältnis zwischen Vater und Tochter untergraben und stattdessen eine für Lea schmerzhafte Distanz zwischen ihnen geschaffen. Wahrscheinlich hatte Professor Meyers, frisch verliebt, wie er war, es nicht einmal registriert. Vielleicht hatte er es aber auch nicht wahrhaben wollen.

Hannah dachte daran, wie furchtbar traurig Leas Stimme geklungen hatte. Sie hatte viel mitgemacht, so hatte sie nicht nur den traumatischen Tod ihrer Mutter verarbeiten müssen, sondern wenige Jahre später auch den Vater an eine andere Frau verloren. Er lebte zwar, doch war er nicht mehr in dem Maß für sie da, wie sie ihn gebraucht hätte.

Hannah konnte sich in etwa vorstellen, wie sich das Mädchen damals gefühlt haben musste. Sie und Claudia waren schon in dem Moment Rivalinnen gewesen, in dem Claudia das Haus betreten hatte. Sie buhlten um die Gunst desselben Mannes.

Hannah wippte unruhig mit ihrem Fuß auf und ab. Wie hätte ihre eigene Tochter in einer solchen Situation wohl reagiert? Die Frage stellte sich eigentlich nicht, und doch kam sie Hannah in den Sinn. Und auf einmal sehnte sie sich nach Frida. Sie war weit weg, sehr weit weg. Seit einem halben Jahr schon lebte sie in New York, und das war zu weit, um eben mal so für ein Wochenende hinzufliegen.

Hannah spürte, wie sich ihr Herz zusammenzog. Frida hatte Kunstgeschichte studiert, und vor einem halben Jahr war ihr im *Museum of Modern Art* eine Assistentenstelle beim Leiter des Museums angeboten worden, eine Chance, die sie, ohne lange darüber nachzudenken, ergriffen hatte.

Im Gegensatz zu Peter Meyers hatte sich Fridas Vater nie für seine Tochter interessiert und hatte auch nie Alimente gezahlt. Hannah seufzte. Vermutlich studierte er immer noch oder lebte von Sozialhilfe. Ohne die tatkräftige Unterstützung ihrer Eltern hätte sie es kaum geschafft, Job und Frida unter einen Hut zu bringen. Sie wischte die

Gedanken an Fridas Vater und die Vergangenheit beiseite, es brachte nichts, nach so vielen Jahren darüber nachzudenken. Weder sie noch Frida hatte Kontakt zu ihm, und sie glaubte, dass Frida ihn genauso wenig vermisste wie sie selbst.

Es klopfte, und Hannah blickte zur Tür. Herein kam Sven, in jeder Hand einen Kaffeebecher. Er deutete auf den Stuhl vor ihrem Schreibtisch. »Darf ich?«

Hannah nickte und nahm dankend einen Becher entgegen, aus dem es herrlich duftete. Sie drehte das heiße Getränk zwischen den Händen und pustete Wellen hinein. Zwischendurch setzte sie Sven davon in Kenntnis, dass Claudia Meyers nicht Leas leibliche Mutter war, und dass Lea behauptete, ihre Stiefmutter habe einen Liebhaber.

»Hat Meyers von ihm gewusst?«, wollte Sven wissen.

»Lea sagt, ja.«

»Und?«

Hannah zuckte die Schultern. »Keine Ahnung, ob es stimmt.« Sie überlegte kurz.

»Vielleicht hat es ihn auch entlastet. Es gibt Männer, die froh darüber sind, wenn jemand anders sich um ihre Frau kümmert. Ist nicht so anstrengend.«

Svens Gesichtsausdruck war zu entnehmen, dass diese Option für ihn undenkbar war.

»Lea ist sich sicher, dass ihr Vater sich von Claudia scheiden lassen wollte … bei seinem letzten Besuch in Würzburg hat er wohl etwas in der Art angedeutet.«

»Kennt Lea den Namen des Liebhabers?«

Hannah schüttelte den Kopf.

»Aber ich kenne ihn«, platzte Sven heraus.

Hannah zog überrascht die Augenbrauen hoch. »Tatsächlich?«

Sven schlug lässig ein Bein übers andere. »Ich habe heute in aller Frühe die besten Hotels in Berlin gecheckt. Da hast du vermutlich noch geschlafen.«

Hannah lachte. »Sei es mir gegönnt.«

»Claudia Meyers hatte doch erzählt, dass sie am Wochenende mit ihrer Freundin in die Hauptstadt reisen wollte …«

»Ja …?«

»Im *Adlon* wurde von Freitag bis Sonntag ein Doppelzimmer auf ihren Namen gebucht, nicht zum ersten Mal. Begleitet wurde sie jeweils von einem gewissen Hajo Hamm, er ist zehn Jahre jünger als sie.«

Sven grinste, und Hannah dachte zufrieden und auch ein wenig stolz, auf Sven ist Verlass. Er hatte viel von ihr gelernt. »Zehn Jahre jünger? Warum nicht.« Sie dachte an ihre Freundin Constanze, die sich seit einigen Monaten mit einem jüngeren Liebhaber amüsierte. Ihr Mann wusste nichts davon.

»Vielleicht sollte ich demnächst nach älteren Frauen Ausschau halten, möglicherweise stehen meine Chancen da besser«, grinste Sven.

»Ich glaube nicht, dass die Tango tanzen. Vielleicht gehst du dann besser auf den Golfplatz«, schlug Hannah vor.

Sven schien ernsthaft darüber nachzudenken.

»Hast du etwas über diesen Hamm herausgefunden?«, kehrte Hannah zurück zum Thema.

»Er ist Claudia Meyers Tennistrainer.«

Hannah stellte ihren inzwischen leeren Pappbecher wortlos auf dem Schreibtisch ab. Der Tennislehrer also, immerhin passte es ins Klischee. Sie nickte unmerklich und bemerkte einen neuen Altersfleck auf ihrem linken Handrücken, so groß wie ein Marienkäfer. Ihre Freundin hatte sich ihre Flecken vor einem halben Jahr für viel Geld mittels Laserstrahl entfernen lassen, doch jetzt waren sie alle wieder da. Hannah hatte längst entschieden, sich nicht weiter darum zu scheren, sondern mit ihnen zu leben.

»Hast du die Bankkonten der Meyers gecheckt?«

»Claudia Meyers hat 40.000 Euro auf dem Girokonto. Ihr Mann nur fünfeinhalb.«

»Dann war sie also flüssig genug, um sich ein schönes Wochenende in Berlin zu machen.« Hannah zwinkerte mit den Augen, Sven jedoch stieß einen tiefen Seufzer aus.

»Die nächste Gehaltserhöhung kommt bestimmt«, tröstete Hannah und fragte, wieder ernst: »Depots? Wertanlagen?«

»Im Wert von ungefähr einer Million Euro. Plus Lebensversicherungen in Höhe von eineinhalb Millionen.«

»Nicht schlecht. Verdient ein Forscher denn hierzulande so viel, dass er solche Summen ansparen kann?«

»Kaum.«

»Darüber sollten wir dann einmal mit Claudia Meyers reden. Übernimmst du das?«

Sven nickte.

Hannah fiel noch etwas ein. »Hatten sie Gütertrennung vereinbart?«

»Nein.«

»Am besten stattest du Claudia Meyers gleich einen Besuch ab«, sagte Hannah bestimmt. »Frage sie bitte auch nach dem Nachbarschaftsstreit. Es gibt da Unstimmigkeiten.«

Sven runzelte die Stirn. »Worum geht's?«

Hannah berichtete kurz.

»Es ist unwahrscheinlich, dass die Nachbarn etwas mit dem Mord zu tun haben, aber wir sollten sie dennoch überprüfen.«

»Okay.«

»Ich hoffe, dass wir bald die Liste der Telefonate haben, die Meyers und seine Frau in den letzten Wochen geführt haben«, sagte Hannah.

»Wann bekommen wir die Daten?«

»Frühestens in zwei Tagen. Wenn überhaupt.« Hannah griff zum Hörer des ultramodernen Telefons, das seit gestern auf ihrem Schreibtisch stand. Noch hatte sie nicht alle Funktionen und Befehlskombinationen im Kopf. Sie tippte ungeduldig die Nummer des Rechtsmediziners ein und stellte das Mikrofon laut, sodass Sven mithören konnte.

Joost Franzen meldete sich gut gelaunt am Telefon. Kaum hatte Hannah ihren Namen genannt, verkündete er, dass es Neuigkeiten gäbe.

Hannah fand die Energie in seiner Stimme verblüffend. Sie fragte sich, ob es seiner Jugend zuzuschreiben war, oder ob ihm die Tatsache, dass er etwas vorzuweisen hatte, was die Aufklärung des Falls vorantreiben würde, diesen Schwung verlieh. Möglicherweise lag es auch nur am Wetter. Doch egal, was der Grund war, Hannah ließ seine gute Laune dankbar auf sich wirken, denn sie war ansteckend.

»Fangen wir mit dem Todeszeitpunkt an. Professor Peter Meyers ist um circa 14 Uhr gestorben«, sagte Franzen. »Eine halbe Stunde früher als ursprünglich gedacht. Ich hatte zunächst 14.30 Uhr als Todeszeitpunkt angenommen …«

»Gut. Was noch?«

»Ich kann bestätigen, dass der Herzschuss tödlich war, er wurde unmittelbar nach dem Schuss auf die Rippe abgefeuert.«

Hannah wiegte den Kopf. »Wussten wir das nicht schon?« Sie hoffte, dass Franzen noch etwas wirklich Überraschendes zu bieten hatte.

»Der Mann wurde frontal aus etwa zwei Meter Entfernung erschossen. Ich habe die Projektile herausoperiert. Ein Kampf ist definitiv ausgeschlossen, aber ...«

»Ja?« Hannah horchte auf.

»Meyers hatte ein Aneurysma im Kopf. Es ist etwa eine Minute, bevor der erste Schuss auf ihn abgefeuert wurde, geplatzt. Wenn der Täter nicht geschossen hätte, wäre er ohne schnelle medizinische Versorgung an den Folgen dieser krankhaften Gefäßerweiterung ohne Fremdeinwirkung gestorben.«

Hannahs Augenbrauen schnellten in die Höhe. »Der Täter hätte sich den Mord also sparen können?« Sie sah Sven durchdringend, beinahe belustigt an.

Sven kratzte sich am Kinn.

»Exakt«, bestätigte Joost Franzen. »Allein der Schreck hat in diesem Fall gereicht, ihn zu töten.«

Hannah überlegte, was die Information für ihre Ermittlungen zu bedeuten hatte. Das Leben war doch immer wieder für eine Überraschung gut. Es ist absurd, dachte sie. In dem Moment, in dem Meyers Mörder vor ihm steht, platzt sein Aneurysma. Doch dass Meyers daran gestorben wäre, änderte nichts an der Tatsache, dass es jemanden gab, der ihn umbringen wollte und einen tödlichen Schuss auf Meyers' Herz abgegeben hatte.

Franzen räusperte sich. »Wenn Meyers sich nicht in Kürze hätte operieren lassen, hätte er früher oder später sowieso deswegen das Zeitliche gesegnet. Ein Aneurysma ist eine tickende Zeitbombe.«

Hannah fühlte, wie ihr heiß wurde. Das kann doch nicht sein, dachte sie. Das Schicksal ist tatsächlich ein mieser Verräter.

»Eine Arterienerweiterung deutet meistens auf einen

über längere Zeit erhöhten Blutdruck hin«, erklärte Franzen in ihre Gedanken hinein. »Meyers' Blutdruck war gestern stark erhöht. Nicht nur der Schreck, auch ein heftiges Niesen hätte wahrscheinlich gereicht, um diese Ausstülpung des Gefäßes zum Platzen zu bringen. Das Aneurysma war fast vier Zentimeter groß.«

»Wow.« Diese Information musste Hannah erst einmal verarbeiten. »War Meyers erkältet?«, fragte Sven.

»Nein. Auch Allergien würde ich nach den vorliegenden Laborergebnissen ausschließen.«

»Also war er extrem aufgeregt«, schlussfolgerte Hannah.

»Was, wenn vor Ihnen jemand mit einer Waffe in der Hand steht, nicht verwunderlich ist«, kommentierte Franzen trocken.

Hannah überhörte den Einwand. »Ob Meyers von dem Aneurysma gewusst hat?«, überlegte sie laut.

Sven zuckte die Achseln. »Seine Frau und seine Tochter haben nichts davon erwähnt.«

»Gibt es sonst noch etwas?«, fragte Hannah den Rechtsmediziner.

»Keine giftigen Substanzen im Blut, keine Kratzspuren, keine Fremdfasern oder fremde Hautschuppen unter den Fingernägeln, alles unauffällig. Es hat definitiv keinen Kampf gegeben.

Wenn ich doch noch etwas Interessantes finden sollte, melde ich mich.«

Nachdem sie sich voneinander verabschiedet hatten, legte Hannah auf und rollte anschließend auf ihrem Schreibtischstuhl noch ein wenig weiter Richtung Fenster, der hereinströmende Luftzug tat gut. Sie drückte den Rücken durch, sodass sie gerade saß, und legte den Kopf in den Nacken. Nach einem Moment sagte sie mit Bestimmtheit: »Professor Meyers hat seinen Mörder nicht gekannt. Sonst wäre er nicht so aufgeregt gewesen.«

Sven dachte einen Moment nach. »Das ist doch unlogisch.«

Hannah richtete sich auf und starrte ihren jüngeren Kollegen an. »Auch wenn meine Schlussfolgerung substanziell vielleicht etwas fadenscheinig wirkt, so ist sie keineswegs unsinnig.«

»Nein«, stimmte Sven ihr zu. »Doch Meyers könnte den ganzen Tag über schon aufgeregt gewesen sein und hohen Blutdruck gehabt haben, wie auch die Tage zuvor.« Sven spielte die Theorie durch, dass Claudia Meyers und ihr Mann beim Mittagessen gestritten hatten. »Sie erzählte ihm von dem bevorstehenden Wochenende mit Hajo Hamm. Ihr Mann drohte daraufhin, sich scheiden zu lassen. Da war die Aufregung doch vorprogrammiert«, beharrte er.

»Nein, der Mann ruhte in sich.« Hannah schüttelte den Kopf. »Das hätte nicht zu ihm gepasst.« Sie dachte an sein Gesicht, die zutiefst beherrschten Züge und das Lächeln um seinen Mund. Nein, Meyers war nicht so schnell aus der Ruhe zu bringen. »Außerdem wusste er längst von Claudias Geliebtem.«

»Vielleicht hat der Meyers umgebracht?«, wandte Sven ein. »Bevor Meyers seine Frau enterben konnte.«

»Der Tote hatte ein Lächeln im Gesicht«, beharrte Hannah. »Hast du es nicht bemerkt?«

»Nein.«

»Würdest du lächeln, wenn der Geliebte deiner Frau vor dir steht?«

Sven schüttelte den Kopf. »Eher nicht.«

»Na also. Mir schien, als ob er über irgendetwas triumphierte …«

»Doch über was?« Sven sah sie ratlos an. »Seltsam …«

»Er hat gelächelt«, insistierte Hannah.

»Er wollte sich scheiden lassen«, wandte Sven ein. »Vielleicht sagte er zu seiner Frau, bevor sie schoss: ›Und du bekommst mein Geld nicht!‹«

Hannah lachte auf. »Und lächelte dabei? Nein.« Sie blickte auf das Display ihres Computers und öffnete eine Mail, die soeben eingetroffen war. Absender war die Spurensicherung. Rasch überflog sie den Inhalt, dann blickte sie auf und sagte: »Tatsächlich wird es immer unwahrscheinlicher, dass Claudia Meyers ihren Mann erschossen hat. Die Waffe wurde von einem Täter gehalten, der ziemlich groß ist, vermutlich an die zwei Meter.« Hannah ließ die Information einen Moment wirken, bevor sie weitersprach. »Claudia Meyers ist nicht größer als ein Meter 65.« Sie blickte erneut auf die Mail.

»Mit den Ergebnissen des Abgleichs der Fingerabdrücke und der Hautschuppen ist in zwei bis fünf Tagen zu rechnen«, überflog Hannah weiter laut lesend den Text. Als sie fertig war, sog sie in einem tiefen Atemzug Luft durch die Nase. War es möglich, dass Sven heute nach Honigmelone roch?

Vielleicht hatte er recht. Vielleicht aber auch nicht. Vielleicht hatte Hajo Hamm den Ehemann seiner Geliebten erschossen. Hannah presste die Lippen aufeinander. Auch wenn sie noch keine Erklärung dafür hatte, warum Meyers seinen Mörder angelächelt haben sollte, sie war sich sicher, dass er im Moment seines Todes über den Rivalen triumphierte.

✳

Das *Institut für Angewandte Geowissenschaften* bestand aus drei Gebäuderiegeln, die in U-Form zueinander standen. In ihnen waren jeweils verschiedene Fachbereiche angesiedelt.

Hannah fragte an der Rezeption, wo sie den Institutsleiter Professor Kiesling finden würde, und betrat kurz darauf einen gläsernen Aufzug, der sie bis in den obersten, den sechsten Stock brachte. Nachdem die Fahrstuhltür sich wieder vor ihr geöffnet hatte, ging sie einen endlos scheinenden Flur entlang. Ihre Gummisohlen hinterließen auf dem grauen Laminat ein saugendes Geräusch, und Hannah dachte, dass Flure, die zu Top-Managern in der Wirtschaft führten, wesentlich edler ausgestattet waren als der hier.

An den Wänden hingen auch keine teuren Gemälde, sondern schlichte Farbfotos. Hannah verlangsamte den Schritt und sah genauer hin. Es schienen Vergrößerungen von Mineralgesteinen zu sein, Vulkanen und Unterwassergebirgen. Während sie die Aufnahmen mit leicht zusammengekniffenen Augen studierte, um sich einen besseren Reim darauf machen zu können, was sie darstellten, fiel ihr ein, dass sie dringend einen Termin beim Augenarzt vereinbaren musste.

Hannah ging von Bild zu Bild. Meyers war Geophysiker gewesen, er hatte die physikalischen Eigenschaften von Gesteinen erforscht, doch worin hatte sein konkretes Aufgabengebiet bestanden? Noch konnte sie sich nichts darunter vorstellen.

Bodentiefe Fenster ließen helles Licht herein, und plötzlich wurde Hannah angesichts der Schmucklosigkeit um sie herum, die nur durchbrochen wurde von einigen bis ins Abstrakte vergrößerten Farbfotos, die die Wirklichkeit auf geheimnisvolle Weise spiegelten, von tiefer Ehrfurcht vor der Wissenschaft erfasst.

Sie war jetzt 52, und trotzdem konnte sie immer noch ein großes Staunen angesichts der vielen ungeklärten Zusammenhänge in sich spüren. Hannah hob den Kopf und ging, ohne noch vor einem weiteren Foto innezuhalten, entschlossenen Schrittes weiter.

Professor Harald Kiesling, der Meyers' direkter Vorgesetzter gewesen war, erwartete sie bereits. Er empfing sie mit demselben offenen Lächeln wie seine Sekretärin, und er war genauso blond wie sie. Hannah schätzte ihn auf Mitte 40. Seine schlaksige Figur und sein jungenhaftes Lachen gefielen ihr. Sie lächelte sofort zurück.

»Den Professor können Sie ruhig weglassen«, sagte er, als er ihre Hand zur Begrüßung schüttelte und sie in sein Büro führte. »Kiesling reicht völlig.«

Hannah nickte und dachte, wie locker der ist.

»Ich hoffe, ich kann Ihnen weiterhelfen. Wir stehen alle unter Schock. Bitte, setzen Sie sich doch.« Mit einer einladenden Geste rückte er einen Stuhl für sie an einem runden Besprechungstisch gegenüber von seinem Schreibtisch zurecht. Der Tisch war weder zu groß noch zu klein, gerade so, dass man nah genug beieinandersaß, um sich nicht unpersönlich zu fühlen.

Die Sekretärin brachte Kaffee, Tee und Kekse. Kiesling griff direkt zu und hielt ihr die Schale hin. »Die sind gut, probieren Sie mal. Sorry, ich habe noch nicht gefrühstückt«, entschuldigte er sich kauend. »Unser Baby hat heute Morgen nicht aufhören wollen zu schreien ... sechs Monate ist sie jetzt«, erklärte er. »Da bleibt für die profanen Dinge des Lebens kaum Zeit.«

Hannah nickte und nahm einen Schokoladenkeks. Er

schmeckte tatsächlich gut. Sie nutzte den Moment, ihre ersten Eindrücke zu sortieren. In seinen Jeans und dem roten T-Shirt erinnerte Kiesling sie eher an einen jugendlichen Urlauber als an einen ehrwürdigen Professor, der einem Institut vorstand. Hannah fragte sich, ob es eigentlich ein typisches Outfit für Forscher gab und überlegte, ob sie im Labor alle einen weißen Kittel trugen.

Kieslings Züge verdunkelten sich: »Furchtbar, was Peter zugestoßen ist, einfach furchtbar.« Er schüttelte den Kopf, als könne er es immer noch nicht fassen, und Hannah war sich plötzlich sicher, dass er Meyers' Tod aufrichtig bedauerte. »Niemand hier versteht, warum das passiert ist.«

Hannah hatte ihn bereits am Telefon davon in Kenntnis gesetzt, dass Meyers ermordet worden war, und nickte.

»War Peter Meyers bei seinen Kollegen beliebt?«

»Ja, ich denke schon.«

»Hatte er Feinde?« Hannah nahm einen Schluck von dem heißen Kaffee, auch der war gut.

»Nein, nicht, dass ich wüsste.« Professor Kiesling wiegte nachdenklich den Kopf: »Aber Sie wissen ja, Neid und Missgunst gibt es überall, auch in Forscherkreisen.«

»Vielleicht gerade da?«

Kiesling schwieg einen Moment und sagte dann: »Es würde sich kaum jemand anmerken lassen. Ist einfach nicht p.c.«

»*P.c.*?«

»Nicht politisch korrekt. Das tut man einfach nicht«, lächelte Kiesling nachsichtig.

»Ach so. Hätte es aus fachlicher Sicht irgendeinen Grund gegeben, Meyers zu töten?«

Kiesling dachte einen Moment nach. »Peter hat uns alle hier immer wieder mit neuen Ergebnissen überrascht. Er ist durch und durch Forscher gewesen. Er hatte Biss, hat nie aufgegeben. Hat ein Experiment oder eine Untersuchung nicht funktioniert, suchte er nach Alternativen. Und er hat sie gefunden, das war das Besondere an ihm.« Professor Kiesling sah Hannah an, und seine Augen begannen zu leuchten. »Es fielen ihm tatsächlich immer neue Wege ein. Dafür haben wir alle ihn bewundert.«

»Das klingt doch ganz danach, als ob er Unmengen von Neidern gehabt haben könnte«, sagte Hannah.

Kiesling biss sich auf die Unterlippe. »Peter war auf vielen Kongressen mit Vorträgen vertreten. Möglicherweise gab es auf dem internationalen Parkett Kollegen, die ihm seine wissenschaftliche Reputation neideten. Bei uns hier im Institut würde ich so etwas ausschließen.«

»Woran hat er gearbeitet?«, wechselte Hannah das Thema. Sie hoffte, dass Kiesling dazu in der Lage war, es ihr verständlich zu machen.

»Es ist ein wenig kompliziert.«

Das hatte sie schon einmal gehört. Hannah nickte, drückte den Rücken durch und saß ein wenig gerader. »Nur zu.«

»Meyers war Spezialist für Gesteinsanalysen, in letzter Zeit hat er sich mit Hyperspektralanalysen befasst.«

Hannah sah ihr Gegenüber fragend an. »Hyperspektralanalysen?

Kiesling beugte sich etwas vor. »Hyperspektralanalysen werden beispielsweise zur Analyse von Bodenbeschaffenheiten eingesetzt. Sie erweitern den Einsatzbereich der Bildverarbeitung. Sie decken einen großen Bereich des gesamten Farbspektrums ab. Die verwendeten Kameras können mehrere Wellenlängen aufnehmen, mehr, als sonst üblich.«

»Aha?«

»Die Kameras bilden die aufgenommenen Materialien

vom ultravioletten bis zum Infrarotbereich ab. Vor allem im Infrarotbereich lassen sich spezifische Signaturen der Materialien quasi wie ein Fingerabdruck identifizieren«, erklärte Professor Kiesling.

»Nochmal für Laien, bitte.«

»Die Technik ermöglichte ihm, Gesteine bereits im tiefen Boden anhand ihrer chemischen Zusammensetzung zu erkennen und zu klassifizieren.«

Auf Hannahs Stirn bildeten sich Falten. »Welche Gesteine haben ihn in erster Linie interessiert?«

»Seltene Erden.«

»Und wo gibt es die?«

»In einigen Ländern auf der Welt, und mal mehr, mal weniger.«

In Hannahs Kopf wirbelte durcheinander, was sie über Seltene Erden wusste, und das war nicht viel. Dennoch wurde ihr schlagartig klar, dass Meyers Forschung möglicherweise ein heißes Eisen war. Nicht nur für die Kollegen und nicht nur für die Wirtschaft, sondern auch für die Geopolitik.

»Peter Meyers hat daran gearbeitet, die Form, Position und den Wellenlängenbereich elektromagnetischer Strahlung zur Bestimmung der Intensität Seltener Erden einzusetzen.«

Hannah ließ die Information auf sich wirken und sah Kiesling etwas ratlos an.

»Die gewonnenen Daten werden dann zur Erstellung detaillierter geologischer Karten als Indikator, beispielsweise für eine Anreicherung von Seltenen Erden in Gesteinen, genutzt.

Wollen Sie kurz etwas über die Eigenschaften von Seltenen Erden hören?«

Hannah nickte.

»Seltene Erden wurden Ende des 18. Jahrhunderts entdeckt, in seltenen Mineralien. In Form ihrer Oxide, also ihrer Sauerstoffverbindungen, die früher auch Erden genannt wurden, wurden sie dann isoliert. Daher stammt der Begriff. Es sind jedoch tatsächlich Metalle aus der dritten Nebengruppe des Periodensystems.«

Hannah spürte, dass die Materie sie wider Erwarten faszinierte. »Vielleicht fragen Sie sich nun, ob Seltene Erden wirklich selten sind?« In Erwartung ihrer Antwort bedachte Kiesling sie mit einem aufmerksamen Blick.

»Ja.«

»Man kann sagen, dass die meisten Seltenen Erden nicht wirklich selten sind. Es gibt sogenannte *leichte* Seltene Erden und *schwere* Seltene Erden, einige von ihnen kommen häufig nur in kleinen Mengen, global weit verstreut und als Beimischungen in anderen Mineralien, vor.«

»Und Professor Meyers hat daran gearbeitet herauszufinden, wo besonders viele *schwere* Seltene Erden vorkommen?«

»So ungefähr«, nickte Professor Kiesling und erklärte weiter: »Die Trennverfahren sind übrigens teuer und aufwendig.«

»Und wofür werden sie gebraucht?«

Kiesling fuhr weiter mit seinem Vortrag fort. »Unter anderem für den Bau von Smartphones, Notebooks, LED-Leuchten et cetera. Zwar nur in kleinen Mengen, aber ohne sie würden diese Produkte nicht funktionieren.«

Hannah setzte sich auf dem Stuhl zurecht. Sie hatte begriffen, dass nicht alle Seltenen Erden selten waren. Aber wenn sie es waren, dann waren sie auch richtig wertvoll.

»Ist Professor Meyers denn fündig geworden?«

Professor Kiesling schüttelte den Kopf. »Nicht so, dass es spruchreif wäre.«

»Also doch?« Hannah beobachtete ihr Gegenüber jetzt ganz genau. Vermutlich wäre sie die Letzte, der er die Wahrheit sagen würde.

»Ach, irgendeine Kleinigkeit findet sich meistens, aber glauben Sie mir, Meyers war noch weit davon entfernt, bahnbrechende Vorkommen zu entdecken«, ergänzte Kiesling und griff nach einem weiteren Keks. »Wollen Sie auch noch einen?«

»Gern.« Hannah griff zu, biss in das Gebäck und zuckte zusammen. Sie hatte eine Nuss getroffen. Schnell fuhr sie mit der Zungenspitze über die Kante des Zahns, er war noch heil.

»Für mich hört sich das alles ganz danach an, als ob Meyers Forschungen hochbrisant waren«, sagte sie, und ihre Stimme klang fest. Kiesling sollte merken, dass er sie nicht für dumm verkaufen konnte.

»Wenn Sie so wollen, ist alles, was wir hier erforschen, von Brisanz«, tat er ihren Einwand ab. Er machte eine wegwerfende Handbewegung. »Für Forscher ist beinahe jedes Projekt, an dem sie arbeiten, einzigartig, es könnte ja den Nobelpreis einbringen. Davon träumt jeder. Deshalb achten sie auch immer darauf, dass keine Einzelheiten nach außen dringen. Nicht, bevor es nicht publikationsfähige Ergebnisse gibt.« Kiesling lachte und strich sich übers Haar. »Wer Ergebnisse erzielt, die für die Industrie und damit für die Menschen nutzbar und zukunftsweisend sind, macht das Rennen. Er verdient Geld, bekommt Preise. Und auch das Institut, für das ein erfolgreicher Forscher tätig ist, profitiert natürlich davon.«

»Oder eine erfolgreiche Forscherin«, ergänzte Hannah.

»Davon haben wir in Deutschland tatsächlich immer mehr«, nickte Kiesling und sagte: »Es ist im Grunde ganz einfach.« Der Institutsleiter sah auf das Display seines Handys und erhob sich. »Tut mir leid, ich muss zu einem Meeting.« Er lächelte Hannah an und streckte die rechte Hand aus, doch die Unruhe, die ihn ergriffen hatte, war ihm deutlich anzumerken.

»Ich möchte mir noch Professor Meyers' Arbeitsplatz ansehen«, Hannah erhob sich ebenfalls, »und mit seinen Teamkollegen sprechen.«

Kiesling stutzte einen Moment.

»Wäre das möglich?«

»Kein Problem. Sprechen Sie mit Doktor Lück, Geoinformatiker. Meyers und Lück haben eng zusammengearbeitet. Der zeigt Ihnen dann auch Meyers' Arbeitsplatz.« Kiesling suchte Unterlagen zusammen. »Wenn er Zeit hat.« Er rief nach seiner Sekretärin und bat sie, Hannah zu Lück führen. Bevor er mit einem freundlichen Nicken und seinem jungenhaften Lächeln aus der Tür war, sagte er noch: »Falls Sie noch Fragen haben sollten, rufen Sie mich bitte an. Das Institut hat ein großes Interesse daran, dass Meyers' Tod aufgcklärt wird.«

Tatsächlich?, dachte Hannah und sagte: »Wir sprechen uns noch.«

JÖNKÖPING, SCHWEDEN

Nils Berglund hatte keinen Hasen geschossen, und er hatte auch keinen Anhaltspunkt dafür entdeckt, wer die seltsame Schneise in den Waldweg geschlagen hatte und warum. Inzwischen war er im Begriff, die Angelegenheit zu vergessen. Jetzt, einen Tag später, war er vollauf damit beschäftigt, den in Kürze bevorstehenden Besuch seiner Kinder vorzubereiten. Je näher der Moment ihrer Ankunft rückte, desto nervöser wurde er, dabei gab es hierfür eigentlich keinen Grund. Fast alles war bereits für sie hergerichtet.

Den Hefeteig für die Kanelbullar hatte er am Vormittag lange gehen lassen. Erst vor einer Dreiviertelstunde hatte er sie in den Ofen geschoben und gebacken. In der Hütte duftete es immer noch einladend nach Zimt, und als er durch die weit geöffnete Tür mit Bechern und Tellern nach draußen ging, nahm er einen Schwall davon mit.

Ebba und Olov liebten die schwedischen Zimtschnecken. Nils hatte in Jönköping auch Limonade besorgt, die sie ebenfalls liebten und die keinesfalls fehlen durfte. Sie war ein zuckriges Gesöff, das er ihnen am liebsten verbieten würde, aber was sollte er machen. Wenn Linda die Kinder alle zwei Wochen zu ihm brachte, tat er alles dafür, dass die beiden sich bei ihm wohlfühlten. Es war in jedem Fall klüger, als ihnen mit gesunder Ernährung zu kommen.

Nils sah den Wagen noch nicht, aber er konnte ihn schon hören. Rasch ließ er seinen Blick ein letztes Mal prüfend über den gedeckten Gartentisch gleiten. Er lauschte und hob den Kopf. Das Geräusch von Autoreifen auf dem holprigen Feldweg war unverkennbar.

Alles war so, wie es sein sollte.

Er hatte längst aufgehört, auch ein Gedeck für Linda aufzulegen, zu oft hatte sie seine Einladung abgelehnt, doch er wusste, dass sie die Kinder entspannter seiner Obhut überließ, wenn der äußere Eindruck stimmte, das Tischtuch sauber war, Servietten neben den Tellern lagen und vielleicht sogar eine kleine Vase mit Blumen vom Wegrand auf dem Tisch stand.

Linda war Lehrerin an der Grundschule in Jönköping, wo sie Schwedisch und Naturkunde unterrichtete. Sie war streng, aber nicht zu streng, die Kinder mochten sie, und sie konnte vor allem eines: spontan sein und so herzlich lachen, dass sie dabei vor lauter Ausgelassenheit in die Knie ging. Als er sie kennenlernte, hatte ihn diese spontane, ja eruptive Lebensfreude so sehr fasziniert, dass er sich auf Anhieb in sie verliebte.

Die elfwöchigen Sommerferien hatten gerade begonnen. Nils hatte gehofft, dass die Kinder länger als nur von Freitag bis Montagnachmittag bei ihm bleiben würden, doch Linda hatte ihn vertröstet. Sie hatte argumentiert, dass sie den Kindern bereits einen längeren Aufenthalt bei ihren Großeltern in Stockholm versprochen habe, und er wusste, dass sie die Wahrheit sagte. Doch er hatte auch gewusst, dass sie die Ferien in Stockholm von langer Hand geplant hatte, um einen längeren Aufenthalt der Kinder bei ihm zu verhindern. Obwohl er und Linda sich nicht anfeindeten und sie es befürwortete, dass die Kinder ein gutes Verhältnis zu ihrem Vater hatten, reagierte sie verhalten, wenn es um längere Besuche bei ihm in der Hütte ging. Sein Einsiedlerdasein war in ihren Augen nur bedingt das Richtige für Ebba und Olov, zumindest was eine geregelte Schlafenszeit betraf. Vor allem aber fürchtete sie, dass Nils nicht ernsthaft genug auf sie aufpasste und dass ihnen in der Wildnis etwas zustoßen könnte, was auch immer das sein mochte. Er hatte oft mit ihr darüber diskutiert, dass es hier im Wald keine wilden Tiere gab, die den Kindern gefährlich werden konnten, und es sich auch nicht um bevorzugtes Gelände für Mörder handelte. Er selbst schloss die Hütte abends oft nicht einmal ab, er fühlte sich hier so sicher wie in Abrahams Schoß.

Das Geräusch heranrollender Autoreifen wurde lauter, und Nils blickte zum Schotterweg, der zur Hütte führte. Es dauerte nur noch einen Moment, und Lindas alter Kombi bog um die Ecke. Sie hätte sich längst einen neuen kaufen können, sie verdiente gut, und es lag genug Geld auf ihren gemeinsamen Konten, doch Linda machte sich nur wenig aus materiellen Dingen. Auch diese Eigenschaft hatte er immer an ihr gemocht.

Die Autotüren flogen auf, Olov und Ebba sprangen aus dem Wagen und stürmten auf ihn zu, und Nils spürte, wie die Liebe zu ihnen ihn überflutete. Er breitete spontan die Arme aus, doch Ebba und Olov verlangsamten plötzlich beide ihre Schritte, als hätten sie sich abgesprochen, und schließlich blieben sie kurz vor ihm stehen. Nils ließ die Arme sinken und biss sich auf die Lippe. Solang Linda hier ist und sie beobachtet, trauen sie sich nicht, dachte er und spürte den Stich. So solidarisch waren sie also mit ihrer Mutter.

Linda war ebenfalls ausgestiegen, stand jedoch unbeweglich vor dem Wagen. Über die Köpfe der Kinder hinweg tauschten Nils und Linda einen Blick.

»Geht es dir gut?«, fragte sie, die Hände in den Taschen ihrer Jeans vergraben.

»Klar.«

»Wie immer?«

»Klar.« Nils nickte. Der bittere Unterton in ihrer Stimme irritierte ihn. Sie hatte bis heute nicht verstanden, dass er in den Wald gezogen war, vor allem, dass er so lange blieb.

»Na dann …« Sie ließ den Blick über das Gelände und den bunt gedeckten Tisch schweifen.

Was sie sah, gefiel ihr, da war Nils sicher. Die Nadel- und Laubbäume hinter der blank geschrubbten Hütte, das gestapelte Holz davor, der Grillplatz und die angrenzende Wiese – es war die reinste Idylle. In der Luft summten Mücken und Fliegen.

»Was wollt ihr unternehmen?« Linda sah von Nils zu Ebba und Olov und mahnte, an die Kinder gewandt: »Falls ihr draußen schlaft, zieht euch warm an.«

Die Kinder nickten. Sie waren in der Zwischenzeit dichter zu ihm herangekommen, und Nils hatte um Olov als auch um Ebba einen Arm gelegt. Er war sich nicht sicher, ob die Umarmung ihnen angenehm war, aber immerhin, sie standen still. Kein Anzeichen davon, sich herauszuwinden.

»Esst nicht so viel von den Zimtschnecken«, mahnte Linda.

»Ich habe Hunger! Können wir gleich eine haben?«, fragte Ebba ungeduldig und spähte zum Tisch.

»Klar«, sagte Nils wieder und nickte.

Wie auf Kommando rannten Olov und Ebba zum Tisch. Ebba griff zur Flasche mit der Limonade, schenkte sich und ihrem Bruder ein und stürzte das Getränk hinunter, während Olov bereits in eine Schnecke biss.

»Na dann …« Linda löste sich verhalten lächelnd vom Wagen, ging zum Tisch und gab Ebba und Olov einen Kuss. »Lasst es euch schmecken. Und viel Spaß!«

Nils fiel auf, dass Linda ihm heute besonders milde begegnete. Normalerweise trat sie forscher auf, beschränkte sich auf die Abstimmung praktischer Angelegenheiten, doch heute wirkten ihre Züge ungewöhnlich weich, und auch ihr halblanges blondes Haar glänzte besonders schön in der frühen Nachmittagssonne.

»Und was hast du so vor?«, fragte Nils sie über die Köpfe der Kinder hinweg. Er vermutete, dass Linda wegen der Aussicht auf die langen Ferien, die vor ihr und den Kindern lagen, so entspannt war.

Seine Frau zuckte mit den Schultern. »Ich treffe mich mit einer Freundin.«

Nils überlegte kurz, ob sie sich wirklich mit einer Freundin traf. Bislang hatten die Kinder nichts davon erwähnt, dass ihre Mutter einen neuen Partner hatte, und seit ihrer Trennung hatte er erfolgreich dem Impuls widerstanden, sie danach zu fragen. Nils war sich nicht im Klaren darüber, wie viel es ihm ausmachen würde, wenn sie jemanden hatte. Er hatte schon öfter darüber nachgedacht, doch wissen würde er es erst, wenn es tatsächlich soweit war.

Beinahe hätte er Linda gefragt, ob sie nicht doch etwas mitessen wollte. Die Frage lag ihm bereits auf der Zunge, doch er verbat sie sich gerade noch. Er kannte seine Neigung, sich von dem Gefühl plötzlich wieder aufkeimender Nähe und Vertrautheit zu unbedachten Worten oder Gesten verlocken zu lassen, doch Lindas distanziertes Verhalten und seine Unsicherheit hielten ihn rechtzeitig zurück.

»Also dann, viel Spaß«, sagte Linda, setzte sich in den Wagen und warf den Kindern aus dem geöffneten Wagenfenster einen Luftkuss zu. Sie legte den Rückwärtsgang ein, wendete und verschwand langsam in einer Staubwolke. Als sie außer Sicht war, schüttelte Nils die Gedanken an sie ab, wandte sich den Kindern zu und forderte sie auf, erst mal die Rucksäcke in die Hütte zu bringen. Und dann machten sie sich alle zusammen über die restlichen Zimtschnecken her.

✳

Nils, Ebba und Olov standen abseits des Weges mitten im tiefen Wald. Er hatte sich vorgenommen, einen kleinen Naturkundeunterricht abzuhalten und den Kindern den Unterschied zwischen Fichten und Kiefern zu erklären, und so hatte er zu diesem Zweck von den unterschiedlichen Bäumen einige Nadeln abgezupft.

Vorsichtig legte er nun Kiefernadeln auf Ebbas Handteller, Olov bekam Fichtennadeln. Dann forderte er die Kinder auf, die Unterschiede von Farbe und Form zu beschreiben, außerdem die Nadeln zwischen den Fingern hin und her zu reiben und daran zu riechen und anschließend zu schildern, wonach sie dufteten.

»Die sind viel schmaler und länger«, sagte Ebba mit Blick auf die Kiefernnadeln, nachdem sie sie interessiert mit den Fichtennadeln in Olovs Hand verglichen hatte. »Die hier sehen aus wie die Tapete in meinem Zimmer!«

Ihr Bruder nickte und schnupperte. »Alle riechen nach unserem Badewasser!«

Nils dachte, dass Ebbas Zimmer wohl neu tapeziert worden war, aber dass Linda offensichtlich seit den zwei Jahren ihrer Trennung nichts an dem Badezusatz für die Kinder geändert hatte – sie hatte ihn bereits verwendet, als sie noch ganz klein waren – erstaunte ihn.

»Und welche riechen besonders gut?«, fragte Nils.

Die Kinder schnupperten wiederholt an den zerriebenen Nadeln.

»Alle riechen gut!«, sagte Olov strahlend. »Aber hübscher finde ich die Nadeln der Kiefer.«

»Und du?« Nils blickte Ebba fragend an.

Ebba zuckte mit den Schultern und sah auf den Boden: »Weiß nicht. Mir gefallen beide …«

Nils rührten die Worte seiner Tochter, er glaubte zu spüren, dass Ebba sich nicht entscheiden wollte. Sie wollte weder den Kiefern- noch den Fichtennadeln den Vorzug geben, als würde sie damit die eine oder andere Gattung benachteiligen. Sie war ungewöhnlich sensibel, immer schon gewesen. Darüber hinaus verfügte sie über einen ausgeprägten Gerechtigkeitssinn, wie ihn manche Kinder von Geburt an hatten. Ebba wollte niemandem wehtun, und diese Haltung bezog sich nicht nur auf Menschen und Tiere, sondern auch auf Pflanzen.

Nils strich seiner Tochter liebevoll über den Kopf und schlug vor: »Wenn ihr mögt, können wir den Fisch, den wir später fangen und grillen, mit den Nadeln würzen. Und auf die Holzkohle legen wir ein paar von den Zapfen, das macht ein ganz besonderes Aroma.«

Die Kinder nickten.

Olov bückte sich und begann eifrig, kleine runde Kiefernzapfen aufzusammeln, während Ebba den Boden nach länglichen Fichtenzapfen absuchte.

»Wenn man erkältet ist, kann man sich die Brust mit dem Öl aus den Nadeln einreiben oder man gibt ein paar Tropfen Öl in heißes Wasser und inhaliert das dann«, breitete Ebba stolz ihr Wissen aus und wartete auf irgendeine Erwiderung, doch Nils schrak zusammen und hob lauschend den Kopf. Da war es wieder, dieses einer Säge so ähnelnde Geräusch, das er gestern schon im Wald gehört hatte. Es war leise, schien aber bei intensivem Lauschen lauter zu werden.

»Mama hat das mit mir im letzten Winter gemacht, als ich krank war«, erklärte Ebba, doch Nils reagierte noch immer nicht.

»Papa?« Ebba zog an Nils' blau kariertem Flanellhemd. Es war warm geworden, sie hatten ihre Jacken in der Hütte gelassen.

»Was hast du?«, fragte sie ängstlich.

»Nichts, ich horche nur auf das Geräusch …« Nils hatte den Eindruck, dass es näherkam. »Vielleicht ein paar Waldarbeiter, die Schnittarbeiten vornehmen, vielleicht Bäume fällen.« Er blickte seine Kinder an: »Hört ihr das auch?«

Ebba und Olov lauschten.

Olov bekam große Augen. »Ja!«, schrie er begeistert. »Wie Bäume gefällt werden, das will ich sehen!« Er öffnete unbedacht seine Hand, ließ die Kiefernnadeln fallen, und schon drehte er sich um und stapfte in die Richtung, aus der das Geräusch kam.

»Olov, die Nadeln …«, mahnte Ebba ärgerlich. »Nicht wegwerfen!« Dann murmelte sie vor sich hin: »So ein Depp!«

»Warte!«, rief Nils seinem Sohn hinterher. Olov sah sich kurz um und maulte: »Wenn wir uns nicht beeilen, sind die Waldarbeiter weg. Ich will aber einen Baum fallen sehen!«

Nils konnte das nachvollziehen, er verstand seinen Sohn nur zu gut. Wenn ein Baum gefällt wurde, war das ein einzigartiges Spektakel. Der Anblick, wenn er würdevoll zu Boden ging und man beim Zusehen spürte, wie er starb, war unvergleichlich. Nils bekam in solchen Momenten eine Gänsehaut. Daher erhob er jetzt keinen Einwand, sondern folgte Olov, Ebba im Schlepptau. Allerdings glaubte er nicht ernsthaft daran, dass die Waldarbeiter heute Bäume fällten. Er hatte die Vermutung nur ins Spiel gebracht, um den Wald und damit sich in den Augen seiner Kinder interessant zu machen und um ein bisschen Abenteuerstimmung zu erzeugen. Normalerweise wurden die Bäume erst ab September gefällt, wenn die Vögel nicht mehr nisteten und offenkundig war, welche übers Jahr Schaden in der zunehmenden Trockenheit genommen hatten.

Der Waldboden fühlte sich uneben an unter den Sohlen. Die Luft roch modrig und feucht, und je tiefer sie in den Wald eindrangen, desto kühler wurde es. Nils bemerkte, dass Ebba zu frösteln begann, und er überlegte, ob er nicht doch besser daran getan hätte, die Jacken der Kinder mitzunehmen, Juni war eben nicht August.

»Ist euch kalt?«, fragte er.

»Ja …« Ebba stolperte missmutig hinter ihm her. Olov antwortete nicht, er wuselte mit einem langen Stock wie mit einer Wünschelrute über den Waldboden und wirbelte halb verrottete Blätter auf.

»Gleich sind wir raus aus dem Wald, und du stehst in der Sonne«, tröstete Nils seine Tochter und versprach: »Dann wird dir schnell wieder warm.« Er ließ seinen Blick prüfend durch das Unterholz gleiten.

Nils überholte Olov, dabei behielt er die Richtung bei, aus der das sirrende Geräusch kam, inzwischen war es lauter vernehmbar, und zwischen dem hohen Sirren hörte er nun auch ein lautes Knacken. Und dann, als er endlich auf einer Anhöhe stand und den Blick über den Waldrand schweifen ließ, entdeckte er es: ein seltsames Gerät, das an eine große Spinne erinnerte. Es war etwa einen Meter groß und ähnelte einem Harvester, der sich auf metallenen Beinen wie ein Roboter vorwärtsbewegte. Die Beine waren zugleich Greif- und Sägearme, mit denen das Teil Hindernisse aus dem Weg räumte.

»Papa, was ist das denn?«, fragte Olov mit aufgerissenen Augen, die Wünschelrute steif in der Hand.

»Keine Ahnung.« Nils hatte etwas Derartiges noch nie gesehen. Er spürte Ebbas Hand am Saum seines Flanellhemdes. Es war deutlich zu merken, dass ihr der Anblick nicht geheuer war. Auch Olov stand ungewohnt still.

Nils überkam der Impuls, das Ding genauer zu inspizieren, es drängte ihn danach herauszufinden, was das war. Er sah sich um. Waldarbeiter waren nicht in Sicht, nirgendwo jemand, der das Teil bediente. Plötzlich war ihm klar, dass dieses Gerät die Schäden an Unterholz und Bäumen verursacht haben musste, die er am Tag zuvor nördlich von hier gesehen hatte. Fasziniert beobachteten er und seine Kinder das Gerät dabei, wie es sich rücksichtslos den Weg freischlug.

Nils holte tief Luft. Dann traf er eine Entscheidung. Mit eindringlicher Stimme sagte er zu Ebba und Olov: »Ihr bleibt hier stehen und wartet auf mich. Nicht vom Fleck rühren! Ich bin gleich zurück.«

KÖLN, DEUTSCHLAND

»Ha«, sagte Hannah und klopfte teils frustriert, teils kampflustig auf ihren Schreibtisch. Sie hatte Sven von ihrem Besuch bei Professor Kiesling im *Institut für Angewandte Geowissenschaften* berichtet und sagte nun: »Doktor Lück, Geoinformatiker und Meyers' Teamkollege, ist einfach nicht ans Telefon zu kriegen. Weder habe ich ihn angetroffen, als ich im Institut war, noch kann ich ihn zu Hause erreichen. Er ist krankgeschrieben. Seine Frau sagt, er läge mit hohem Fieber im Bett. Mein Bauch sagt mir aber, dass es wichtig wäre, ihn zu vernehmen, doch ich werde mich leider gedulden müssen. Lück scheint derjenige zu sein, der Einzelheiten über Meyers' Arbeit weiß. Die Doktoranden und Assistenten konnten mir nicht weiterhelfen, oder sie wollten es nicht«, sagte Hannah ärgerlich. »Fakt ist, ich komme nicht voran, was Meyers' Arbeit betrifft. Mir scheint, die im Institut mauern. Und Hamm hat ein Alibi!«

Sven seufzte. »Es hätte ja auch mal einfach sein können.«

Hannah verkniff sich einen Fluch, stattdessen zuckte sie mit den Schultern. Wenn Schwierigkeiten auftauchten und die Lösung nicht offensichtlich war, wurde es immerhin spannend, und sie wusste wieder, warum sie ihren Job mochte. »Hajo Hamm spielte zur Tatzeit Tennis, er hat Trainerstunden gegeben. Er hat mindestens fünf Zeugen benannt, die es bestätigen können.«

»Ein bisschen viel, wenn du mich fragst«, überlegte Sven.

»Finde ich auch. Obwohl … in so einem Tennisklub herrscht jede Menge Betrieb.« Hannah überlegte einen

Moment. »Es kann nicht schaden, wenn wir Hamm und Claudia Meyers in den nächsten Tagen im Auge behalten.«

Hanna fühlte sich nach dem Wochenende erholt. Selbst um diese Uhrzeit, inzwischen war es später Montagnachmittag, war sie noch voller Elan.

»Was hat Claudia Meyers dazu gesagt, dass sie ihre Affäre mit Hamm verschwiegen hat? Du warst doch bei ihr am Samstag?«

Sven nickte. »Sie verteidigte sich damit, dass Hamm und sie sich nur ab und zu träfen, es sei nichts Festes, nicht mehr als eine profane Bettgeschichte, nicht der Rede wert, und sie habe natürlich keinen Verdacht auf ihn lenken wollen. Außerdem fand sie, tue ihr Privatleben wirklich nichts zur Sache.«

»Ah ja«, sagte Hannah und hob die Augenbrauen.

»Die verbergen irgendetwas«, sagte Sven, »da könnte ich drauf wetten.«

»Ich auch«, stimmte Hannah ihrem Kollegen zu. »Was hat sie zu den hohen Geldanlagen und den Versicherungspolizzen zu sagen gehabt?«

»Sie hat es rasch erklären können. Professor Meyers hatte von seinen Eltern geerbt. Ich habe es überprüfen lassen, es stimmt, und die Polizzen hatte er schon für seine erste Frau abgeschlossen. Nachdem sie gestorben war, hat er sie auf Claudia umschreiben lassen.«

»Nett von ihm.«

»Es wäre immerhin ein Motiv.«

Hannah nickte. »Vielleicht hat Claudia Meyers bei irgendwem Schulden, oder Hamm …« Sie beobachtete Sven, der sich am Haaransatz kratzte.

Ihr Handy klingelte, und sie warf einen kurzen Blick aufs Display. Es war Carl. Hannah nahm nicht ab, sondern schaltete auf stumm. Vermutlich wollte er ihr berichten, ob er den Zuchthengst gekauft hatte, den sie am gestrigen Tag in Augenschein genommen hatten. Immer öfter trug er sich mit dem Gedanken, selbst Ägidienberger zu züchten, diese robuste Rasse, die es ihm angetan hatte. Was ihn bislang vom Kauf abgehalten hatte, war der Preis.

»Genau das sollten wir überprüfen.« Hannah schob das Handy in die Schreibtischschublade und blinzelte. Sie würde noch früh genug erfahren, ob Carl gekauft hatte oder nicht. »Kümmerst du dich darum, bitte?«, wandte sie sich an Sven.

»Mache ich.«

»Was hat Claudia Meyers dazu gesagt, als du ihr von dem Aneurysma ihres Mannes erzählt hast?«, wollte Hannah wissen.

»Sie hatte angeblich keine Ahnung davon. Sie behauptet, auch ihr Mann habe nichts davon gewusst.«

»Wahrscheinlich stimmt das. Warum sollte sie lügen? Es gibt keinen Grund«, sagte Hannah. »Frag bitte bei seinen Ärzten nach.«

»Okay, aber vermutlich war es besser so für ihren Mann. Zu wissen, dass er mit einer tickenden Zeitbombe durchs Leben geht, wäre bestimmt extrem belastend für ihn gewesen. Es ist längst nicht sicher, dass eine solche Operation gelingt.«

Hannah beugte sich vor und sagte leise: »Oft genug kommt es zu schwerwiegenden Hirnschäden.« Sie sah aus dem Fenster. Nach einem Moment riss sie sich von dieser tragischen Vorstellung los und richtete ihre Gedanken wieder auf den Stand der Ermittlungen. »Da ist noch etwas Interessantes. Die Spurensicherung geht davon aus, dass der mutmaßliche Mörder Schuhgröße 46 hat, der zugehörige Mann wiegt etwa 100 Kilo.«

»Hamm wiegt höchstens 85«, warf Sven ein.

Hannah ließ sich von dieser Information nicht beirren. »In den Eindruckspuren im Garten, also unter den Schuhsohlen und vereinzelt in Abdruckspuren auf dem Küchenfußboden, wurden Katzenhaare sichergestellt. Glücklicherweise war der Erdboden vom Regen der letzten Woche noch etwas feucht.« Sie blickte vom Monitor ihres PCs auf und sah ihren Kollegen grübelnd an. »Wie sind die Katzenhaare dorthin gekommen? Haustiere hatten die Meyers nicht, oder?«

Sven schüttelte den Kopf. »Nicht, dass ich wüsste, ich kläre es aber sicherheitshalber ab.«

Nach einem Moment schlussfolgerte er: »Eine Frau scheidet also mit hoher Wahrscheinlichkeit als Mörderin aus. Könnten die Schuhabdrücke von Meyers selbst stammen?«

Hannah stützte den Kopf in die Hand und verharrte einen Moment. »Meyers' Füße sind kleiner. Größe 43, und die Sohlen der Sneakers, die er zum Todeszeitpunkt trug, hatten ein völlig anderes Profil. So steht es hier. Inzwischen wurden auch alle anderen Schuhe von ihm überprüft.«

»Wir suchen also Mister X.«

»Welche Schuhgröße hat Hamm? Weißt du es zufällig?«, ignorierte Hannah seine Feststellung.

»Keine Ahnung.«

»Schreib die Frage auf deine Liste.«

Sven nickte. »Wird erledigt. Apropos Liste. Was ist mit den Telefonlisten der Meyers?«

»Haben wir noch nicht. Weder die ihrer Handys noch die ihres Festnetzanschlusses.«

»DNA-Spuren?«

»Die Auswertung ist noch nicht abgeschlossen.« Wieder einmal registrierte Hannah mit Zufriedenheit, wie konzentriert Sven mitdachte, und während sie ihn betrachtete, bemerkte sie, dass er ungewöhnlich blass wirkte. »Wie war dein Wochenende?«, erkundigte sie sich. »Tango getanzt?«

»Nein, stattdessen hatte ich eine schlaflose Nacht.«

Die prompte Antwort überraschte sie. »Was war los?«

»Frag besser nicht.«

Svens Gesichtsausdruck entnahm Hannah, dass er entgegen seiner Behauptung reden wollte, und so wartete sie einfach ab, bis er weitersprach.

»Ich war verabredet. Mit einer Frau aus dem Tangokurs, eine wahre Schönheit, du glaubst es nicht.« Svens Gesichtszüge nahmen einen entrückten Ausdruck an.

»Ist doch toll.« Hannah lehnte sich im Stuhl zurück, gespannt auf das, was sie gleich zu hören bekommen würde.

»Argentinierin. Sie rief mich einfach an. *Mich*.« Sven machte große Augen. »Fragte, ob wir etwas trinken gehen wollten.« Er holte tief Luft. »Es war wirklich schön.«

Hannah lächelte.

»Und dann hat sie mich nach Hause gebracht. *Sie mich!* Aber ich habe sie nicht mal gefragt, ob sie noch mit zu mir hochkommen will.« Sven fuhr sich mit der Hand durchs Haar. »Ich könnte mich deswegen ohrfeigen!«

»Du siehst sie doch wieder?«, erkundigte sich Hannah amüsiert.

»Beim Tangokurs.«

»Na also. Dann bring ihr doch was Nettes mit.«

Sven starrte Hannah an. »Kann ich das einfach so machen?«

»Warum nicht? Du wirst sehen, sie freut sich.«

»Und was? Blumen?«

Hannah schüttelte den Kopf. »Langweilig.« Auch

sie dachte nach. »Ich habe mal einen Handschmeichler bekommen.«

»Handschmeichler? Was ist denn das?«

»Ein glatt polierter Stein, der Glück bringen soll.«

Sven sah sie ratlos an.

»Oder Gesundheit, oder was immer dir einfällt … so etwas mag jeder, jede Frau sowieso. Du kannst auch ein schönes Stück poliertes Holz nehmen.«

»Und wo gibt es sowas?«

»Am Rhein, in der Mineralienhandlung … Wirst du schon rausfinden, du bist doch Polizist.« Hannah schüttelte den Kopf und sah ihn lange an. »Du und Frauen, das ist noch ein weiter Weg.«

Sven grinste.

Hannah wechselte das Thema. »Wie war es bei Meyers' Nachbarn?«, erkundigte sie sich.

»Beide haben ein Alibi. Ihre Tochter war zur Tatzeit mit einer Freundin zu Besuch. Sie haben die Aussage der Eltern inzwischen bestätigt. Weder Herr noch Frau Streitler ist zwei Meter groß, und eine Katze haben sie auch nicht. Schüsse haben sie nicht gehört auch sonst nichts Außergewöhnliches bemerkt. Vermutlich hat der Täter einen Schalldämpfer benutzt.«

Hannah nickte. »Gibt es Waffen im Haus?«

Sven schüttelte den Kopf.

Hannah stützte die Ellbogen auf die Schreibtischplatte, faltete die Hände und sah Sven ins Gesicht: »Wir nehmen zunächst mal Claudia Meyers und ihren Geliebten ins Visier. Und was Meyers' Arbeit betrifft, bleibt zu hoffen, dass Doktor Lücks Fieber sinkt und ich bald mit ihm reden kann.«

JÖNKÖPING, SCHWEDEN

Nils konnte sich noch an jede Einzelheit erinnern. Es war ihm tatsächlich gelungen, dieses angsteinflößende Gerät einzuholen, doch er hatte keine Ahnung, wie er es hätte stoppen können. Zwei Tage war das jetzt her. Unbeirrt hatte sich das metallene Ding wie ferngesteuert seinen Weg gebahnt, und mit Armen, die aussahen wie kleine Sägen, hatte es Äste abgetrennt, die ihm im Weg waren. Nils hatte mit seinem Handy Fotos gemacht, und seitdem ließ ihn der Gedanke daran nicht los.

Als er wieder zu den Kindern zurückgekehrt war, hatte Ebba vor Angst, dass er nicht wiederkommen würde, gezittert. Sie wollte wissen, ob die Riesenspinne zu ihnen in die Hütte kommen könnte, und was sie dann tun würden. Nils hatte versucht, sie zu beruhigen, und während er versicherte, dass das Ding keine Spinne sei, sondern ein technisches Gerät, ein Roboter, der sich von der Hütte weg- und nicht auf sie zubewegte, sprang Olov aufgeregt herum und fabulierte, es wäre ein großes Abenteuer, wenn es zu ihnen käme. Vielleicht stünde es bald doch vor ihrer Tür, mitten in der Nacht. Ebba schrie auf vor Angst, und Olov legte seinen Arm um sie und beteuerte, er habe ja sein Taschenmesser dabei und mit dem würde er sie alle verteidigen und vor dem Ungeheuer beschützen.

Irgendwann war es Nils schließlich gelungen, die Kinder auf andere Gedanken zu bringen, doch er selbst dachte unaufhörlich an dieses beängstigende Ding, das offensichtlich genau wusste, was es tat.

Sie hatten einen Lachs und einen Dorsch gefangen, ihn gegrillt und anschließend ausgiebig Ball gespielt. Abends, als er Ebba und Olov ins Bett gebracht hatte, sprachen beide wieder von der riesigen Spinne, und selbst Olov, der am Nachmittag noch so große Töne gespuckt hatte, wollte, dass er sich zu ihnen legte. Nachts war Ebba erwacht und hatte sich schutzsuchend an ihn gedrückt, und er hatte lange sanft über ihre Haare gestrichen, bis sie wieder eingeschlafen war.

Nils feuerte den Ofen an, ein graues gusseisernes Teil mit Glasscheibe, durch das man die Flammen lodern sah. Ebba und Olov hockten zufrieden auf den harten Holzstühlen am Tisch, nippten an ihrem Kakao und bekamen von der Hitze rosige Wangen. Keiner von ihnen hatte recht Lust darauf, etwas zu sagen.

»Wie wäre es mit einer Geschichte?«, fragte Nils. Die ein, zwei Stunden vor der Abfahrt seiner Kinder zurück in ihr vertrautes Leben waren immer schwieriger als die ersten Stunden nach ihrer Ankunft.

Ebba und Olov nickten, und Nils kramte einen Jugendroman hervor, der von dem Abenteuer eines 13-jährigen blinden Passagiers auf einem Ozeanriesen handelte. Während er sich zurechtsetzte und das Buch aufschlug, spürte er bereits die Leere, die der Abschied von seinen Kindern in ihm hinterlassen würde, und er wusste, dass es das Beste war, sich dann erst einmal abzulenken.

Wenn sie weg waren, mit Linda winkend im Auto davongefahren waren, würde er vermutlich noch einmal nach draußen gehen. Bewegung half meistens, und die Dämmerung machte ihm nichts aus. Putzen konnte er auch morgen noch. Sven spürte eine leichte Unruhe in sich aufsteigen. Vielleicht würde er erneut diesem seltsamen Gerät begegnen. Im Grunde wartete er geradezu darauf.

Nils las die letzte Seite des ersten Kapitels, räusperte sich und legte das Buch auf den Tisch. Dann schenkte er Kakao nach und setzte sich wieder auf den Hocker. Es fiel ihm heute unglaublich schwer, die Kinder gehen zu lassen. Er seufzte leise. Kaum hatte er sich an sie gewöhnt, mussten sie schon wieder fort. Aus Erfahrung wusste er, dass sich das Gefühl des Verlustes nach einem Tag wieder verflüchtigen würde, doch das war momentan nur ein schwacher Trost.

Er würde sich erst wieder an das Alleinsein gewöhnen müssen.

Endlich fuhr Linda mit dem Auto vor. Ebba und Olov rührten sich nicht von ihren Plätzen, und Nils öffnete die Tür.

»Hej.«

»Hej.«

Sie streifte Nils mit einem kurzen Blick und betrat die Hütte.

»Na, wie war's? Schön?«

Ebba und Olov nickten. Linda ging zum Tisch und gab jedem einen Kuss.

»Setz dich doch«, forderte Nils sie auf und schob ihr den Hocker hin, der noch warm war von ihm.

»Okay, aber lange kann ich nicht bleiben. Du weißt, es wird früh dunkel, da sehe ich schlecht.«

»Klar.« Nils nickte. Aus diesem Grund war immer er abends gefahren, als sie noch zusammen waren.

»Wir haben vielleicht was erlebt!«, trompetete Olov und rutschte auf seinem Stuhl hin und her.

»Was ganz Besonderes, Mama«, bestätigte Ebba. »Wir haben eine Riesenspinne gesehen! So groß wie die Hütte hier!«

»Einen Roboter«, korrigierte Nils.

»Was?« Linda blickte ungläubig fragend von den Kindern zu Nils. »Die gibt es doch hier doch gar nicht!«

»Und natürlich nicht so groß wie meine Hütte«, sagte Nils und erklärte, an Linda gewandt: »Doch, im Ernst, wir haben einen Roboter gesehen, irgendein technisches Gerät, das an eine große Spinne erinnert. Das Ding arbeitet sich rücksichtslos durch den Wald und holzt massenhaft Äste ab, die ihm im Weg sind, beschädigt also viele Bäume. Eine Riesensauerei. Schau mal hier …« Nils zog sein Handy aus der Hosentasche und zeigte Linda die Aufnahmen, die er von dem Gerät gemacht hatte. Sie beugte sich interessiert darüber und studierte die Details.

»Was hat so ein Roboter hier zu suchen? Er scheint ferngesteuert zu sein, aber von wem oder wodurch? Es war kein Mensch in der Nähe weit und breit. Vielleicht wird er über einen Satelliten manövriert …« Nils sah Linda ratlos an. »Du bist doch in diesem Umweltverein. Hast du so etwas schon einmal gesehen?«

»Nein.« Linda rieb sich nachdenklich die Stirn. Nach einer Weile sagte sie: »Oder doch, warte mal. Es gab mal Fotos, da waren ähnliche Geräte drauf.« Sie blickte noch einmal genauer hin. »Es könnte so was wie ein Explorationsroboter sein.«

Nils runzelte fragend die Stirn.

»Laufmaschinen, die zur Erkundung in unwegsamem Gelände eingesetzt werden, nicht nur auf der Erde, beispielsweise am Rand von Vulkanen oder im Gebirge, sondern auch auf dem Mond, inzwischen sogar auf dem Meeresboden.«

Auf Nils' Stirn hatte sich inzwischen eine steile Falte gebildet. »Und was sollte so ein Ding hier zu suchen haben?«

Linda überlegte und zuckte die Achseln. »Keine Ahnung. Daten sammeln – aber wofür? Wenn du willst, arrangiere ich dir einen Termin mit dem Vorsitzenden meines Umweltschutzverbands. Wenn irgendjemand etwas dazu sagen kann, dann er.«

Nils nickte. Als Geliebte hatte er Linda verloren, doch wenn es darauf ankam, nicht als Freundin. Er lächelte sie an, und seine Stimme klang fest, als er sagte: »Lieber heute als morgen.«

KÖLN, DEUTSCHLAND

Hannah parkte schräg gegenüber von Claudia Meyers' Haus. Sie konnte den Eingangsbereich von hier aus gut überblicken. Der Bungalow, in dem Claudia Meyers nun allein wohnte, war weiß gestrichen. Im Vorgarten wuchs dicht ein englischer Rasen, auf dem vereinzelt kleinwüchsige Rhododendren und Ziergräser standen. Alles in allem bot sich Hannah ein gepflegtes, urbanes Erscheinungsbild.

Nach einer guten Stunde tat sich immer noch nichts. Durch einen Anruf im Tennisklub hatte sie erfahren, dass der Platz, auf dem Hajo Hamm Trainerstunden gab, bis 18 Uhr von ihm gebucht worden war, und falls sie sich nicht täuschte, würde er sich anschließend mit Claudia Meyers treffen. Dass er hierherkommen würde, erschien Hannah unwahrscheinlich, doch vielleicht würde Claudia Meyers ihr Haus verlassen und sich in ihren SUV setzen, um ihn anderswo zu treffen. Wenn die beiden etwas zu verbergen hatten, dann würden sie darauf achten, dass niemand sie zusammen sah. Noch stand ihr großes Gefährt einer Luxusmarke vor der Garage.

Hannah warf einen Blick auf ihre Armbanduhr, es war schon nach 19 Uhr. Carl trug vielleicht gerade wieder das Abendessen auf. Den Zuchthengst hatte er gekauft, er hatte es ihr per *WhatsApp* mitgeteilt, und sie hatte ihm auf demselben Weg gratuliert. Er hatte ein wenig gemurrt, als sie ihn schließlich angerufen hatte, um ihm zu sagen, dass sie heute in ihrem kleinen Pensionszimmer in der Kölner

Innenstadt übernachten würde, doch sie hatte ihn mit dem Ausblick auf das bevorstehende Wochenende, an dem sie viel Zeit füreinander haben würden, besänftigt. Auch sie freute sich schon sehr darauf.

Hannah hatte das Zimmer in Köln vor sechs Monaten gemietet. Es ermöglichte ihr, spontan zu entscheiden, ob sie nach der Arbeit nach Hause fahren oder in Köln bleiben wollte, falls es spät geworden war und die einstündige Autofahrt nach Hause sie abschreckte. Manchmal wollte sie sich aber auch einfach die Freiheit nehmen, abends in eine Kneipe, ins Theater oder in die Philharmonie zu gehen. Was Hannah auf dem Land fehlte, war ein wenig kulturelle Abwechslung, und auch gute Restaurants gab es nicht allzu viele.

Hinzu kam, dass sie ihre Vermieterin Helmi sehr mochte. Helmi war eine lebensfrohe Witwe, die schon bessere Zeiten gesehen hatte und nach dem Tod ihres Mannes durch Vermietung eines Zimmers ihrer großflächigen Wohnung ihre Rente aufbesserte. Hannah freute sich jetzt schon auf sie. Im Laufe der letzten Monate waren sie sich nähergekommen. Helmi wusste meist etwas aus dem Kölschen Klüngel zu erzählen, ihr Mann war zu Lebzeiten mit einigen Lokalgrößen befreundet gewesen, zu manchen von ihnen hatte Helmi noch immer Kontakt.

Hannah liebte ihre Klatschgeschichten, und sie hoffte, dass ihre Vermieterin sie heute Abend noch auf ein Glas Wein auf ihren Balkon einladen würde.

Die Sonne schien schräg ins Innere des Wagens. Hannah drehte ihren Kopf Richtung Wagenfenster, die Strahlen wärmten ihr Gesicht. Für einen Moment schloss sie die Augen, doch ihr Handy klingelte, und Hannah schrak auf. Beinahe wäre sie eingeschlafen.

Mit einem Ruck setzte sie sich gerade, ein Blick auf das Display ihres Handys verriet, dass sie die Nummer nicht kannte.

Am Apparat war Lea Meyers.

Mit einer Stimme, die ein wenig heller klang als üblich, was daran lag, dass sie sich über ihren Anruf freute, fragte Hannah: »Sind Sie in Köln?«

»Nein, noch in Würzburg. Ich reise erst am Tag der Beerdigung an. Lea Meyers fügte leise hinzu: »Sie wissen ja, warum.«

In Hannahs Stimme lag Bedauern. »Sollten Sie nicht zusammen mit Ihrer Stiefmutter die Einzelheiten der Begräbnisfeierlichkeiten abstimmen? Ich meine, es geht mich nichts an, aber ...«

»Wir besprechen uns am Telefon. Das funktioniert ganz gut«, erwiderte Lea Meyers kurz angebunden.

Hannah schwieg.

»Die Trauerrede wird der Pastor unseres Stadtteils halten.«

»War Ihr Vater gläubig?«, fragte Hannah überrascht.

»Nein. Er war durch und durch Naturwissenschaftler und hat nicht an Gott geglaubt. Im Gegensatz zu meiner Mutter. Sie hat im Laufe ihrer Brustkrebserkrankung zum Glauben gefunden und sich bis zu ihrer Bettlägerigkeit in der Gemeinde engagiert, daher kenne ich den Pastor ganz gut. Wir sind uns öfter begegnet.« Lea Meyers hielt einen Moment inne, und Hannah fragte sich, ob vielleicht auch Lea zum Glauben gefunden hatte.

»Störe ich Sie?«, wollte Lea wissen.

»Keineswegs.« Hannah überlegte, was Lea wohl davon halten würde, wenn sie wüsste, wo sie sich gerade befand.

»Es gibt etwas, das wollte ich Ihnen mitteilen.«

Hannah horchte auf. »Ja?«

»Ich weiß nicht, ob es wichtig ist …«

»Es ist in jedem Fall gut, wenn Sie es mir sagen.«

»Claudia und ihr Liebhaber …«, setzte Lea an und stockte dann.

»Sprechen Sie ruhig weiter. Jeder Hinweis ist wertvoll.« Hannah wartete ab, denn am anderen Ende der Leitung blieb es still. Nach einer Weile, die Hannah sehr lang erschien, sagte Lea: »Vielleicht täusche ich mich, verdächtige zu Unrecht …«

»Sie brauchen sich deswegen keine Sorgen zu machen, wir klären Hinweise ganz unvoreingenommen ab.«

Lea Meyers holte tief Luft. »Ich glaube, Claudia zockt mit Bitcoins.«

Hannah brauchte einen Moment, um ihre Überraschung zu verbergen. Bitcoin war keine herkömmliche Währung, sondern ein fiktives digitales Zahlungsmittel, das auf unterschiedlichen Plattformen im Netz gehandelt wurde. Für Anleger waren bei diesem Handel große Verluste, aber auch große Gewinne drin. Soweit sie wusste, kursierten mittlerweile mehrere 100 sogenannte Kryptowährungen auf Handelsplattformen im Netz, Bitcoin war die bekannteste und das Original.

»Wie kommen Sie auf die Idee?«, wollte Hannah wissen.

»Ich habe entsprechende Unterlagen in ihrem Sekretär entdeckt.«

»Zufällig?«

»Nein.«

Hannah nahm die Information hin, ohne weiter nachzufragen. Im Grunde wunderte es sie nicht, dass Lea ihre Stiefmutter ausspionierte.

»Leidet Claudia unter Spielsucht?«, fragte sie.

»Nein. Ich glaube, nicht.«

Hannah überlegte, welche Bedeutung Leas Information zukam. »Haben Sie die Unterlagen kopiert?«, fragte sie.

»Nein, aber mit dem Handy fotografiert. Ich schicke sie Ihnen zu. Einverstanden?«

»Aber ja.«

In diesem Moment trat Leas Mutter aus der Haustür. Sie blickte um sich, wie um sich zu vergewissern, dass niemand sie beobachtete, ging zu ihrem SUV, startete den Motor und setzte rückwärts aus der Einfahrt.

Hannah verabschiedete sich schnell von Lea, warf das Handy auf den Beifahrersitz und folgte Leas Mutter in einem Abstand, der keinen Argwohn verursachen würde.

HOUSTON, USA

Carrie Green lehnte am bodentiefen Fenster ihrer Penthousewohnung und blickte wieder einmal fasziniert auf das Meer an Wolkenkratzern um sie herum. Auch nach einem Jahr konnte sie sich immer noch nicht an den funkelnden Fassaden und erleuchteten großen Glasscheiben, hinter denen sich das Leben fremder Menschen abspielte, sattsehen. Unten auf der Straße fuhren Autos so klein wie Spielzeug, weit entrückt wie Protagonisten einer anderen Welt.

Ein anstrengender Arbeitstag bei der *JAWI TEXAS OIL Group*, die Anfang des 20. Jahrhunderts gegründet worden war und deren Name sich aus den Anfangsbuchstaben der Vornamen ihrer Gründungsväter und Brüder Jack und William Cohn ableiten ließ, lag hinter ihr. Carrie war erst gegen 21 Uhr nach Hause gekommen, der Rücken tat ihr weh und sie sehnte den Moment herbei, wenn sie endlich ihre spitzen Schuhe, die die Zehen schmerzhaft zusammendrückten, von sich schleudern konnte.

Trotzdem und weil sie ihn mochte, hatte sie beim Betreten des Hochhauses kurz mit dem Portier über einen neuen Deli-Store geplaudert, der ein paar 100 Meter die Straße hinauf eröffnet hatte, und der mit Sojamilch gebackene Bagels und besten italienischen Schinken im Angebot haben sollte. Als Carrie endlich in den Fahrstuhl gestiegen war, hatte sie sich erschöpft gegen die Wand gelehnt und gefühllos auf ihr Spiegelbild gestarrt, dann hatte sie sich dem dezenten Summen überlassen, das sie in meditative Stimmung versetzte, und war nonstop nach oben geglitten, direkt in ihr Apartment.

Dort hatte sie sofort ihre Schuhe ausgezogen und ihren dunkelblauen, leicht verschwitzten Hosenanzug abgestreift, sich einen großen Gin Tonic eingeschenkt und lauwarmes Badewasser einlaufen lassen.

In ihrem Job als rechte Hand des Finanzvorstands, sie war bei *JAWI* unter anderem zuständig für das Controlling, kam sie selten zu einer Uhrzeit nach Hause, zu der andere zu Abend aßen, meist wurde es später. Und wenn sie dann, so wie heute, noch eine Verabredung hatte, benötigte sie kleine Hilfsmaßnahmen, um einigermaßen frisch auszusehen und sich entsprechend zu fühlen. In ihrem Job war es wichtig, Energie und Vitalität auszustrahlen, ganz gleich zu welcher Uhrzeit.

Das Bad hatte sie erfrischt, und nun, da sie in ein schwarzes Kleid mit dezentem Paillettenbesatz am Ausschnitt und einem schmalen roten Streifen am Saum schlüpfte, überzeugte ein Blick in den Spiegel sie davon, dass sie sich mit ihren 39 Jahren immer noch sehen lassen konnte. Ihre glatten dunklen Haare, die sie halblang trug, unterstrichen die Klarheit ihrer Züge, ihre Körperkontur war schmal, ihre Beine lang und wohlgeformt. So manches Mal hatte sie sich gefragt, ob nicht nur ihre schnelle Auffassungsgabe, sondern auch ihr Aussehen ihr den Weg nach oben geebnet hatte, und sie war davon überzeugt, dass es ein Zusammenspiel von beidem gewesen war. Von ihrem Ehrgeiz, der sie konsequent ihr Ziel verfolgen ließ, einmal ganz abgesehen.

Noch standen ihre Pumps vor dem Schrank im Schlafzimmer, und es blieben ihr 30 Minuten, bis der Portier, der sie mit seinem eisengrauen Haar, den verschmitzten Augen und der langen Nase in seinem schmalen Gesicht an den betagten John Updike erinnerte, bei ihr anrufen würde, um zu sagen, dass das Taxi vor der Tür stünde.

Sie hatte Updike mit 15 entdeckt und seine *Rabbit*-Romane verschlungen. Updike, der als Kind unter Schuppenflechte und argem Stottern litt, hatte angefangen zu schreiben, um den Spott der anderen zu verarbeiten, und schließlich war ein *Pulitzer*-Preisträger aus ihm geworden. Seine Romanhelden waren oft Loser gewesen, und sie hatte sich und ihre Eltern in der Beschreibung der kleinen Verhältnisse, in denen Updikes Protagonisten lebten, wiederentdeckt. Sie hatte die kleinen Fluchten, Lügen und Intrigen, die Umwege, die seine Figuren auf der Suche nach dem kleinen Glück einschlugen, mehr oder weniger in sich aufgesogen. Doch hatte der Spiegel, der ihr am Beispiel von Updikes Romanhelden, diesen unspektakulären, verdammt normalen Menschen, vorgehalten wurde, auch vor Augen geführt, dass sie, koste es was es wolle, aus dieser Gesellschaftsschicht ausbrechen musste. Sie hatte nicht vor, einen mittelmäßigen Mann zu heiraten, mittelmäßige Kinder aufzuziehen und sich dafür abzurackern, mittelmäßige Träume vom Eigenheim in der Vorstadt und dem großen SUV davor zu realisieren, oder gar wöchentlich *Powerball* oder *Mega Millions* zu spielen, so wie ihr Vater es, seit sie auf der Welt war, getan hatte.

Carrie blinzelte. Ihr Ehrgeiz hatte sie immerhin schon ziemlich weit nach oben gebracht, in den 35. Stock eines Wolkenkratzers in Houston, in dem der Quadratmeterpreis bei 30.000 Dollar lag. Sie schlenderte zum Regal an der gegenüberliegenden Wand, wo ihre Musikanlage stand, und wählte mit Bedacht ein Klavierkonzert von Clara Schumann aus, dessen harmonische Komposition und leichte Traurigkeit sie immer in entspannte Stimmung versetzte. Dann steuerte sie das große sandfarbene Sofa an und legte die Beine hoch. Genauso hatte es ihre Mutter nach einem langen Arbeitstag gemacht, wenn sie in der Stimmung war, die einzige Klassik-CD, die sie besaß, zu hören.

Einen Moment überlegte sie, ob sie sich noch einen weiteren Gin Tonic genehmigen sollte, verzichtete aber darauf, denn nichts fand sie abstoßender als einen Menschen, an dessen Sprache und Gesten erkennbar war, dass er Alkohol getrunken hatte. Schließlich war sie noch verabredet und brauchte einen klaren Kopf. So wie andere eine Zigarette oder einen Zigarillo zum Feierabend rauchten, gestattete sie sich nach ihrer Rückkehr in die Wohnung ein Glas Wein, Gin Tonic oder Campari, mehr aber auch nicht.

Carrie sah vom Sofa aus durch halb geschlossene Lider auf die Wolkenkratzer gegenüber. Nach und nach flammten immer mehr Lichter in ihnen auf, sie verliehen dem tagsüber so nüchternen Houston den märchenhaften Glanz alter Kinobilder. Carrie spürte trotz aller Schläfrigkeit ein Ziehen in der Magengegend, sie kannte das Gefühl gut, es war ein Zeichen ängstlichen, ja misstrauischen Glücks.

Das Taxi wurde sie ins *Yellow Wing* bringen, eines der angesagten Restaurants der Stadt, und Chuck Bold würde dort vermutlich bereits auf sie warten. Sie war sicher, dass Chuck, Finanzvorstand bei *JAWI* und seit zwei Jahren ihr Chef, einen Tisch am Fenster mit umwerfendem Blick auf den Seehafen reserviert haben würde, der die Stadt mit dem Golf von Mexiko verband.

Carrie atmete tief durch. Wenn sie weiter so gut verdiente oder, was beinahe sicher war, bald noch deutlich mehr, würde sie ihre Wohnung in spätestens sechs Jahren abbezahlt haben. Mit ein wenig Glück noch früher, und zwar dann, wenn sie auf der Karriereleiter noch ein Stückchen weiter nach oben geklettert war. Ein vages Gefühl von Unwirklichkeit erfasste sie. War das wirklich sie, die hier lag?

In hippen Seidenstrümpfen und einem kleinen Schwarzen, und die gleich mit einem der wichtigsten Manager von *JAWI* essen gehen würde?

Der die Verantwortung auferlegt worden war, die Zukunft von *JAWI* bereits jetzt mitzubestimmen?

Das dumpfe Gefühl in Carries Magengegend wurde stärker, und mit ihm stiegen ihre ängstlichen Zweifel.

Was sollte sie Chuck gleich sagen?

Er würde wissen wollen, ob sie in Europa weitergekommen war.

Carrie presste ihr Gesicht in ein samtiges Kissen. Tatsächlich hatte sie nicht die leiseste Ahnung.

Ihre Mutter hatte Tag für Tag an der Kasse eines Supermarktes gesessen. Nie würde Carrie vergessen, welch graue Farbe Hände schon nach einer Stunde vom Geld abzählen angenommen hatten, wie eingerissen die Haut gewesen war und, wenn ihre Mutter nicht regelmäßig einen Klacks Creme aus der Tube neben der Kasse gedrückt und ihre Hände damit eingecremt hatte, wie blutig ihre Hände oft gewesen waren.

Carries Mutter hatte sich nie beschwert, im Gegenteil, sie war dankbar dafür gewesen, in diesem Supermarkt überhaupt arbeiten zu dürfen, denn sie hatte weder einen High-School-Abschluss noch eine Ausbildung vorzuweisen. Nachdem Carries Vater an Multipler Sklerose erkrankt und auf den Rollstuhl angewiesen war, hatte alle finanzielle Last auf ihren Schultern gelegen. Ihr Mann war, solang es irgend ging, als Hafenarbeiter an der Kaianlage tätig gewesen, und auch er hatte nie geklagt. Bis er gestorben war.

Carrie hatte in seiner letzten Stunde seine Hand gehalten, er hatte sie fest gedrückt, seiner Tochter in die Augen gesehen und gesagt: »Es war eine schöne Zeit.« Noch heute kamen ihr beim Gedanken daran die Tränen.

Carrie lauschte den Klängen von Clara Schumanns Klavierkonzert.

Ihre Mutter hatte sich abgerackert und jeden Penny für sie zurückgelegt, denn Carrie sollte es einmal besser haben. Sie hatte viel Geld für Carries Psychotherapeuten und Analytiker bezahlt, als diese kurz vor dem High-School-Abschluss unter Prüfungsdruck geriet und plötzlich einen schizophrenen Schub bekam. Er hatte Wahnvorstellungen bei ihr ausgelöst, war allerdings nach sechs Monaten wieder abgeklungen, und zu ihrer großen Erleichterung hatte er sich nie wiederholt.

Carrie wischte sich eine Träne von der Wange.

Wenigstens hatte auch ihre Mutter es inzwischen einigermaßen gut. Sie lebte jetzt in der Nähe des Hermann Parks in einer hellen, freundlichen Wohnung und bedankte sich in fast jedem Telefonat bei ihr für die finanzielle Unterstützung. Carrie hatte einen Dauerauftrag eingerichtet und überwies ihr Monat für Monat einen Betrag, doch das ständige Dankeschön hatte sie ihrer Mutter bis heute nicht abgewöhnen können.

Sie seufzte, und ihr Blick wurde starr. Wenn ihre Mutter wüsste.

❊

Chuck hatte, wie von Carrie vorausgesehen, einen Tisch am Fenster mit Blick auf den Hafen reserviert, in dem riesige Containerschiffe ankerten. Er erhob sich vom Tisch, als er sie sah, und begrüßte sie mit einer Umarmung. Carrie fragte sich jedes Mal, wenn Chuck ihr körperlich nahekam, ob es ihr angenehm war oder nicht, und sie konnte es einfach nicht sagen. Nicht, dass er sie auch nur eine Sekunde zu lang umarmt hätte, so einer war er nicht. Eher linkisch waren seine Berührungen, als wäre ihm die körperliche Nähe peinlich.

Carrie dachte, er bemüht sich darum, väterlich zu sein, doch er ist es nicht. Er ist viel zu sehr bei sich und geht nur mit mir essen, weil ich Spielball seiner und *JAWI*s wirtschaftlichen und finanziellen Interessen bin.

Sie wusste von ihm, dass er verheiratet war und zwei Kinder hatte und dass seine Frau Golf spielte und sich, seit die Kinder studierten, die Zeit in Galerien vertrieb. Auf Chucks Schreibtisch in seinem großen Büro thronte ein den Dimensionen des Raums angepasstes Foto: Es zeigte seine Frau in jungen Jahren mit beiden Kindern im Arm, zwei lausbubenhaft wirkenden Jungen. Er wirkte stolz auf seine Familie, zumindest schien er sich in der Rolle des Patriarchen zu gefallen, der kraft seiner Samen und mit Hilfe einer eleganten Frau diese Familie mit ihren prachtvollen Sprösslingen quasi aus dem Boden gestampft hatte.

»Du siehst umwerfend aus«, sagte Chuck mit anerkennendem Blick. Wenn nicht eine Spur Berechnung darin erkennbar gewesen wäre, der Ton nicht ein wenig zu kühl, hätte Carrie sich über das Kompliment gefreut. So nickte sie nur, strich sich das Kleid glatt und setzte sich.

»Ein Gläschen Champagner?«, fragte Chuck.

Carrie nickte. Sie konnte unmöglich ablehnen. Ihr Blick fiel durch das Fenster auf eines der großen beleuchteten Schiffe im hinteren Bereich des Hafens, die Ladung war noch nicht gelöscht. Riesige Container wuchsen übereinandergestapelt in den dunklen Himmel.

Chuck reichte ihr die Karte. Es war die Version ohne Preis, wie sie in Luxusrestaurants auch heute noch manchmal üblich war, die Version für Damen. Carrie verzichtete auf eine Bemerkung und entschied sich für Hummersuppe und gegrillte Dorade.

Als der Kellner die Bestellung aufgenommen und sich wieder entfernt hatte, kam Chuck direkt zur Sache: »Den Zahlen nach zu urteilen, werden wir tatsächlich nicht darum herumkommen, in den nächsten zwei bis drei Jahren etwa 25 Prozent des Personals abzubauen. Ich habe heute alles noch einmal überprüft. Es sei denn, du …«

»Ich weiß«, Carrie nickte. Immer wieder hatte ihr Vorgesetzter sie darauf hingewiesen, dass durch ihre Arbeit das Beschäftigungsverhältnis von Tausenden von Mitarbeitern gerettet werden konnte, doch langsam nervte er sie. Chuck war hartnäckig, er machte Druck, so wie er es bei jedem machte, von dem er etwas verlangte, doch genau das war vermutlich das Geheimnis seines beruflichen Erfolgs. Ohne sich etwas von ihrem Ärger anmerken zu lassen, erwiderte sie sachlich: »Wenn sich die Konzernumsätze nach dem zwischenzeitlichen Höhenflug – dem, wie wir wissen, ein Abwärtstrend folgte – stabilisieren ließen und wir weiterhin zu den sieben weltweit größten börsennotierten Unternehmen zählen würden, wäre das ein riesiger Erfolg.«

»Und ob. Vor allem würden wir Zeit gewinnen. Die brauchen wir dringend.«

»Ich weiß«, stimmte Carrie ihm zu. »*JAWI* könnte endlich ihre Hausaufgaben machen und nach Wegen suchen, um in erneuerbare Energien zu investieren. An diesem Trend kommt keine Mineralölgesellschaft vorbei. Wir haben alle lange genug geschlafen. Benzin wird in den nächsten zwei Jahrzehnten einen immer geringeren Umsatzanteil ausmachen. Das schlimmste Szenario wäre, dass es *JAWI* in 15 Jahren nicht mehr gibt.«

»Leider hast du nur allzu recht, wir dürfen uns nichts vormachen.« Chuck bewegte sich auf seinem Stuhl unruhig hin und her, der Gedanke, dass *JAWI* vom Markt verschwinden könnte, behagte ihm überhaupt nicht.

Carrie wandte den Kopf. Um sie herum hörte sie das Gemurmel gedämpfter Stimmen. Gut angezogene Menschen unterhielten sich leise an runden weiß eingedeckten Tischen, und die Kellner machten den Eindruck, als hätten sie jahrelang beste Benimmschulen besucht. Einer von ihnen, schwarz gekleidet und schlank, näherte sich ihrem Tisch und servierte mit einer eleganten Verbeugung die dampfende Suppe. Der leicht süßliche Hummerduft kitzelte Carries Gaumen, erst jetzt spürte sie, wie hungrig sie war.

Chuck hob sein Glas: »Umso wichtiger ist es, dass du jetzt alles richtig machst.« Er sah sie beschwörend an und sagte: »Auf die Zukunft.« Nach einem kleinen Moment fügte er hinzu: »Auf *JAWI*. Auf dich.«

Carrie blinzelte, prostete ihm zu und nippte an ihrem Champagner, der vorzüglich schmeckte. Dann griff sie zum Löffel, und erst, als sie ihn nach einigen Minuten wieder aus der Hand legte, sagte sie: »Noch einmal: Nur Investitionen in erneuerbare Energien werden die Zukunft der Mineralölindustrie retten.«

Chuck wischte sich mit der Serviette über den Mund. »Ja, aber dafür brauchen wir Zeit. Wir müssen geeignete Projekte finden und in erster Linie Zeit gewinnen, Carrie. Ich hoffe, du hast die Situation im Blick. Und tust, was zu tun ist.«

Da war er wieder, der Druck. Anfänglich hatte ihr die Verantwortung, die Chuck ihr auferlegt hatte, geschmeichelt, doch inzwischen spürte sie, dass sie immer mehr zu einer schweren Bürde wurde.

»Der Tanker ist vom Stapel, aber …«, Carrie machte eine Pause, bevor sie weitersprach, »… er schwimmt noch nicht auf hoher See.«

»Du hast die Hamburger Spezialisten eingeschaltet? Die verstehen was von ihrem Job.«

Sie lehnte sich in ihrem Stuhl zurück und dachte an die Mail, die sie vor wenigen Tagen aus Europa erhalten hatte und die ihr seither schwer im Magen lag. Sie konnte kaum noch schlafen. »Sei beruhigt. Der erste Schritt ist getan«, versicherte sie jedoch und fügte mit betont fester Stimme hinzu: »Möglicherweise werde ich noch weitere Maßnahmen ergreifen müssen.«

Chuck stutzte einen Moment, schließlich sagte er: »Es wird zu *JAWIs* Bestem sein. Egal, was du tust, es ist richtig. Lass dich von nichts abhalten. Wir müssen sichergehen, dass wir am Markt bleiben, möglichst auch weiterhin zu den Marktführern zählen, nicht nur in Europa.« Er blickte Carrie eindringlich an und wartete, bis der Kellner mit dem Abräumen der Teller fertig war. Dann lehnte er sich über den Tisch näher zu ihr hin und sagte mit leiser Stimme: »Ein Großteil der Verantwortung für *JAWIs* Zukunft liegt in deinen Händen, das weißt du.«

Carrie holte tief Luft und hoffte, dass er es nicht bemerkte. »Ich zähle auf dich.«

Längst war Carrie nicht mehr sicher, ob ihr Deal, dass sie Chuck in zwei Jahren als Finanzvorstand ablösen würde, sofern es ihr gelänge, die drohende Konkurrenz weltweit auf dem Energiesektor aufzuhalten, sie in die Hölle anstatt in den Himmel katapultieren würde. Am Ende lagen die Sterne, die sie sich eigenhändig herunterholen wollte, doch nur glanzlos und in 1.000 Stücke zerbrochen in ihrem Penthouse herum.[*]

Carrie wandte den Blick von Chuck ab und sah aus dem Fenster, wo ein Pärchen sich auf der erleuchteten Kaimauer küsste. Die beiden saßen eng umschlungen im Lichtkegel einer Laterne, und bei ihrem Anblick wurde es Carrie eng ums Herz. Was wäre, wenn sie aufs falsche Pferd gesetzt hatte? Für einen Moment wünschte sie sich, sie könnte mit der Frau auf dem Kai tauschen. Einfach aufstehen, den Mann im Licht der Laterne küssen und für alle sichtbar nichts als glücklich sein.

Die Stimme des Kellners durchbrach ihre Gedanken. Beinahe froh über die Störung betrachtete sie wohlwollend den Fisch, der nun gegrillt und filetiert vor ihr auf dem Teller lag. Und plötzlich wusste sie wieder, dass alles, was sie tat, weswegen sie hier und nicht auf der Mauer saß, seine Berechtigung hatte. Allein der Gedanke an die vielen Menschen, die auf ihr Einkommen bei *JAWI* angewiesen waren, rechtfertigte ihr Tun.

Oder nicht?

Carrie blieb nichts anderes übrig, als weiterzumachen, zu viel war bereits geschehen, und so wischte sie jeden Zweifel beiseite, griff zum Besteck und konzentrierte sich auf den Fisch.

---

[*] Danke an Thommie Bayer, Ich hol' dir keine Sterne mehr vom Himmel, Album Cowboys und Indianer, 1998

JÖNKÖPING, SCHWEDEN

Es war Mittag, als Nils in seinen Pick-up stieg und sich auf den Weg nach Jönköping zum *Smaland Miljöförening* machte, wo Mats Henrikson, der Geschäftsführer des Umweltverbandes, in dem Linda schon seit Jahren Mitglied war, ihn erwartete.

Ein Gewitter lag in der Luft, es war ungewöhnlich drückend, und als Nils prüfend den Blick zum Himmel wandte, zuckte er die Achseln, das dunkle Grau verhieß nichts Gutes. Eine riesige Wolke hatte sich aufgetürmt und zog eilig Richtung Süden, Nils voraus.

Linda hatte ihm die Kontaktdaten des Geschäftsführers vom *Smaland Miljöförening* gemailt, und Nils hatte mit Mats telefoniert und ihm eine Datei mit den Aufnahmen des seltsamen Gerätes geschickt, das sich durch das Gelände in der Nähe seiner Hütte arbeitete und das ihn so nachhaltig beunruhigte. Immer wieder hatte er sich gefragt, was dieses eigenständig agierende Gerät in seiner Gegend zu suchen hatte. Seines Wissens gab es zwar reiche Fischvorkommen im Huskvarnaan und im Vättern, Schwedens zweitgrößtem See, und jede Menge Holz in den umliegenden Waldgebieten, aber keine nennenswerten Bodenschätze.

Nachdem die Kinder mit Linda hinter der Wegbiegung und damit wieder aus seinem Leben verschwunden waren, hatte er sich einsam und verlassen gefühlt. Das raumfüllende Lachen ihrer Stimmen noch im Ohr, breitete sich die neuerliche Stille in seiner Hütte aus wie ein über den

Boden gekippter Tiegel Holzleim, der ihn am Weitergehen hinderte.

Die Stille machte ihn ganz benommen. Und doch. Die Frage nach seiner Schuld ließ sich nicht länger zurückdrängen, auch wenn er seine Selbstzweifel bislang immer wieder in irgendeiner dunklen Schublade seines Inneren unter Verschluss halten konnte. Die Frage, wie groß sein Anteil, seine Schuld daran war, dass diese Familie zerbrochen war, kämpfte sich brutal in sein Bewusstsein, und vor einer ehrlichen Antwort hatte er Angst.

Anstatt seine Hütte aufzuräumen und die Spuren von Ebbas und Olovs Besuch zu beseitigen, hatte er reflexartig sein Gewehr aus der Waffenkiste geholt und war vor seinen Gedanken in die Tiefe des Waldes geflüchtet. Auf einer Lichtung hatte er auf Blechdosen geschossen, die er zuvor in Reih und Glied auf einem gefallenen Baumstamm platziert hatte. Eine nach der anderen hatte er heruntergeballert, und als die letzte zerbeult auf dem Boden lag, war er einigermaßen erleichtert gewesen.

Die Erinnerung daran trieb ihm ein Grinsen ins Gesicht. Derartige Gefühlsausbrüche begleiteten ihn, seit er denken konnte, und irgendwann hatte er in weiser Voraussicht und in der Einsamkeit seines Landlebens einen halbvoll mit leeren Dosen gefüllten Jutesack auf der Lichtung deponiert.

Nachdem er die Dosen zurück in den Sack gestopft hatte, hatte er nach dem Roboter Ausschau gehalten, und die Suche brachte ihn auf andere Gedanken. Das Teil schien jedoch wie vom Erdboden verschluckt.

Während er im schwächer werdenden Licht durch den Wald streifte, hatte er sich nach und nach beruhigt und sich gesagt, dass die Frage nach Schuld oder Unschuld längst keine Rolle mehr spielte, dass sie in einem Zeitalter lebten, in dem im Falle einer Scheidung die Schuldfrage nicht mehr gestellt wurde und er eine befriedigende Antwort sowieso nie finden würde.

Dennoch grübelte er darüber nach, ob ihr gemeinsames Leben anders verlaufen wäre, wenn Linda mehr Verständnis für ihn gehabt hätte. Und waren ihre Ansprüche an ihn nicht eindeutig zu hoch gewesen?

Manchmal hasste er sie dafür, dass sie die Trennung ohne Rücksicht auf die Kinder durchgezogen hatte, ohne ihnen allen noch eine Chance zu geben.

Nils wurde abrupt aus seinen Gedanken gerissen, der Schiss eines Vogels auf die Windschutzscheibe seines Pickups holte ihn zurück ins Hier und Jetzt. Ein kurzer Blick aus dem Seitenfenster überzeugte ihn davon, dass das Grün der Blätter am Straßenrand verblasste, das Laub schien sich bereits in Erwartung des Unwetters vor seiner Gewalt zu ducken.

Je näher er Jönköping kam, der Stadt, in der die Streichhölzer erfunden worden waren, desto mehr Bilder aus seiner Kindheit und Jugend tauchten vor seinem inneren Auge auf, und auch Bilder aus seinem Leben als Ehemann, Vater und Schreiner. Nils seufzte tief. Alle gehörten der Vergangenheit an.

Sein Zuhause in Jönköping existierte nicht mehr.

Eine Weile sann er darüber nach, ob er jemals wieder eines haben würde.

Der Vättern taucht vor ihm auf, er war schmal und lang, sein Wasser glänzte kühl im Sonnenlicht. Eine riesige Fläche, die Nils' Auge nicht überblicken konnte. Der See diente als Trinkwasserreservoir für etwa 250.000 Menschen, und im Sommer wagten sich Unerschrockene in sein kaltes Wasser. Noch vor wenigen Jahren hatte er dazu gehört. Nils Herz machte einen schmerzhaften Sprung.

Als erste Regentropfen kleine Kreise auf die Wasseroberfläche und seine Windschutzscheibe zeichneten, dachte er, dass es besser war, nach vorn zu blicken.

Er bog von der Kortebovägen, die ihn am See entlangführte, in die Junegatan und schließlich in die Solstickegatan, wo Mats Henrikson, eine Hand über die Augen gelegt und den Himmel inspizierend, ihn bereits vor der Tür eines grau verputzten Hauses erwartete. An der Hauswand prangte in grünen Lettern der Schriftzug »Smaland Miljöförening«.

»Hej«, begrüßte Mats ihn. »Gleich wird es richtig losgehen. Schön, dich kennenzulernen.« Mit einem klaren Blick aus hellblauen Augen schüttelte Mats herzlich Nils' Hand. »Linda hat viel von dir erzählt.«

»Hej.« Nils schluckte und kratzte sich hinterm Ohr. Er überlegte kurz, was Linda wohl gesagt haben mochte, aber Mats' Freundlichkeit nach zu urteilen, konnte es nichts Unangenehmes gewesen sein. Obwohl sie seit einigen Jahren Vereinsmitglied war, hatte er sie, als er noch in Jönköping lebte, nie hierher begleitet. »Danke, dass du dir Zeit für mich nimmst.«

»Gern. Komm rein.« Kaum hatte Mats das letzte Wort gesprochen, prasselten Regentropfen auf sie nieder, als hätte jemand einen Duschhahn bis zum Anschlag aufgedreht.

Mats zog sich lachend den Rücken seines T-Shirts über den Kopf, machte eine Handbewegung, die Nils bedeutete, ihm schnell ins Innere des Hauses zu folgen, und öffnete die Tür. Er ging Nils voran in ein kleines Büro, das ganz offensichtlich seines war und wohl auch zu Besprechungszwecken diente, denn in der Mitte des Raums stand ein großer rechteckiger Tisch aus Kiefernholz mit vielen einfachen Stühlen darum herum, die Sitzflächen bunt lackiert. An der Wand hingen Aquarelle von der Landschaft Smalands, von Seen, Flüssen und Wäldern.

Nils fühlte sich auf Anhieb wohl. Sein Blick glitt über mehrere Fotos, die auf dem Tisch lagen, es waren Ausdrucke seiner Aufnahmen von dem unbekannten Gerät im Wald. Plötzlich schnürte ihm die Sorge, dass in der Nähe seiner Hütte etwas vor sich ging, was sein Dasein, seinen Lebensraum bedrohen und ihn erneut ins Nichts katapultieren könnte, wieder die Luft ab. Wie so oft in den letzten Tagen.

»Wenn wir das Teil direkt vor Augen haben, können wir besser darüber reden«, erklärte Mats. Er forderte Nils auf, Platz zu nehmen, hielt ihm einen Becher hin und schenke Kaffee ein.

»Danke.« Nils nickte Richtung Tisch. »Und? Was sagst du dazu?«

»Es ist ein Explorationsroboter. Linda hat richtig gelegen«, sagte Mats und setzte sich ebenfalls. Er trug ein T-Shirt in der Farbe seiner Augen, das über dem kräftigen Brustkorb spannte.

Nils sah ihn fragend an. »Was macht der hier?«

»Keine Ahnung. Kennst du dich mit Bodenschätzen aus?«

»Nicht besonders gut. In der Nähe des Ortes, wo ich jetzt lebe, also mitten im Wald, existiert ein wild bewachsenes Areal.« Er überlegte einen Moment, bevor er weitersprach. »Früher wurde dort Basalt für den Straßenbau abgebaut. Mittlerweile ist das Gelände ein Biotop für Vögel und Insekten, auch Füchse und Hasen leben da.« Nils schüttelte den Kopf. »Bergbau findet dort längst nicht mehr statt.«

Mats hatte aufmerksam zugehört. »Wo genau hast du den Roboter entdeckt?«

Nils beschrieb die Stellen und zeigte sie Mats auf *Google Maps* auf seinem Handy. Er nannte sogar die Uhrzeit, und während er sprach bemerkte er, dass sich auf Mats' Stirn Furchen bildeten.

»Also ... fangen wir mal mit den technischen Merkmalen des Roboters an.« Mats deutete auf eines der auf dem Tisch liegenden Fotos. »Was du hier siehst, ist ein hochkomplexes robotisches System, das der Vororterkundung von Bodenbeschaffenheiten dient. Diese sogenannten Explorationsroboter sind speziell zur Fortbewegung in unwegsamem Gelände entwickelt worden. Du sagst, das Ding, das du gesehen hast, hackt oder sägt sich gewissermaßen den Weg frei?«

»Und beschädigt in erheblichem Ausmaß Unterholz und Bäume.« Nils nickte und hielt einen Moment inne, bevor er fragte: »Wer entwickelt eigentlich solche Geräte?«

»Technische Hochschulen, Raumfahrtinstitute ...«

»Hier in Schweden?«

»Klar. Oft jedoch in Kooperation mit Instituten aus anderen Ländern. Und diese Geräte sind überall schon unterwegs. Auf dem Meeresboden, in Kratern, auf dem Mars. Sie bauen sogar schon selbstständig Pipelines, und dein Roboter hat vermutlich Gesteinsvorkommen erkundet«, ergänzte Mats.

»Aber wonach sucht er konkret? Soweit ich weiß, gibt es in meiner Gegend keine besonderen Vorkommen an Bodenschätzen ... außer eben Basalt, wie ich schon sagte.«

»Mir ist auch nichts über relevante Vorkommen von was auch immer bekannt.« Mats sah Nils nachdenklich an, dann setzte er die Brille auf, die auf dem Tisch lag, beugte sich ein Stück weiter vor und deutete mit ausgestrecktem Zeigefinger auf das kastenförmige Zentrum des Roboters. »Hier ... hier sitzt die wichtigste Informationseinheit.«

Nils betrachtete den Metallkasten im Zentrum des Geräts, von dem Greifarme mit Kameras und Sägen abgingen, und während er versuchte die Funktionsweise dessen, was er sah, zu erfassen, drang Mats' Stimme erneut an sein Ohr.

»Roboter werden grundsätzlich entweder von sogenannten Bedienern gesteuert, beispielsweise bei Wartungsarbeiten in Pipelines, oder sie wurden so programmiert, dass sie völlig eigenständig unterwegs sein können, so wie dieser hier.«

»Du meinst, sie entscheiden selbst, ob sie nach rechts oder nach links abbiegen?«

»Ja«, bestätigte Matos kopfnickend und ergänzte: »Sie verfügen über eine gewisse Intelligenz. Die nötigen Informationen liefern die Kameras, die Bilder werden dann direkt verarbeitet.«

Nach einer Weile sah Nils vom Foto auf, lehnte sich zurück und fragte langsam: »Woher weißt du das eigentlich alles?«

»Allgemeinbildung.« Mats lachte leise und ergänzte: »Wir lesen Fachzeitschriften und erhalten Newsletter aus aller Welt, in denen aus Sicht des Umweltschutzes heikle Projekte vorgestellt werden.« Er schenkte Kaffee nach.

»Und genau deswegen zerbreche ich mir die ganze Zeit den Kopf darüber, was dieser Roboter in deiner Gegend treibt ... mir ist kein einziges Projekt bekannt.« Auf seiner Stirn erschien eine tiefe Falte, und er überlegte einen Moment, bevor er weitersprach. »Ich meine, irgendwo gelesen zu haben, dass vor Kurzem in der Kvarntorp Mine bei Örebro ein Explorationsroboter eingesetzt wurde, um dreidimensionale Karten zu erstellen. Er war nur so groß wie ein Schuhkarton.«

»So viel Technik in so einem kleinen Ding?«

»Ja.« Mats nahm einen Schluck von seinem Kaffee und spann den Gedanken weiter. »Also ist der Roboter in deiner Gegend vielleicht unterwegs, um Daten für neue Karten zu liefern und nicht, um weitere Vorkommen an Bodenschätzen zu erkunden.«

»Hm.« Unbewusst stülpte Nils die Unterlippe vor.

Er und Mats sahen sich an.

»Die Laserscans bei Örebro wurden wohl mithilfe ausgefeilter mathematischer Formeln zu einem 3D-Modell der Umgebung kombiniert und automatisch kartiert«, erklärte Matos. »Forscher einer deutschen Universität und das schwedische *Institut für Sensorsysteme* in Stockholm haben an dem Projekt gearbeitet, außerdem war auch ein schwedischer Maschinenbauer beteiligt.«

Nils kniff die Augen zusammen.

Mats schwieg eine Weile und sagte endlich: »Vielleicht wissen die irgendwas über den Roboter bei dir. Sie entwickeln schließlich einen Großteil der Technik.« Er stützte den Kopf in eine Hand und dachte nach. Schließlich sagte er: »Wer auch immer den Roboter einsetzt, verfolgt natürlich ein Ziel. Und der Aufwand ist beträchtlich, also muss es lohnenswert sein.«

Nils blinzelte. Er fragte sich, wie Mats die Hintergründe herausbekommen wollte, und beobachtete ihn, wie er jetzt mit schräg gelegtem Kopf auf den Regen horchte, der lautstark aufs Dach trommelte.

»Hoffentlich ist alles dicht«, sagte Mats mit besorgter Miene.

»Hoffentlich.« Im Grunde war Nils das Dach jedoch ziemlich egal. Vielmehr hoffte er auf konkrete Vorschläge von Mats. Solang er jedoch schwieg, sagte auch Nils nichts und blickte wie Mats aus dem Fenster. Auf dem Bürgersteig gegenüber strömte das Wasser mittlerweile in kleinen Bächen in die Gullys. Passanten drückten sich an die Hauswand oder verschwanden fluchend in den Geschäften.

»Es gibt nur zwei Möglichkeiten.« Mats wandte den Blick zurück zu Nils.

»Ja?« Nils spürte eine leichte Erregung, begleitet von einem watteartigen Gefühl im Kopf, er konnte nicht mehr klar denken. Vielleicht lag es an der Gewitterluft.

»Entweder ist der Einsatz des Roboters illegal, was ich in Schweden für kaum vorstellbar halte«, sagte Mats und räusperte sich, bevor er weitersprach: »Oder der Einsatz des Roboters ist den Behörden bekannt, was ich stark annehme. Dann muss er genehmigt worden sein.«

»Von wem?«

»Entweder von der *Geologischen Bundesanstalt*, wenn es um die Kartierung der Umgebung geht. Oder von der *Behörde für Bergbau* in Uppsala, wenn Probebohrungen geplant sind. Ich werde mich bei beiden erkundigen und eine Rundmail an unsere Mitglieder und Partnerorganisationen schicken. Vielleicht ist denen etwas über den Roboter zu Ohren gekommen, oder vielleicht hat auch noch jemand außer dir den Roboter gesehen.«

»Gut.« Nils nickte erleichtert. Mats hatte Feuer gefangen. Wenn der Roboter eine Gefahr für seine Hütte und sein Leben darstellte, hatte er jetzt zumindest einen Verbündeten. Oder Tausende. Denn Mats hatte immerhin den *Smaland Miljöförening* im Rücken.

Und er jetzt auch.

KÖLN, DEUTSCHLAND

»Verdammt noch mal!«, fluchte Hannah laut. Sie hatte es verpasst. Kein einziges Wort würde Doktor Lück mehr über die Lippen kommen, und diese Tatsache warf sie in ihren Ermittlungen zurück.

Nichts würde sie mehr von ihm erfahren, gar nichts.

Sie knüllte die Papierserviette zusammen und warf sie neben den Teller. Gerade hatte sie sich an den von ihrer Wirtin Helmi so liebevoll gedeckten Balkontisch gesetzt und die ersten Bissen einer würzigen Lasagne gekostet, außerdem voller Vorfreude die Hand nach dem Glas Rotwein ausgestreckt, das Helmi ihr eingeschenkt hatte, als ihr Handy klingelte. Am Apparat war ein Kollege. Er teilte ihr mit, dass sie sofort nach Bayenthal fahren sollte, um in einem Selbstmord zu ermitteln. Ein gewisser Doktor Tobias Lück hatte sich dort im Kölner Süden mithilfe von Autoabgasen in seiner Garage ins Jenseits befördert, und wie bei einem Selbstmord so üblich, musste die Kripo vor Ort erscheinen und die Ermittlung aufnehmen.

Während Hannah ihre Handtasche aus ihrem Zimmer holte und dann den Autoschlüssel suchte, den sie wie so oft irgendwo abgelegt hatte, aber nicht mehr wusste, wo, schmierte Helmi ihr ein Brot. Hannah entdeckte den Schlüssel schließlich in ihrer Hosentasche. »Alzheimer«, stöhnte sie und meinte sich damit.

»Du hast einfach zu viel im Kopf, meine Liebe«, erwiderte Helmi und fügte hinzu: »Also, mich wundert das nicht, und wenn jemand hier Alzheimer haben sollte, dann ich.« Mit diesen Worten drückte sie Hannah die zusammengeklappte Scheibe Brot in die Hand, und Hannah biss beim Verlassen der Wohnung gleich hinein. Tatsächlich überprüfte sie, seit sie die 50 überschritten hatte, argwöhnisch ihr Gedächtnis. Die Angst, wie ihre Mutter, die inzwischen in Kiel in einem Altenheim untergebracht war, an Alzheimer zu erkranken, saß tief.

Der Appetit war ihr zwar vergangen, die Aussicht auf einen weiteren gemütlichen Abend bei Helmi war einfach verlockend gewesen, doch irgendetwas musste sie essen, in den nächsten Stunden würde sie aller Wahrscheinlichkeit nach nicht dazu kommen.

Ausgerechnet Professor Meyers' Kollege Doktor Lück, der Geoinformatiker, sollte sich umgebracht haben? Hannah seufzte schwer, als sie den Wagen öffnete. Sie warf ihre Handtasche auf den Beifahrersitz, schlang das restliche Brot hinunter, startete und gab Gas. Während sie über den Ring Richtung Süden fuhr, grübelte sie darüber nach, welche Schlüsse sie aus Lücks Selbstmord zu ziehen hatte, schließlich bezweifelte sie keine Sekunde, dass es einen Zusammenhang zwischen Doktor Lücks Tod und dem von Professor Meyers geben musste.

Während Hannah an einer Ampel auf das grüne Signal wartete, überlegte sie, dass Claudia Meyers am vergangenen Abend offensichtlich etwas zu feiern gehabt hatte, sonst hätte sie sich wohl kaum mit Hajo Hamm in einem renommierten rechtsrheinischen Hotel getroffen. Sie war Claudia Meyers und deren SUV gefolgt, und einige Minuten, nachdem Meyers Frau im Hotel verschwunden war, wenig später gefolgt von Hajo Hamm, war auch Hannah hinterhergegangen. Von der Rezeptionistin hatte sie erfahren, dass Claudia Meyers ein Doppelzimmer zur Einzelnutzung mit Blick auf den Dom gebucht und eine Flasche Champagner aufs Zimmer bestellt hatte, von einem Begleiter wusste die in elegantes Dunkelblau gekleidete Dame am Empfang jedoch nichts. Hannah zog daraus den Schluss, dass Claudia Meyers und Hajo Hamm ihr Treffen verheimlichen wollten, und das wunderte sie nicht im Geringsten.

Professor Meyers war erst wenige Tage tot, und seine Frau trank mit ihrem Geliebten in einem Luxushotel Champagner.

Jeder, der davon erfuhr, würde sich fragen, wie das zusammenpasste.

Sophie Lücks braune Locken standen wirr um ihren Kopf. Eine hübsche Frau. Selbst im unpassenden Moment des Schocks und der Trauer löste ihr Anblick, die aufrechte Haltung eingeschlossen, eine positive Resonanz in Hannah aus.

Lücks Ehefrau erinnerte Hannah an ihre Schulfreundin Wally, mit der sie auch nach vielen Jahrzehnten noch Kontakt hatte und mit der sie seit der Kindheit viele gemeinsame Erlebnisse verbanden.

Hannah näherte sich der ihr so vertraut erscheinenden Sophie Lück mit Bedacht. Sie vermied es, zu forsch aufzutreten, denn sie wollte sie nicht erschrecken. Und sie ging auch nicht zu schnell, um die Zeit des Näherkommens für weitere Beobachtungen zu nutzen. Lücks Frau verharrte unbewegt vor der Garage des Einfamilienhauses und sah Hannahs Kollegen stumm dabei zu, wie sie ihre Arbeit verrichteten. Hannah ahnte, welches Bild sich ihren Augen bot. Ihren vom Tod entstellten Mann, vermutlich auf dem Fahrersitz, die Haut fahl, die Augen blicklos, eventuell hatte ein Kollege sie auch bereits geschlossen.

Sophie Lücks Haltung erinnerte Hannah plötzlich an die Frau, deren Namen die Bibel nicht erwähnte und von der niemand wusste, woher sie kam, nur dass sie keine Zukunft hatte. Das Bild der zur Salzsäule erstarrten Frau des Lot kam ihr so deutlich in den Sinn, dass Hannah nicht daran zweifelte, dass Sophie Lück beim Anblick dessen, was sie sah, ein ähnliches Entsetzen gepackt haben musste.

Hannah ließ ihren Blick kurz über das Grundstück und die Anwesenden schweifen und fragte sich, warum Sophie Lück hier draußen stand und sich diese Situation überhaupt zumutete, doch vermutlich stand sie unter Schock. Hannah überlegte, ob sie nicht besser die Kriminalpsychologin Mechthild Spoor informieren sollte. Sie hatte sie nirgends gesehen und ging davon aus, dass sie nicht vor Ort war. Hannah entschied sich jedoch zunächst dagegen. Sie wollte erst einmal Sophie Lücks ungeteilte Aufmerksamkeit haben.

Joost Franzen und einige Kollegen von der Spurensicherung grüßten, als sie Hannah kommen sahen. Hannah grüßte zurück, und plötzlich fühlte sie sich beim Anblick der Kollegen sicher und gut aufgehoben. In gewisser Weise gehören wir doch alle zur selben Familie, dachte sie. Wir beackern denselben Boden.

Sophie Lück wandte sich zu ihr um, sie war den Blicken von Hannahs Kollegen gefolgt. Mit der Drehung des Kopfes schien sie abrupt aus ihrer Erstarrung zu erwachen. »Mein Mann hat sich nicht umgebracht. Das ist kein Selbstmord gewesen«, sagte sie sofort mit fester Stimme.

»Nein?« Hannah war überrascht.

»Nein. Tobias hätte sich niemals umgebracht. Das passt nicht zu ihm.«

»Warum sind Sie da so sicher?« Inzwischen war Hannah bei Sophie Lück angekommen. Sie reichte ihr die Hand und nannte ihren Namen, doch er schien die Frau des Toten nicht besonders zu interessieren, denn sie sprach einfach weiter: »Weil er für Selbstmord kein Verständnis hatte. Wir haben öfter darüber diskutiert. Ein Bekannter von uns hat sich umgebracht. Tobias war der Meinung, dass Selbstmörder Feiglinge sind, Konfrontationsvermeider nannte er sie. Anstatt sich einem Problem zu stellen, ob direkt oder indirekt, würden sie den Schwanz einkneifen, hat er gesagt. Tobias hasste solch ein Verhalten.«

Hannah sah prüfend in Sophie Lücks klare braune Augen, sie schien es ganz und gar ernst zu meinen. Interessanterweise entdeckte Hannah in ihrem Gesicht keine Anzeichen von Tränen.

»Er hat in den letzten Tagen auch keine Andeutungen gemacht oder sich zurückgezogen, irgendetwas in der Art, nichts. Nur auf der Arbeit, da gab es wohl ein Problem. Das hat ihn schon seit einiger Zeit beschäftigt.«

»Ach ja? Was war das?« Hannah spürte einen Kick, und je länger sie Sophie Lück zuhörte, desto aufgeregter wurde sie.

»Das weiß ich nicht. Doch seit Tobias' Kollege, Professor Meyers, umgebracht wurde, schien er wie ausgewechselt. Ich glaube, er hatte vor irgendetwas Angst. Allerdings hat er sich mir nicht anvertraut.« Sophie Lück schwieg einen Moment, bevor sie weitersprach. »Normalerweise haben wir über alles geredet, doch dieses Mal …« Sophie Lück begann leicht zu zittern, »… dieses Mal nicht.«

»Hatte Ihr Mann Feinde?«

»Nein. Nicht, dass ich wüsste.«

»Gab es Kollegen, die ihm oder Professor Meyers etwas neideten?«

Sophie Lück schüttelte den Kopf. »Nein.« Aus ihrem Zittern war ein Schlottern geworden.

Hannah zog ihre Jacke aus und legte sie ihr um die Schultern. »Ihnen ist kalt, sie wird Sie ein bisschen wärmen«, sagte sie, und in ihrer Stimme lag eine solche Sanftheit, dass Sophie Lück plötzlich eine Träne über ihre Wange rann. Es war, als habe Hannahs Fürsorge ihre Beherrschung ins Wanken gebracht.

»Wir werden prüfen, ob es einen Zusammenhang gibt«, versicherte Hannah. »Wie hat sich die Angst Ihres Mannes geäußert?«, fragte sie nach und spürte, wie Sophie Lücks Aussage sie mehr und mehr fesselte.

Sophie Lück schluckte. »Na ja … er vergewisserte sich abends mehrfach, ob die Türen und auch die Fenster abgeschlossen waren, was sehr ungewöhnlich war. Er ließ sogar die Rollläden herunter, das hat er sonst nie getan. Und er hat auffallend häufig sein Handy auf Anrufe oder Nachrichten überprüft. Erklärt hat er sein Verhalten damit, dass er auf Nummer sicher gehen wolle, weil kürzlich erst in der Nachbarschaft eingebrochen worden war.« Sophie Lück strich sich kurz übers Haar. »Ich habe es ihm natürlich nicht ganz abgenommen, aber er beharrte auf dieser Erklärung.«

Hannah nickte. Sie würde den Einbruch überprüfen lassen. »Wissen Sie, woran Ihr Mann gearbeitet hat?«

Sophie Lück überlegte einen Moment. »Er beschäftigte sich mit Seltenen Erden. Er und Meyers arbeiteten eng zusammen.

Sie hatten irgendetwas entdeckt, was genau, weiß ich nicht. Tobias war Geoinformatiker, er hat für Meyers Algorithmen entwickelt, unter anderem zur Erstellung von digitalen Karten, aber auch zur Auswertung von Geodaten, wie beispielsweise Drohnen sie liefern.« Sie sah Hannah direkt an. »Am besten sprechen Sie darüber mit den Fachleuten im *Institut für Angewandte Geowissenschaften*, die können es Ihnen sicher besser erklären als ich.«

Hannah nickte. Sie fragte sich, warum Professor Kiesling die Forschungsergebnisse von Lück und Meyers so heruntergespielt hatte. Inzwischen zweifelte sie nicht daran, dass sie bedeutender gewesen waren als von ihm behauptet.

»Ihr Mann hat sich unmittelbar nach dem Tod von Professor Meyers krankgemeldet«, sagte Hannah.

»Ja. Tobias bekam, kurz nachdem er von Meyers Tod hörte, aus dem Nichts heraus hohes Fieber. Ich ging davon aus, dass es eine Reaktion auf die Nachricht war. Sie schien ihn psychisch sehr belastet zu haben, was auch nicht verwunderlich ist, die beiden waren seit Jahren ein Team. Meyers' Ermordung hat Tobias regelrecht umgehauen, und so habe ich ihn nicht weiter bedrängt, sondern Hühnerbrühe gekocht und ihn mit Saft und Butterkeksen versorgt. Gestern ging es ihm schon deutlich besser.«

Sophie Lück begann erneut zu zittern. »Als ich heute früh zur Arbeit fuhr, ging es ihm bereits so gut, dass er sich mit einem Buch in den Garten legen wollte.«

Interessant, dachte Hannah und sagte leise: »Es tut mir so leid für Sie.« Gern hätte sie Sophie Lück in den Arm genommen, doch die Tatsache, das Bewusstsein, dass sie ein Amt bekleidete und hier als Kommissarin und nicht als Sophies Freundin stand, hielt sie zurück. Fragen stellen, nicht umarmen, das war ihr Job. Hannah ließ einige Momente verstreichen, bevor sie nachhakte: »Haben Sie eine Idee, ob und wer ein Interesse daran haben könnte, Ihren Mann zu töten?«

Hannah war sich nicht sicher, ob die grausame Realität Sophie Lück so überforderte, dass sie sie leugnete, oder ob sie einfach nur scharfsichtig war und recht hatte, wenn sie behauptete, dass ihr Mann kein Selbstmörder war. Hannah ließ ihren Blick in die Garage schweifen. Die Kollegen von der Spurensicherung und Joost Franzen waren immer noch bei der Arbeit. Franzens gebeugter Rücken verdeckte die Leiche, sodass Hannah kaum etwas erkennen konnte. Ein Unfall als Todesursache war jedenfalls ausgeschlossen, es gab keinen Zweifel daran, dass Abgase in das Wageninnere geleitet worden waren.

Hannah horchte in sich hinein. Ihre innere Stimme sagte ihr, dass sie Sophie Lücks Behauptung, ihr Mann habe sich nicht umgebracht, ernst nehmen musste. Sie war eine Frau mit wachem Verstand und, soweit Hannah es beurteilen konnte, verfügte trotz des Schocks über ein realistisches Einschätzungsvermögen.

Das Prickeln in ihren Adern war jetzt dauerhaft da, sie verspürte eine wachsende Anspannung, weil es kompliziert wurde.

»Schildern Sie mir doch bitte, wann und wie Sie Ihren Mann gefunden haben«, forderte sie Sophie Lück auf.

Sophie Lück biss sich auf die Unterlippe. »Ich fand ihn gegen 20 Uhr, gleich, als ich nach Hause kam.« Sie schwieg einen Moment, bevor sie erklärte: »Ich habe lange gearbeitet heute, die Firma, für die ich tätig bin, hält morgen eine wichtige Präsentation vor einem Kunden.«

Hannah wartete, bis sie weitersprach.

»Ich bin Marktforscherin«, erklärte Sophie Lück.
»Aktuell geht es für unseren Kunden um den Relaunch
eines Produkts und seine neue Verpackung. Eine Haut-
creme, die in Apotheken verkauft wird.«

Sie wurde auf einmal noch blasser, als sie es zuvor schon
war, und ihre Züge wirkten unter der Anstrengung der
Erinnerung von Minute zu Minute schärfer.

Sophie Lück holte tief Luft, und Hannah erkannte, dass
sie wegen irgendetwas mit sich rang. Sie schien ihr etwas
sagen zu wollen.

Hannah rührte sich nicht, denn sie fürchtete, dass eine
falsche Bemerkung oder Bewegung das aufkeimende Vertrauen zerstören könnte. Nach einem Moment, der Hannah sehr lang erschien, steckte Sophie Lück endlich eine
Hand in die hintere Hosentasche und zog daraus vorsichtig einen Umschlag hervor. Darauf stand handschriftlich
»FÜR SOPHIE«.

»Hier …« Sophie Lück hielt Hannah den Umschlag
hin, als handle es sich um ein Dokument von unschätz-
barem Wert. »Mein Mann hat mir einen Abschiedsbrief
hinterlassen.«

Hannah hatte Mühe, ihre Überraschung zu verbergen.

»Ich weiß, was Sie jetzt denken. Sie denken, ich spinne,
wenn ich behaupte, er habe sich nicht umgebracht, und doch
gibt es diesen Brief von ihm. Ich verstehe es selber nicht.«

»Hat er den Brief selbst geschrieben? Haben Sie seine
Handschrift wiedererkannt?«, fragte Hannah und stellte
fest, dass Sophie Lück schon wieder zu zittern begann.

»Ja, und genau darüber wundere ich mich.«

Die beiden Frauen sahen sich an und schwiegen, und
dann winkte Hannah jemanden von der Spurensicherung
zu sich. Ein junger Mann verfrachtete den Brief mit Fin-

gern, die in Schutzhandschuhen steckten, vorsichtig in einem Nylonbeutel.

»Ich werde ihn erst in die Hand nehmen können, wenn er auf Spuren untersucht worden ist. Wo haben Sie ihn gefunden? Und was steht drin?«, wandte Hannah sich gespannt an Sophie Lück.

»Der Brief lag auf der Konsole an der Windschutzscheibe des Wagens. Ich nahm ihn an mich, ehe ich die Polizei verständigt habe.« Sophie Lück legte den Kopf in den Nacken und blickte in den sich verdunkelnden Abendhimmel, dann schloss sie die Augen und flüsterte: »Es war furchtbar. Tobias hing mit verrenkten Gliedern auf dem Fahrersitz, der Kopf war auf seine Brust gefallen.« Sie holte tief Luft, bevor sie ihren Blick wieder auf Hannah richtete.

Hannah ließ Sophie Lück Zeit, sich zu sammeln, und wieder hätte sie die Frau am liebsten in den Arm genommen.

»Könnten Sie bitte kurz zusammenfassen, was Ihr Mann geschrieben hat?« Hannah konnte es kaum erwarten, es zu erfahren. Aus den Augenwinkeln registrierte sie, dass in diesem Moment Sven eintraf.

»Tobias schreibt, dass er keinen Sinn mehr im Leben sieht, und dass unsere Ehe nur noch Fassade war …«

»Sie haben keine Kinder?«

»Nein. Es gab eine Zeit, da verspürten wir den Wunsch nach Kindern, dachten auch über In-vitro-Fertilisation nach, entschieden uns dann jedoch dagegen. Das Thema war längst abgehakt.« Sophie Lück schüttelte den Kopf. »Es hat rein gar nichts mit seinem Tod zu tun.«

Hannah wandte den Kopf und beobachtete Sven, der nur wenige Meter von ihr entfernt sein Handy in die

Jackentasche schob. Er machte ein Zeichen, und sie verstand, dass er Mechthild Spoor angerufen hatte und die Polizeipsychologin nun auf dem Weg zu ihnen war. Hannah musste unwillkürlich lächeln. In gewisser Weise agierten sie und Sven wie ein altes Ehepaar.

»Ich überlasse Sie gleich der Obhut meines Kollegen. Ich würde mir jetzt gern Ihren Mann ansehen«, sagte Hannah und wies auf Sven, der nun auf sie und Sophie Lück zukam.

»Okay«, flüsterte Sophie Lück. Sie machte Anstalten, aus Hannahs Jacke zu schlüpfen und lächelte schwach: »Vielen Dank nochmal.«

»Sie können sie gern noch anbehalten«, beeilte sich Hannah zu sagen.

Sophie Lück zögerte, den Jackenärmel bereits in der Hand.

»Ehrlich«, bekräftigte Hannah. »Ich nehme die Jacke mit, wenn ich fahre. So lange komme ich gut ohne aus.« Mit diesen Worten ging sie, nicht ohne Sven kurz über den Stand der Dinge informiert zu haben, in die Garage. Sie war schon ganz gespannt darauf, in Doktor Lücks Gesicht zu blicken, seine Züge zu studieren und hoffentlich eine Ahnung davon zu bekommen, was er in den letzten Minuten seines Lebens gefühlt hatte. War es Resignation gewesen? Oder Angst? Vielleicht auch Wut? Oder einfach nur Trauer darüber, dass sein Leben gleich vorbei sein würde? Wichtig war, dass die Totenstarre noch nicht eingesetzt hatte.

Hannah fragte, ob er auch so gelassen und zufrieden aussah wie Professor Meyers.

»Mein Mann hat keinen Selbstmord begangen!«, hörte Hannah Sophie eindringlich hinter ihrem Rücken rufen: »Ich schwöre es Ihnen!«

Hannah, schon fast beim Toten, wandte sich zu ihr um. »Ich verspreche Ihnen, dass wir Ihren Verdacht überprüfen. Sie haben mein Wort darauf.« Gerade, als sie sich zu Tobias Lück hinunterbeugen wollte, hörte sie erneut Sophie Lücks Stimme hinter sich: »Warten Sie!«

»Ja?« Hannah blickte sich wieder, inzwischen etwas unwillig, um.

»Es stand noch etwas sehr Wichtiges in dem Brief!«

Der Ton in Sophie Lücks Stimme alarmierte Hannah, und sie wusste, dass jetzt etwas kam, das von Bedeutung war.

»Mein Mann behauptet, er habe Meyers umgebracht.«

*

Am allermeisten genoss Hannah einige Stunden später das Glas Rotwein, das Helmi ihr in weiser Voraussicht auf den Balkontisch gestellt hatte. Dazu aß sie einige Salzmandeln. Sie brachten das Knurren ihres Magens zum Schweigen, was die Kollegen am Tatort zu frotzelnden Bemerkungen veranlasst hatte.

Nachdem sie sich satt und vom Alkohol wohlig entspannt fühlte, auch ein wenig schläfrig und gewärmt, legte Hannah ihre nackten Füße auf das Balkongeländer, rutschte ein Stück vor und ließ den Nacken auf die Stuhllehne sinken. Sie gab sich ganz der Stille um sie herum und dem Anblick des bleichen Mondes hin. Der einzige Stern, der gelb funkelte, war die Venus, doch Hannah war auch damit schon zufrieden. Sie gönnte sich diese friedliche Stunde, froh darüber, allein zu sein, niemanden um sich zu haben, der noch etwas von ihr wollte. Es tat gut, den Blick einfach mal weg vom winzigen Ich auf größere Räume zu richten. Nicht ans Tagesgeschäft zu denken und auch nicht einen einzigen Gedanken an ein Warum oder Woher oder Wohin zu verschwenden.

Aus der Wohnung drang kein Laut. Helmi schlief bereits.

Irgendwann schreckte Hannah auf, sie musste in einen Halbschlaf geglitten sein. Sie gab sich einen Ruck und erhob sich mit schweren Gliedern vom Stuhl, dann sammelte sie die Sachen vom Balkontisch ein, räumte sie in die Küche und fiel müde in ihr frisch bezogenes Bett.

Mitten in der Nacht wachte Hannah auf. Als habe ihr Hirn genug geruht, schaltete sich sofort der Strom der Gedanken wieder ein. Das Bild von Doktor Lücks bleichem Gesicht schob sich in ihr Bewusstsein, und darunter mischte sich tiefes Mitgefühl mit seiner Frau. Wie Sophie Lück heute Nacht wohl schlief?

Hannah hatte lange in Tobias Lücks Gesicht geschaut. Seine Züge waren für sie noch lesbar gewesen. Sie hatte den Eindruck gehabt, dass Lück zum Zeitpunkt seines Todes verzweifelt gewesen war, vielleicht sogar wütend, und je länger Hannah ihn betrachtet hatte, desto mehr war sie davon überzeugt gewesen, dass seine Frau mit ihrer Vermutung richtig lag. Lück hatte sich nicht selbst getötet, er war getötet worden, auch wenn es auf den ersten Blick nicht danach aussah, vor allem wohl nicht danach aussehen sollte.

Doch wieso hatte Lück dann diesen Abschiedsbrief geschrieben? Hannah wälzte sich auf die andere Seite. Möglicherweise war er dazu gezwungen worden. Sie glaubte ohnehin nicht, dass Lück ein Mörder war.

Im Gegenteil. Sie hielt es für wahrscheinlich, dass Lück und Meyers demselben Mörder zum Opfer gefallen waren.

Am nächsten Morgen verließ Hannah die Wohnung noch vor Einsetzen des Berufsverkehrs. Helmi schnarchte leise hinter ihrer Schlafzimmertür, als sie sich auf leisen Sohlen aus der Wohnung schlich. Sie war voller Erwartung, was der Tag an neuen Erkenntnissen bringen würde. Wie heißt es so schön?, dachte sie:

Der frühe Vogel fängt den Wurm.

Die Stadt begann langsam zu erwachen, als sie zum Gebäude der Kripo fuhr. Einige wenige Autofahrer waren unterwegs, auch eine Kehrmaschine der Stadtreinigung, und ein älterer Mann führte seinen Hund aus.

Auf dem Flur vor ihrem Büro begegnete sie Sven, der sich gerade einen Kaffee aus dem Automaten zog. Überrascht, ihn so früh hier zu sehen, fragte sie sich, was wohl ihn um den Schlaf gebracht haben mochte, und sie kam zu dem Schluss, dass es vermutlich nicht Meyers und Lück gewesen waren, sondern die schöne Argentinierin. Die Ermittlungsarbeit hatte Sven, so glaubte sie, noch nie so nervös gemacht, dass er nicht schlafen konnte, die Liebe schon. Sven kam üblicherweise eher zu spät als zu früh zum Dienst. Heute Morgen bemerkte sie jedoch tiefe Schatten unter seinen Augen. »So früh schon auf?«, neckte sie.

»Ja.« Svens Stimme klang missmutig.

»Gibt's was Besonderes?«

Sven vollführte eine wegwerfende Handbewegung. »Ach… nicht der Rede wert.«

Hannah war klar, dass sie unbeabsichtigt den Finger in die Wunde gelegt hatte, doch sie dachte, dass es besser war, nicht nachzuhaken, sondern ihn in Ruhe zu lassen.

»Komm mit in mein Büro«, forderte sie ihn auf, nachdem auch sie einen Becher aus dem Automaten gezogen hatte, das spuckende, zischende Geräusch klang noch in ihren Ohren. »Wir fassen kurz zusammen, was wir in den Fällen Meyers und Lück an Informationen und Spuren haben, und bringen uns gegenseitig auf den Stand«, sagte sie und bedachte ihn mit einem aufmunternden Blick. Ohne seine Reaktion abzuwarten, ging sie ihm voran. Der Kaffee verströmte einen Wohlgeruch und folgte ihr als Duftwolke über den Flur.

In ihrem Büro steuerte Hannah sofort auf das Fenster zu und öffnete es weit, herein strömte frische Morgenluft. »Das belebt«, sagte sie und nickte Sven zu, der sich in der Zwischenzeit auf dem Stuhl vor ihrem Schreibtisch niedergelassen hatte und missgelaunt an seinem Becher nippte.

Hannah lehnte sich zufrieden gegen das Fensterbrett, die kühle Luft streichelte ihren Rücken. Nachdem auch sie einen Schluck von ihrem Kaffee genommen hatte, begann sie mit der Zusammenfassung: »Also: Ein renommierter Professor für Geologie wird von seiner Ehefrau tot in seiner Küche aufgefunden. Mit geplatztem Aneurysma, doch getötet hat ihn einer von zwei Schüssen, der tödliche traf ins Herz. Eine Tatwaffe wurde nicht gefunden. Es gibt keine Anzeichen eines Kampfs, keine nennenswerten DNA-Spuren, die auf den Täter hinweisen, jedoch Katzenhaare in Fußabdruckspuren in Größe 46. Vermutlich hat der Täter sie ins Haus getragen. Ergebnisse der Spurensicherung lassen den Rückschluss zu, dass der Täter circa zwei Meter groß und etwa 100 Kilo schwer ist.« Sie sah Sven über ihren Becherrand hinweg an, gewann den Eindruck, dass er immer noch nicht ganz bei der Sache war, und daher forderte sie ihn jetzt auf: »Machst du weiter, bitte?«

Sven nickte müde, straffte sich jedoch und nahm den Faden auf: »Meyers' Ehefrau Claudia hat seit einigen Monaten einen Geliebten, Hajo Hamm, den sie heimlich trifft, und mit dem sie, deiner Aussage nach, erst gestern noch in einem Kölner Hotel Champagner trank. Sie verfügt über ein nicht unerhebliches Vermögen und spekuliert eventuell mit Bitcoins … ein Verdacht ihrer Stieftochter Lea.«

Hannah strich sich eine Strähne ihres graublonden, in der Morgensonne rötlich schimmernden Haares aus der Stirn und unterbrach: »Kläre bitte, ob die Sache mit den Bitcoins stimmt.«

»Mache ich«, sagte Sven beflissen.

»Falls ja, möchte ich wissen, in welchem Stil Claudia Meyers da eingestiegen ist.«

»Klar. Vielleicht hatten die beiden gestern einen hübschen Gewinn zu begießen?«

»Möglich.« Hannah, immer noch am Fenster, verlagerte das Gewicht von einem Bein auf das andere und übernahm wieder das Wort. »Gestern wurde Meyers' Kollege, der Geoinformatiker Doktor Tobias Lück, tot in seiner Garage aufgefunden. Todesursache: Kohlenmonoxidvergiftung durch Abgase, die ins Innere seines Wagens gelenkt wurden. Auf den ersten Blick ein Selbstmord.« Sie hielt einen Moment inne, bevor sie weitersprach. »Lück und Meyers arbeiteten im selben Institut, dem *Institut für Angewandte Geowissenschaften*, eng zusammen, was den Schluss zulässt, dass beide Todesfälle miteinander in Verbindung stehen.« Hannah blickte Sven direkt an: »In einem Abschiedsbrief, den seine Ehefrau im Wagen fand, behauptet er, der Mörder von Professor Meyers zu sein.«

»Hat er denn ein Motiv genannt?«, fragte Sven.

»Ich habe den Brief selbst noch nicht gelesen, ich warte gespannt darauf. Der Scan müsste eigentlich schon da sein.« Hannah fuhr ihren PC hoch, aber es war noch nichts eingetroffen. Sie fuhr fort: »Seine Frau Sophie sagt, Meyers habe seine Ergebnisse geklaut.«

»Hältst du das für plausibel?«

Hannah schüttelte den Kopf. »So was kommt vor. Aber bislang habe ich nur Gutes über die Zusammenarbeit gehört. Würde mich wundern. Allerdings hat er, nachdem er von dem Mord an Meyers erfuhr, hohes Fieber bekommen. Das klingt nicht danach, als habe er ihn kaltblütig umgebracht.«

Sven hing einen Augenblick seinen Gedanken nach, dann fuhr er fort: »Wir wissen, dass Meyers und Lück zusammen zum Thema Seltene Erden geforscht haben.«

»Der Chef des Instituts, Professor Kiesling, behauptet, ihre Forschung sei nicht von besonderer Bedeutung gewesen.« Mit einem kurzen bedauernden Blick in den leeren Kaffeebecher stellte Hannah ihn auf der Fensterbank ab und verschränkte die Arme vor der Brust.

»Der erzählt viel, wenn der Tag lang ist …«

Hannah runzelte die Stirn. »Kiesling behauptet jedenfalls, dass es keinen Grund gäbe, Meyers deswegen umzubringen. Vielleicht ändert er ja seine Meinung, wenn er von Lücks Tod erfährt.«

»Möglich, oder er weiß längst davon.«

»Genau«, sagte Hannah und kniff die Augen zusammen, was ihr einen entschlossenen Ausdruck verlieh. »Wenn das Institut uns auch jetzt noch, nach Lücks Tod, keine detaillierten Informationen zur Verfügung stellt, kommen wir ihnen auf die harte Tour. Und zwar ganz schnell.«

»Was meinst du damit?«

»Wir beantragen einen Durchsuchungsbefehl.«

Sven nickte: »Wir sollten aber auch im Blick behalten, dass Claudia Meyers nach dem Tod ihres Mannes ein ordentliches Vermögen erbt, Gesamtwert etwa drei

Millionen Euro. Sie ist in meinen Augen damit nach wie vor verdächtig.«

Hannah legte die Hand in den Nacken und begann, den Kopf hin und her zu drehen. Sie fühlte sich verspannt und überlegte, ob sie es schaffen würde, den morgigen Termin bei ihrer Physiotherapeutin einzuhalten. Nach einem Moment fühlte sie sich besser und sagte: »Es spricht nicht allzu viel dafür, dass sie die Mörderin ist ...« Hannah schwieg einen Moment, bevor sie weitersprach: »Ihr Geliebter Hamm hat ein hieb- und stichfestes Alibi, außerdem kommt er allein wegen seines Gewichts und der Schuhgröße als Mörder nicht infrage und er besitzt keine Katze. Denk bitte an die Katzenhaare in den Abdruckspuren.«

»Habe ich durchaus im Blick«, sagte Sven verstimmt.

»Lück kann es auch nicht gewesen sein. Der wog keine 80 Kilo und hatte Schuhgröße 44.« Hannah spielte ratlos mit dem Kaffeebecher herum. Sie erhoffte sich davon erhellende Gedanken, doch bedauerlicherweise stellten sie sich nicht ein. Seufzend ließ sie schließlich die Außenjalousie herunter und brachte die Lamellen so in Position, dass es zwar hell blieb im Raum, jedoch sichergestellt war, dass er sich nicht zu schnell aufheizen würde. Der Wetterbericht hatte für den heutigen Tag Temperaturen bis 28 Grad prognostiziert.

Hannah setzte sich an den Schreibtisch und spürte, dass Sven sie beobachtete. Tatsächlich schien er darauf zu warten, dass ihr doch noch die Erleuchtung kam. Sie überflog die inzwischen eingegangenen Mails und schüttelte den Kopf: »Immer noch nicht da ... weder der Abschiedsbrief noch wenigstens die Telefonlisten der Meyers.«

»Ich kümmere mich darum«, sagte Sven mit großer Selbstverständlichkeit, so als wolle er Hannah beruhigen.

Hannah nickte. »Danke. Und bitte kümmere dich auch

gleich um die Anrufe, die Lück und seine Frau geführt haben.«

»Na klar.« Als könne er ihre Gedanken lesen, sagte Sven: »Ich überprüfe außerdem die Vermögensverhältnisse des Ehepaars Lück.«

Hannah nickte. Sie wollte ihm eigentlich sagen, wie vorbildlich er agierte und wie gern sie mit ihm zusammenarbeitete, doch dafür fehlte ihr im Augenblick die Kraft und so bemerkte sie nur: »Ich glaube, wir sind dann fürs Erste durch.« Ihr Blick glitt zur Tür. Sven verstand sofort.

Als sie allein war, konnte sie es plötzlich kaum erwarten. Es war 8 Uhr, und vielleicht war Professor Kiesling ja schon im Büro. Ohne zu zögern griff sie zum Telefonhörer und wählte seine Nummer.

*

Hannah parkte ihren grünen SUV, den sie nur fuhr, weil er ihr auf den holperigen, oft matschigen oder verschneiten Wegen in der Eifel mit seinem Vierradantrieb gute Dienste leistete, und der ihr ansonsten eine Spur zu groß und zu angeberisch war, auf dem Firmenparkplatz des *Instituts für Angewandte Geowissenschaften.*

Sie war immer noch ärgerlich darüber, Kiesling nicht erreicht zu haben. Er hatte seinen Apparat auf die Sekretärin umgestellt, und eine freundliche Stimme vom Band hatte sie aufgefordert, eine Nachricht zu hinterlassen, man würde gern zurückrufen. Reguläre Bürozeiten seien von 10 Uhr bis 16 Uhr.

Nachdem auch auf Kieslings Handy nur die Mailbox ansprang, war sie kurzerhand in ihre Baumwolljacke geschlüpft und zum Institut gefahren. Zu allem Überfluss war sie unterwegs geblitzt worden.

Kieslings Sekretärin wusste sofort, dass etwas passiert war, als Hannah vor ihr stand. Sie sah sie erschrocken an.

»Ich muss sofort Ihren Chef sprechen«, sagte Hannah und blickte sich suchend um.

Mit einem schnellen Blick auf die Uhr ihres Handys, das neben dem PC lag, erklärte die Sekretärin, dass Professor Kiesling jetzt vermutlich schon im Flugzeug säße. In Stockholm fände ein internationaler Kongress statt, an dem er als Redner teilnehme. »Er wird drei Tage dortbleiben«, sagte sie und fügte hinzu: »Es tut mir wirklich leid.«

Hannah holte tief Luft und überlegte, ob sie eine rechtliche Handhabe hatte, Kiesling sofort zurückzuordern, schätzte die Situation aber nicht so ein. »Thema des Kongresses?«, erkundigte sie sich knapp.

»Seltene Erden.«

Hannah biss sich auf die Unterlippe. Das hatte sie sich schon fast gedacht. »Wenn er sich meldet, soll er sich umgehend mit mir in Verbindung setzen. Ich habe ihm schon die Nachricht hinterlassen, dass Doktor Lück gestorben ist.«

»Oh Gott«, sagte die Sekretärin. Und noch einmal: »Oh Gott.« Tränen schossen ihr in die Augen. »Ermordet? Wie Professor Meyers?«

»Das wissen wir noch nicht.« Hannah empfand plötzlich Mitleid mit der jungen Frau. Nicht wie mit Sophie Lück, aber sie schien von der Nachricht ehrlich betroffen zu sein. »Hatte Doktor Lück hier im Institut Feinde?«

»Nein.« Die Antwort kam schnell. »Im Gegenteil. Er war äußerst beliebt. Immer für einen Scherz zu haben.«

Hannah nickte, die Information deckte sich mit ihrer Einschätzung. »Ich muss dringend wissen, woran genau

Professor Meyers und Doktor Lück gearbeitet haben. Wer kann mir Auskunft geben? Anstelle von Professor Kiesling?«

Die Sekretärin biss sich auf die Unterlippe und sagte kleinlaut: »Ich fürchte, niemand. Es ist keiner da. Alle ausgeflogen.«

Hannah spürte, wie der Ärger in ihr hochkochte. »Führen Sie mich bitte zu dem Doktoranden, mit dem ich bei meinem letzten Besuch schon kurz gesprochen habe.« Sie bemühte sich um einen ruhigen Tonfall: »Zwei Mitarbeiter aus Ihrem Institut sind tot, möglicherweise sind beide ermordet worden. Da wird sich doch wohl jemand finden, der mir Auskunft über ihre gemeinsame Projektarbeit geben kann.« Hannah lächelte, doch sie hatte Mühe, sich zu beherrschen. Sie beobachtete die junge Frau dabei, wie diese nervös an ihrem überdimensionalen orangefarbenen Ohrring spielte.

»Mark, der Doktorand, ist leider ist auch in Stockholm«, presste die Sekretärin hervor. »Aber Maria Sanders kann Ihnen vielleicht weiterhelfen, Meyers' Assistentin.« Einen Moment …« Die Sekretärin streckte die Hand nach dem Telefon aus und tippte mit dem Zeigefinger hintereinander rasch auf einige Zahlen der Tastatur. »Ich versuche mal, sie zu erreichen«, erklärte sie und horchte in den Hörer.

Die Zeit dehnte sich. Niemand schien den Anruf entgegenzunehmen. Nach einer Weile legte die Sekretärin den Hörer auf.

»Soll ich mal gucken, wo sie steckt?«

»Ja, und ich komme mit«, sagte Hannah.

Schnellen Schrittes begleitete sie die Sekretärin über den Flur. Die Luft war so trocken, dass Hannah plötzlich husten musste. Sie fragte sich, ob es an den Steinen lag, die hier überall herumlagen und Staub absonderten. Vielleicht war es Zeit für eine andere Strategie, und so sagte sie mit einem Seitenblick und weicher Stimme: »Ich brauche Ihre Mithilfe. Sie tippen und verschicken doch auch Dokumente aus den einzelnen Forschungsgruppen?«

Die Sekretärin schien zu ahnen, worauf Hannah hinauswollte: »Ja natürlich, aber die Inhalte sind meistens so speziell, dass ich nicht viel mit ihnen anfangen kann. Tut mir leid.«

»Ich hätte gedacht, dass beim Lesen oder Tippen etwas hängen bleibt?«, insistierte Hannah mit einem freundlichen Lächeln.

»Ich bin Sekretärin, keine Geologin.« Professor Kieslings Mitarbeiterin sah Hannah vorwurfsvoll an.

»Wie lange arbeiten Sie schon hier?«, fragte Hannah und spürte einen erneuten Hustenreiz in sich aufsteigen.

»Ein halbes Jahr.«

Hannah überlegte, dass das tatsächlich noch keine lange Zeit war. Womöglich reichte sie nicht aus, um in die schwierige Materie geologischer Projekte einzutauchen. Zugetraut hätte sie es der Sekretärin jedoch. Ihr wacher Blick sprach dafür, dass sie zu mehr fähig war als nur zu telefonieren, zu organisieren oder zu tippen.

Sie steuerten auf einen Aufzug zu. »Fahrstuhl oder Treppe?« Die Sekretärin warf Hannah einen fragenden Blick zu.

»Wievielter Stock?«

»Wir müssen runter in den zweiten.«

»Dann nehmen wir die Treppe«, entschied Hannah.

Während sie nebeneinander die Stufen hinabliefen, sagte die Sekretärin: »Meyers und Lück hatten in den vergangenen Monaten häufiger Kontakt mit dem *Institut für schwedische Geowissenschaften* und der schwedischen Bergbaubehörde …«

Das schien Hannah nichts Besonderes zu sein. »Wegen des aktuellen Projekts?«

»Keine Ahnung, aber ich gebe Ihnen nachher die Adressen.«

Hannah nickte.

Kieslings Sekretärin öffnete die Tür vom Treppenhaus zum Flur. Nach einigen Metern führte sie Hannah in das Labor, in dem Meyers gearbeitet hatte, und das sie schon von ihrem ersten Besuch kannte. Gesteinsproben lagen auf Tischen herum, und die Knöpfe diverser Apparaturen leuchteten rot und verursachten leise summende Geräusche.

»Maria?«, rief Kieslings Mitarbeiterin in den Raum hinein und horchte, erhielt jedoch keine Antwort. »Maria?«, rief sie erneut, diesmal etwas lauter. Als sich nichts tat, sagte sie: »Wir sehen auch mal in Tobias' Büro nach.«

»Gut«, sagte Hannah und merkte, wie ihre Ungeduld wuchs. Lücks Büro befand sich nur zwei Türen weiter, doch auch hier war Maria Sanders nicht zu finden. In Lücks Büro standen mehrere Rechner. Die Klimaanlage lief.

»Hier werden geologische Daten verarbeitet, die unter anderem für Kartierungen von Landschaften benötigt werden«, erklärte die Sekretärin. Hannah sah sich um, konnte jedoch mit dem, was sie sah, nicht viel anfangen. Plötzlich schlug sich die Sekretärin mit der flachen Hand gegen den Kopf. »Da fällt mir ein … es könnte sein, dass Maria Urlaub genommen hat. Das habe ich ganz vergessen! Ist ja sowieso keiner hier, und sie wollte bei schönem Wetter mit ihrem Freund wandern gehen.«

Hannah hörte von irgendwoher ein Lachen. Sie ballte unbewusst die Hand zur Faust und fluchte innerlich, es war wie verhext. Sie überlegte, ob die junge Frau sie an der Nase herumführte oder ob sie tatsächlich nicht daran gedacht hatte, dass Meyers' Assistentin Urlaub nehmen wollte, während ihre Kollegen in Stockholm waren. Hannah musterte ihr Gesicht. Sie kam zu dem Schluss, dass die Sekretärin ehrlich war. Ihr Blick wich ihrem nicht aus, zudem bemerkte Hannah kein verdächtiges Zucken in ihren Zügen. Allerdings war ihre Geduld jetzt am Ende. Ohne auch nur noch eine Sekunde zu zögern, zog sie ihr Handy aus der Jackentasche und tippte die Nummer der Staatsanwältin ein.

»Wir kommen auch anders zum Ziel«, erklärte sie, den Hörer am Ohr. »Ich spreche jetzt mit der Staatsanwältin, und die beantragt gleich beim Amtsrichter einen Durchsuchungsbefehl. Sie können gar nicht so schnell gucken, so schnell ist der da«, versicherte sie. Hannah warf einen Blick auf ihre Armbanduhr, und während sie darauf wartete, dass die Staatsanwältin abnahm, sagte sie: »Ich schätze, in spätestens einer Stunde tragen wir hier alles raus, was uns wichtig erscheint. Auch PCs und die Handys von Meyers oder Lück, falls wir welche finden.«

Die Sekretärin sah plötzlich sehr blass aus.

Im Hintergrund ertönte wieder aus irgendeinem Labor dieses Lachen, und es kam Hannah völlig unpassend vor.

Die Staatsanwältin meldete sich, und nachdem alles besprochen war, begleitete Hannah die Sekretärin zurück in deren Büro. Sie hatte nicht vor, sie auch nur eine Minute aus den Augen zu lassen. Wortlos suchte die junge Frau ihr Adressen und Ansprechpartner der schwedischen Institute heraus, mit denen Professor Meyers und Doktor Lück in Verbindung gestanden hatten. Hannah setzte sich auf einen Stuhl, beobachtete sie bei allem, was sie tat, und wartete ungeduldig auf die Kollegen mit dem Durchsuchungsbeschluss.

*

Es war ein Sieg auf der ganzen Linie. Eine Woge der Genugtuung durchströmte Hannah, als sie in ihr Büro zurückkehrte. Die Computer und Tablets aus Meyers' und Lücks Büroräumen befanden sich nun in den Händen der EDV-Spezialisten der Kripo, und Hannah wusste, dass sie in Kürze mit ersten Ergebnissen der Auswertung rechnen konnte.

Professor Kiesling hatte sich unmittelbar nach seiner Landung in Stockholm bei ihr gemeldet. Er war entsetzt über Lücks Tod und den Durchsuchungsbefehl, schien jedoch ehrlich betroffen und sagte, er könne sich einen Selbstmord nur schwer vorstellen. Er behauptete weiterhin, dass Meyers' und Lücks Forschung für Kollegen oder die Industrie nicht von so großem Interesse sein könne, dass jemand dafür morden würde. Er erklärte, dass Meyers und Lück an sogenannten *Heavies* geforscht hätten, in Fachkreisen sogenannten schweren Seltenen Erden, deren Anteil am Gesamtvorkommen nicht einmal fünf Prozent ausmache, die also tatsächlich selten seien. Kiesling erklärte, dass sie sich unter anderem mit Erbium und Dysprosium beschäftigt hätten, und dass sie ersten Erkenntnissen nachgegangen waren, wonach es möglicherweise größere Vorkommen von Dysprosium in Schweden gebe. Der Kongress in Stockholm übrigens behandle das Thema *Seltene Erden und ihre Alternativen,* da viele Regierungen das Interesse verfolgten, ihre Abhängigkeit von diesen knappen Rohstoffen, vor allem von China, zu lösen und Alternativen zu entwickeln, oder aber auch in neue Recyclingtechnologien zu investieren, sodass es nicht zu Engpässen in verschiedenen Wirtschaftszweigen kam.

Aus der Art und Weise, wie er mit ihr sprach, aus dem hektischen Ton, der sich von dem unterschied, den Hannah bei ihrem letzten Treffen von ihm gehört hatte, schloss sie, dass Kiesling nervös geworden war. Hannah vermutete, dass er inzwischen einen Mord an seinen Mitarbeitern doch für denkbar hielt, auch wenn er immer noch das Gegenteil behauptete. Die Unruhe, die die Nachricht von Lücks Tod in ihm ausgelöst hatte, war ihm jedenfalls deutlich anzumerken.

Hannah stellte die Lamellen der Jalousie etwas schräger, sodass sie noch weniger Licht durchließen. Es war warm geworden im Zimmer, und sie öffnete die oberen Knöpfe ihrer weißen Bluse. Als sie sich wieder an den Schreibtisch setzte, sah sie auf der Symbolleiste ihres Computers, dass soeben eine Nachricht von der Spurensicherung samt Anhang eingetroffen war. Aufmerksam überflog sie die Zeilen.

In Lücks Garage waren wie in Meyers Küche Fußabdruckspuren der Größe 46 sichergestellt worden, und sie hatten das gleiche Profil. Hannah schob die Unterlippe ein wenig vor. Die Kollegen schrieben, sie hätten auch wieder Katzenhaare auf dem Fußboden in der Garage entdeckt. In seinem Blut hatten sie die für eine Vergiftung mit Autoabgasen typisch hohe Konzentration von Kohlenmonoxid festgestellt, andere giftige Substanzen konnten nicht nachgewiesen werden.

Hannah stützte den Kopf in beide Hände. Immerhin war die Übereinstimmung der Schuhgröße ein kleiner Wegweiser auf dem langen Weg der Spurensuche.

Die Kollegen schrieben, dass Lück etwa um 11 Uhr vormittags gestorben war. Auf keinem der Schläuche, die die Abgase ins Wageninnere führten, waren seine Fingerabdrücke sichergestellt worden. Es gab überhaupt keine Fingerabdrücke. Also müssen sie entfernt worden sein, dachte Hannah.

Sie strich sich nachdenklich über die Stirn. Immerhin. Keine Spuren waren auch Spuren. Sie starrte mit leerem Blick auf den Bildschirm. Bestätigte nicht die Tatsache, dass es auf den Abgasschläuchen keine Spuren gab, ihren Verdacht, dass Lück umgebracht worden war?

Weiter las sie, dass auf dem Gartentisch ein Füllhalter mit Lücks Initialen gelegen hatte, und dass die darin enthaltene Tinte mit der in dem Brief verwendeten Tinte übereinstimmte. Auch waren auf dem Füller Lücks Fingerabdrücke gesichert worden.

Doch warum hatte Lück diesen Abschiedsbrief verfasst?

Sie atmete tief durch und öffnete den Anhang der Mail, es war der Scan von Lücks Abschiedsbrief.

Der Brief war eher kurz. Tobias Lück schrieb nur, dass – so seltsam es für seine Frau klingen möge – er keinen Sinn mehr im Leben sehe.

Die Ehe nur noch Fassade, die Arbeit sein einziger Inhalt, und da habe ausgerechnet Meyers, dem er so vertraut habe, ihm die Ergebnisse und damit den Erfolg gestohlen. Bei ihrer letzten Auseinandersetzung darüber habe er ihn erschossen. Er bereue seine Tat, aber die sei nun nicht mehr rückgängig zu machen.

Hannah sah auf. Die Vorstellung, wie Tobias Lück in den letzten Augenblicken seines Lebens zumute gewesen sein musste, quälte sie. Der Text klang nicht so, als ob er Wut verspürt hätte, doch sie hatte zweifelsfrei den Ausdruck von Wut in seinen Zügen gelesen. Oder täuschte sie sich?

Hannah biss sich auf die Unterlippe. Wenigstens war er nicht qualvoll gestorben, sondern langsam eingeschlafen.

Sie blickte in die lindgrünen Blätter des Baums vor ihrem Fenster. In nur wenigen Tagen waren sie schon wieder ein wenig dunkler und unmerklich größer geworden, ein Phänomen, das sie in jedem Frühsommer aufs Neue verblüffte.

Ihre Gedanken kehrten zurück zum Inhalt des Briefes. Er passte einfach nicht zu Lück.

Er passte weder zur Wut noch zur Verzweiflung, die sie in seinen Zügen gelesen hatte. Und er passte auch nicht zum Bild eines Mannes, der jederzeit zu einem Scherz aufgelegt war.

Worüber Hannah stolperte, war die Behauptung, dass Lück in der Beziehung zu seiner Frau unglücklich gewesen sei. Sophie Lück hatte das Gegenteil behauptet. Also log entweder sie oder ihr Mann.

Immerhin hatte Sophie ihn einige Tage vor seinem Tod zwar als auffallend ängstlich beschrieben, aber eine Waffe gebe es bei ihnen im Haus nicht.

Hannah stützte den Kopf auf ihre Hände. Je länger sie darüber nachdachte, desto weniger zweifelte sie daran, dass Tobias Lück umgebracht worden war. Er könnte mit K.-o.-Tropfen betäubt worden sein. Sie waren nur circa sechs bis acht Stunden im Blut nachweisbar. Zu dem Zeitpunkt, als der Rechtsmediziner ihm Blut abnahm, waren vier bis sechs Stunden vergangen. Was sprach dagegen, dass Lücks Mörder ihn anschließend ins Auto verfrachtet und dann mit den Autoabgasen vergiftet hatte?

Im Büro herrschte tiefe Stille, und Hannah dachte, wie wohltuend es war, dass gerade niemand etwas von ihr wollte. Das kam nicht allzu oft vor. Vermutlich hatte Lück seinen Mörder gekannt, oder falls nicht, hatte er ihn aus irgendeinem triftigen Grund hereingebeten. Von der Diele führte eine Verbindungstür in die Garage, und das hatte der Mörder aller Wahrscheinlichkeit nach gewusst.

Hannah erhob sich von ihrem Stuhl und ging auf und ab. Nicht nur die Stille, auch die Bewegung halfen ihr beim konzentrierten Nachdenken.

Vermutlich hatte irgendjemand Tobias Lück den Abschiedsbrief diktiert, und jetzt ging es darum, das zu beweisen.

Hannah überlegte einen Moment, und dann wusste sie, was zu tun war. Sie würde Walter Mix anrufen. Mix war ein versierter Sprachprofiler, mit dem sie vor Jahren schon einmal zusammengearbeitet hatte. Er gehörte zu den besten. Seine Arbeit bestand darin, Schriftstücke miteinander zu vergleichen und persönliche Sprachmerkmale festzustellen. Anhand der Ergebnisse konnte er dann Aussagen darüber treffen, ob beispielsweise Briefe vom selben Verfasser stammten. Hannah hatte die Hand bereits am Hörer. Wenn sie wusste, ob die Ausdrucksweise in Lücks Abschiedsbrief mit anderen Briefen von ihm übereinstimmte oder nicht, wäre sie ein gutes Stück weiter.

PEKING, VOLKSREPUBLIK CHINA

Sun Yi, Funktionär im *Ministerium für Industrie und Informationstechnologie der Volksrepublik China* und dort seit mehr als zehn Jahren mit den nationalen geopolitischen Interessen von Staat und Partei im Bergbau beschäftigt, strich sich wohlig über den Bauch. Er wurde heute 55 Jahre alt, und in der Geburtstagssuppe, die ihm der Chefkoch des Nobelhotels *Mandarin Oriental*, das sich in nur zwei Kilometer Entfernung von der Verbotenen Stadt befand, serviert hatte, waren so viele und so lange Nudeln enthalten, wie er es sich insgeheim erhofft hatte. Je länger die Nudeln, desto gesegneter die Zukunft, sagte man in China, und wenn das Sprichwort auch nur einen Funken Wahrheit beinhaltete, konnte er davon ausgehen, dass ihn ein langes, gesundes Leben erwartete und er vielleicht sogar 100 wurde.

Sein langjähriger politischer Weggefährte Zhang San, Funktionär im selben Ministerium wie er, jedoch tätig in der Abteilung Information, hob das Glas und prostete ihm mit den Worten »Gan Bei« zu, was nichts anderes bedeutete als »Zum Wohl«, jedoch explizit dazu aufforderte, das Glas auf einen Zug zu leeren.

Sun Yi hob das Glas an die Lippen und legte den Kopf in den Nacken. Der *Shaoxing Jiu*, ein Reiswein, dessen Geschmack die meisten Manager aus Europa, mit denen Sun Yi hin und wieder zu tun hatte, an Sherry erinnerte und der südwestlich von Shanghai in der Stadt Shaoxing hergestellt wurde, perlte seine Kehle hinunter und brannte im Magen, sodass es gerade noch angenehm war. Sun Yi leckte sich die Lippen. Er schätzte den Alkoholgehalt ungewöhnlich hoch ein, vielleicht auf 19 Prozent, was deutlich höher war als üblich, allerdings für die Qualität dieses *Shaoxing* sprach. Mit einem wohlwollenden Blick und einem leichten Schmatzen stellte er das leere Glas zurück auf den Tisch.

Es war ein guter Tag, und Sun Yi fühlte sich rundum satt und zufrieden. Er stellte fest, dass es auch Zhang San geschmeckt zu haben schien, denn er lobte das Essen und sagte: »Hen hao chi«, was so viel bedeutete wie »Es hat sehr gut geschmeckt«, und in Zhangs sonst reglosem Gesicht bemerkte Sun Yi jetzt sogar ein zufriedenes Zucken. Er beobachtete Zhang dabei, wie er nach seiner roten Umhängetasche griff, sie vom Boden hob und sie sich vorsichtig auf die Knie setzte. Während er die Tasche mit der linken Hand festhielt, griff er mit der rechten hinein, und in diesem Moment wusste Sun Yi, dass Zhang jetzt endlich das Geschenk für ihn zutage befördern würde, auf das er schon länger als eine Stunde wartete.

Er und Zhang San befanden sich auf derselben hierarchischen Ebene, doch unabhängig von ihrer Position gehörten Geschenke, die in seinem Land ein unerlässliches Instrument der beruflichen Beziehungspflege darstellten, traditionell dazu. Sie stärkten die Verbundenheit, untermauerten den gegenseitigen Respekt und halfen bei kontroversen Standpunkten, ohne Gesichtsverlust eine einvernehmliche Lösung zu finden.

Während Sun Yi seinen Kollegen dabei beobachtete, wie er umständlich mit seinen langen, schlanken Fingern in der Tasche kramte, spürte er leichten Neid in sich aufsteigen. Zhang war groß und schlank, ein typischer Nordchinese.

Er konnte essen, so viel er wollte, er wurde einfach nicht dick. Er selbst hingegen bemühte sich seit der Pubertät vergeblich darum abzuspecken, doch so wenig er auch aß, es gelang ihm einfach nicht.

Sun Yi seufzte leicht. Er war keiner von den ganz Dicken, immerhin, doch die Waage zeigte sieben Kilo mehr als Normalgewicht. Sein Bauch verriet jedem, der genau hinsah, mangelnde Disziplin, und Disziplinlosigkeit galt in China als Untugend. Doch sich nur von Reis und Gemüse zu ernähren, stellte ihn nicht zufrieden. Zu gut schmeckten ihm die Burger der amerikanischen Fastfoodketten, und auch auf Schokolade und Pralinen wollte er nicht verzichten.

Sun Yi fragte sich, warum Zhang San so lange brauchte, bis er das Geschenk endlich in Händen hielt, und als der Kellner, die Flasche *Shaoxing* in der Hand balancierend, herbeieilte und fragte, ob er noch einmal nachschenken dürfe, nickte Sun Yi. Zhang San lächelte zustimmend.

Sun Yi beobachtete, dass die linke Hand des Kollegen in seiner Umhängetasche verharrte, während er mit der rechten den *Shaoxing* kippte. Sun Yi vermutete, dass er ihn absichtlich ein wenig auf die Folter spannte, was ihn ärgerte. Erst als das Glas leer war, überreichte Zhang San ihm endlich ein rotes Kuvert, wahrend er sich unablässig für die Bedeutungslosigkeit seiner Gabe entschuldigte. Aus Höflichkeit gehörte es einfach dazu.

Sun Yi bedankte sich mehrmals und nickte dazu, er liebte Rot. Rot stand für Glück. Seine tastenden Finger spürten im Umschlag mehrere Scheine, sie knisterten ganz leicht, und er lächelte zufrieden. Doch zu seiner Überraschung holte Zhang San plötzlich noch etwas anderes aus der Umhängetasche, es musste schwer sein, denn er umfasste es mit beiden Händen. Beinahe wäre das etwa 20 mal 20 Zentimeter große Päckchen ihm englitten, wenn er es nicht gerade noch rechtzeitig auf dem Tisch abgesetzt hätte.

Sun Yi wehrte lächelnd ab, das sei doch zu viel der Ehre, beteuerte er. Zwei Geschenke seien wirklich nicht nötig.

Zhang San insistierte jedoch, und so ging es eine Weile hin und her, und schließlich zeigte sich Sun Yi einverstanden. Zhang San schob das Päckchen zu ihm hinüber, und als Sun Yi danach griff, merkte er erst, wie schwer es wirklich war. Er überlegte, was es wohl sein mochte und wie hoch der Gesamtwert der beiden Geschenke war. Er hoffte, dass der Wert in etwa dem des Feuerzeugs der französischen Nobelmarke entsprach, das er Zhang zu dessen letztem Geburtstag geschenkt hatte. So verlangten es die Gepflogenheiten, die Geschenkekonten mussten in etwa ausgeglichen sein.

Sun Yi dachte an das kleine Büchlein, das zu Hause in seinem Schreibtisch lag. Alle Geschenke, die er machte und selbst erhielt, wurden darin akribisch aufgelistet, damit ihm nicht eines Tages einmal ein Fehler unterlief. Er lächelte. Heute Abend würde er einiges zu ergänzen haben.

Sun Yi bedankte sich überschwänglich, legte dann jedoch das Päckchen ungeöffnet zum Umschlag an den Rand des Tisches. Es galt als Zeichen der eigenen Bescheidenheit und war Ausdruck von Selbstbeherrschung und Höflichkeit, ein Geschenk nicht vor den Augen des Schenkenden auszuwickeln. Falls es nicht teuer oder hochwertig genug war und aus dem üblichen Rahmen fiel, war es wichtig, ihm den Gesichtsverlust zu ersparen.

Sun Yi strich sich vorsichtig von rechts nach links über seinen Schädel und seufzte erleichtert, die Haarsträhne saß genau da, wo er sie haben wollte. Unter seinen Fingern spürte er den schmalen Streifen dünner Haare, den er Morgen für Morgen unter Einsatz von Haarfestiger kunstvoll über seinen beinahe kahlen Kopf drapierte. Unwillkürlich musste er an den für einen Europäer erstaunlich sympathischen Umweltschützer aus Schweden denken, den er vor drei Jahren in Peking auf einem internationalen Kongress zum Thema *Stadtbegrünung* kennengelernt hatte.

China verfolgte in Sachen Stadtbegrünung ambitionierte Ziele für seine großen Metropolen, denn der Smog nahm überhand. Der Schwede hatte ihm, zurück in Europa, einige Flaschen eines schwedischen Haarwuchsmittels geschickt. Sun Yi hatte die Tinktur monatelang täglich in die Kopfhaut einmassiert, geholfen hatte es jedoch bedauerlicherweise nichts. Er überlegte einen Moment, ob ihm der Name des Mannes noch einfiel, und plötzlich wusste er ihn wieder: Mats Henrikson. Er nickte zufrieden. Sein Gedächtnis funktionierte immer noch gut, trotz seiner 55 Jahre. Er dachte, dass er sich vermutlich auch deswegen noch an den Mann erinnern konnte, weil seine Haare heller als die aller anderen Europäer gewesen waren, die ihm je begegnet waren.

Sun Yi winkte nach dem Kellner, er fand, es war Zeit für einen dritten *Shaoxing*, und während der Kellner ihnen einschenkte, schielte Sun Yi unauffällig nach dem großen Päckchen. Die Frage, was sich wohl darin verbarg, ließ ihm keine Ruhe.

Dass Zhang San knauserig gewesen sein könnte, zog Sun Yi nicht ernsthaft in Betracht. Er ging davon aus, dass Zhang wusste, was sich gehörte. Sie waren schließlich aufeinander angewiesen.

»Wann fährst du wieder nach Jiangxi?«, riss der Kollege ihn aus seinen Gedanken.

Sun Yi musste nicht lange überlegen. Die Bergbaumine in der Provinz Jiangxi verursachte ihm in letzter Zeit immer wieder Kopfschmerzen. »Vielleicht in zwei Wochen, vielleicht auch schon früher. Ich muss dort mal wieder nach dem Rechten sehen«, sagte er vage.

»Gibt es Probleme?«, wollte Zhang San wissen.

»Die gleichen wie immer.« Sun Yi wiegte bedächtig den Kopf. »Ein Kader des kommunalen Polizeibüros rief mich an, die Arbeiter dort planen einen Protestmarsch. Sie wollen weitergehende Arbeitsschutzmaßnahmen. Im Grunde nichts Neues. Falls der Marsch stattfindet, wird die lokale Polizei Verstärkung anfordern.«

Zhang San nickte, und während Sun Yi gedankenverloren sein schmales Gesicht betrachtete, regte sich in ihm beim Gedanken an die Reise in die Provinz Jiangxi Unbehagen. Er wusste nicht, was ihn diesmal dort erwartete, eine aufgebrachte, wütende Arbeiterschaft oder eine disziplinierte Masse, die artig ihre Bedürfnisse artikulierte, so wie beim letzten Protest vor drei Jahren, und die dann gesittet nach Hause ging?

Sun Yi runzelte die Stirn. Er steckte in einem Dilemma, und noch hatte er keine Ahnung, wie er sich daraus befreien konnte. Einerseits gehörte es zu seinem Aufgabengebiet, aus der Mine in Jiangxi so viel Rohstoffe wie möglich zutage zu fördern und damit Chinas konkurrenzlos hohen Marktanteil weltweit zu sichern, zum anderen war der Abbau von schweren Seltenen Erden grundsätzlich problematisch. Um genau zu sein, der Abbau der schweren Seltenen Erden war hochkompliziert. Die Metalle kamen nie als reine Rohstoffe vor, sondern immer nur im Gemisch mit anderen Verbindungen. So war es nur möglich, sie mithilfe von aufwendigen Trennverfahren und unter Einsatz von Säuren zu gewinnen, wobei radioaktive oder andere giftige Substanzen freiwerden konnten. Und da lag das Problem.

Sun Yi hob jetzt das Glas, ein wenig mehr Stärkung konnte nicht schaden, und er nickte seinem Kollegen zu: »Gan Bei!«

»Gan Bei!«, prostete auch Zhang San.

Sun Yi leckte sich mit der Zunge über die Lippen. Der *Shaoxing* schmeckte von Mal zu Mal besser, doch es war erst Mittag, und in ihm regte sich das schlechte Gewissen. Selbst an seinem 55. Geburtstag sollte er es nicht übertreiben.

Wie aus heiterem Himmel kroch plötzlich eine Traurigkeit in ihm hoch, wie er sie lange nicht mehr gespürt hatte. Er schluckte. Immer wieder hatte er sie erfolgreich unterdrückt.

Zhang Sans Telefon begann zu klingeln, und Sun Yi bedeutete seinem Kollegen mit einem Nicken, dass er das Gespräch ruhig annehmen solle. Zwar würde das Telefonat stören, doch die Unterbrechung ihres Gesprächs kam Sun Yi nicht ungelegen, so konnte er einen Moment länger seinen Gedanken nachhängen und der Traurigkeit in seinem Inneren nachspüren. Er war einsam, und litt darunter besonders an Tagen wie diesen.

Während Zhang San laut offenbar mit seinem Vorgesetzten telefonierte, malte Sun Yi sich aus, wie es sein würde, wenn er heute Abend nach Hause käme. Seine Eltern würden ihn erwarten, sonst niemand. Sie besaßen einen Schlüssel zu seiner Wohnung, und vermutlich würden sie jetzt in seiner Küche *Jiaozi* vorbereiten, kleine mit Fleisch, Fisch oder Gemüse gefüllte Teigtäschchen, die in einem Bambuskorb gedämpft wurden und die er als kleiner Junge schon über alles geliebt hatte.

Sun Yi blinzelte. Zu seiner großen Enttäuschung hatte ihn bislang keine Frau haben wollen. Nur die Prostituierten, die er ab und zu aufsuchte, nahmen ihn, doch er machte sich nichts vor, keine von ihnen hegte tiefere Gefühle für ihn, es ging ihnen nur ums Geld. Er zählte zu den etwa 30 bis 40 Millionen Junggesellen im Land, die die anderen mitleidlos *Guang Gun* nannten, *Tote Äste*. Äste, die niemals Früchte trugen.

Obwohl er Eigentümer einer Dreizimmerwohnung war, gut verdiente und in Peking lebte, im Grunde also eine gute Partie darstellte, hatte sich bislang keine Frau für ihn gefunden.

Sun Yi kratzte sich am Kopf, hinter dem Ohr quälte ihn seit einigen Wochen ein Ekzem. Während er unauffällig etwas Schorf ablöste, gestand er sich ein für alle Mal ein, dass sein Äußeres einfach nicht überzeugen konnte. Kein einziger seiner Versuche, eine Frau für sich zu gewinnen, war von Erfolg gekrönt gewesen, und was hatten er und seine Familie nicht alles probiert. Er war im Internet auf Dating Plattformen unterwegs gewesen, seine Schwester hatte ihn unermüdlich ihren Freundinnen und Kolleginnen vorgestellt, und seine Eltern hatten sogar eine Heiratsvermittlerin eingeschaltet.

Sun Yi spürte, dass seine Augen feucht wurden, und es ärgerte ihn im selben Moment, in dem er es bemerkte.

Er blinzelte mehrfach hintereinander, wandte den Kopf Richtung Fenster und sagte sich, dass er vermutlich einfach zu viel *Shaoxing Jiu* getrunken hatte. Zwischendurch warf er einen prüfenden Blick auf Zhang Sans Gesicht, doch der schien nichts bemerkt zu haben, denn er telefonierte unbeirrt weiter.

Sun Yi ließ seinen Blick über die roten Ziegeldächer der Verbotenen Stadt schweifen. Seitdem der letzte Kaiser von China hier regiert hatte, war viel Wasser den Yangzi hinuntergeflossen.

Er fand es seltsam, wie sich sein Leben entwickelt hatte. Vom geliebten Sohn und hochbegabten Schüler zum hohen Funktionär im Ministerium. Doch neben all den Attributen des Erfolgs, die ihn mit Stolz erfüllten, hatte sich etwas nicht eingestellt in seinem Leben: die Liebe.

Er kam einfach nicht dahinter. Unmerklich schüttelte er den Kopf. Hatte er nicht, wenn schon keinen schönen Körper, so doch wenigstens eine liebenswerte Seele zu bieten?

Zhang San beendete sein Gespräch: »Entschuldige bitte«, wandte er sich an Sun Yi und fuhr fort: »Ich musste mit einem Kollegen einen Text für die ausländische Presse über dieses deutsch-chinesische Joint Venture abstimmen, die Produktion deutscher Elektroautos in der Nähe von Shanghai, du hast sicher davon gehört …«

»Ja, sicher. Wann rollt der erste Wagen vom Band?«, fragte Sun Yi. Das Projekt war ihm bekannt. Große, sehr teure Elektroautos wurden da für den Export nach Deutschland produziert.

»Voraussichtlich im Oktober.« Zhang San lächelte »Die Produktion von E-Autos ausländischer Marken hier bei uns im Land ist auf jeden Fall eine lukrative Variante im Export-Geschäft.«

Sun Yi dachte an das westliche Know-how der Autoproduktion, das die chinesischen Fachleute gleichzeitig mit der Produktion der Fahrzeuge hier erwarben. Er legte den Kopf schräg und betrachtete Zhang San nachdenklich. Seine Landsleute stellten es wirklich geschickt an.

Sun Yi und Zhang San tauschten einen verständnisvollen Blick.

»Zurück zu deiner Mine in Jiangxi … du sagtest, die Arbeiter planen wieder einen Protestmarsch?«

»Ja.«

»Sie werden nicht sehr weit mit ihren Protesten kommen«, stellte Zhang San ungerührt fest. »Die Polizei wird dafür sorgen. Ich halte es aber für ratsam, wenn du zuvor mit den Arbeitern sprichst. Vielleicht kannst du sie beruhigen und den Protestmarsch schon im Keim ersticken.«

»Vielleicht«, erwiderte Sun Yi und überlegte laut: »Doch was habe ich ihnen anzubieten? Bessere Schutzanzüge und bessere Atemmasken? Sie haben bereits die besten.«

»Dann tu einfach so, als gäbe es noch bessere.«

Sun Yi war überzeugter Kommunist und würde für die Partei sein Leben geben, aber heiligte der Zweck immer die Mittel? Er blickte über den Tisch ins Weite und sagte ausweichend: »Warum nicht.«

»Wir dürfen in Jiangxi keine Probleme bekommen, du weißt das«, erklärte Zhang San ernst, und Sun Yi hatte den Eindruck, seine Augen waren plötzlich noch schmaler als sonst.

Aus den Augenwinkeln bemerkte er, dass sich auf dem Giebel eines roten Ziegeldachs in der Verbotenen Stadt ein ganzer Schwarm schwarzer Vögel niederließ, und er überlegte, ob dies ein gutes oder ein schlechtes Omen war.

Arbeiter in der Mine in Jiangxi wurden durch die Förderung Schwerer Seltener Erden krank, manche starben sogar, doch die Regierung achtete streng darauf, dass die Zusammenhänge nicht publik wurden, und änderte nichts an den schlimmen Zuständen. Warum? Sun Yi seufzte. Das Geschäft mit den dort geförderten wirklich seltenen schweren Seltenen Erden war ein geopolitisches Machtinstrument und zudem äußerst lukrativ.

»Wir müssten sicherere Abbaumethoden anwenden und mehr für den Schutz der Arbeiter tun«, sagte er und fuhr ungeachtet Zhang Sans erstarrender Miene fort: »Wir sollten mehr Geld in die Erforschung neuer Technologien investieren. Ich werde darüber mit Wu vom Ständigen Ausschuss des Politbüros reden. Nicht nur die Menschen, die in Jiangxi im Bergbau arbeiten, sind betroffen. Auch die Landschaft nimmt Schaden. Wie vergiftet ist der Boden in der Umgebung inzwischen? Wie irreversibel sind Gewässer, Pflanzen und Bäume betroffen?«

»Das wirst weder du noch ich erfahren.« Zhang San lächelte kühl. »Und es ist auch besser so.«

Sun Yi meinte, einen drohenden Unterton vernommen zu haben. Er nickte, dachte aber, dass wahrscheinlich sowieso nichts passieren würde, selbst wenn Umweltschützer in China, in Hongkong oder im Westen Einzelheiten mitbekämen, es würde nichts ändern. Die wirtschaftlichen Interessen weltweit waren nun einmal größer als die umweltpolitischen Bedenken. Auf dem internationalen Parkett würde man China vielleicht ein wenig ermahnen, das wäre es dann aber auch schon. Ein wenig diplomatisches Geplänkel, das ohne Konsequenzen bliebe. Er kratzte sich am Hals. Ohne China als Hauptlieferant für *Heavies* könnte der Westen, aber auch Asien, die Programme für eine Energiewende in der Verkehrspolitik weitgehend vergessen. China besaß nun einmal das Know-how über die Trennverfahren, nicht die USA oder Australien oder Japan oder Indien oder Malaysia, auch wenn sie es hin und wieder behaupteten. Und sein Land hütete dieses Wissen wie einen Schatz. In anderen Ländern wusste man einfach nicht, wie es ging, und es gab zu hohe Auflagen der Umweltbehörden, um Schwere Seltene Erden lukrativ abbauen zu können. Das bedeutete, dass China eine Monopolstellung besaß, und die galt es zu nutzen.

»Hast du vom Tod der beiden deutschen Wissenschaftler gehört?«, fragte Sun Yi plötzlich. Er hatte am Tag zuvor davon erfahren und wusste die Nachricht nicht klar einzuordnen, doch er dachte immer wieder daran.

Zhang San lächelte. »Sie starben zur rechten Zeit.«

Sun Yi starrte Zhang fassungslos an. Was hatte er da eben gesagt? Sie starben zur rechten Zeit? Er schwieg einen Moment, bis er sich wieder gefangen hatte, und dann dachte er, vielleicht hat Zhang ja recht. Die Deutschen konnten ihnen nun nicht mehr so schnell in die Parade fahren wie befürchtet, und das allein wäre ein Grund, noch einen weiteren *Shaoxing Jiu* zu bestellen. Doch stattdessen winkte er dem Kellner und bat um die Rechnung.

»Sie wurden ermordet«, sagte Zhang San.

Sun Yi zuckte zusammen. »Tatsächlich? Woher weißt du das?«, fragte er und ermahnte sich, darauf zu achten, dass sein Ton nicht zu neugierig klang.

»Ich habe es heute früh erfahren.« Zhang San lächelte, und sein Lächeln breitete sich von seinen Mundwinkeln beinahe bis zu den Ohren aus.

Sun Yi dachte an seine Gespräche mit den deutschen Wissenschaftlern und an die finanziellen Angebote, die er ihnen auf Weisung des Politbüros unterbreitet hatte. Doch er war in seinen Verhandlungen nicht weitergekommen. Und nun waren die beiden tot.

Sun Yi senkte die Lider.

Der Kellner erschien am Tisch mit der Rechnung in

der Hand, und als Sun Yi seine Kreditkarte in das Lesegerät steckte, ging ihm das seltsame Lächeln in Zhang Sans Gesicht nicht aus dem Sinn, und plötzlich kam ihm ein unglaublicher Gedanke. »Hatte etwa ihre Regierung den Tod der beiden Wissenschaftler auf dem Gewissen?«

Sun Yi erhob sich, Zhang San tat es ihm gleich, und dann verließen sie unter Verbeugungen und Lob das Restaurant.

Auf der Wangfujing, der größten und wichtigsten Einkaufsstraße Pekings, herrschte dichter Verkehr. Sun Yi winkte ein Taxi herbei, es war ein Elektrofahrzeug, was er mit Zufriedenheit zur Kenntnis nahm. Peking hatte seit Jahren ein Smog-Problem, und um die Gesundheit und Lebensqualität der über 20 Millionen Einwohner zu verbessern, sollten die etwa 70.000 Taxen mit Verbrennungsmotor nach und nach durch Elektroautos ersetzt werden. Sun Yi lächelte zufrieden. Zumindest hatte sein Land über Jahrzehnte kein Problem, die dafür nötigen Rohstoffe bereitzustellen, es saß ja direkt an der Quelle.

Er ließ sich im Fond des Wagens neben Zhang San auf den Sitz sinken, die Tasche mit seinen Geschenken auf dem Schoß. Das Taxi reihte sich ein in die lange Schlange der anderen Fahrzeuge, darunter eine Vielzahl an knatternden Motorrädern und Fahrrädern, die kreuz und quer die Spur wechselten, und fuhr Richtung Ministerium. Gleichmütig blickte Sun Yi aus dem Wagenfenster, und plötzlich wurden ihm zwei Dinge klar. Erstens: In dem schweren Geschenkpäckchen befand sich das kleine Bronzepferd, das er kürzlich mit Zhang San in einer Galerie bewundert hatte, und das als Sinnbild für anhaltenden Erfolg galt.

Und zweitens: Zhang San wusste über den Tod der deutschen Wissenschaftler weit mehr, als er hatte durchblicken lassen. Und das gefiel ihm ganz und gar nicht.

HOUSTON, USA

Es war Sonntag, und Carrie Green saß nicht hinter ihrem Schreibtisch, sondern spazierte ohne Eile Richtung Hermann Park. Sie hatte sich vom Sonnenschein verlocken lassen und kurzerhand eine Verabredung mit ihrer Mutter getroffen, denn sie brauchte eine Pause, wollte den Kopf frei bekommen und endlich einmal wieder an der frischen Luft tief durchatmen.

Als sie den Eingang des Parks passierte, zeigte ein Blick auf die Uhr, dass sie eine Viertelstunde zu früh dran war, doch es war ihr recht, so hatte sie noch etwas Zeit für sich. Sie hatte mit ihrer Mutter vereinbart, dass sie sich auf der Bank unter der Eiche trafen, dort, wo sie immer saßen, weil die Bank ganz in der Nähe des Eisverkäufers stand, bei dem sie in der warmen Jahreszeit immer, wenn sie hier waren, ihr Eis kauften.

Ihre Mutter wohnte nur wenige Blocks vom Park entfernt, er war also leicht für sie zu erreichen.

Wohin Carrie auch blickte, sie erfreute sich am jungen Grün der Bäume und Sträucher, am Rot und Weiß der Rosen am Wegesrand und am Blau und Gelb der Blumen auf den Wiesen. Ihr Auge glitt über die Wasserfläche des künstlich angelegten Sees. Weiße Wolken spiegelten sich darin, und Carrie dachte, dass sie dem siebten Tag der Woche genau die Unschuld verliehen, die ihm gebührte, und sog die Reinheit dankbar in sich auf.

Auf dem breiten sandigen Spazierweg, den sie beinahe auswendig kannte, begegnete sie händchenhaltenden Paaren, Skatern und Joggern, doch der Anblick eines Ehepaares, das sein Baby kraftlos im Kinderwagen vor sich herschob, machte sie stutzig. Ihrem Gesichtsausdruck war nicht zu entnehmen, ob sie glücklich mit ihrem Dasein als Eltern waren, so erschöpft wirkten sie.

Inmitten all der Beschaulichkeit ragte der steinerne Torbogen in den Himmel, auf dem Sam Houston thronte, Namensgeber der Stadt. Der erste Präsident von Texas hatte mit seiner Truppe in einem nur 18 Minuten dauernden Gefecht vor weniger als 90 Jahren über die Mexikaner gesiegt, und er saß da oben siegessicher und fest im Sattel. Sie seufzte schwer, anders als Houston damals musste sie sich heute mit unsichtbaren, jedoch ganz und gar realen Gegnern herumschlagen.

Carries Schritte wurden langsamer. Der Gedanke, dass sie bei *JAWI* eben nicht fest im Sattel, sondern auf einem Schleudersitz saß, drängte sich in ihr Bewusstsein, und sie betete darum, dass die Geschwindigkeit, mit der sie lospreschte, sie nicht zu Fall brachte. Allein die Tatsache, dass Houston seinen Feind in nur 18 Minuten besiegt hatte, löste beinahe einen hysterischen Lachanfall bei ihr aus, denn sie rechnete beim Kampf, den sie zu führen hatte, mit einer Dauer von mehreren Monaten, wenn nicht gar Jahren.

Carrie krempelte die Ärmel ihrer weißen Bluse auf, die Sonne gewann an Kraft, und vielleicht bräunte sie ihre nackte Haut.

Während sie sich langsam der Bank näherte, von der sie wusste, dass sie bald in ihrem Blickfeld auftauchen musste, malte sie sich aus, was geschehen würde, wenn sie die Erwartungen von Chuck Bold und damit der *JAWI Texas Oil Group* nicht erfüllte. Vermutlich würde sie dort landen, wo sie nicht einmal in ihrer schlimmsten Vorstellung ankommen wollte: im Gefängnis.

Carrie verscheuchte den unerfreulichen Gedanken und ermahnte sich, sich auf das Hier und Jetzt zu konzentrieren. Der Tag war zu schön, um ihn mit dunklen Visionen zu trüben. Sie reckte ihre zierliche Nase in die Luft. Sie roch süß nach Frühsommer und streichelte ihre nackten Arme, doch trotz der Wärme und all dem Grün und den Blumen und dem Wasser und den weißen Wolken um sie herum begann Carrie zu frösteln. Für einen Moment schloss sie die Augen.

Sie steckte tief drin. Zu tief, doch das hätte sie sich früher überlegen sollen. Und jetzt gab es kein Zurück. Sie hatte den Zeitpunkt verpasst, die Reißleine zu ziehen und auszusteigen. Carries Magen krampfte sich zusammen.

Sie fragte sich, ob sich ihr Tun ernsthaft mit dem Argument rechtfertigen ließ, dass sie die Existenz von Tausenden von Menschen rettete, oder ob es nicht eher narzisstische Beweggründe waren, die sie zu dem verleiteten, was sie tat. Vielleicht war der Wunsch, als erste Frau auf der Karriereleiter bis in die Vorstandsetage von *JAWI* zu gelangen und eines Tages über ein Vermögen von mehreren Millionen zu verfügen, mächtiger, als sie sich eingestand.

Zu Carries Erleichterung war die Bank, die hinter der Wegbiegung vor ihr auftauchte, von niemandem besetzt. Sie wischte mit einem Papiertaschentuch kurz über die Sitzfläche, um ihre helle Leinenhose nicht zu beschmutzen, und setzte sich. Ihr Blick folgte einem Grünhäher, der sich in einer niedrigen Baumkrone niederließ und unablässig zu zwitschern begann. Sie bewunderte die grüne Oberseite der Flügel und das Gelb seines Bauchs, und obwohl ihre Augen nur den Vogel zu sehen schienen, richtete sich ihr innerer Blick wieder auf *JAWI*. Sie sah den silberhaarigen Chuck vor sich, wie er sie mit sorgenvoller Miene ermahnte, sich in all ihrem Tun ihrer Verantwortung bewusst zu sein und nicht an dessen Richtigkeit zu zweifeln.

Carrie holte tief Luft. Noch waren Chuck und die anderen Vorstandsmitglieder zufrieden mit dem, was sie bereits in Bewegung gesetzt hatte, doch was passierte, wenn ihr Plan nicht aufging?

»Hi, Carrie, Liebes«, drang die Stimme ihrer Mutter an ihr Ohr. Carrie wandte den Kopf, und obwohl sie ihre Mutter jeden Moment erwartet hatte, war sie überrascht, sie plötzlich vor sich zu sehen, und auf der Stelle fühlte sie sich unwohl unter ihrem aufmerksamen Blick.

»Du bist abwesend, Liebes, und du machst so ein ernstes Gesicht. Stimmt etwas nicht?« Mit einem Ächzen ließ Carries Mutter sich umständlich neben ihr auf der Bank nieder.

Carrie ignorierte die Frage und deutete mit dem Zeigefinger auf eine Gruppe junger Skater, die nicht weit von ihnen auf Inlinern akrobatische Kunststücke vollführten. »Schau mal, ist das nicht toll? Das wollte ich auch immer können!«

»Lenk nicht ab, Carrie«, ermahnte ihre Mutter und insistierte: »Stimmt etwas nicht? Du siehst blass aus.«

»Die Arbeit, Mom. Du weißt, manchmal ist es ein bisschen viel. Mach dir keine Gedanken.«

»Das sagst du so leicht. Du weißt, wie wichtig du mir bist.«

»Ich weiß«, sagte Carrie und fügte hinzu: »Du mir auch.« Mit der Spitze ihres Sneakers kickte sie ein paar Steine von sich. Eine kleine Staubwolke stieg auf. Sie hatte sie jedoch nicht von dem Druck befreit, den sie spürte.

»Du siehst nicht glücklich aus.«

Carrie lächelte ihre Mutter an und hoffte, dass ihr Lächeln deren Bedenken zerstreute. Langsam ließ sie den Blick über ihr Outfit wandern, ihre Mutter hatte sich offensichtlich extra hübsch gemacht. Den geblümten weiten Rock, den sie trug, fand Carrie ziemlich altmodisch, was sie einerseits rührte, doch andererseits schämte sie sich auch dafür. Fast im selben Moment fragte sie sich voller Reue, wie sie nur dazu kam, das Aussehen ihrer Mutter so kritisch zu bewerten. Schuldbewusst legte sie eine Hand auf deren Knie und streichelte es. »Ich bin nicht glücklich Mom, du hast recht, doch ich bin auch nicht unglücklich. Ich habe einfach wahnsinnig viel zu tun.«

Ihre Mutter nickte, und Carrie dachte, dass es dennoch bedauerlich war – schlechtes Gewissen hin oder her – dass ihre Mutter seit jeher von modischen Trends so gut wie nichts mitbekam, nicht nur weil sie keine Modezeitschriften las, sondern weil sie sich einfach nicht dafür interessierte. Sie war es gewöhnt zu sparen und weigerte sich standhaft, für diesen Schnickschnack, wie sie es nannte, auch nur einen Cent auszugeben. Das einzige Kleidungsstück, für das sie viel Geld opferte, waren gute, bequeme Schuhe, und so trug sie auch heute maßgefertigte, jedoch außerordentlich biedere Halbschuhe mit Schnürsenkeln, die so gar nicht zu ihrem Rock passten.

»Was hältst du davon, wenn ich ein Eis ausgebe? Das hebt die Stimmung«, schlug ihre Mutter aufmunternd vor, und Carrie war dankbar für die Ablenkung.

Ein paar Meter weiter verkaufte der junge Schwarze, der sie und ihre Mutter mittlerweile wie alte Bekannte behandelte, hinter einem kleinen Stand diverse Eissorten und winkte lächelnd zu ihnen herüber.

Carrie nahm den Zehndollarschein an, den ihre Mutter ihr in die Hand drückte, und widerstand dem Impuls, ihn abzulehnen. Einen Moment später, als sie auf die Behälter mit dem bunten Eis starrte, fragte der Verkäufer sie wie jedes Mal, wenn sie vor ihm stand, wann sie mit ihm ausgehen würde, und wie jedes Mal antwortete sie lachend: »Heute nicht.« Und sie fügte hinzu: »Wie immer zwei Tüten, je eine Kugel Schoko und eine Kugel Vanille, bitte.« Der Eisverkäufer nickte und begann die Kugeln aus den Behältern zu kratzen und tat so, als wäre er zutiefst enttäuscht, doch dann überreichte er ihr mit einem Strahlen, das seine weißen Zähne aufblitzen ließ, die zwei Eistüten, und Carrie kehrte fröhlicher als zuvor mit dem Eis in der Hand zur Bank zurück. Eine Weile gaben sie und ihre Mutter sich ganz dem Genuss und dem Schlecken hin.

»Was macht dir denn so viel Stress bei der Arbeit?«, wollte ihre Mutter irgendwann wissen und wischte sich mit einer Papierserviette umständlich ein Paar Krümel der Waffel vom Mund.

»Bis ich dir das erklärt habe, Mom …«, erwiderte Carrie und hatte im selben Moment schon wieder ein schlechtes Gewissen. Ihre Mutter interessierte sich für sie, und das war wunderbar, wer interessierte sich schon für wen, also verdiente sie auch eine Antwort. Dennoch ahnte Carrie, dass es keinen Zweck hatte, ihrer Mutter erklären zu wollen, was sie bei JAWI tat, es war viel zu umfassend. Dolores Green hatte als Kassiererin in einem Supermarkt gearbeitet, und ihre Erfahrungswelt war Planeten von dem entfernt, was Carries Tätigkeit ausmachte. Obwohl … Carrie blinzelte, zwischen Recht und Unrecht, ethischem und unethischem Verhalten konnte ihre Mutter sehr gut unterscheiden.

Ihr Blick fiel auf die verknöcherten Finger ihrer Mutter, auf ihre welke Haut, und plötzlich dachte Carrie, dass dies gute Hände waren. Ehrliche Hände, von den Mühen der Arbeit gezeichnet und inzwischen ungelenk. Carrie biss sich auf die Unterlippe und sagte dann: »Ich kalkuliere gerade Ladesäulen für Elektroautos weltweit, Mom.«

Ihre Mutter sah sie erstaunt an: »Ich dachte, ihr verkauft Benzin?«

»Auch«, lächelte Carrie. »*JAWI* wird aber in Zukunft zusätzlich in Ladesäulen für Elektroautos investieren. In den USA, in Europa und in Asien. Außerdem berechne ich aktuell die Kosten für den Bau neuer Produktionsstätten, in denen wir zukünftig Kraftstoffe mit extrem niedriger Treibhausgasintensität herstellen. Die Devise lautet, CO_2-arme Kraftstoffe zu entwickeln.«

»Gute Idee«, kommentierte ihre Mutter und fügte hinzu: »Wir müssen alle mehr gegen den Klimawandel tun. Aber was heißt das für dich und deinen Job?«

»Willst du das wirklich wissen?«

»Sicher.«

Carrie hatte den Eindruck, dass ihre Mutter nickte, weil sie ihr vermitteln wollte, dass sie an allem Anteil nahm, was Carrie beschäftigte, und nicht, weil sie sich besonders für *JAWIs* zukunftsorientierte Investitionen interessierte. Das war herzbewegend, und so überlegte Carrie, wie sie es ihr am besten erklären konnte.

»Ich muss mich mit darum kümmern, dass wir *Clean Fuels* produzieren. Das können Biokraftstoffe sein, etwa gewonnen aus Abfällen, oder synthetische Kraftstoffe, die mit Ökostrom hergestellt werden, beispielsweise aus Sonnen- und Windenergie. Oder grüner Wasserstoff. Der gilt als einer der Treibstoffe der Zukunft«, erklärte sie und fügte hinzu: »Als das klimafreundliche Erdöl von morgen sozusagen … er funktioniert in Brennstoffzellen und ersetzt Diesel oder Benzin.«

»Aha.«

Carrie war nicht sicher, ob ihre Mutter das alles verstanden hatte, aber immerhin hatte sie den Finger direkt in die Wunde gelegt, und so fuhr Carrie fort: »Von heute auf morgen funktioniert das aber doch nicht.«

Ihre Mutter warf ihr einen forschenden Blick zu, und Carrie dachte, genau da liegt das Problem. *JAWI* hinkte mit Investitionen in neue Technologien hinterher. Und wenn es nicht gelang, die herkömmlichen Absatzmärkte des Unternehmens noch mindestens zehn, eher 20 Jahre zu schützen, wurden Tausende Mitarbeiter arbeitslos, und als schlimmstes Szenario drohte die Insolvenz, weil die Konkurrenz weltweit schneller war als sie. Es bedeutete, dass sie die E-Mobilität, die inzwischen bereits ihren Absatz schwächte, sehr ernst nehmen mussten.

Carrie merkte, dass sie Kopfschmerzen bekam. Warum, um Himmels willen, hatten die beiden Wissenschaftler aus Deutschland auch nicht mit sich reden lassen?

Sie seufzte schwer. In jedem Fall würde sie in Chucks Auftrag einen detaillierten Kostenplan für die Investition in neue Technologien erstellen, den er in Kürze im Vorstand zur Diskussion stellen konnte.

Und plötzlich überkam sie das Gefühl, nicht auch nur eine Minute länger ruhig auf der Bank sitzen bleiben zu können. »Komm, Mom, wir gehen ein Stück«, sagte sie und erhob sich. »Wir sollten uns ein wenig bewegen.«

Carrie half ihrer Mutter beim Aufstehen, indem sie ihren Ellenbogen stützte.

»Danke, Liebes.« Dolores Green lächelte ihre Tochter an. »Carrie, wie schön wäre es, wenn du jemanden fändest ... Immer nur Arbeit, das ist doch auf Dauer nichts.«

Carrie hob den Kopf und sah in den Himmel, der immer noch makellos war.

»Nein, wirklich, Liebes ...«

»Mom!«, sagte sie vorwurfsvoll.

»Ein Mann würde dir guttun, glaube mir. Jetzt merkst du es vielleicht noch nicht, doch wenn du älter wirst, stellst du fest, wie beruhigend es ist, nicht allein dazustehen.« Carries Mutter verscheuchte ungeschickt mit den Händen wedelnd eine Biene, die vor ihrem Gesicht herumtanzte. »Was hätte dein Vater ohne mich gemacht, als er so schwer krank wurde? Was täte ich ohne dich?« Sie sah ihre Tochter eindringlich an: »Willst du nicht irgendwann daran denken, eine Familie zu gründen?«

»Nein, Mom.« Carrie holte tief Luft. Der Schmerz, den die Fragen ihrer Mutter in ihr auslösten, rührte an ihre tiefsten und heimlichsten Sehnsüchte.

»Dein Vater und ich ...« Carries Mutter ließ ihren Blick über die Grünanlage schweifen und seufzte. »Ich würde mir so sehr für dich wünschen, dass du jemand findest und glücklich wirst.«

»Themenwechsel, Mom!«, sagte Carrie und ging ein wenig schneller.

Von überall her erfuhr sie Druck. Sie biss sich auf die Unterlippe. Als ob es bei *JAWI* nicht schon genug davon gäbe.

Carrie seufzte leise. Glücklich werden – funktionierte das überhaupt? Wie stellte man das an? Carrie bemerkte, dass ihre Mutter Mühe hatte, ihr zu folgen, und verlangsamte den Schritt.

Zu Studienzeiten und ganz zu Beginn ihrer beruflichen Laufbahn hatte sie sich leicht und unbeschwert gefühlt, und vielleicht war sie damals tatsächlich auch glücklich gewesen. Alles war möglich erschienen, alles oder auch nichts. Ihr unbedarfter Blick, die Hoffnung und der Glaube an das Gute im Menschen hatten sie beflügelt und getragen. Doch jetzt, da sie immer mehr unter sich selber litt, da sie im Begriff war, ihre wichtigsten inneren Überzeugungen zu verraten, desto weniger glaubte sie daran, dass Glück noch möglich war.

»Mom, lass uns nach Hause gehen«, schlug sie vor, und um ihre Mutter zu beruhigen, sagte sie leicht genervt: »Ich werde schon noch jemanden finden.«

KÖLN, DEUTSCHLAND

Der Wiegeschritt des Tango Argentino, den Sven ihr soeben vorführte, rief in Hannah eine unbestimmte Sehnsucht wach. Sie betrachtete ihren Kollegen mit wachsendem Interesse, irgendetwas an ihm hatte sich verändert, und je länger sie ihm zusah, desto mehr nahm der Gedanke, einmal wieder mit Carl einen Abend allein zu verbringen, vielleicht mit ihm in einem der Kölner Klubs tanzen zu gehen oder einen Platz in einem der besten Restaurants der Stadt zu reservieren und anschließend sanft im Bett eines Hotels mit Domblick zu landen, Form an. Hannah fuhr sich mit der Hand über den Nacken. Warum reservierte sie nicht einfach gleich ein Zimmer?

Sven versprühte eine ungewohnte Art von Energie, wie Hannah sie bei ihm bisher nur selten wahrgenommen hatte. Tatsächlich schien er in der Zwischenzeit dazugelernt zu haben, seine Bewegungen wirkten kraftvoll, die Schritte energisch und fließend.

»Wie findest du mich?«, wollte er mit zackig angewinkelter Kopfhaltung wissen, in den Armen eine fiktive Tänzerin.

»Beeindruckend.«

»Wirklich?«

»Ja, wirklich.«

»Und hier die Vuelta, die Kehrtwende!« Sven wechselte, angefeuert von Hannahs Lob, abrupt die Richtung und nahm Kurs auf die Wand gegenüber. Nur wenige Zentimeter davor stoppte er, ließ die Hände sinken und grinste sie an, und das Grinsen überzog sein ganzes Gesicht: »Ich habe deinen Rat befolgt. Enge Jeans, tailliertes Hemd, morgens und abends Haltungsübungen vor dem Spiegel. Selbst mein Tangolehrer ist beeindruckt.« Sven ließ den Blick über Hannahs Gesicht wandern, als fürchte er ihren Spott, doch nachdem er sie einen Moment prüfend angesehen hatte, fügte er beruhigt und stolz hinzu: »Und nicht nur er, glaube ich.« Hannah lächelte. »Das klingt vielversprechend. Hast du inzwischen etwas Nettes für deine Tanzpartnerin gefunden?«

Sven nickte: »Einen vom Rheinwasser glatt geschliffenen Kieselstein, nicht zu groß, nicht zu klein. Maria hat sich sehr darüber gefreut, das war ihr anzumerken. Danke nochmal für den Tipp.«

Hannah dachte, dass auch sie und Carl bald einmal wieder am Rhein spazieren gehen sollten. Vielleicht ließe sich der Spaziergang mit einem Restaurantbesuch und der Hotelübernachtung verbinden. Plötzlich verspürte sie eine tiefe Sehnsucht nach ihm.

»Am Wochenende werde ich für Maria kochen.«

Hannah lächelte, sagte aber nichts. Sven war manchmal wie ein kleines Kind. Er brauchte viel Lob. Sie blickte auf zwei Stapel Papiere vor sich, Ausdrucke ihrer Recherchen zum Thema *Seltene Erden* sowie andere Unterlagen. Sie begann, in einem der Stapel zu blättern.

»Hättest du vielleicht eine Idee, was ich kochen könnte?«, erkundigte sich Sven vorsichtig.

»Was?« Hannah sah ihn genervt an. Sie blickte zur Zimmerdecke, bevor sie sagte: »Du hast doch sicher ein paar Kochbücher zu Hause.«

»Schon …«

»Aber?«

»Ich weiß nicht, worauf Argentinierinnen stehen«, druckste er.

»Dann finde es heraus«, sagte Hannah ungerührt. Sie nahm das oberste Blatt des rechten Stapels zur Hand, las und referierte: »Mechthild schreibt, dass Sophie Lück bis auf erste Symptome eines Schocks keinerlei Verhaltensauffälligkeiten zeigt, sie ist klar orientiert.«

»Das habe ich genauso empfunden.«

Hannah nickte, sah nochmal auf den Text und fasste zusammen: »Mechthild hat Sophie Lück, nachdem die ihren Mann tot in der Garage auffand, noch einige Male gesprochen. Sophie Lück ist traurig, doch gefasst, eine Freundin ist für einige Tage zu ihr gezogen.«

»Gut«, seufzte Sven und sagte: »Die Arme.«

»Es muss furchtbar für sie sein.« Nach einem Moment sagte Hannah:

»Du hast sie ja gar nicht danach gefragt, ob sie und ihr Mann sich geliebt haben, das machst du doch sonst immer.«

»Natürlich habe ich gefragt, aber du hast es nicht gehört, du warst bei Lück in der Garage.«

»Und?«

»Sie hat Ja gesagt.«

Hannah nickte. Im Grunde hatte sie es genauso erwartet. »Was gibt es Neues zum Thema Claudia Meyers und Bitcoins?«

»Eine völlig andere Welt, in die ich da eingetaucht bin. Meyers' Gattin hat tatsächlich mit Bitcoins gezockt. Lea hat schon ganz richtig vermutet.«

Hannah hörte aufmerksam zu.

»Ich habe mit Claudia Meyers gesprochen. Sie hat ohne Umschweife zugegeben, dass sie versucht hat, mit Bitcoins das große Geld zu machen. Tatsächlich hat sie 40.000 Euro in Bitcoins investiert, weil sie ihrem Liebhaber unter die Arme greifen wollte.«

»Nicht schlecht.«

»Nach Auskunft von Hamms Hausbank ist der Mann mit 150.000 Euro auf seinem Girokonto in den Miesen. Als Tennistrainer verdient er zwar gut, jedoch nicht so viel, um die Summe in Kürze auszugleichen. Er konnte seine Rechnungen nicht mehr begleichen, und es war zu erwarten, dass der Gerichtsvollzieher bald vor der Tür stehen würde.«

»Hm.« Hannah schob die Unterlippe vor.

»Claudia hingegen ist flüssig. Sie sagte, sie wollte ihn mit einer Investition in Bitcoins schnell aus der Kreide holen.«

»Was hat er gemacht, dass er so viele Schulden hat?«

»Er fährt ein Auto, das eine Nummer zu groß für ihn ist, ein historisches Mercedes Cabriolet, und er hat Claudia anscheinend ein bisschen zu häufig in teure Restaurants eingeladen. Außerdem hat er eine Anzahlung für ein Motorboot geleistet, das im Rheinau-Sporthafen liegt.«

»Wie dumm muss man eigentlich sein …«, sagte Hannah und schüttelte den Kopf.

»Tja, sich ins Schlepptau einer Frau zu begeben, die Geld und Luxus gewohnt ist, verkraftet nicht jeder«, grinste Sven und schwieg einen Moment. »Er hätte sich ja auch von ihr aushalten lassen können, aber das widerspricht, wie er behauptet, seiner männlichen Ehre.«

»Vielleicht sollte er es besser Eitelkeit nennen«, erwiderte Hannah trocken.

Sven lachte. »Fakt ist, Claudia Meyers hat 30.000 Euro in Bitcoins investiert und daraus 110.000 Euro gemacht.«

»Ups. Ein Glückskind?« Hannah hob eine Augenbraue.

»Sie ist wohl an einem Sonntag geboren worden«, sagte Sven und lachte leise. »Das hat sie mir erzählt.« Er sah Hannah verschmitzt an. »Vielleicht sollten wir es auch mal mit Bitcoins versuchen?«

Hannah schüttelte den Kopf. »Ich schenke dir lieber ein Los von der Fernsehlotterie. Gibt's schon für 20 Euro.«

»Einverstanden. Wenn ich gewinne, bekommst du die Hälfte«, grinste Sven.

Hannah nickte und sagte: »Also hatten die beiden letzten Freitagabend tatsächlich etwas zu feiern.«

Sven deutete auf den Papierstapel auf ihrem Schreibtisch und fragte: »Hast du die Telefonlisten schon durchgesehen?«

»Ich habe einen ersten schnellen Blick darauf geworfen, etwas Besonderes ist mir nicht aufgefallen. Weder bei den Meyers noch bei den Lücks. Hier«, Hannah reichte Sven die Listen, »schau du dir die Listen bitte genauer an und erstelle uns eine detaillierte Analyse.«

Sven nahm leise seufzend den Stapel Papier entgegen. »Ist die Auswertung ihrer Diensthandys schon da?«

»Leider nein.« Hannah schüttelte den Kopf. »Hast du inzwischen mit Lücks Hausbank gesprochen?«

»Ja. Es gibt keine auffällig hohen Geldeingänge oder Abbuchungen. Diverse Daueraufträge, das Übliche. Kein besonderes Vermögen. Ihr Haus ist noch nicht abbezahlt, in sechs Jahren sind sie mit dem Kredit durch.«

Hannah blickte aus dem Fenster in die schon wieder gewachsenen Blätter der Birke und fragte sich, ob Sophie Lück es schaffen würde, ihr Immobiliendarlehen allein zu bedienen. »Bekommt sie eine Lebensversicherung?«

Sven nickte. »Ja, aber alles im Rahmen. Eine Risikolebensversicherung in Höhe von 125.000 Euro.«

»Nicht allzu viel«, nickte Hannah. So, wie sie Sophie Lück einschätzte, würde sie nicht aufgeben. Sie war stark. Sie würde ihr Leben weiterleben. Vielleicht würde sie eines Tages auch einen neuen Partner finden. Obwohl … Hannah dachte, dass es schwer genug war, den natürlichen Tod seines Partners zu verwinden, und fragte sich, ob es überhaupt möglich war, jemals über einen Mord hinwegzukommen, einen Mord an dem Menschen, den man über alles geliebt hatte.

Vermutlich nicht.

»Die Spurensicherung hat auch in den Abdrücken der Schuhsohlen in Lücks Garage Katzenhaare gefunden«, sagte Hannah, und die Überraschung war Sven deutlich anzumerken:

»Von derselben Katze wie bei Meyers. Das bringt uns ein ganzes Stück weiter.«

Sven starrte sie an. »Demnach hat Lück sich ziemlich eindeutig nicht selbst umgebracht.«

»Hat er nicht.«

»Denkst du, es war derselbe Täter?«

»Wahrscheinlich.« Hannah nickte.

Sven ließ seinen Blick über ihren Schreibtisch gleiten, er wirkte trotz der vielen Papiere aufgeräumt. »Du gehst davon aus, dass weder Meyers' Frau noch ihr Geliebter Hamm die beiden umgebracht hat?«

»Ja.« Hannah faltete die Hände und lehnte sich in ihrem Stuhl zurück.

»Es besteht die Möglichkeit, dass sie einen Mörder beauftragt haben«, beharrte Sven.

Hannah nickte kurz. »Halte ich für eher unwahrscheinlich. Ist mein Bauchgefühl«, erklärte sie und sagte: »Es gibt Neuigkeiten von unseren Computerspezialisten. Und die sind wirklich spannend: Sie haben herausgefunden, dass Meyers und Lück sich in erster Linie mit Dysprosium beschäftigt haben. Eine der sogenannten schweren Seltenen Erden. Sie kommt vor allem in der Volksrepublik China vor und wird dort abgebaut, in einer Provinz mit dem Namen Jiangxi. Meyers und Lück gingen davon aus, dass es größere Vorkommen davon möglicherweise auch in Europa, speziell in Schweden, gibt.«

»Ja und?« Sven richtete sich auf und beugte sich ein Stück vor.

»Kiesling ist noch in Stockholm, hat es mir jedoch am Telefon bestätigt. Allerdings sagte er, dass die Tatsache, dass wir in Europa möglicherweise mehr Vorkommen an Seltenen Erden hätten als bislang angenommen, für sich allein noch gar nichts zu bedeuten habe. Die Bundesregierung stelle zwar in erheblichem Maß Gelder für Forschungen bereit, damit sich die Industrie aus der Abhängigkeit von China als Hauptlieferant beispielsweise von Dysprosium befreien könne, doch das Thema sei unglaublich komplex.«

»Hm …«, sagte Sven und fragte skeptisch: »Und Kiesling hat dir alles erklärt? Auf einmal?«

»Jetzt warte doch mal ab. Kiesling hat natürlich immer noch ein wenig gemauert. Aber dank seiner Aussagen und dem Internet sehe ich jetzt so was wie ein mögliches Mordmotiv … und vielleicht kommt damit sogar dein Auftragsmörder wieder ins Spiel.«

»Erklär!«

»Also: Fassen wir zusammen: Dysprosium ist selten – und China hat quasi ein Monopol darauf.

Dysprosium ist teuer – wer es findet, kann sehr reich werden.

Und vor allem: Dysprosium ist unverzichtbar, wenn der Umbau auf E-Mobilität wirklich so schnell und umfassend gelingen soll, wie wir das im Moment immer in der Zeitung lesen.«

»Okay, aber es bleibt die Frage: Was genau haben Lück und Meyers herausgefunden, das einen Mord wert ist?«, sprach Sven dazwischen.

»Genau da mauert Kiesling. Oder er weiß es selber nicht, was mir wahrscheinlicher erscheint.« Hannah schwieg einen Moment, bevor sie weitersprach. »Fakt ist, jedenfalls laut Kiesling, dass überall in der Welt daran geforscht wird, unter anderem Recyclingmöglichkeiten für Dysprosium zu finden, neue Vorkommen aufzuspüren oder aber die Produkte, in denen bislang Dysprosium verbaut wird, so weiterzuentwickeln, dass darauf verzichtet werden kann.« Hannah strich sich kurz übers Haar. »Das Thema unserer Opfer waren sogenannte *Heavies*, speziell die Dysprosium-Vorkommen.«

Sven sah Hannah mit großen Augen an.

»Bislang, das hat mir Kiesling ebenfalls verraten, hat man große Probleme, sie zu entdecken. Man rechnet damit, dass sie sehr tief unter der Erde liegen. Probebohrungen auf gut Glück wären viel zu teuer.«

Hannah konnte sehen, wie es hinter Svens Stirn arbeitete. »Doch selbst wenn man Dysprosium in Europa in großen Mengen fände, läge das Hauptproblem grundsätzlich im Abbau, sagt Kiesling.«

»Warum?«

»Das Know-how dafür haben die Chinesen. Und zwar exklusiv.«

»Nein!«

»Doch. Sonst weiß wohl keiner, wie es geht. Die Chinesen haben das Wissen aus den USA. Dort gab es mal eine funktionierende Mine. Verwandte von Deng Xiaoping, der China von 1979 bis 1997 regierte, haben es jedenfalls nach China getragen.«

»Du meinst, sie haben es geklaut?«

»Könnte man so sagen. In den USA gibt es wohl tatsächlich niemanden mehr, der noch weiß, wie man Dysprosium aus dem begleitenden Verbund trennt. Sie haben es schlichtweg vergessen.«

»Unfassbar. Und Meyers und Lück haben herausgefunden, wie es funktioniert?«

Hannah holte tief Luft. »Soweit ich weiß, nicht. Professor Kiesling weist diesen Gedanken weit von sich. Keine Ahnung, ob er lügt.

Aber vielleicht haben die beiden ja eine Methode gefunden, wie man Dysprosium in großer Tiefe sicher aufspürt.« Hannah sah Sven ernst an: »Egal wo und wie, Sven, ich bin sicher, dass es einen Zusammenhang zwischen Meyers' und Lücks Forschung und ihrer Ermordung gibt.« Hannah schlüpfte unterm Tisch aus ihren Mokassins und rieb sich mit einem Fuß die Wade. »Ich hoffe, dass uns unsere EDV-ler noch mehr Informationen aus den Computern der beiden herausholen, und wenn Kiesling aus Stockholm zurück ist, kommt er sofort zu uns. Allerdings hat er bereits am Telefon behauptet, dass er über Einzelheiten von Meyers' und Lücks Arbeit nicht im Bilde ist.«

»Und was machen wir, wenn er auch noch umgebracht wird?«

»In Schweden?«

»Warum nicht.«

Hannah überlegte kurz und sagte dann: »Glaube ich nicht. Wenn stimmt, was er behauptet, ist er mit den Einzelheiten ihrer Forschung nicht vertraut. Auch mit Mord oder einer Morddrohung ist bei ihm kaum etwas wirklich Interessantes zu holen. Zumindest nicht für jemanden, der mit aller Gewalt an das Dysprosium-Geheimnis von Lück und Meyers kommen will.«

»Ich hoffe, du hast recht. Wenn er jedoch mehr weiß …«

Hannah überlegte einen Moment und zuckte die Schultern. »Hätte er ausreichend Gelegenheit gehabt, es uns zu sagen.« Sie sah Sven direkt an. »Noch etwas. Ich habe einem Forschungs-Institut in Stockholm und der Bergbaubehörde in Uppsala Mails geschrieben und nachgefragt, was sie konkret mit Meyers und Lück zu tun hatten. Kieslings Sekretärin hatte davon berichtet und mir die Adressen gegeben.«

»Gut.«

Hannah klopfte mehrfach leise mit der rechten Faust auf ihren Schreibtisch.

»Bist du nervös?«, fragte Sven erstaunt.

»Ja. Und ich spüre, das sind nicht einfach nur zwei Morde. Das ist ein ganz dickes Ding. Ich weiß noch nicht, wer unsere Gegner sind, aber sie sollten sich in Acht nehmen. Du und ich, wir beide finden heraus, warum die beiden Forscher umgebracht wurden. Nach dem Wochenende …«, grinste Hannah, und ein optimistisches Lächeln spielte um ihren Mund, als sie sagte: »Und in der Zwischenzeit kochst du für die schöne Argentinierin Sauerbraten mit Rosinen.«

*

Sobald Sven ihr Büro verlassen hatte, reservierte Hannah in einem rechtsrheinisch gelegenen Hotel für die Nacht von Freitag auf Sonnabend ein Doppelzimmer mit Domblick, und im Hotelrestaurant bestellte sie einen Tisch. Sie hatte vor, Carl zu überraschen. Kaum hatte sie den Hörer aufgelegt, lehnte sie sich zufrieden zurück, allerdings überkam sie plötzlich die Sorge, dass Carl sich überrumpelt fühlen könnte. Sie beruhigte sich dann aber mit dem Gedanken, dass er sich vor allem freuen würde, und malte sich aus, wie elegant sie in ihrem cremefarbenen Kleid und dem bunten Seidenschal aussehen würde. Und wie sie nach dem Essen, an Carls breite Schultern gelehnt, in der Dunkelheit des Hotelzimmers, ein Glas Sekt in der Hand, am Fenster stehen und auf den hell erleuchteten Dom auf der anderen Rheinseite blicken würden, fasziniert von den gotischen Domturmspitzen, die sich bizarr vor dem Abendhimmel abzeichneten.

Hannah seufzte vor Behagen und froher Erwartung. Statt der für die Eifel typischen Gummistiefel oder der in Köln alltagstauglichen Mokassins würde sie endlich einmal wieder Pumps tragen, und vielleicht konnte sie Carl dazu überreden, seinen dunkelblauen Anzug anzuziehen.

»Ja?«, fragte sie unwillig, als es an der Tür klopfte.

Theo Sass, ein Kollege mit braunen Locken, breiten Schultern und runder Brille, dem sie hin und wieder in der Kantine begegnete und der gern lachte, steckte den Kopf herein. »Darf ich?«, fragte er vorsichtig. Sein Gesichtsausdruck wirkte ungewöhnlich ernst.

»Sicher«, erwiderte Hannah und machte eine Handbewegung, die ihm bedeutete einzutreten, doch sie fragte sich im selben Moment, was er von ihr wollte. Theo arbeitete in der Abteilung für Drogenkriminalität. Was hatte er hier zu suchen?

Kaum hatte er die Tür hinter sich geschlossen, platzte er auch schon heraus.

»Ich habe einen jungen Mann bei mir im Büro sitzen, der behauptet, dich gut zu kennen. Er sagt, er sei der Sohn deines Lebensgefährten.«

»Max Schaub?«

Der Kollege nickte.

Hannah spürte, wie ihr die Farbe aus dem Gesicht wich. »Warum ist er bei dir?«, wollte sie wissen, doch eine böse Vorahnung hatte sie bereits erfasst. »Bitte setz dich doch«, forderte sie ihren Kollegen auf, und Theo Sass nahm vor ihrem Schreibtisch Platz: »Wir haben ihn im *Emmaus-Heim* einkassiert, zusammen mit seiner Freundin, die dort als Altenpflegerin arbeitet. Die beiden haben Pralinen mit Marihuana drin an einige der Bewohner verteilt.«

»Nein …«, flüsterte Hannah.

»Max und seine Freundin …«

»Juliane …«, sagte Hannah leise.

»… haben es sofort zugegeben.« Theo Sass sah Hannah halb belustigt, halb mitleidig an. Sie bemerkte jedoch plötzlich eine kritische Distanziertheit in seinem Blick, wie sie sichtbar wird, wenn man von jemandem etwas erfährt, mit dem man nicht gerechnet hat. »Woher wusstet ihr davon?«, fragte sie.

»Die Pflegeleiterin hat uns informiert. Ihr war aufgefallen, dass einige Bewohner des Heims seit einiger Zeit nach dem Genuss von Pralinen ungewöhnlich gut drauf waren. Die Alten haben viel gelacht, großen Appetit gehabt, ihre Schlaftabletten abgelehnt und in gewisser Weise den Pflegealltag durcheinandergebracht. Manche haben sogar zusammen getanzt. Die Pflegeleiterin sagte, sie habe den Eindruck gehabt, dass sie high gewesen wären. Jedenfalls hat sie genauer hingeschaut und auf den Nachttischen dieselben Pralinen entdeckt.«

Hannah biss sich auf die Unterlippe. Sie wusste nichts dazu zu sagen.

»Sie hat schließlich selbst eine Praline probiert, und dann wusste sie Bescheid.«

Hannah stützte den Kopf in die Hände.

Einen Moment überlegte sie, ob Theo vielleicht in seiner Jugend auch mal einen Joint geraucht hatte, und sie kam zu dem Schluss, dass es nicht unwahrscheinlich war.

In letzter Zeit hatten Carl und sie öfter mit Max und Juliane über die Bewohner im Altenheim gesprochen. Juliane hatte berichtet, wie freudlos viele nur noch vor sich hinvegetierten, und dass man doch etwas tun müsse, um ihr Dasein angenehmer zu gestalten. Sie hatte erzählt, wie entzückt die Bewohner reagierten, wenn man sie zum Lachen brachte, und wie sie auflebten in solchen Momenten.

Hannah sah bildlich vor sich, wie sich Juliane mit ihrer kräftigen Figur und den zupackenden Händen auf die ihr typische warmherzige Art darum bemühte, den Bewohnern des Heims trotz aller Zeitknappheit ein Mindestmaß an Zuwendung und Aufmerksamkeit zu schenken. Sie hatte Max' Freundin oft dafür bewundert, mit welcher Selbstverständlichkeit sie hin und wieder selbst nach Dienstschluss noch blieb, um dem einen oder anderen vorzulesen oder im Rollstuhl durch den Park zu schieben.

Hannah sah außerdem vor sich, wie Max und Juliane in Julianes kleinen Küche Pralinen fertigten, und dann im Bewusstsein, etwas Gutes zu tun, gut gelaunt an die Alten verteilten. Sie holte tief Luft: »Haben die beiden Geld für die Pralinen genommen?«

Theo Sass schüttelte den Kopf. »Sie behaupten, nein, und das glaube ich ihnen auch. Außerdem sagen die Alten, sie hätten sie ihnen geschenkt.«

»Also können sie wegen Drogenhandels schon mal nicht belangt werden.« Hannahs Gedanken überschlugen sich. Was würde Carl dazu sagen?

»Danke dir, dass du persönlich zu mir gekommen bist.« Hannah nickte Theo zu, und er nickte zurück.

»Habt ihr noch andere Drogen bei Max gefunden? Hasch? Extasy?«

Theo Sass rückte seine schwarze Brille zurecht: »100 Gramm Marihuana in der Jackentasche, und fünf Tüten mit Marihuana-Pralinen im Rucksack. Max behauptet, er und seine Freundin hätten den Alten einzig und allein noch ein paar glückliche Momente damit verschaffen wollen. Kommerzielle Interessen gebe es nicht. Sie hätten es einfach gut gemeint.«

Hannah verdrehte die Augen.

»Es ist bescheuert«, sagte Theo Sass und schüttelte den Kopf. »Hast du gewusst, was der Sohn deines Lebensgefährten so treibt?« Hannah spürte wieder diese Distanziertheit und ein kaum wahrnehmbares, doch plötzlich vorhandenes Misstrauen in seiner Stimme.

»Natürlich nicht«, Hannah schüttelte den Kopf. Gleichzeitig kamen ihr die vielen Joints in den Sinn, die Max regelmäßig zu Hause rauchte, und sie fragte sich, ob Carl und sie es ihm hätten verbieten müssen. Doch Max war längst erwachsen, und hätte es etwas genutzt?

»Kann ich irgendetwas für Max tun?«, fragte sie.

Theo Sass schwieg einen Moment. Schließlich sagte er: »Ich fürchte, nicht viel. Ich komme nicht darum herum, ich muss die Staatsanwältin informieren. Unter bestimmten Voraussetzungen kann sie von einem Strafverfahren absehen. Das Problem ist, dass Max 100 Gramm dabeihatte. In NRW sind zehn Gramm erlaubt. Bisschen viel.

Was die Pralinen betrifft … sie waren nicht nur für den Eigenbedarf gedacht. Die beiden haben sie an alte, teils kranke Menschen verteilt. Das könnte, wenn es übel läuft, als Körperverletzung gewertet werden.« Theo Sass hielt einen Moment inne, bevor er weitersprach: »Allerdings wollten sie nur die Stimmung der Alten aufhellen, ohne sogenannten bedingten Vorsatz. Die Pralinen waren also ausschließlich zum unmittelbaren Verbrauch bestimmt, was bedeuten könnte, dass sie mit einer Geldstrafe oder mit einer Strafe auf Bewährung davonkommen.«

Hannah atmete auf. »Mit ein bisschen Glück …«

Theo Sass nickte.

»Wussten die Bewohner des Heims, was in den Pralinen war?«

»Zumindest einige, die wir befragt haben. Und sicher nicht alle von Anfang an.«

Hannahs Handy brummte, im Display erkannte sie die Nummer des Sprachprofilers Mix. Kurzerhand drückte sie den Anruf weg, doch sie spürte zunehmend, dass sie ärgerlich wurde. Jetzt hielt Max sie auch noch von ihrer Arbeit ab.

»Wenn die beiden an einen Richter geraten, der keine Milde walten lässt, könnte ihnen schlimmstenfalls eine Freiheitsstrafe von bis zu fünf Jahren drohen, und eine Geldstrafe obendrein«, sagte Theo Sass.

Hannah schluckte. »Wie schätzt du die Chance ein, dass sie mit einer Bewährungsstrafe davonkommen?«

»Schwer zu sagen.«

Hannah sah aus dem Fenster, doch ihr Blick war gedankenverloren, was sie sah, interessierte sie nicht.

»Ich könnte die zwei jetzt nach Hause schicken, oder willst du noch mit ihnen reden?«, hörte sie Theo Sass fragen.

Wollte sie das? Hannah überlegte einen Moment, und schließlich nickte sie: »Ich hole sie in einer halben Stunde bei dir ab.«

Theo Sass nickte und erhob sich von seinem Stuhl.

»Nochmal danke, dass du mich informiert hast«, sagte Hannah.

Theo Sass war noch nicht ganz aus der Tür, da griff sie schon zum Hörer und wählte die Nummer des Sprachprofilers.

JÖNKÖPING, SCHWEDEN

Nils Berglund saß mit ausgestreckten Beinen auf der Bank vor seiner Hütte und dachte an alles und nichts. An den Roboter und Mats Henrikson von *Miljöförening*, an Linda und die Kinder, an seine frühere Tischlerei, sein Geldkonto und an seine Gedichte. An langen Abenden hatte er begonnen, seine Gedanken in Versen auszudrücken.

Mit halb geschlossenen Augen horchte er auf das Zwitschern der Vögel. Die Sonne brannte ihm ins Gesicht. Nach einer Weile ließ er den Blick hinüber zum Wald schweifen, dorthin, wo seit Tagen alles beim Alten zu sein schien. Es gab keinerlei Anzeichen, dass der Roboter immer noch die Gegend erkundete, er schien wie vom Erdboden verschluckt. Nils hatte sich immer wieder auf den Weg gemacht und ihn gesucht, doch er war und blieb verschwunden.

Allerdings traute Nils dem Frieden nicht.

Zum Zwitschern der Vögel war das Summen einer Biene gekommen, und hin und wieder vernahm Nils das Sirren einer Mücke.

Ein Blick auf die Zeitanzeige seines Handys sagte ihm, dass Mats Henrikson und Linda in einer knappen Stunde eintreffen müssten, wenn sie nicht in einen Stau gerieten, und er überlegte, welche Neuigkeiten sie mitbrachten. Nicht nur Mats, auch Linda hatte sich nachhaltig für den Roboter in seiner Gegend interessiert, und zu seiner Überraschung hatte sie angekündigt, dass sie mit Mats mitkommen würde.

Unter halb geschlossenen Lidern und von der Sonne und dem Zwitschern und Summen um ihn herum etwas schläfrig geworden, beobachtete Nils einen schwarzen Käfer. Er versuchte, am Tischbein hochzukrabbeln, doch aufgrund der Schwere seines Körpers fiel er zurück auf den Boden und seinen gepanzerten Rücken. Hilflos strampelte er mit den Beinen in der Luft, bis es ihm endlich gelang, sich zurück auf den Bauch zu drehen, und er erneut das Tischbein hochkrabbelte. Nach kurzer Zeit fiel er jedoch wieder auf den Rücken, und so ging es endlos weiter. Nils überlegte, dass der Käfer offensichtlich nicht lernfähig war. Und er fragte sich, wohin die Dummheit ihn führen würde, doch irgendeine Aufgabe würde er haben in ihrem Öko-system, zu irgendetwas war er sicher nütze, und wenn er nur den Magen von Spinnen oder Vögeln füllte.

Was würde aus seiner Art werden, wenn ihr Lebens-raum nicht mehr existierte?

Und welche Zukunft würde ihn selbst erwarten, wenn seine Hütte den Interessen anderer zum Opfer fiel und möglicherweise abgerissen wurde? Was wäre, wenn der Wald, der ihn umgab, aus Gründen, die er noch nicht durchschaute, abgeholzt wurde? Wenn der Boden, auf dem er lebte, nicht mehr als eine tiefe, klaffende Wunde war?

Nils seufzte. Das Stück Land, auf dem er lebte, war zu seiner neuen Heimat geworden. Hier hatte er Schutz gefunden, vor sich selbst und seinem Leben. Es war nicht auszudenken, was es für ihn bedeuten würde, hier weg-ziehen zu müssen.

Ein plötzlicher Windzug wehte die Fotos vom Robo-ter, die er auf den Tisch gelegt hatte, in die Höhe und zur anderen Seite. Nils beeilte sich, sie festzuhalten, und nach-dem er die Blätter mit einem Stein beschwert hatte, ließ er sich erneut auf die Holzbank sinken. Immerhin, dachte er, reißt das Ding mich aus meiner Lethargie und zwingt mich, mich mit anderen Dingen als nur mit meiner gescheiterten Ehe und dem schmerzhaften Verlust meiner Kinder zu beschäftigen.

Wie lange wollte er eigentlich so noch weitermachen? Das Leben eines Einsiedlers führen? Noch hatte er keine Antwort darauf.

Er senkte den Kopf, sein Blick fiel erneut auf den Käfer, der nun schon länger als üblich auf dem gepanzerten Rücken lag und hilflos mit den Beinen strampelte. Nils bückte sich, drehte ihn um und beobachtete, wie er erneut Kurs auf das Tischbein nahm.

Irgendwann hörte er das Geräusch nahender Autoreifen und sah auf die Zeitanzeige seines Handys. Bis auf eine Viertelstunde waren sie pünktlich, die beiden.

Nils führte Mats und Linda, gleich nachdem sie aus dem Wagen gestiegen waren, in den Wald. Er schlug die Richtung dorthin ein, wo er dem Roboter begegnet war, und konnte es kaum erwarten zu fragen: »Gibt es Neuigkeiten? Habt ihr inzwischen Antworten erhalten?«

»Heute früh traf eine Mail von der Bergbaubehörde in Uppsala ein«, sagte Mats.

»Und was schreiben sie?«

»Es bringt uns ein kleines Stück weiter«, sagte Mats.

Nils bemerkte, dass Mats und Linda einen vielsagenden Blick tauschten. Ungeduldig wartete er darauf, dass Mats weitersprach.

»Vor etwa vier Wochen wurde etwa 100 Kilometer nördlich von Jönköping ein Waldgebiet für Probebohrungen abgeholzt. Zurzeit prüfen sie einen Antrag auf Bohrungen genau hier in deiner Gegend. Mehr könnten sie zum jetzigen Zeitpunkt allerdings nicht sagen. Wir sollen in drei Monaten noch einmal nachfragen.«

Der Schock trieb Nils die Röte ins Gesicht, und er blieb abrupt stehen. »Und wonach wollen die hier bohren?«

»Nach schweren Seltenen Erden, man nennt sie auch *Heavies*. Es scheint mehr davon in dieser Gegend zu geben, als bislang angenommen.«

»Deswegen also war der Roboter hier unterwegs«, stöhnte Nils.

»Wahrscheinlich«, nickte Mats.

»Nach welcher schweren Seltenen Erde konkret sie suchen, haben sie uns natürlich nicht verraten«, sagte Mats. »Terbium, Erbium, Holium, Dysprosium, Yttrium …«

»Hmm.« Nils konnte mit dieser Information nicht allzu viel anfangen.

Eine Weile gingen sie schweigend nebeneinander her, bis sie die Stelle erreichten, wo er und die Kinder den Roboter gesehen hatten. Mats und Linda nahmen alles in Augenschein, die abgesägten und abgeknickten Äste, die Schneise auf dem Boden. Mit einer Kamera, die *Smaland Miljöförening* gehörte, machte Mats zu dokumentarischen Zwecken Fotos.

Nils fühlte sich, als habe ihm jemand einen Schlag in die Magengrube verpasst. Während er dastand und Mats beim Fotografieren beobachtete, zerbrach er sich den Kopf darüber, was diese Nachricht für ihn bedeuten konnte. Auf einmal spürte er Lindas Wärme neben sich und roch ihren immer noch vertrauten Duft. Und eine ungeheure Wehmut nach allem, was sein Leben ausmachte und verloren war, oder verloren schien, erfasste ihn, und sie stimmte ihn noch trauriger, als er sowieso schon war.

»Wenn sie wirklich fündig werden, erwartet uns hier eine riesige Umweltsauerei. Der Abbau von Seltenen Erden ist extrem problematisch«, erklärte Linda mit ernster Miene.

»Inwiefern?«, wollte Nils wissen.

Linda strich sich eine Strähne ihres blonden Haars hinters Ohr. »Es würden Säuren eingesetzt, um die Metalle aus ihren Verbunden zu waschen. Dabei würden giftige Abfallprodukte und Abwässer entstehen, die das Grundwasser verseuchen.«

»Nur über meine Leiche«, erwiderte Nils spontan und machte instinktiv eine abwehrende Bewegung, und er spürte ein Zucken in seinem Gesicht, das nicht mehr aufhören wollte.

Mats und Linda schwiegen. Mats verstaute die Kamera in einer passenden Tasche, und während er den Trageriemen über die Schulter schwang, setzte er sich in Bewegung und deutete in die Richtung, aus der sie gekommen waren. »Hier entlang?«

Nils nickte. Eine Weile gingen sie wortlos nebeneinander her. Irgendwann fragte er: »Wir sind uns doch einig, dass es einen Zusammenhang zwischen dem Roboter hier und dem Antrag auf Probebohrung in Uppsala gibt?«

»Klar«, stimmten ihm Mats und Linda zu.

Nils überlegte einen Augenblick, bevor er weitersprach: »Wie finden wir heraus, wer den Antrag gestellt hat? Wie erfahren wir, wer über den Antrag entscheidet und wann die Bohrungen beginnen sollen?«

»Wir fragen nach«, sagte Mats.

»Und du glaubst, die erzählen uns Einzelheiten?« Nils schnaubte verächtlich durch die Nase.

»Eher nicht«, sagte Mats. »Fragen werden wir trotzdem, und es wird uns auch noch etwas anderes einfallen.«

»Schlimmstenfalls werden hier viele Quadratkilometer Wald abgeholzt«, sagte Linda.

»Das lasse ich nicht zu«, erwiderte Nils.

»Wir unternehmen natürlich etwas dagegen«, sagte Mats und fügte tröstend hinzu: »Rechtzeitig genug.«

Nils dachte an den Käfer, der immer wieder auf den Rücken fiel.

»Wir wollen den Wald hier ja nicht nur als Naherholungsgebiet für die Städter erhalten, sondern auch die Tier- und Pflanzenwelt schützen«, ergänzte Linda.

Wortlos liefen sie nebeneinander her, bis Nils' Hütte vor ihnen auftauchte.

»Was für eine Idylle«, schwärmte Mats. Er sah Nils an und versicherte: »Keine Angst, wir werden alles dafür tun, um Probebohrungen oder gar Bergbau in dieser Gegend zu verhindern. Unser Verein hat viele Mitglieder, wir haben politischen Einfluss.«

Nils hatte da seine Zweifel, schwieg aber.

Unterdessen deutete Mats auf die Hütte und rief aus: »Und dieses Blau!«

»Ich habe die Farbe selbst gemischt«, sagte Nils. In Gedanken war er jedoch nicht bei der Farbe, sondern spielte das Szenario einer drohenden Probebohrung durch, und er fragte sich, wo genau sie stattfinden würde. Hier?

Linda sah Nils lächelnd an: »Ein Kaffee wäre jetzt genau das Richtige.«

Nils nickte, und als er schon im Begriff war, in die Hütte zu gehen, schlug Linda sich mit der flachen Hand gegen den Kopf und sprang auf: »Fast hätte ich es vergessen. Ich habe uns *Ostkaka* mitgebracht. Den mögt Ihr doch? Er liegt noch im Auto.« Linda kramte in den Tiefen ihrer Hosentasche und zog schließlich den Autoschlüssel daraus hervor, dann lief sie trotz ihrer schweren Wanderschuhe leichtfüßig zum Wagen, den sie gegenüber der Hütte im Schatten einer Kiefer geparkt hatte.

Nils stand immer noch vor der Hütte und betrachtete Lindas halblanges blondes Haar, das locker auf ihre Schultern fiel, und die schmale Kontur ihres Körpers, und plötzlich hätte er heulen mögen. Sie war so nah, doch zu viele nie verhallte Worte standen zwischen ihnen.

Als er sie so gebückt vor dem Wagen stehen sah, wurde Nils jedoch klar, dass sie seine Vorliebe für Käsekuchen nicht vergessen hatte, und er dachte: Es ist ein Signal. Sie will mir zeigen, dass sie mit mir für dieselbe Sache kämpft. Sie ist immer noch an meiner Seite.

Und Nils fühlte, wie gut das war.

Nils aß drei Stück von dem Kuchen. Er versuchte, das Loch zu stopfen, das sich in ihm aufgetan hatte und das ihn ängstigte. Er legte die Kuchengabel beiseite, lehnte sich schwer gegen die Rückenlehne der Bank und betrachtete Linda dabei, wie sie sich mit der Hand Krümel vom Mund wischte.

Mit einem schnellen Blick prüfte er ihre Züge, doch er fand keine Anzeichen neu aufflammender tieferer Sympathie für ihn darin.

»Ich frage mich, wo der Roboter abgeblieben ist«, sagte Linda. »So ein Ding verschwindet doch nicht einfach so von der Bildfläche.«

»Irgendjemand hat ihn einkassiert«, sagte Nils und zuckte mit den Achseln.

»Aber wer?«, fragte Linda und sah von einem zum anderen. »Die *Geologische Bundesanstalt* in Stockholm müsste es wissen«, beantwortete sie sich ihre Frage leise selbst.

Mats nickte. »Sie haben mir aber nur bestätigt, dass eine neue Kartierung in Planung ist, mehr nicht.«

»Was ist mit dem Unternehmen in Stockholm, das Sensorsysteme für Roboter entwickelt?«, fragte Nils.

»Ich habe keine Antwort auf meine Mail erhalten.«

»Glaubt ihr denn ernsthaft, dass sie ausgerechnet uns auf die Nase binden, wenn sie einen mit neu entwickelten Sensorsystemen ausgestatteten Roboter auf Tour schicken? Solang es ein Forschungsvorhaben ist, wird nicht darüber gesprochen«, sagte Linda mit Nachdruck.

Nils sog den Duft der umstehenden Kiefern ein und spürte, wie er ihn langsam mit den Antworten des heutigen Tags versöhnte und gleichmütiger stimmte. Die Nachmittagssonne stand schon sehr tief, und er wusste, dass sie bald hinter den Baumwipfeln verschwinden und den Glanz aus Lindas Zügen nehmen würde. Dann würde es schnell kühl werden, und in nur zwei Stunden brach die Dunkelheit herein. Nils roch den Abend bereits, und er erhob sich, um zwei dicke Jacken und eine karierte Wolldecke aus dem Haus zu holen. Das Jahr war noch zu jung, um in diesen Breiten ohne etwas Wärmendes lange draußen zu sitzen.

Irgendwann wollte Mats wissen, wo er das Badezimmer fand.

»Man kann sich in der kleinen Hütte nicht verlaufen«, lachte Nils und sagte: »Es gibt außer der Haustür nur noch eine weitere.«

Als sie allein waren, sah Nils Linda direkt an und stellte die Frage, die ihm schon die ganze Zeit auf der Zunge brannte: »Wie geht es Olov und Ebba?«

Als habe sie längst darauf gewartet, dass Nils sich nach den Kindern erkundigte, sagte Linda schnell: »Blendend.

Ihre Großeltern unternehmen jeden Tag etwas mit ihnen. Gestern waren sie im Spielzeugmuseum.« Sie nickte mehrfach.

Ein letzter Sonnenstrahl lag auf ihrem Gesicht.

»Zuerst hat Ebba ein wenig gemault«, lächelte Linda. »Das Spielzeugmuseum sei etwas für die ganz Kleinen, hat sie gesagt, dann aber hat sie sich mit wachsender Begeisterung wie Olov auch Miniaturautos und -züge und Pferde und Puppen angeschaut.«

»Toll«, bemerkte Nils voller Ironie. Er ärgerte sich über den übertriebenen Enthusiasmus in Lindas Stimme.

»Sie fallen jeden Abend glücklich und erschöpft ins Bett«, fügte sie mit Bestimmtheit hinzu.

Nils schluckte und sagte nichts. Doch er dachte, ich hätte die Kinder so gern bei mir. Er fragte auch nicht, wann sie wieder zu ihm kommen würden. Manchmal war es klüger, auf den richtigen Moment zu warten.

Nils räumte das Geschirr aufs Tablett und stellte fest, dass seine Finger in der kühlen Luft ein wenig steif geworden waren.

»Kann ich dir helfen?«, fragte Linda in dem Moment, als Mats aus der Hütte trat.

Nils schüttelte den Kopf. Während er Wasser für Tee aufsetzte und nach dem Rum suchte, der sie von innen wärmen würde, fragte er sich, ob Linda jemand anders hatte. Eigentlich glaubte er es nicht. Ihre Bewegungen waren heute nicht besonders rund oder geschmeidig gewesen, so wie er es oft bei Frauen beobachtet hatte, die satt von körperlicher Liebe waren. Auch bei Linda hatte er dieses Phänomen oft bemerkt, wenn sie zusammen gewesen waren.

Als Nils mit dem Rum und dem Tee wieder herauskam, stutzte er kurz, denn er sah, wie liebevoll Mats die karierte Decke über Lindas Schultern legte. Die Sonne war inzwischen ganz verschwunden. Linda zündete Kerzen an.

»Wollen wir wirklich solang warten, bis wir von der Bergbaubehörde in Uppsala mehr erfahren?«, fragte Nils, während er einschenkte. Er setzte sich zu Mats und Linda auf die Bank, umschloss den heißen Becher mit beiden Händen und beobachtete ihre Gesichter.

»Es wird uns nichts anderes übrigbleiben«, sagte Mats. »Mit ein bisschen Glück treffen in den nächsten ein, zwei Wochen noch brauchbare Rückmeldungen von unseren Vereinsmitgliedern ein, häufig die besten Informationsquellen. Vielleicht weiß jemand etwas, das uns weiterbringt. Am besten vernetzt sind die radikalen Zellen, die gehören zwar offiziell nicht zu uns, wissen aber oft früher etwas als alle anderen. Ich muss mal kurz telefonieren.« Er erhob sich und entfernte sich ein paar Meter, um ungestört sprechen zu können. An die Autotür gelehnt, wählte er eine Nummer.

Nils Augen folgten einem Vogel, der sich wie schwerelos ganz oben auf dem Wipfel der Kiefer gegenüber niederließ. Hoffentlich kommen wir bald voran, dachte er.

Eine Weile hingen er und Linda ihren Gedanken nach, und irgendwann beugte Linda sich vor und sagte: »Mir kommt da gerade auch noch eine Idee.«

»Ja?« Nils sah Linda erwartungsvoll an.

»Der Mann einer früheren Schulfreundin von mir arbeitet bei der Behörde für Bergbau in Uppsala. Ich habe sie zwar einige Jahre nicht mehr gesehen, aber ich werde sie fragen, ob ihr Mann uns weiterhelfen kann.«

Nils schluckte, und auf einmal wusste er, dass Lindas Art, sich für etwas einzusetzen, unschätzbar wertvoll war.

Mats hatte sein Handy noch in der Hand, als er sich wieder zu ihnen setzte. »Der Mann, mit dem ich gerade gesprochen habe, hat in der Gegend, wo er wohnt – etwa 50 Kilometer von hier – einen ähnlichen Roboter gesehen.« Er sah Nils und Linda vielsagend an: »Und er sagt, er und seine Gruppe hätten auch schon etwas unternommen. Was genau, wollte er mir aber nicht verraten.«

KÖLN, DEUTSCHLAND

Walter Mix bestätigte, was Hannah längst geahnt hatte. Doktor Tobias Lück hatte den Abschiedsbrief zwar eigenhändig geschrieben, jedoch mit hoher Wahrscheinlichkeit nicht selbst verfasst, vermutlich war er ihm diktiert worden. »Wie können Sie das mit solcher Gewissheit sagen?«, wollte Hannah wissen und spürte, dass sie ganz aufgeregt war.

»Ich habe eine Menge private Mails und Briefe von Lück analysiert und mit seinem Abschiedsbrief verglichen. Die Sprache darin passt nicht zu früheren Briefen, die er an seine Frau oder Freunde geschrieben hat, und auch nicht zum Sprachmuster in anderen Schriftstücken.«

»Haben Sie ein paar Beispiele für mich?« Am anderen Ende der Leitung hörte sie Mix schnaufen. Als sie ihn das letzte Mal gesehen hatte, war er schon deutlich übergewichtig gewesen, und vermutlich hatte er in der Zwischenzeit noch ein paar Kilo zugelegt, was seine Kurzatmigkeit begünstigte.

»Selbstverständlich. Sie bekommen die komplette Analyse auch noch schriftlich, doch schon vorab …« Mix holte rasselnd Luft, bevor er weitersprach: »Zunächst habe ich überprüft, ob Lück ein auditiver oder ein visueller Typ war. Ich habe mich also gefragt, was sein bevorzugter Wahrnehmungskanal war. ›Sieht gut aus‹, sagt der visuelle Typ. Der auditive Typ hingegen sagt: ›Klingt gut.‹« Mix atmete immer noch schwer.

Das mit den Wahrnehmungsmustern war Hannah nicht neu, doch sie hörte geduldig zu, denn sie wusste, dass Mix gern dozierte.

»Lück verwendet in den von ihm verfassten Texten zu 90 Prozent mindestens ein bis zwei visuelle Bilder«, fuhr Mix fort. »Er war also ein visueller Typ. In seinem Abschiedsbrief hingegen verwendet er nicht ein einziges, spricht aber davon, dass es für seine Frau überraschend klingen muss, dass er keinen Sinn im Leben mehr sehe.«

Hannah lehnte sich auf ihrem Stuhl zurück, ihre Brauen schossen in die Höhe.

»Wenn Lück von seiner Frau sprach, nannte er sie einfach Sophie. Wenn er sie jedoch direkt ansprach, also ihr einen Brief schrieb, nannte er sie ›Mein Schatz‹. In seinem Abschiedsbrief jedoch …«

»Ja?«

»In seinem Abschiedsbrief redet er sie mit ›Liebe Sophie‹ an. Das ist eine Abweichung, auch wenn ein Abschiedsbrief diese Anrede rechtfertigen würde.«

»Wir müssen natürlich das Gesamtbild seiner Schriften betrachten«, ergänzte Mix.

»Natürlich. Gibt es weitere Auffälligkeiten?«

»Ja.«

Hannah hörte, wie der Sprachprofiler mehrfach hintereinander schluckte. Offenbar hatte er zu einem Glas gegriffen und trank etwas.

»Ich habe die Häufigkeit einzelner Wörter untersucht. Lück hat in beinahe jedem seiner Texte das Wort ›möglicherweise‹ verwendet. Er scheint eine besondere Vorliebe dafür gehabt zu haben«, sagte Mix.

»In seinem Abschiedsbrief hat er es nicht benutzt?«

»Nein. Außerdem hat er häufiger Hauptsätze mit ›Und‹

begonnen, was ebenfalls ungewöhnlich ist. In seinem Abschiedsbrief beginnt kein einziger Satz damit.«

Hannah spürte immer mehr so etwas wie ein Triumphgefühl. Alles, was Mix sagte, erhärtete ihre Vermutung, dass Lück umgebracht worden war.

»Das sind nur einige Beispiele, in der Gesamtschau ergibt sich, dass es eher nicht Lücks Art zu sprechen oder schreiben war, in der der Brief verfasst wurde.«

Hannah wippte zufrieden mit dem Fuß. »Sie ahnen nicht, wie sehr Sie mir mit Ihrer Analyse weiterhelfen«, sagte sie. Ihre Stimme klang beschwingt.

»Gern. So weiß ich wenigstens, warum ich diesen Job mache«, lachte Mix offenbar geschmeichelt, doch die letzten Worte gingen in einen Hustenanfall über. Hannah sah bildlich vor sich, wie er am anderen Ende der Leitung nach Luft rang. Sie entfernte den Hörer etwas von ihrem Ohr und sah aus dem Fenster auf die Blätter der Birke, die schon wieder ein Stück größer geworden waren. Es war verrückt.

Nachdem der Hustenanfall abgeklungen war, sagte Mix: »Ich maile Ihnen gleich die komplette Analyse. Dann haben Sie es schriftlich.«

»Perfekt.« Hannah strahlte über das ganze Gesicht.

*

»Was habt ihr euch bloß dabei gedacht?« Carl sah Max und seine Freundin Juliane fassungslos an. Wütend marschierte er auf der Terrasse auf und ab.

Hannah schwieg. Sie fand, dass die Angelegenheit vor allem Carl anging, nicht sie. Max war sein Sohn, er hatte sich mit ihm auseinanderzusetzen, sie war schließlich nur

Carls Lebensgefährtin. Es wurde Zeit, dass Carl endlich begriff, was los war mit seinem Sohn.

»Sie hatten auf jeden Fall ihren Spaß, würde ich sagen.« Max versuchte zu grinsen, was kläglich misslang, und Juliane starrte auf den Tisch.

Hannah bemerkte, wie unsicher beide waren, und beinahe taten sie ihr leid.

»Wir wollten den alten Menschen nur das Leben etwas verschönern, es ihnen ein wenig leichter machen«, erklärte Max.

»Wir wollten, dass sie mal lachen, ein bisschen Spaß haben ...« Juliane sah von Carl zu Hannah. »Ihr habt keine Vorstellung davon, wie trist so ein Tag im Seniorenheim ist. Die Bewohner bekommen ihr Frühstück, werden in einen Stuhl gesetzt, falls sie noch sitzen können, starren aus dem Fenster, bekommen wieder etwas zu essen, werden ins Bett gelegt. Wer noch laufen kann, trifft auf dem Flur vielleicht andere Bewohner, geht vielleicht in den Park, und wer das schafft, kann sich glücklich nennen. Die meisten werden nämlich nach dem Mittagsschlaf wieder in ihren Stuhl verfrachtet. Dort hocken sie, bis das Abendessen kommt. Meistens viel zu früh werden sie ins Bett gebracht und erhalten Schlaftabletten, damit endlich Ruhe einkehrt.«

Carl setzte sich an den Tisch, und Hannah dachte, dass er schrecklich mitgenommen wirkte.

»Mir ist bewusst, dass ein Seniorenheim kein Vergnügungspalast ist«, sagte Carl und sah seinen Sohn an. »Trotzdem kann ich keine Lösung darin erkennen, den alten Menschen Marihuana-Pralinen einzuverleiben, damit sie besser draufkommen.«

»Nein? Ist es denn eine Lösung, sie mit Schlaftabletten ruhigzustellen?«, versetzte Max schrill.

»Natürlich nicht. Genauso wenig wie mit Marihuana«, erwiderte Carl knapp.

Hannah verspürte immer noch keine Lust, sich einzuschalten.

»Die Alten haben eben ein bisschen Spaß gehabt. Mehr nicht.« Über Max' Gesicht glitt ein schiefes Lächeln.

»Verdammt nochmal! Es ist nicht lustig, was ihr da gemacht habt! Es ist verantwortungslos! Was wäre, wenn einer der Alten kollabiert wäre? Was dann?« Carl sprang erregt auf. »Und jetzt hör endlich auf zu grinsen!«

»Ist ja schon gut. Krieg dich mal wieder ein.« Max öffnete eine Flasche Bier.

»Ist dir überhaupt klar, welche strafrechtlichen Konsequenzen euer Tun haben kann?«, schrie Carl aufgebracht. »Drei bis fünf Jahre Knast! Also mir würde an deiner Stelle das Lachen vergehen.«

Max biss sich auf die Unterlippe. »Klar. Das wäre natürlich übel.«

»Exakt. Aber wenn du zu dumm bist, um im Vorfeld über dein Tun und die Konsequenzen nachzudenken, kann ich dir auch nicht helfen.«

Alle schwiegen.

Max sah Hannah an und fragte kleinlaut: »Vielleicht könntest du irgendetwas unternehmen? Ich meine … eventuell mit der Staatsanwältin sprechen?«

Hannah lachte laut auf. »Wie naiv bist du eigentlich? Meinst du, ich setze meinen Ruf oder meinen Job aufs Spiel?« Sie nahm einen Schluck Wasser und stellte das Glas laut hörbar zurück auf den Tisch, währenddessen spürte sie Carls Blick auf ihrem Gesicht und sie fühlte die Verzweiflung in ihm, doch davon wollte sie in diesem Moment nichts wissen. »Auch wenn ich bei der Polizei arbeite, kann ich dich nicht vor einer Strafanzeige schützen«, sagte sie und fügte bedauernd hinzu: »Beim besten Willen nicht.«

Hannah spürte, dass sie kurz vorm Koller stand. Sie stand unter enormem Druck, musste zwei Morde lösen, die möglicherweise international von Bedeutung waren, und ausgerechnet jetzt funkte Max mit seinen Problemen dazwischen und stellte den Anspruch, dass sie das Schlimmste verhinderte. Und sein Vater genauso, auch wenn er es nicht offen sagte.

»Hätte ich mir fast denken können.« Max nahm resigniert einen Schluck aus der Bierflasche und starrte auf den Tisch, und Juliane nickte und starrte auf ihre Hände.

Plötzlich fühlte Hannah sich schuldig. Was erwarteten sie nur von ihr? Dass sie die beiden vor dem bewahrte, was ihr Leben in eine noch größere Schieflage brachte? Sie seufzte und ließ sich gegen die Lehne ihres Stuhls sinken. Plötzlich taten sie Hannah unendlich leid. Es war so vieles ganz und gar nicht gut gelaufen in deren Kindheit und Jugend. Sie hatten nicht genug Liebe und Fürsorge erhalten, waren viel zu oft allein und sich selbst überlassen gewesen. Sie fragte sich, ob die Revolte gegen die Zustände im Seniorenheim letztendlich nichts anderes war als ein Protest gegen die Lieblosigkeit, die Max und Juliane am eigenen Leib erfahren hatten, und die in dieser Gesellschaft im Grunde überall, insbesondere jedoch gegenüber den Alten, anzutreffen war.

»Ich kann da wirklich nichts machen«, sagte Hannah und zuckte die Achseln. »Ich will es auch nicht«, fügte sie mit Nachdruck hinzu, und ihr Blick verharrte auf Carl.

Alle schwiegen.

Hannah hatte das Gefühl, Abstand zu brauchen, und

ging ins Haus, um eine weitere Flasche Mineralwasser zu holen. Durch die offene Terrassentür hörte sie Max sagen: »Klar werde ich Verantwortung für das, was ich getan habe, übernehmen. Ich finde es aber immer noch nicht falsch, was wir gemacht haben. Du hättest sehen sollen, wie gut es den Alten ging. Sie hatten wirklich eine Menge Spaß …«

»Und irgendwann wäre aus dem Spaß dann ein Geschäft geworden?«, fragte Carl aufgebracht. »Viele alte Menschen haben ein beachtliches finanzielles Polster, denen kann man doch gut ein paar Scheine aus der Tasche ziehen.«

»Jetzt hör aber auf!«, schrie Max, und Juliane bekräftigte: »Niemals.«

Als Hannah wieder auf die Terrasse trat, sah sie ehrliche Entrüstung in Max' und in Julianes Gesicht, und das besänftigte sie. Sie stellte die Wasserflasche auf den Tisch. Ohne einzuschenken schlang sie die Arme um ihren Oberkörper und setzte sich.

»Ehrlich«, ignorierte Max den Versuch seines Vaters, das Gespräch auf die Marihuana-Pralinen zurückzulenken. »Harmlose Typen wie wir, die sich nun wirklich nur geringfügig etwas zuschulden kommen lassen, es ansonsten aber gut mit den Benachteiligten unserer Gesellschaft meinen, die werden verknackt. Und die Großen? Die großen Verbrecher lasst ihr laufen! Die, die die fetten Deals machen …« Seine Hände zuckten ärgerlich hin und her, und an seiner Stirn pulsierte eine Ader. »Guck dir nur mal die großen Wirtschaftsbosse an … in der Pharma- und Rüstungsindustrie, in den digitalen Medien, den mächtigen Firmen weltweit … die sprechen sich alle ab, es geht nur um Kohle, das kannst du mir glauben.« Max war ganz rot im Gesicht geworden.

»Die Erfolgreichen paktieren, lassen sich korrumpieren und wollen die Weltherrschaft übernehmen, stimmt's?«, versetzte Hannah, jetzt wütend. Max brachte sie in Bedrängnis, und dagegen wollte sie sich irgendwie wehren.

Hannah stützte den Kopf in die Hände und erklärte schließlich ruhig: »Wir lassen die Big Player nicht laufen, wir kriegen sie häufig einfach nicht.« Plötzlich tauchten die Gedanken an Meyers und Lück wieder auf, und sie fragte sich, wie groß *dieser* Fall tatsächlich war. Wie viele Big Player waren hier beteiligt? »Max, in vielerlei Hinsicht hast du einfach recht«, sagte sie, und es wunderte sie nicht, dass alle sie erstaunt ansahen.

Aus dem Stall wehte das Wiehern eines Pferdes, und seltsamerweise erinnerte es sie ausgerechnet jetzt daran, dass sie versäumt hatte, Carl danach zu fragen, wann sein neuer Zuchthengst eintreffen würde.

»Wo habt ihr das Gras eigentlich her?«, wollte Carl wissen.

Max und Juliane sahen sich an und schwiegen.

»Wo ihr das Gras herhabt, will ich wissen!«, insistierte Carl.

»Mein Kollege hat euch doch danach gefragt?«, schaltete Hannah sich ein.

Max nickte. »Wir haben ihm gesagt, dass wir es von einem Freund bekommen haben … der es uns geschenkt hat.«

Juliane blinzelte, und Hannah überlegte, ob es die Wahrheit war. »Wieviel habt ihr tatsächlich bezahlt?«, fragte sie.

»Nichts. Wir haben nichts dafür bezahlt«, erklärte Juliane.

»Wirklich nicht«, bestätigte Max.

»Vergiss den Freund. Meine Oma hat einen großen Garten. Da bauen wir ein bisschen was an«, erklärte Juliane kleinlaut. »Ich schwöre.«

Einen langen Moment herrschte Stille. Hannah und Carl tauschten einen fassungslosen Blick.

»Gibt es noch etwas, das wir wissen sollten?«, fragte Carl schließlich müde und fügte hinzu: »Falls ja, wäre jetzt der richtige Zeitpunkt, es uns zu sagen.«

»Nein, da gibt es nichts weiter.« Max schüttelte den Kopf.

»Wirklich nicht«, bekräftigte Juliane.

Wortlos lagen Hannah und Carl nebeneinander im Bett, jeder wie eine Mumie eng in seine Decke eingewickelt. Es war dunkel im Raum, und Hannah fühlte sich wie erschlagen. Sie wollte ihre Gedanken zur Ruhe bringen, doch es gelang ihr nicht. An Carls ungleichmäßigen Atemzügen erkannte sie, dass es ihm ähnlich ging.

»Was nun?«, fragte sie und starrte ins Dunkel.

»Nun werden sie eine Strafe kriegen.«

»Und du glaubst, dass ich es verhindern könnte?«

»Nein.«

»Lüg doch nicht.« Hannah seufzte. Sie war sicher, dass Carl nein sagte, doch ja meinte, und sie begann, sich darüber zu ärgern.

»Wenn mein Kollege herausfindet, dass Juliane und Max Gras anbauen und in welchen Mengen sie das tun, wandern sie wahrscheinlich in den Knast. Bewährung können sie dann wohl vergessen.« Hannah dachte daran, dass die beiden von etwa 80 Pflanzen gesprochen hatten. Dass diese Menge wirklich nur für den Eigenbedarf gedacht sein sollte, glaubte sie einfach nicht.

»Dann ist es halt so.«

Carl drehte sich weg von ihr auf die andere Seite, und Hannah spürte einen Stich. Er tat ihr leid, immerhin war Max sein Kind.

»Was hältst du davon, wenn wir nochmal mit Max über einen Entzug reden? Es gibt eine gute Klinik in der Nähe.«

Hannah schluckte. Eigentlich, dachte sie, sollte Carl auf solche Gedanken kommen, nicht sie.

»Ich fürchte, Max lässt sich nicht davon überzeugen.«

»Er verbaut sich sein Leben.« Hannah dachte an ihre Tochter Frida, das Vorzeigekind, und paradoxerweise bescherte ihr der Erfolg ihrer Tochter gegenüber Carl und Max unangenehme Gefühle, beinahe schämte sie sich dafür, denn Fridas außergewöhnliche Leistungen stellten Max umso mehr in den Schatten. Sie hatte am Nachmittag bei ihr angerufen und stolz mitgeteilt, dass sie bei der Kuratierung einer Warhol-Ausstellung mithelfen dürfe, was einer Auszeichnung durch den Museumsdirektor gleichkam. Hannah seufzte. Diese Neuigkeit würde sie wohl besser für sich behalten. Vorsichtig griff sie nach Carls Hand, und plötzlich überkam sie das Gefühl, dass er auf die Geste gewartet hatte. Einen Moment streichelte sie seine Finger, dann richtete sie sich auf und sah Carl in der Dunkelheit an: »Hör zu: Ich weiß, was zu tun ist, um wenigstens den Knast abzuwenden.«

Carl richtete sich erwartungsvoll auf: »Ja?«

»Die Marihuana-Pflanzen müssen vernichtet werden. Am besten sofort. Wir helfen beim Ausgraben mit, und morgen gibt es ein Freudenfeuer.«

Carl starrte Hannah in der Dunkelheit ungläubig an. Dann küsste er sie auf den Mund und die Stirn und die Hände, und kurz darauf sprang er aus dem Bett. Und Hannah durchströmte das warme Gefühl, gerade etwas richtig gemacht zu haben.

*

Die Sonnenstrahlen auf der Terrasse vor der Küche stimmten Hannah froh. Sie riefen in ihr genau den Funken Leichtigkeit hervor, den es brauchte, um ihre Gedanken an Professor Meyers und Doktor Lück wenigstens für eine kleine Weile beiseitezuschieben, und damit auch die Autofahrt nach Köln ins Kommissariat etwas hinauszuzögern.

Sie gönnte sich jetzt einfach einmal eine Pause, und sie spürte, dass sie sie nötig hatte.

Erschöpft, doch zufrieden ließ sie sich auf die Bank hinterm Küchentisch sinken und ließ ihren Blick über die Terrasse und die davor gelegenen Weiden schweifen. Drei von Carls Stuten standen schon draußen und grasten. Er hatte sie eben aus dem Stall geholt, und nun hantierte er an der Kaffeemaschine. Vom französischen Bäcker, den die Liebe zu einem schönen Eifelmädchen in dasselbe Dorf verschlagen hatte, in dem Julianes Großmutter lebte, hatten sie auf dem Rückweg Croissants und frisches Baguette mitgebracht, und jetzt reckte Hannah ihre Nase in die Luft und sog wohlig den Duft von frischem Backwerk und heißem Kaffee ein, der sich aufs Vortrefflichste miteinander vermischte. Die Knochen taten ihr vom nächtlichen Graben weh, doch sie nahm es als gutes Omen.

Max und Juliane hatten, ohne zu protestieren, im Licht von Baulampen, die Carl in der Nacht in seinem Werkzeugschuppen ausfindig gemacht hatte, sämtliche Marihuana-Pflanzen auf dem Grundstück von Julianes Großmutter ausgegraben. Carl und sie hatten mitgeholfen, und als der Horizont sich gegen Morgen hell färbte, waren sie fertig gewesen. Julianes Großmutter hatte von alldem nichts mitbekommen, sie hatte tief und fest geschlafen. Da das Grundstück am Ortsrand lag, war nicht zu befürchten gewesen, dass irgendeiner der Nachbarn etwas mitbekam, und nun war die Mission erfüllt. Im Laufe des Tages würde der Stapel mit den Pflanzen brennen.

»Wann holst du den Hengst?«, fragte Hannah, als Carl den Kaffee vor sie hinstellte und zwei Frühstücksteller auf dem Tisch platzierte.

»Oh, du fragst?«, zwinkerte er erstaunt.

»Natürlich«, sagte sie und war froh, dass es ihr noch eingefallen war.

»Nächste Woche«, antwortete Carl und erklärte: »Er kommt direkt zu Pippa auf die Weide.«

Hannah nickte. Pippa, eine fünfjährige *Ägidienberger*-Stute, sollte zusammen mit dem Hengst für Nachwuchs sorgen.

»Wie heißt er?«

»Frido.«

»Schöner Name.« Hannah biss zufrieden in ihr Croissant und griff nach dem Honigglas. Wenn sie schon sündigte und anstatt Haferflocken oder Roggenvollkornbrot fettige Croissants aus Weißmehl aß, dann konnte ein wenig Honig auch nicht mehr schaden.

»Dann hoffe ich, dass wir bald ein Fohlen haben werden«, sagte sie, und in diesem Moment spürte sie den überaus heftigen Wunsch danach, einem Jungtier dabei zuzusehen, wie es über die Weide sprang, und einfach nur in der Eifelidylle aufzugehen. Die ständige Beschäftigung mit Mord und den Gesichtern und Körpern von Toten verlangte nach einem Gegengewicht, mal mehr, mal weniger, doch sie spürte, dass es bald wieder soweit war und ihre Seele schöne Bilder brauchte, um wieder mehr auch die andere Hannah zu sein, nicht nur die Kommissarin.

»Natürlich klappt das.« Carl nahm einen Schluck von seinem Kaffee und sah Hannah über den Becherrand hinweg an. »Übrigens, danke für deinen Einfall mit den Pflanzen.«

»Schon okay«, lächelte Hannah und schenkte noch etwas Kaffee ein. Ein paar Sonnenstrahlen fielen auf Carls Hand, und sie strich sanft darüber und hielt sie einen Moment fest. Sie dachte daran, wie Max und Juliane sie eben erst am Treppenaufgang umarmt hatten, bevor sie hundemüde zu Bett gegangen waren, und dass sie die Warmherzigkeit und Dankbarkeit, die in der Umarmung gelegen hatte, noch immer spüren konnte.

»Legst du dich auch gleich schlafen?« Hannah sah Carl liebevoll an und dachte, dass ihr nicht mehr viel Zeit blieb, bis sie sich auf den Weg machen musste.

Carl schüttelte den Kopf. »Ich werde an der Vergrößerung des Paddocks arbeiten. Außerdem hat Frau Schöngeist mich darum gebeten, ein Loch in ihrer Hauswand zu kitten.«

»Wenn sie dich nicht hatte …« Hannah erhob sich. »Wir telefonieren.« Sie gab Carl einen Kuss, suchte ihren kleinen Rucksack und die Autoschlüssel, und kurz darauf saß sie im Auto und gab Gas.

✳

Hannah war keine Raserin, doch sie fuhr zügig in ihrem betagten SUV über die Autobahn, und dank ihrer Verspätung genoss sie die staufreie Fahrt unter blauem Himmel. Hin und wieder warf sie einen Blick auf die jungen Bäume, die an der Autobahnböschung etwa im Abstand von einem Kilometer angepflanzt und beschriftet worden waren. Die Worte ULME, ESPE, EICHE, BUCHE flogen an ihr vorbei, und bevor das nächste vor ihren Augen auftauchte, klingelte ihr Handy. Es war Sven.

»Wenn du mich um kurz vor 9.30 Uhr anrufst und nicht darauf wartest, bis ich im Büro bin, muss es etwas Wichtiges sein!«, lachte sie und sagte gut gelaunt: »Guten Morgen!«

»Morgen. Ich habe Neuigkeiten!« Svens Stimme klang anders als sonst, irgendwie gepresst.

Plötzlich knisterte es in der Leitung. Hannah stemmte verärgert die Hände aufs Lenkrad und fluchte leise, doch kurz darauf war der Empfang wieder gut, und sie hörte Sven sagen: »Lück hat auf der Grundlage von Meyers' geologischem Wissen in Mineralogie Top-Algorithmen entwickelt, so genannte smarte Algorithmen, mit denen die Daten, die die Explorationsroboter aus Schweden geliefert haben, auf neuartige Weise zueinander in Relation gesetzt worden sind.«

»Was heißt das?«

»Er hat sowas wie eine Formel gefunden, wie sich Meyers' Daten so kombinieren lassen, dass daraus quasi Schatzkarten für Dysprosium-Funde werden. In Lücks Rechnern gibt es Hinweise auf diese Algorithmen. Der wohl alles entscheidende Algorithmus selbst fehlt jedoch.«

»Was?« Hannahs Augen weiteten sich, und sie stellte erschrocken fest, dass sie viel zu dicht auf den Wagen vor ihr aufgefahren war. Sofort nahm sie den Fuß vom Gas.

»Ja, er fehlt.«

Hannahs Gedanken wirbelten durcheinander. War der Mörder im Besitz aller Algorithmen? Hatte er sie geklaut? Lag hier das Motiv für die Morde? Oder befanden sie sich an sicherer Stelle irgendwo im geologischen Institut?

»Vielleicht haben unsere EDV-Experten irgendetwas übersehen«, sagte Sven in ihre Gedanken hinein. Sie checken alles nochmal durch.«

»Geh besser davon aus, dass wir noch mehr Rechner aus dem *Institut für Angewandte Geologie* beschlagnahmen müssen. Sprich schon mal mit der Staatsanwältin, ja?«, sagte Hannah.

»Mache ich sofort, aber hör noch einmal zu. Die Roboter waren mit sogenannten Hyperspektralsensoren ausgerüstet«, erklärte Sven. »Durch die mathematische Beschreibung von Form, Position im Wellenlängenbereich der elektromagnetischen Strahlung und ihrer Intensität konnten sie das Dysprosium im Gebiet von etwa 100 Quadratkilometern rund um Jönköping in tieferen Erdschichten als bisher lokalisieren.«

»Es scheint ein Hammer zu sein, was die beiden da entwickelt und entdeckt haben«, sagte Hannah und lenkte den Wagen auf einen Parkplatz, um sich in Ruhe auf das Gespräch mit Sven konzentrieren zu können. Sie parkte in einer Bucht vor einer verlassenen Sitzgruppe und sagte:

»Die beiden haben also einen Weg gefunden, Dysprosium dort zu orten, wo man bisher nie eine Chance dazu gehabt hätte.

Kein Wunder, dass das Interesse weckt. Aber wieso wusste jemand außerhalb des Instituts davon?«

Sven überlegte einen Moment. »Keine Ahnung. Und wieso kamen die beiden ausgerechnet auf Schweden?«

Hannah fiel ein Artikel ein, den sie erst kürzlich gelesen hatte. »In der Gegend von Norra Kärr gibt es Seltene Erden. Auch *Heavies*, Schwere Seltene Erden wie Dysprosium. Allerdings glaubte man bisher, es sei zu wenig, um mit einer teuren Förderung zu beginnen.«

»Noch etwas. Der Einsatz der Roboter wurde als Kooperationsprojekt zwischen dem *Institut für Angewandte Geowissenschaften* in Deutschland und dem schwedischen *Institut für Sensorsysteme* abgestimmt. Eine groß angelegte Probebohrung befindet sich aktuell im Genehmigungsverfahren, wann es abgeschlossen sein wird, ist noch offen.« Sven machte eine kurze Pause, bevor er weitersprach: »Auch eine deutsche technische Universität ist mit im Boot. Sie entwickeln ebenfalls Sensorsysteme für Explorationsroboter.«

Hannah holte tief Luft. »Endlich kommen wir voran.« Sie spürte eine fiebrige Erregung.

»Ruf sofort Kiesling an und schick ihm eine Mail. Er soll den nächstbesten Rückflug buchen. Und sich direkt nach der Landung bei uns melden.«

»Wird erledigt. Ich bin gespannt darauf, wie er erklären will, warum er uns all das verschwiegen hat«, sagte Sven.

»Er findet sicher Gründe, aber gespannt bin ich auch.«

Sie startete den Wagen, sah in den Rückspiegel und fädelte sich auf die Autobahnzufahrt ein. Es gab viel zu tun.

✻

Gegen Abend saß Hannah immer noch vor ihrem Schreibtisch, starrte abwechselnd auf den Bildschirm ihres Computers und auf den Stapel von Papieren, der auf dem Tisch lag. Sie war es immer noch gewohnt, handschriftliche Anmerkungen zu verfassen, konnte sie allerdings dann selbst manchmal nicht mehr entziffern. Vor allem wenn sie so müde war wie heute, ihre Augen brannten vor Trockenheit. Sie öffnete die Schublade ihres Schreibtischs, zog ein kleines Fläschchen daraus hervor, legte den Kopf in den Nacken und tropfte in beide Augen etwas Flüssigkeit.

Dysprosium also war der Schlüssel zu den Morden, doch worin bestand das Motiv?

Stundenlange Internetrecherche zum Thema Dysprosium lag hinter ihr und Sven, und nun klopfte er an, um die Ergebnisse zu besprechen.

Hannah lehnte sich zurück. »Ich habe herausgefunden, dass Dysprosium für die Temperaturbeständigkeit der sogenannten Neodym-Eisen-Bor-Magnete in Elektromotoren *der* entscheidende Bestandteil zu sein scheint«, sagte sie. »Kurz: Dysprosium ist extrem begehrt, weil daraus stärkste Magnete hergestellt werden können. Mit Blei legiert, finden sie als Abschirmmaterial in Kernreaktoren Verwendung, aber auch in Permanentmagneten, wie sie etwa in den Generatoren mancher Windkraftanlagetypen oder eben auch in den Motoren von Elektroautos eingesetzt werden.«

Sven kratzte sich am Kopf.

»Dysprosium ermöglicht es, dass Magnete auch bei Temperaturen über 80 Grad Celsius noch funktionieren.«

»Aha.«

»Zudem verringern sie die Korrosionsgeschwindigkeit«, erklärte Hannah und suchte in ihrem Papierstapel nach einem bestimmten Blatt. Als sie es gefunden hatte, nahm sie es zur Hand, überflog den Inhalt und resümierte: »Aber keiner spricht darüber.

Beispiel Automobilindustrie: Bislang konzentrieren sich viele Autokonzerne bei der Produktion von E-Autos noch auf das Thema Batterierohstoffe, doch Dysprosium wird immer wichtiger, denn starke Permanentmagnete sind genauso wichtig wie die Batterien.« Sie sah auf, rieb sich die Augen und dachte daran, dass sie endlich zum Augenarzt gehen sollte, vermutlich war sie eine Kandidatin für eine Gleitsichtbrille.

»Aus all dem, was ich recherchiert habe, geht hervor, dass es weltweit nicht genug Dysprosium gibt, um den Bedarf zu decken«, sagte Sven. »Zumindest nicht außerhalb von China.«

Seine Augen glänzten, und auf seinem Gesicht erschien ein Leuchten, das Hannah von ihrer Tochter kannte, wenn sie im Begriff war, einen komplizierten Sachverhalt zu verstehen und weiterzudenken.

»Was wiederum bedeutet, dass die Entdeckung größerer Vorkommen an Dysprosium die chinesische Vormachtstellung weltweit schwächen könnte«, sagte Hannah.

Sven sog hörbar Luft durch die Zähne und starrte sie an.

Sie schlüpfte unter dem Schreibtisch aus ihren Mokassins und bewegte die Zehen. Sie erhoffte sich davon, dass die Bewegung sich bis zum Kopf hin fortsetzte und auch ihren Geist lockerte.

»Zurzeit steuern die Chinesen den weltweiten Markt für Windkraftanlagen und E-Mobilität«, sagte Hannah und überlegte weiter: »Womit sie letztendlich auch Einfluss auf das Voranschreiten oder die Verlangsamung des Klimawandels haben. Je nachdem, wie viel Dysprosium sie auf den Markt bringen und zu welchem Preis, steuern sie in gewisser Weise die Erreichbarkeit der von der Politik weltweit formulierten Klimaziele.« Sie starrte Sven an, denn die Tragweite dieser Tatsache wurde ihr immer deutlicher bewusst.

»Unfassbar …«, sagte Sven.

»Ja, unfassbar. Und darüber spricht kaum jemand.«

»Warum?«

Hannah lehnte sich zurück. »Es sind unbequeme Wahrheiten. Politiker wollen gewählt werden. Ob einmal definierte Klimaziele realistisch sind oder nicht, wird erst mal hintangestellt. In der Öffentlichkeit macht es sich doch gut, ehrgeizige Klimaziele zu formulieren. Es bringt Wählerstimmen.«

Hannah und Sven sahen sich eine Weile an, und schließlich sagte Sven: »Was ist mit den E-Autos? Die Politiker tun so, als seien ihre Vorgaben für E-Mobilität problemlos machbar.«

Hannah nickte. »Genau, doch das stimmt nur bedingt. Und deswegen loben die Regierungen auch so viele Forschungsgelder für die Entwicklung neuer Technologien aus. Wissenschaftler sollen auf Hochdruck daran arbeiten. Aus diesem Grund besaßen auch Meyers und Lück genügend finanzielle Mittel. Die Länder in Europa, wie fast überall in der Welt, suchen verzweifelt nach Wegen aus der chinesischen Abhängigkeit, aber ob und wann es gelingt, ist völlig unklar.«

Sven kniff die Augen zusammen, und nach einer Weile fragte er:

»Darf ich?« Er deutete auf die Äpfel auf ihrem Tisch, die sie am Morgen von zu Hause mitgebracht hatte.

Hannah nickte.

Sven griff sich einen Apfel und biss hinein.

»Wenn die Chinesen ihre Marktmacht weiter ausweiten wollen, wird es nicht lange dauern, und sie produzieren beispielsweise die Elektroautos für die großen Automobilhersteller weltweit gleich selbst in ihrem Land, oder?«, fragte Sven.

»Vermutlich.« Hannah biss jetzt auch in einen Apfel und wischte sich übers Gesicht, denn ein Spritzer Saft von Sven hatte sie getroffen. Er steckte sich gerade das Gehäuse in den Mund.

»Bitte halte mich nicht für blöd, aber ich muss es nochmal zusammenfassen, weil es so unwahrscheinlich klingt: Die Chinesen haben, so wie es aussieht, unmittelbaren Einfluss darauf, ob die politischen Ziele für E-Mobilität in Europa und Amerika, in Asien oder wo auch immer auf der Welt erreicht werden oder nicht?«

»Ja. Es scheint genauso zu sein.«

Sven warf den Stiel des Apfels in hohem Bogen über Hannahs Schreibtisch hinweg in den Papierkorb und erhob sich. »Mir schwirrt der Kopf. Stört es dich, wenn ich mal einen ordentlichen Schwall Luft ins Zimmer lasse?«

»Im Gegenteil.«

Mit der Luft wehte auch ein süßlicher Duft ins Zimmer, und Hannah überlegte, ob es Weißdorn war, der so roch. In diesem Moment spürte sie ihre Müdigkeit in den Gliedern mit bleierner Schwere, die Augen fielen ihr beinahe zu. Von unten drangen die Stimmen von zwei Männern ins Zimmer, die um einen Parkplatz stritten.

Sven verdrehte die Augen, und dann lehnte er sich aus dem Fenster und schrie: »Ruhe da unten!«

Hannah lächelte. Irgendwie musste er wohl Dampf ablassen.

Tatsächlich verstummten die Stimmen. »Was macht der Sauerbraten?«, fragte sie.

»Liegt in Buttermilch und wartet nur noch darauf, in den Ofen geschoben zu werden.«

»Zieh dir was Schickes, Dunkles an, wenn sie zum Essen kommt«, sagte sie und deutete auf sein Oberhemd. »Nicht so was …« Sven war heute in einem mit Palmen und Ananas bedruckten Shirt erschienen, und sie haderte bereits den ganzen Tag damit. »Glaube mir, es ist besser so«, sagte sie und lächelte wissend.

Sven grinste.

»Zurück zum Thema«, sagte Hannah. »Meyers und Lück haben also eine wichtige Entdeckung über große, bislang ungeahnte Dysprosium-Vorkommen in Schweden gemacht. Doch wie man letztendlich an das Metall herankommt, weiß außer den Chinesen bislang keiner so genau. Es scheint eine äußerst komplexe und hochkomplizierte Verfahrensweise zu sein.«

Sie massierte sich die Stirn. »Dysprosium kommt immer im Verbund mit Lanthanoiden vor, und bei der Abtrennung fällt radioaktiver Abfall an. Er muss sicher gelagert werden, ganz zu schweigen von dem, was bei der Trennung in die Luft entweicht oder sich unbemerkt irgendwo ablagert.«

Sven betrachtete sie sorgenvoll. »Was sind Lanthanoide?«

»Cer, Praseodym, Erbium …«

Er winkte ab. »Okay, das reicht. Die Chinesen sollen den Dreck mal schön bei sich behalten.«

»Siehst du, es ist paradox. Einerseits suchen wir danach, andererseits haben wir keine Ahnung von funktionierenden Trennverfahren, und den radioaktiven Dreck wollen wir auch nicht haben.«

Sven holte tief Luft und lehnte sich mit dem Rücken

gegen das Fensterbrett. »Meinst du, die Chinesen haben Meyers und Lück umgebracht?«

»Ich halte es für vorstellbar«, sagte Hannah. »Sie hätten ein starkes Motiv. Aber noch haben wir keine stichhaltigen Indizien oder Beweise in der Richtung. Die Schweden hingegen hätten überhaupt kein Motiv, die Forscher umzubringen. Sie würden an der Förderung von Dysprosium nur ordentlich verdienen.« Hannah sah plötzlich Max vor sich, und sie hörte seine Verschwörungstheorien, und kurz darauf hörte sie sich, wie sie ihn zurechtwies, und sie verspürte im selben Moment ein ungeheuer schlechtes Gewissen.

»Das wäre dann wohl eine Nummer zu groß für uns«, sagte Sven.

»Wieso?« Hannah war zu allem bereit, und ihre Stimme klang kampflustig. Sie fürchtete sich in diesem Moment vor gar nichts, im Gegenteil. Der Kampf von David gegen Goliath hatte sie schon beeindruckt, als sie noch ein kleines Mädchen gewesen war. Der riesengroße, unbesiegbar scheinende Feind schüchterte sie nicht ein, sondern er lockte sie erst recht auf den Plan. Sie war felsenfest davon überzeugt, dass sie ihn wie David mit den ihr zur Verfügung stehenden Waffen schlagen würde, und immerhin verfügte sie über mehr als nur über eine Steinschleuder.

»Nur so«, sagte Sven vage und blickte an ihr vorbei auf die Wand, an der es nichts zu sehen gab außer Weiß.

»Wo bleibt eigentlich die Auswertung von Meyers' und Lücks Diensthandys?«, fragte sie.

»Sie ist inzwischen da. Viele internationale Nummern, unter anderem aus Schweden, Großbritannien, Australien, USA, Malaysia, China, und selbst Japan ist vertreten. Die beiden standen international in Kontakt zu diversen Instituten. Ich lasse gerade die dahinterstehenden Namen und Institute recherchieren«, sagte Sven.

Hannah beugte sich vor, und ihre Augen blitzten, als sie sagte: »Also China. Das wird nicht leicht.«

PEKING, VOLKSREPUBLIK CHINA

Es war 3.30 Uhr am frühen Morgen, und Sun Yi drehte sich schwerfällig auf die andere Seite. Die Matratze, auf der er lag, war hart, doch er liebte ihre Unnachgiebigkeit. Sie war wie eine Metapher, die ihm zu denken gab. Letztendlich stand sie als Sinnbild für sein Ziel, einen noch unnachgiebigeren Geist zu entwickeln, als er ihn eh schon besaß, einen Geist, der alles, was auf ihm lastete, geduldig aushielt. Wie seine Matratze.

Das schien ihm momentan umso wichtiger, je mehr er wegen der Mine unter Druck geriet.

Ihm graute bei der Vorstellung, heute in die Provinzhauptstadt von Jiangxi reisen zu müssen. Nicht nur, weil der Gedanke an die Arbeiterproteste vor Ort ihm unruhige Nächte bescherte, sondern auch weil das Datum äußerst ungünstig war. Auf dem Kalenderblatt stand eine Vier, sie hatten den 4. Juli, und so sehr er sich auch darum bemüht hatte, den Flug zu verschieben, war es nicht machbar gewesen. Die Vier brachte Unglück, das war allgemein bekannt. »Si …«, leise flüsterte er erst das eine, dann das andere Wort vor sich hin. »Si …« Das Wort Vier klang beinahe genauso wie das Wort für Tod.

Wu, hochrangiges Mitglied im 25-köpfigen Politbüro der kommunistischen Partei und damit dem zweithöchsten Gremium in China, war nur heute dort vor Ort, und da er Sun Yi treffen und mit ihm sprechen wollte, musste er sich auf den Weg machen, egal wie schlecht das Omen war.

Sun Yi hoffte, dass er noch einmal einschlafen würde,

doch es gelang ihm nicht. Immerhin ließ es sich schlaflos im Bett besser aushalten als barfuß im feuchten Gras des *Tiantan Parks*, dem *Park des Himmelstempels*, um dort Qi Gong-Übungen zu praktizieren. Kurz hatte er in Erwägung gezogen aufzustehen und die frühe Stunde für Qi Gong zu nutzen, den Gedanken jedoch schnell wieder verworfen, weil es im Bett zu gemütlich war. Außerdem war es noch dunkel draußen.

Seit er unter Herzrhythmusstörungen und Diabetes litt, riet sein Arzt ihm immer wieder zu diesen Übungen. Sie könnten dazu beitragen, seinen Körper und Geist und vor allem sein Qi, die Lebensenergie, in einem ausgeglichenen Fluss halten, sagte er, und so bemühte sich Sun Yi nach bestem Wissen und Gewissen darum, gegen 5 Uhr morgens aus dem Bett zu kommen und zum etwa 15 Fahrrad-Minuten entfernt gelegenen Park zu radeln, um sich dort einzureihen in die Hundertschar meist älterer Chinesen, die wie sein Arzt an die wohltuende Wirkung der bizarren Arm- und Beinbewegungen des Qi Gong glaubten. Doch es gelang ihm an maximal drei Tagen in der Woche, die Wärme des Betts gegen die Kühle des Morgens einzutauschen.

Er strich die dünne Bettdecke glatt und schmiegte den Kopf ins Kissen. Nein, er würde nicht aufstehen, entschied er endgültig. Die Qi Gong-Übungen würden ihm gewiss nicht dabei helfen, heute in Jiangxi eine gute Figur zu machen. Außerdem hatte er sich nach westlichem Vorbild angewöhnt, in aller Ruhe zu frühstücken und die Zeitung zu lesen, und dieses Vergnügen wollte er sich erst recht an einem so schwierigen Tag wie diesem gönnen.

Sun Yi überlegte, ob noch genug Sojamilch im Kühlschrank war. Im Winter trank er sie heiß, im Sommer kalt, und dazu aß er *Baozi*, gedämpfte chinesische Hefeklöße, die er in der Garküche der alten Frau unten auf der Straße kaufte. Er brauchte nur ein paar Stufen durchs Treppenhaus runter auf die Straße zu laufen, ihr Stand befand sich direkt vorm Haus. Die *Baozi* aß er dann in aller Ruhe oben in seiner Wohnung. Anschließend kochte er sich mit seiner italienischen Maschine einen doppelten Espresso und knabberte dazu drei große Stangen geröstete, karamellisierte Erdnüsse.

Sun Yi seufzte leicht. Er lag jetzt mit offenen Augen im Bett und betrachtete das Bronzepferd, das er ins Wandregal neben seine Bücher gestellt hatte. Das Pferd symbolisierte Erfolg, doch Sun Yi war inzwischen misstrauisch geworden. Wenn er es recht überlegte, war er sicher, dass Zhang San es ihm mit einem Hintergedanken geschenkt hatte.

Er war doch längst erfolgreich. Wozu brauchte er da noch ein Pferd?

Wollte Zhang San ihm damit vielleicht zu verstehen geben, dass er darauf achten sollte, seinen beruflichen Erfolg in Jiangxi nicht aufs Spiel zu setzen?

Plötzlich fiel Sun Yi das Atmen schwer. Diese Mine lag ihm im Magen. Die Interessen seines Landes an der Förderung der dort lagernden *Heavies*, der schweren Seltenen Erden, die Skrupellosigkeit, mit der die wirtschaftlichen Ziele über das Wohlergehen der Arbeiter gestellt wurden, schürten zunehmend seine Zweifel an den Praktiken der Partei.

Die Leute, die dort schuften, tun mir ehrlich leid, dachte er, und der Zwiespalt zwischen dem, was die Partei von ihm erwartete, und dem, was sein Gewissen ihm zu tun riet, konnte größer nicht sein.

Er nahm sich vor, nach seiner Rückkehr aus Jiangxi

umgehend den buddhistischen Tempel im Nachbarviertel aufzusuchen und dort ein Orakel zu werfen. Vielleicht würde ihm die zufällige Anordnung der Holzstäbchen auf dem Boden verraten, was zu tun war.

Sun Yis Blick wanderte immer wieder zum Bronzepferd, und auf einmal konnte er seinen Anblick nicht mehr ertragen. Trotzig dachte er, dass das Pferd seinen Stolz beleidigte, und so schwang er sich aus dem Bett und transportierte es zum Schrank, wo er es in der hintersten Ecke verstaute. Je länger er über das Pferd und Zhang San nachdachte, desto weniger verspürte er Lust auf weitere Begegnungen mit seinem Kollegen. Seit dem letzten gemeinsamen Mittagessen erschien er ihm von Tag zu Tag undurchsichtiger.

Überhaupt, was hat Zhang San mit den Toden der zwei deutschen Wissenschaftler zu schaffen?, fragte sich Sun Yi, als er wieder im Bett lag, und die Überlegung quälte ihn. Er warf die Bettdecke beiseite. Beim Gedanken daran, dass die deutschen Wissenschaftler ermordet worden waren, wurde ihm ganz heiß.

Warum hatte Zhang San früher davon gewusst als er?

Sun Yi strampelte ein wenig mit den Beinen, um sich Luft zu verschaffen, und dann verharrte er reglos in Rückenlage. Wenn Zhang San wusste, dass sie ermordet worden waren, wusste er selbstverständlich auch, dass Sun Yi mit ihnen zu tun gehabt hatte, dabei sollte eigentlich auf Wus Anordnung hin niemand davon erfahren.

War Zhang ein Spitzel im eigenen Haus? Sun Yi stöhnte leicht. War er etwa scharf auf seinen Posten? Sun Yi wurde auf jeden Fall besser bezahlt.

Der Gedanke, dass seine Bemühungen, den deutschen Wissenschaftlern ihre Forschungsergebnisse abzukaufen, ins Leere gelaufen waren, quälte ihn. Er hatte versagt, das musste er sich eingestehen. Wu hatte ihm mit einer Versetzung in die Provinz gedroht, und noch war nicht endgültig entschieden, ob er aus Peking abgezogen wurde oder nicht. Die Wissenschaftler waren tot, und Sun Yi fühlte sich außerstande einzuordnen, ob dies eine gute oder vielleicht eine schlechte Nachricht war.

Voller Unruhe setzte er sich auf und spürte die kalte Wand in seinem Rücken. Im ersten Moment fühlte es sich unangenehm an, doch Sun Yi tröstete sich damit, dass die Kühle sein Denken schärfte.

Inzwischen überlegte er wohl zum 100. Mal, wer die Deutschen umgebracht hatte. Vielleicht sollte er Zhang San einfach danach fragen. Obwohl … Zhang schien sich zunehmend auf die Seite seines Vorgesetzten und des Politbüros zu schlagen, und es war wahrscheinlich besser, einfach den Mund zu halten.

Sun Yi schüttelte sich, denn er sah Zhang Sans aalglattes Lächeln vor sich, und in dieser grauen Morgenstunde schien es ihm zunehmend gefährlich. Er nahm sich vor, ihm demnächst sicherheitshalber bei der Abstimmung von Pressetexten fürs In- und Ausland nicht zu widersprechen, sondern zu allem Ja zu sagen.

Sun Yi wuchtete sich aus dem Bett, schlurfte in die Küche, öffnete den Kühlschrank und fand, was er suchte. Die Packung mit den karamellisierten Erdnussstangen sprang ihm geradezu in die Augen. Zufrieden griff er danach, doch bevor er zurück ins Bett wankte, bemerkte er, dass er pinkeln musste, und so schlurfte er ins Bad und pisste in einem großen, andauernden Schwall ins Toilettenbecken. Anschließend schlappte er ins Schlafzimmer und ließ sich erleichtert auf seine Matratze fallen.

Die klebrig-süßen Nüsse schmeckten herrlich, auch ohne Espresso dazu. Während er sie mit seinen Zähnen zerbiss, fragte er sich, was der Tod der deutschen Wissenschaftler für ihn zu bedeuten hatte. Wie sollten sie jetzt noch an die Forschungsergebnisse kommen?

Plötzlich raubte Sun Yi der Gedanke, dass er in die Provinz versetzt werden konnte und dort irgendeine Kadertätigkeit ohne jegliche Entscheidungsgewalt auf Kommunalebene ausführen musste, vor Angst den Atem.

Er pulte nervös mit der Zunge ein Restchen Nuss aus seinem Backenzahn und fragte sich, was er falsch gemacht hatte. War er nicht überzeugend genug gewesen? Hatte er ihnen nicht genug Geld geboten? Er schüttelte den Kopf. Nein, die deutschen Wissenschaftler waren einfach nur zwei durch und durch integre kapitalistische Patrioten gewesen.

Plötzlich musste er kichern. Ja, das gab's. Auch im Westen starben sie für ihr Land und ihre Überzeugungen.

Er warf einen Blick auf die Uhr. Um 7.45 Uhr ging das Flugzeug in die Provinzhauptstadt von Jiangxi, und von dort waren es noch einmal knapp zwei Stunden Autofahrt bis ins Dorf, wo sich die Mine befand. Als hoher Funktionär würde ihn am Flughafen ein Fahrer erwarten, und vermutlich würden sie gegen 13 Uhr auf dem Minengelände eintreffen.

Sun Yi erhob sich missmutig aus dem Bett, um seinen Koffer zu packen, und als er zwei Hemden aus dem Schrank nahm, fiel sein Blick auf das Bronzepferd in der hintersten Ecke. Er versuchte, es zu ignorieren, doch auf seltsame Weise zog es ihn magisch an, und nachdem er Hemden, Hosen und Socken sorgfältig in den Koffer geschichtet hatte, ging er zurück zum Schrank, nahm das schwere Pferd in beide Hände und legte es obenauf neben eine Packung mit Erdnussstangen.

Wahrscheinlich werde ich wegen des Übergepäcks am Flughafen ein paar Yuan zahlen müssen, dachte er, doch er beließ es im Koffer. Sicher war sicher, es konnte nicht schaden, das Pferd als Hüter seines Erfolgs auf dieser prekären Reise dabei zu haben.

PROVINZ JIANGXI,
VOLKSREPUBLIK CHINA

Am Flughafen der Fünfmillionenstadt Nanchang herrschte Gedränge. Sun Yi, seinen Koffer in der Hand, blickte sich vorm Flughafengebäude eine ganze Weile vergeblich nach seinem Fahrer um, bis er schließlich auf seinem Handy die Nachricht entdeckte, dass der Fahrer nicht kommen würde, weil es vor der Mine völlig unerwartet schon am frühen Morgen massive Protestkundgebungen gegeben hatte. Er solle sich einen Mietwagen nehmen, lautete die Anweisung von Wu.

Die Nachricht von den verfrühten Protesten fuhr Sun Yi in die Glieder, obwohl er insgeheim damit gerechnet hatte, dass er zu spät kommen würde, um das Schlimmste zu verhindern.

Sun Yi kämpfte sich zur Autovermietung durch und sah eine lange Menschenschlange, die davor wartete. Sein Magen knurrte, und er überlegte, ob er noch am Flughafen in einem der Schnellrestaurants ein Reisgericht essen sollte oder ob er durchhielt, bis er in der Mine war. Nach einem Blick auf die Zeitanzeige seines Handys entschied er, nirgendwo mehr einzukehren, sondern so schnell wie möglich zur Mine durchzustarten.

Er fuhr am Ufer des Ganjiang entlang und spürte mit jedem Kilometer, den er zurücklegte, Erleichterung darüber, die Wolkenkratzer und die heiß-stickige Luft in der Stadt hinter sich zu lassen. Die Schwüle hatte ihn beinahe zum Taumeln gebracht, als er seinen Wagen aufschloss, und er war dankbar für die Klimaanlage, die er sofort voll aufdrehte. Doch die Gedanken an alles, was ihn erwartete, belasteten ihn mit jedem Kilometer, der ihn der Mine näherbrachte, mehr.

Die Landschaft wurde zunehmend karg und bergig, und nach einer Stunde Fahrt konnte Sun Yi es vor Hunger nicht mehr aushalten. Er parkte den Wagen am Straßenrand und aß von den Erdnüssen. Dann fühlte er sich stark genug, seinen Weg fortzusetzen.

Erschrocken stellte er fest, dass Wu inzwischen mehrfach versucht hatte, ihn anzurufen. Sun Yi wählte seine Nummer, doch die Verbindung brach auch nach mehreren Versuchen jedes Mal ab.

Er fragte sich, was Wu wohl von ihm gewollt hatte, und ihm wurde immer unbehaglicher zumute.

Er blickte um sich auf die kargen, staubigen Hügel und überlegte, ob er den Arbeitern irgendwie helfen konnte, doch er wusste nicht, wie. Und plötzlich verspürte er den übermächtigen Wunsch, einfach umzukehren und nach Peking zurückzufahren, und sich dort irgendwo vor den Augen der Partei zu verstecken.

*

Das Tagebaugelände der Mine kam Sun Yi jedes Mal aufs Neue, wenn er es vor sich sah, vor wie eine große, klaffende Wunde. Und jedes Mal, wenn er auf das Gelände fuhr, hatte er den Eindruck, die Wunde sei noch ein Stück größer geworden, was in gewisser Weise auch stimmte. Denn die Quadratkilometerzahl des abgeräumten, ockerfarbenen Geländes nahm stetig zu.

Das Gelände wirkte heute jedoch wie ausgestorben. Die Förderkräne standen still, und auch auf den Förderbrücken war nichts im Fluss, nirgendwo konnte Sun Yi gewonnenes Fördergut entdecken, das auf Laufbändern transportiert wurde. Auch die Arbeiter waren wie vom Erdboden verschluckt.

Er hatte eine aufgebrachte Menschenmenge erwartet, doch soweit sein Auge reichte, war da niemand. Sun Yi ließ den Blick über das Gelände schweifen. Auf dem steinigen Boden entdeckte er Stofffetzen, hin und wieder eine Arbeiterjacke und ein paar Mützen. Plötzlich stutzte er, denn er sah immer wieder Blut, an manchen Stellen war der Boden dunkel verfärbt. Sun Yi schluckte. Zwischen den Arbeitern und der Polizei war es offensichtlich zu brutalen Auseinandersetzungen gekommen.

Im Schritttempo lenkte er den Wagen zu einem rechteckigen Gebäude aus schmucklosem Beton, in dem die Verwaltung untergebracht war, und als er seinen Wagen auf einem der dahinter liegenden Parkplätze abstellte, sah er dort mehrere Polizeiwagen.

Sun Yi öffnete den Wagenschlag, und sofort ergoss sich über ihm ein Schwall lauten Zirpens, was auf einem Gelände wie diesem äußerst ungewöhnlich und neu für Sun Yi war. Am hinteren Teil des Gebäudes entdeckte er drei große Käfige, die von Dachbalken herabhingen und vor weit geöffneten Fenstern leicht hin und her schaukelten, und im selben Moment wurde ihm klar, dass darin ein paar 100 Sing-Zikaden hocken mussten. Sie wurden hier ganz offensichtlich vom neuen Verwalter der Mine als Haustiere gehalten.

Sun Yi schirmte mit der Hand die Augen vor der gleißenden Sonne ab, sie blendete so stark, dass er fast nichts sehen konnte, und die subtropische Luft nahm ihm beinahe den Atem.

Er fühlte sich beobachtet. Er warf einen raschen Blick auf die Polizeiautos und bemerkte, dass die Männer der Sicherheits- und Staatspolizei zu ihm herüberstarrten. Einer der Polizisten stieg aus und erkundigte sich danach, ob er Sun Yi sei, und dann sagte er ihm, dass man ihn bereits erwarte, und geleitete ihn zur Eingangstür. Sie öffnete sich bereits, bevor sie diese erreicht hatten, und heraus trat Wu, gefolgt von Ling, dem Verwalter der Mine, und weiteren Mitgliedern der Sicherheitskräfte.

»Es gab keine andere Möglichkeit«, erklärte Wu nach einer kurzen Begrüßung mit einer Geste in Richtung der Blutflecken, und Ling nickte. »Wir haben den Protest im Keim erstickt.«

Sun Yi fuhr sich mit der Zunge über die Lippen. »Wie viele Arbeiter waren an dem Aufstand beteiligt?«, wollte er wissen.

»Etwa 1.000. 150 Personen wurden von uns festgenommen. Sie werden jetzt verhört. Die meisten von ihnen werden mit einer Anklage rechnen müssen«, sagte Wu, und Sun Yi glaubte, Triumph in seinen Zügen zu lesen.

»In einer Stunde laufen die Förderkräne wieder. Dann beginnt die nächste Schicht«, erklärte Ling.

»Und wo sind die anderen Arbeiter?«, fragte Sun Yi.

»Wir haben sie nach Hause geschickt«, sagte Wu und tauschte einen Blick mit Ling und dem Polizisten an ihrer Seite.

Der Polizist, reglos wie eine Statue, ergänzte: »Wer nicht zur nächsten Schicht erscheint, wird von uns zu Hause abgeholt und zum Tee eingeladen. Auch wer Protestaufrufe postet oder auf irgendwelchen Internetplattformen staatsfeindliche Kommentare oder sonstige Texte zu den heutigen Vorkommnissen einstellt.«

Sun Yi schwieg. Von der Polizei zum Tee eingeladen zu werden bedeutete, zum Verhör geladen zu werden.

Er dachte an die zahlreichen illegalen Betriebe, die hier im Süden tätig waren und ebenfalls Schwere Seltene Erden abbauten, und an die dort herrschenden, teils noch schwierigeren Arbeitsbedingungen. Auch dort war es in letzter Zeit zu Protesten gekommen.

In seinem Ministerium arbeiteten er und seine Abteilung an der Aufgabe, den Markt mit den schweren Seltenen Erden neu zu regulieren, was nicht so einfach war. Beinahe die Hälfte des weltweiten Angebots an Seltenen Erden stammte in China nicht aus staatlichen, sondern eben aus diesen illegalen privaten Betrieben. Er seufzte. Ein Geflecht aus Korruption und gut funktionierenden Handelswegen ins Ausland – ranghohe politische Kader, die mit an den illegalen Exporten verdienten – machten es Sun Yi und seiner Abteilung wahrlich nicht leicht.

Sun Yi beobachtete Wu, diesen mittelgroßen schlanken Kader in den 40ern, aus halb geschlossenen Lidern, und er fragte sich nicht zum ersten Mal, ob Wu nicht vielleicht zu denen gehörte, die abkassierten und ordentlich am illegalen Abbau der schweren Seltenen Erden verdienten. Kürzlich erst war ein Mitglied des Politbüros zu lebenslanger Haft verurteilt worden, weil es Bestechungsgelder in Höhe von etwa 20 Millionen Yuan aus dem Baugewerbe angenommen hatte. Warum sollte Ähnliches nicht auch beim Handel mit schweren Seltenen Erden vorkommen?

»Wie viele Verletzte hat es gegeben?«, erkundigte sich Sun Yi.

»Nicht viele«, kam der Polizist Wu und Ling zuvor. Seine Einheit hatte hinter seinem Rücken Stellung bezogen.

Sun Yi nickte und überlegte, was »nicht viele« bedeutete, es war ein dehnbarer Begriff. Das Blut, die Stofffetzen und Mützen und der aufgewühlte Boden sprachen für sich.

»Wie viele genau?«, insistierte er und bemerkte, wie Wu unwillig die Brauen runzelte und ihn aus schmalen Augen fixierte.

»Zehn«, sagte der Polizist.

Sun Yi überlegte, ob die Angabe stimmen konnte. Er wusste es nicht. Es konnten genauso gut 20 oder 30 oder mehr Verletzte sein. »Hätte der Protest nicht friedlich beendet werden können?«, wagte er sich vor.

»Nein«, erwiderte Wu streng. Sein Ton duldete keine Widerrede.

»Was haben die Arbeiter gefordert?«, fragte Sun Yi lächelnd, und er achtete darauf, dass seine Stimme weich und harmlos klang.

»Kürzere Arbeitszeiten und Anzüge, die besser gegen Radioaktivität schützen«, erklärte Ling. Neben Wu wirkte er schmächtig und unbedeutend, was an der Ausdruckslosigkeit seiner Gesichtszüge, seiner schlaffen Haltung und sicher auch an seinem kleinen Wuchs lag.

Sun Yi traute sich nicht, Wu darum zu bitten, endlich ins kühlere Gebäude zu gehen. Ihm war heiß, und der Gedanke an die giftigen Rückstände, die beim Abbau der schweren Seltenen Erden anfielen und die in künstlichen Teichen rund um die Abraumhalde gelagert und durch einen Damm gesichert wurden, führte dazu, dass das flaue Gefühl in seinem Magen sich wieder gemeldet hatte und sich nun zu einer handfesten Übelkeit auswuchs. Allein die Vorstellung, dass ein Dammbruch zur Freisetzung von

Thorium, Uran, Schwermetallen, Säuren und Fluoriden und damit zu nicht vorhersehbaren gesundheitlichen Schäden führen und auch zerstörerische Auswirkungen auf die Umwelt haben würde, ließ ihn auf einmal schwanken. Seine Kehle fühlte sich an wie ausgetrocknet, und instinktiv weitete er den Kragen seines Oberhemds. Die meisten Chinesen trugen so etwas inzwischen, die alte Einheitskleidung hatte längst ausgedient.

»Wenn wir die Arbeiter in dicke Schutzanzüge stecken würden, könnten sie nicht mehr arbeiten«, sagte Wu knapp und fügte mit starrer Miene hinzu: »Dann könnten wir sie gleich auf den Mars schicken.«

Sun Yi schwieg. Er bemühte sich darum, sich von seiner Übelkeit nichts anmerken zu lassen, doch als habe er seinen Zustand bemerkt, schlug Wu ihm plötzlich vor, ihm ins Innere des Gebäudes zu folgen. Den Polizisten und seine Einheit wies er an, draußen auf die Rückkehr der Arbeiter zu warten.

Im Zimmer, in das Wu ihn führte, lief eine Klimaanlage, und Sun Yi atmete auf. Ling kam Wus Anweisung nach, in seinem Büro aktuelle Unterlagen für Sun Yi vorzubereiten, Aufträge und Exportzahlen, Lohnabrechnungen, Krankmeldungen und die Betriebskostenabrechnung für den vergangenen Monat, und verschwand auf dem langen Flur.

Und dann war Sun Yi mit Wu allein. Dankbar nahm er gleich mehrere Schlucke von dem Tee, den Wu ihm aus einer mit Blüten von rotem Hibiskus bedruckten Thermoskanne einschenkte.

Wu ließ sich auf einen Stuhl fallen und bedeutete auch Sun Yi, sich zu setzen. »Bislang ist nichts Gravierendes passiert, es sind noch nie Schadstoffe entwichen«, versicherte er.

Sun Yi erwiderte nichts, er sah aus dem Fenster auf das karge Abraumgelände. In ihm stritten zwei Stimmen. Die eine, die ihn dazu drängte, dass er für die Forderungen der Arbeiter eintrat, und die andere, die ihm riet, sich zu seinem eigenen Wohl bedeckt zu halten.

»Du zweifelst doch nicht etwa daran?«, fragte Wu und betrachtete ihn aufmerksam.

»Nein.« Sun Yi schluckte. Was hätte er dazu auch sagen sollen? Bislang war tatsächlich noch nichts passiert, doch sie saßen auf einem Pulverfass, und die Arbeiter hier vor Ort lebten täglich mit der Gefahr. Sun Yi spürte, wie es ihm die Kehle zuschnürte, und er räusperte sich und sagte: »Wir haben hier in den letzten fünf Jahren eine Häufung an Schilddrüsenkrebs, Lymphomen, Leukämie festzustellen …«

»Ach was. Das hat völlig andere Ursachen. Einen eindeutigen Zusammenhang gibt es nicht«, wischte Wu seinen Einwand vom Tisch.

Etwas an der Art, wie Wu ihn betrachtete, gab Sun Yi das Gefühl, dass es besser war, jetzt zu schweigen. Es geht ausschließlich um Geld, dachte er. Das Wohl der Arbeiter ist Wu und auch Ling völlig egal. An seinem Schreibtisch in Peking bekam er von dem Elend hier, dem Himmel sei Dank, nicht viel mit.

»Wir können uns keine Probleme mit der Mine erlauben«, bekräftigte Wu und fügte drohend hinzu: »Und auch nicht mit Verantwortlichen wie dir.«

Sun Yi schluckte.

»Ich muss mich auf dich verlassen können.« Wu schwieg einen Moment und sah Sun Yi ernst, doch seltsamerweise auf einmal beinahe freundlich an, als habe er einen Schalter umgelegt. »Kann ich das denn?«, fragte er lächelnd.

Sun Yi dachte an die kürzlich von Wu ausgesprochene Drohung, ihn in irgendein Dorf in die Provinz zu versetzen, und starrte auf den Grund seiner Teetasse, als sei dort die Antwort zu finden.

»Sun Yi?«

»Ja?« Sun Yi blickte auf.

»Ich werde dir wegen der deutschen Wissenschaftler keine Steine in den Weg legen, sie sind tot, und das ist gut so, damit hat sich das Problem erst mal erledigt«, versicherte Wu.

Sun Yi spürte, dass die große Angst, die ihm die ganze Zeit den Atem abpresste, sich plötzlich wie Nebel verflüchtigte, und auf einmal fühlte er sich wieder dazu in der Lage, sich auf seinem Stuhl aufzurichten und Wu in die Augen zu sehen.

»Du wirst auf deinem Posten in Peking bleiben, es sei denn, ich muss feststellen, dass du dir der Verantwortung für die Mine hier und für unser Land nicht bewusst bist.«

Sun Yi öffnete den Mund und wollte etwas sagen, doch er brachte keinen Ton heraus.

»Es ist besser, wenn du nicht zu viel an das Wohlergehen der Arbeiter denkst«, sagte Wu beinahe väterlich und legte ihm eine Hand auf die Schulter.

Sun Yi nickte und senkte den Kopf.

»Die Entscheidung, wie weit du dich in Zukunft hier einmischst, liegt natürlich allein bei dir.«

Er starrte aus dem Fenster, und resigniert beobachtete er, wie die Arbeiter aufs Gelände strömten und sich still auf ihre Posten begaben, einer nach dem anderen, und es wurden immer mehr.

Die Menschen da draußen hatten also klein beigegeben. Und er? Wie sollte er sich verhalten? Er fühlte sich ungeheuer elend, und noch immer kam kein Wort über seine Lippen.

»Sun Yi?«

Sun Yi blickte langsam auf und räusperte sich mehrfach, bevor er sagte: »Mich interessiert einzig das Wohl meiner Partei und meines Landes.«

»Gut so«, nickte Wu. »Dann ist es an der Zeit, dass du jetzt mit Ling die aktuellen Exportzahlen durchgehst.«

KÖLN, DEUTSCHLAND

Es war Freitagnachmittag gegen 16 Uhr, und Hannah freute sich schon seit einer Stunde darauf, nach Hause zu kommen und zu sehen, was Carl für Augen machte, wenn sie ihn mit ihrer Restaurant- und Hotelbuchung für den nächsten Abend überraschte. Sie hoffte, dass er genauso begeistert sein würde wie sie.

Großen Auftrieb gab ihr momentan jedoch auch die Nachricht, dass die Spurensicherung an beiden Tatorten kein einziges Haar, das Hajo Hamm zuzuordnen gewesen wäre, sichergestellt hatte. Stattdessen hatten sie Nasensekret unklarer Herkunft entdeckt, eine Übereinstimmung der DNA von bisherigen Verdächtigen war nicht erkennbar. Wahrscheinlich war, dass das Sekret vom Mörder stammte. Vielleicht hatte er Schnupfen.

»Ich kann einfach nicht glauben, dass Hamm nichts mit den Morden zu tun haben soll«, sagte Sven, der sich den ganzen Tag über nicht in Hannahs Büro hatte blicken lassen, und den sie jetzt zum ersten Mal zu Gesicht bekam. »Zumindest nicht mit dem an Meyers.« Sven seufzte. »Leider gibt es keinerlei Hinweis auf seine DNA, wir haben nicht mal ein klitzekleines schwarzes Haar.« Er zuckte die Achseln. »Das hieße aber auch, dass keine Chinesen da waren.«

Hannah lachte laut. »Die Chinesen werden sich wohl nicht selbst die Hände schmutzig gemacht haben.« Mit schräg gelegtem Kopf überlegte sie, ob Sven die Bemerkung wirklich ernst gemeint hatte.

Sven lachte nun ebenfalls, jedoch entschuldigend. »Sorry. Ich bin nicht in Hochform heute.«

»War Maria zum Essen da?«

»Nein. Die Verabredung wäre morgen gewesen.« Sven bedachte Hannah mit einem vorwurfsvollen Blick, und Hannah dachte: Wie habe ich das nur vergessen können!

»Aber sie hat die Verabredung um eine Woche verschoben«, sagte Sven frustriert.

»Oh. Das tut mir leid.«

»Ich werde den Sauerbraten wohl allein essen müssen. Nach der Absage habe ich mir erst mal einen *Williams* eingeschenkt.«

»Manchmal hilft nur das«, nickte Hannah und überlegte, dass es wohl eher zwei oder drei gewesen waren. »Brauchst du eine Kopfschmerztablette?«

»Nein, habe ich schon eingenommen. Ich gehe nachher zeitig zu Bett, und morgen erscheine ich hier wie neugeboren.«

Hannah nickte nachsichtig und fragte: »Was gibt es Neues?«

»Ich habe die Analyse der Telefonlisten fertiggestellt. Eine Sisyphusarbeit.« Sven sah sie mit einem Aufblitzen in seinen Augen an.

»Und?« Hannah strich sich eine Strähne ihres Haars hinters Ohr.

»Auf den ersten Blick gibt es keine Auffälligkeiten. Auf den zweiten schon.«

Hannah lehnte sich geduldig auf ihrem Stuhl zurück. Sven spannte sie gern etwas auf die Folter, das kannte sie längst.

»Die Nummern wiederholen sich … Freunde, Verwandte, Bekannte, Handwerker, Anwälte et cetera. Claudia Meyers und Hajo Hamm haben mindestens einmal täglich telefoniert, doch Claudia Meyers hat auch ihren Mann täglich bei der Arbeit angerufen. Hin und wieder hat Meyers mit seiner Tochter telefoniert. Das Übliche halt. Was Lück betrifft …«

Hannah wippte mit dem Fuß. »Ja?«

»In etwa das Gleiche. Sophia Lück und ihr Mann haben täglich miteinander telefoniert, oft hat er sie gegen Mittag angerufen, ansonsten eine Menge anderer Nummern von Familienmitgliedern und Freunden.«

»Okay, und nun zu den Auffälligkeiten«, forderte Hannah ihn ungeduldig auf.

»Ich bin in den Listen der Diensthandys auf zwei Nummern von Prepaidhandys gestoßen, die Verträge dafür wurden zum selben Zeitpunkt abgeschlossen und an Lücks Todestag gekündigt. Alles via Internet.«

Hannahs Augenbrauen schossen in die Höhe. »Auf wen waren sie angemeldet?«

»Eine der Nummern auf den Namen einer Freundin von Claudia Meyers, eine gewisse Susanne Mahler. Sie hat noch einen Vertrag bei einem anderen Netzanbieter. Offenbar segelt sie gerade für längere Zeit mit ihrem Mann auf dem eigenen Boot in der Ägäis herum, ich kann sie also nicht erreichen, habe ihr jedoch eine E-Mail geschickt, in der Hoffnung, dass sie ihre Nachrichten liest und Kontakt zu mir aufnimmt.«

»Gut.« Hannah nickte.

»Von Susanne Mahlers Prepaidhandy wurde ausschließlich Lücks Nummer gewählt.«

»Hm …« Hannah überlegte, was das zu bedeuten hatte.

»Und jetzt pass auf. Die andere Nummer läuft auf den Namen Tobias Lück. Von diesem Prepaidhandy wurde nur die Nummer von Meyers gewählt.«

Hannah stützte ihren Kopf auf ihre gefalteten Hände, und eine Weile dachte sie einfach nur nach, dann sah sie Sven an und fragte: »Welchen Grund gäbe es, dass Lück seinen Kollegen Meyers nicht mit dem Handy anruft, das er üblicherweise benutzt?«

»Weil das, was sie zu besprechen haben, geheim bleiben soll?«, stellte Sven die Gegenfrage.

»Okay«, nickte Hannah. »Und warum sollte Susanne Mahler für die Telefonate mit Lück ein anderes als ihr übliches Handy benutzen?«

»Weil sie und Lück ein Verhältnis hatten?«

Hannah schüttelte vehement den Kopf. »Nein. So einer war Tobias Lück nicht, der hat seine Frau geliebt.«

»Es wäre ja schön, wenn es so etwas noch gibt«, sagte Sven.

Hannah musste unwillkürlich lächeln. »Es gibt noch eine weitere plausible Erklärung«, überlegte sie, beugte sich vor und sagte: »Der Mörder hat die Verträge abgeschlossen, und dabei die Namen von Susanne Mahler und Tobias Lück benutzt.«

»Warum sollte er das tun?«

»Um uns zu verwirren und seine Spuren zu verwischen«, sagte Hannah. »Damit wird es immer wahrscheinlicher, dass der Mörder nicht im direkten Umfeld der Opfer zu finden ist.«

»Du meinst in Schweden? Oder in China?«

»Warum nicht?« Hannah meinte, sehen zu können, wie es hinter Svens Stirn arbeitete. »Hast du etwas von Kiesling gehört?«

»Er landet heute am späten Abend in Köln-Bonn. Morgen früh erscheint er hier.«

»Gut«, sagte Hannah, obwohl ihr dieser Samstagmorgen-Termin hinsichtlich ihrer Wochenendplanung mit Carl überhaupt nicht passte. Es wäre praktischer gewesen, Kiesling noch heute zu sprechen, doch was sollte sie machen?

»Ich bin gespannt auf das Gespräch mit ihm. Vor allem will ich nicht nur hören, was er zu sagen hat, sondern auch spüren, *wie* er es sagt.«

Sven sah sie etwas ratlos an, und Hannah glaubte zu wissen, was er in diesem Moment dachte. Er dachte, dass sie etwas seltsam war, aber sie war es gewohnt, dass andere so über sie dachten. Dass sie die Gesichter von Ermordeten studierte, um Aufschluss über die Gefühle ihrer letzten Minuten und somit Hinweise auf den Täter zu bekommen, war äußerst ungewöhnlich, darüber war sie sich im Klaren. Niemand außer ihr machte es so. Außerdem legte sie großen Wert auf den Habitus der Verdächtigen, ihre Gesten, ihre Sprachmelodie, ihre Mimik und sonstige Signale wie Frösteln oder Schwitzen. Und sie machte kein Hehl daraus.

Das Telefon begann zu klingeln. Hannah sah Sven entschuldigend an, hob die Achseln und nahm ab. Und je länger sie dem Mann am anderen Ende der Leitung zuhörte, desto mehr packte sie der Inhalt dessen, was er sagte.

Sven schickte sich an, den Raum zu verlassen. »Ich bin dann mal weg…«, flüsterte er. Er hielt den Türgriff bereits in der Hand, als Hannah begann, wild mit den Händen zu gestikulieren und ihm zu bedeuten, dass er noch bleiben sollte. Sven verstand, dass etwas Wichtiges im Gange war, und kehrte mit fragendem Blick zu ihrem Schreibtisch zurück. Lautlos setzte er sich auf den Stuhl.

Endlich legte Hannah den Hörer auf, und ihre Augen glänzten, als sie sagte: »Es war jemand aus Zürich dran, ein langjähriger Freund von Meyers. Er behauptet, Meyers habe ihm einen Umschlag mit geheimen Informationen anvertraut. Für den Fall, dass ihm etwas zustoße.«

»Wow!«

»Er sagte, er und Meyers hätten sich eine Woche vor dessen Ermordung zum letzten Mal in Zürich getroffen.«

»Meinst du, das stimmt?«

»Ja.«

»Wie heißt der Mann?«

»Urs Schaffhauser.«

»Und nun?«

»Ich lasse den Namen durch den Computer laufen, und dann fahre ich in die Schweiz«, sagte Hannah. Ihre Stimme klang aufgeregt. Sie war in Hochstimmung.

»Meinst du nicht, du solltest besser die Schweizer Kollegen informieren? Sie haben in ihrem Land die Ermittlungshoheit«, gab Sven zu bedenken.

Hannah war klar, dass er recht hatte. Wenn sie sich auf Dienstreise in die Schweiz begab, war es ihre Pflicht, die Schweizer Polizei zu informieren, so verlangten es die Vorschriften. Doch sie wusste auch, dass sie ganz und gar keine Lust dazu hatte, sie schon jetzt einzubinden, wo noch nichts Konkretes vorlag. Vielleicht entpuppte sich der Hinweis von Meyers' angeblichem Freund als falsche Fährte, und dann stand sie dumm da.

Hannah presste die Lippen aufeinander und dachte einen Moment nach. »Wer sagt denn, dass ich eine Dienstreise antrete?«

»Nicht?«, fragte Sven ungläubig.

»Nein. Ich reise ganz und gar privat.« In Hannahs Augen stahl sich ein verschmitztes Lächeln. »Die Frage ist nur, wann ich fahre. Heute oder morgen?«

*

Helmi bepflanzte gerade ihre Balkonkästen mit Schlei-
fenblumen, Männertreu und Wilden Nelken, als Hannah
das Wohnzimmer betrat. Sie blickte durch die geöffnete
Terrassentür auf Helmis gekrümmten Rücken und ihre
weißblond gefärbten glatten Haare, und an der Gleich-
förmigkeit ihrer Bewegungen erkannte sie sofort, dass
Helmi sie nicht hatte kommen hören. Sie überlegte, wie
sie sich am besten bemerkbar machte, ohne ihre Pensions-
wirtin zu erschrecken, und während sie noch unentschlos-
sen war und fasziniert Helmis flinke Arm- und Hand-
bewegungen beobachtete, ging ihr durch den Kopf, dass
diese Frau unverwüstlich war. Nach dem Tod ihres Mannes hatte sie sich erstaunlich gut in ihrem neuen Leben
zurechtgefunden, so schwer es ihr anfangs auch gefallen
war. Sie nahm am Gesprächskreis eines feministisch orien-
tierten Frauenzirkels teil, war Mitglied in einer Amateur-
Theatergruppe geworden und besuchte Uni-Vorlesungen
für Senioren. Tatsächlich trug sie sich mit dem Gedanken,
noch ein Medizinstudium zu absolvieren, da sie sich zeit
ihres Lebens dafür interessiert hatte.

Als habe sie Hannahs Anwesenheit jetzt doch gespürt,
wandte Helmi sich um, und ein Leuchten ging über ihr
Gesicht: »Ich wusste, dass du noch kommst!«

Hannah lachte und gab ihr zur Begrüßung einen Kuss
auf beide Wangen. Obwohl sie sich noch nicht allzu lange
kannten, war ihre Begegnung auf Anhieb von tiefer Sympathie und dem Gefühl erstaunlicher Vertrautheit geprägt
gewesen, und manchmal dachte Hannah, sie würden sich
schon ewig kennen, so nah fühlte sie sich ihr.

»Ich bin nur hier, um meine Jacke zu holen. Ich muss
heute noch nach Zürich fahren«, sagte sie.

»Dienstlich?«

Hannah nickte und dachte an Carl, glücklicherweise hatte sie ihm noch nichts von ihren Hotel- und Restaurantplänen erzählt.

»Du könntest ein bisschen mehr Ruhe vertragen«, sagte Helmi und fügte hinzu: »Hauptsache, du wirst nicht krank bei all dem Stress.«

Hannah machte eine wegwerfende Handbewegung. »Ach was. Aber du hast recht.« Sie überlegte einen Moment. »Es reicht auch, wenn ich morgen fahre.«

Helmi streifte ihre Gummihandschuhe ab. »Gute Entscheidung.«

Als kleines Mädchen hatte Hannah ihre Mutter einmal gefragt, ob sie das Geheimnis für ein langes Leben kenne, und ihre Mutter hatte gelacht und gesagt: »Arbeiten. Gern und viel arbeiten, aber vor allem gern. Wenn du das beherzigst, wirst du ganz alt werden. Vielleicht sogar 100. Und du wirst deinen Kindern ein Vorbild sein.« Tatsächlich hatte Hannah diesen Rat in sich aufgesogen und ihr Tun entsprechend ausgerichtet, doch inzwischen fragte sie sich nicht zum ersten Mal, ob und wo der Fehler lag.

»Setz dich doch einen Moment«, forderte Helmi sie auf und deutete stolz auf die Balkonkästen: »Ist es nicht schön geworden?«

»Ja.« Hannah ließ ihren Blick über die Blütenpracht schweifen.

»Ich hole uns ein Glas Wein«, schlug Helmi vor.

»Viel Zeit habe ich nicht«, wandte Hannah mit einem Blick auf ihre Armbanduhr und in Gedanken an Carl ein. »Aber für ein Gläschen wird es reichen.« Den Verlust des Führerscheins würde sie von einem Glas Wein nicht gleich riskieren, und die Beziehung zu Carl auch nicht.

Während Hannah in der Küche verschwand, verfasste

Hannah eine *WhatsApp* an Carl. Sie schrieb, dass sie spätestens gegen 20 Uhr zu Hause wäre, und als Helmi die Gläser auf den Tisch stellte und einschenkte und Hannah eine Schale mit Nüssen anbot, fühlte Hannah sich so willkommen, dass tiefe Dankbarkeit sie erfasste und sie sich schlagartig entspannte.

Helmi wollte wissen, was es Neues gab. Hannah berichtete von Max und Juliane und den Marihuana-Pralinen im Seniorenheim, von der nächtlichen Aktion im Garten von Julianes Großmutter, und wie sie zusammen im Schein von Baulampen alle Pflanzen ausgegraben hatten.

Helmi hörte in Ruhe zu. Hin und wieder beobachtete sie Hannah nachdenklich, und irgendwann sagte sie: »Dann wollen wir mal hoffen, dass die Strafe nicht zu heftig ausfällt und die beiden mit einem blauen Auge davonkommen.«

Hannah nickte. »Trotzdem wäre ich froh, wenn Max und Juliane mit dem Kiffen aufhören würden. Verdammt nochmal, die verbauen sich ihre Zukunft. Durch das Gras ist Max so antriebsarm geworden, dass er oft unzuverlässig ist und jeden Job verliert. Und wenn er tatsächlich pünktlich erscheint, gerät er mit seinem Chef oder den Kollegen aneinander. Er regt sich wahnsinnig schnell auf, ich schätze, das liegt nicht nur an den Genen, sondern auch an den Drogen. Das Ende vom Lied war bislang jedenfalls meist die Kündigung.«

»Ach herrje«, sagte Helmi und fragt: »Kannst du ihm nicht einen Wecker stellen?«

Hannah lachte laut auf, steckte ihre rechte Hand in den Ausschnitt ihres T-Shirts und dehnte ihn so weit, dass möglichst viel Luft an ihren Hals kam. »Den Wecker stellt er beim ersten Klingeln doch gleich ab«, sagte sie.

Helmi überlegte weiter. »Dann könnte Carl ihn doch wecken und aufpassen, dass er aufsteht.«

»Helmi!«, wies Hannah ihre Wirtin zurecht. »Max ist 28. Und Carl hat wahrlich Besseres zu tun, als ihn zu wecken.«

»Ich meine ja nur.«

Hannah liebte Helmi für ihre Bereitschaft mitzudenken, doch ganz gleich, welchen Rat sie auch erteilte, er würde niemals passen, jedenfalls was Max betraf, das wusste sie. Sie alle drei waren enorm verstrickt in ihre Beziehungsdynamiken. Sie hatte schon daran gedacht, Mechthild Spoor einzuschalten. »Ich denke, Max kann nur sich selber helfen«, sagte Hannah. »Vielleicht kommt er irgendwann von ganz allein drauf, dass ständiges Kiffen keine Lösung für seine Probleme ist.«

»Na, da drücke ich mal die Daumen«, sagte Helmi zweifelnd und fragte: »Was sagt eigentlich Carl dazu?«

Hannah ließ den Blick über die Blumen wandern und zuckte mit den Achseln. »Nicht viel.«

»Frustriert dich das nicht?«

»Und ob.« Hannah sah Helmi an. »Es ginge dir doch ähnlich, oder?«

»Ja.«

»Na also.«

Helmi sah Hannah an und nahm einen Schluck Wein. »Carl liebt sein Kind eben.«

»Und ist vor Liebe blind?« Hannah schüttelte den Kopf. »Nein, um Liebe geht es nicht.«

Helmi sah sie an: »Doch. Nur darum geht es.«

Eine Weile schwiegen beide. Hannahs Gedanken wanderten hin und her, und schließlich dachte sie, dass Helmi recht hatte. Sie registrierte, dass der Verkehrslärm auf der Straße nachließ. Das Wochenende war in Sicht, jeder wollte so schnell und so früh wie möglich nach Hause. Sie seufzte. Wieder einmal freute sich die halbe Welt auf zwei arbeitsfreie Tage, und wieder einmal galt dies nicht für sie. Hannah seufzte. Vielleicht blieb ja wenigstens genug Zeit für eine Bootsfahrt auf dem Zürichsee.

»Ist noch irgendwas?« Helmi sah Hannah besorgt an.

Hannah nickte. »Meine Tochter ist eine Streberin. Das ganze Gegenteil von Max. Das macht es nicht gerade leichter.«

»Menschen sind verschieden«, erwiderte Helmi und fügte leise hinzu: »Pass nur auf, dass du bei alldem Carl nicht verlierst.«

Hannah dachte an ihre Telefonate vorhin mit dem Hotel, als sie das Doppelzimmer und die Restaurantreservierung abgesagt hatte, doch momentan sah sie aufgrund der neuesten Entwicklungen keine Alternative.

Nicht nach Zürich fahren, und stattdessen die Schweizer Kollegen involvieren?

Alles in ihr sträubte sich gegen diese Überlegung. Allein der Gedanke an Sophie Lück und Lea Meyers und die quälende Frage, wie sie das alles durchstanden, spornte sie an.

Nur wenn der Mörder gefunden worden war, würden Sophie und Lea eine Chance haben, mit der Tat irgendwann abzuschließen. Und sie steckte viel zu tief in den Ermittlungen, um das Feld jetzt den Schweizern zu überlassen.

Hannah holte tief Luft. Doch wo blieben bei alldem sie und Carl?

In Gedanken ging sie ihren Kalender nach dem nächstmöglichen freien Wochenende durch, das sie mit ihm verbringen könnte, und tröstete sich mit dem Gedanken, dass sie wenigstens den heutigen Abend noch hatten. Abrupt erhob sie sich.

»Ich muss los. Danke für deine Gastfreundschaft.«

Helmi nickte. »Gern. Sagtest du nicht irgendwann, dass Max gelernter KFZ-Mechaniker ist?«

Hannah stutzte: »Ja. Warum?«

»Der Sohn einer Frau aus meinem Gesprächskreis hat eine Autowerkstatt. Wenn das Urteil gesprochen ist, könnte ich mal nachfragen, ob sie vielleicht einen neuen Mitarbeiter brauchen.«

Hannah hatte das Gefühl, als drücke ein kleiner Stein auf ihre Stimmbänder.

»Vorausgesetzt, er hört auf zu kiffen.« Helmi sah Hannah an, und Hannah nickte und nahm sie ganz einfach in die Arme.

*

»Das ist nicht dein Ernst!«, schleuderte Carl ihr entgegen, nachdem sie ihm eröffnet hatte, dass sie am nächsten Morgen in aller Frühe nach Zürich aufbrechen würde. »Ich dachte, wir holen zusammen den *Ägidienberger* und machen uns anschließend einen netten Abend!«

Weit oben am Himmel flog geräuschlos ein Flugzeug über sie hinweg. Eine Fata Morgana, dachte Hannah und folgte dem winzigen und gänzlich irreal wirkenden Flieger mit ihrem Blick, und weil sie nichts sagte, brachte sie Carl noch mehr in Rage.

»Vielleicht ist es besser, du ziehst zurück nach Köln«, sagte er wütend und gabelte Heu für die Pferde in die Tröge. »Es würde jedenfalls keinen großen Unterschied machen. Du bist ja sowieso so gut wie nie hier!«

Sie wusste, dass Carl so sprach, weil er verletzt war, und sie unterdrückte den Impuls, wütend zu reagieren. »Carl … es tut mir so leid, aber ich muss nach Zürich fahren. Es passt mir auch nicht, das kannst du mir glauben.« Sie überlegte, ob sie einfach zu ihm hinübergehen und ihn in den Arm nehmen sollte, ihm vielleicht auch von ihren Hotel- und Restaurantplänen erzählen sollte, doch seine feindselige Aufgebrachtheit hielt sie zurück. Sie schnürte ihr die Kehle zu. Von ihrer Vorfreude war in diesem Augenblick nicht viel mehr übrig geblieben als ein fader Geschmack auf der Zunge, den sie so schnell wie möglich loswerden wollte.

»Könnte nicht Sven an deiner Stelle fahren?«, fragte Carl unwirsch. Er stieß die Gabel ins Heu, als wäre es ein Feind.

Hannah schüttelte den Kopf. Sie lehnte am Zaun und sah ihm bei der Arbeit zu. »Nein, es ist zu wichtig, da muss ich selber hin.«

»Es ist zu wichtig? Du nimmst *dich* zu wichtig! Wie so oft!« Aus Carls Kehle drang ein höhnisches Gelächter. »Wenn es so weitergeht, haben wir bald keine Beziehung mehr«, versetzte er und donnerte die Heugabel gegen die Stallwand. Er spuckte auf die Erde und ohne sich noch einmal umzusehen, stapfte er in Richtung Haus.

Hannah saß bewegungslos auf der Terrasse und betrachtete den Sonnenuntergang. Carl war erst unter der Dusche und dann im Schlafzimmer verschwunden, und seitdem hatte sie nichts mehr von ihm gehört.

Max schlief heute bei Juliane. Es war still im Haus.

Hannah überlegte, ob sie irgendwann zu Carl gehen und sich zu ihm legen sollte, oder ob sie sich besser auf dem Sofa im Wohnzimmer ihr Bett machte. Sie fühlte Reue und haderte mit sich, und sie überlegte, warum zum Teufel sie ihre Arbeit so wichtig nahm.

War tatsächlich ihre Mutter schuld?

Wer gern arbeitet, wird auch lange leben? Ihr Lieblingssatz hallte wider in Hannahs Kopf.

Hannah lachte bitter. Natürlich nicht.

Plötzlich hörte sie ein leichtes Knarren. Sie hob den Kopf und lauschte. War da eine Tür gegangen? Für einen kurzen Moment hegte sie die Hoffnung, dass Carl aus dem Schlafzimmer zu ihr auf die Terrasse treten würde. Sie wartete und horchte, doch da war nichts mehr. Kein erneutes Knarren, keine tapsenden Schritte, die zu Carl gehörten, der gerne barfuß ging.

Die Müdigkeit lähmte inzwischen all ihre Glieder. Gab es eigentlich irgendwann einmal einen Tag, an dem sie nicht müde war?

Carl.

Warum kam er nicht?

Hannah löste sich von ihrem Stuhl und ging langsam ins Haus. Eine Weile stand sie unschlüssig am Fuß der Treppe, dann wusch sie sich ihr Gesicht am Waschbecken in der Küche, um ihn nicht zu wecken, und entschied, nicht länger auf eine Bewegung oder ein Zeichen zu warten. Sie streckte sich auf dem Sofa im Wohnzimmer aus, deckte sich mit der warmen Wolldecke zu und dachte, dass sie in Zürich hoffentlich genug Ablenkung haben würde und nicht immerzu an ihren dummen Streit dachte. Und nachdem sie sich eine ganze Weile hin und her gewälzt hatte, schlief sie mit dem Gesicht zum Sofarücken endlich ein.

HOUSTON, USA

Die Klimaanlage war kaum vernehmbar, doch meinte Carrie, einen kleinen Luftzug zu spüren, der über ihr Gesicht und ihre Arme strich.

Chuck war gerade in ihr Büro gestürmt, er hatte zwar geklopft, jedoch nicht auf ein »Herein« gewartet. Jetzt stand er vor ihr, mit mächtigem Brustkorb und silbernen Haaren, die glänzten, als habe irgendwer Metallspäne darüber ausgekippt, und Carrie überkamen bei seinem Anblick Verwirrung und Angst. Während sie schon ahnte, was er ihr mitteilen wollte, platzte er heraus: »Dein Kostenplan wurde in Bausch und Bogen abgeschmettert. Ich habe ihn nicht durchbekommen, wir müssen massiv kürzen.«

Carrie schluckte. »Alles andere hätte auch an ein Wunder gegrenzt«, sagte sie beherrscht.

Chuck marschierte vor ihrem Schreibtisch auf und ab. Seine Schuhe versanken im dunklen Teppich, doch Carrie konnte die Wucht seiner Schritte trotzdem spüren. »Wir werden das Zeitfenster, das du angesetzt hast, in einigen Positionen strecken«, ordnete er an. »Außerdem werden wir einige Positionen reduzieren. Um welche es sich dabei in den Augen des Vorstands handelt, werden wir gleich besprechen.«

Carrie nickte. »Okay. Kein Problem.« Sie ärgerte sich sowohl über die Nachricht als auch über Chucks Ton. Dennoch achtete sie darauf, sich nichts anmerken zu lassen. Contenance zu bewahren, war für sie mit Blick auf ihre Zukunft im Unternehmen besonders wichtig. Und so lehnte sie sich auf ihrem Stuhl zurück und atmete tief durch. »Du weißt, dass *JAWI* sich nichts vormachen darf«, erwiderte sie ruhig. »Wenn wir nicht ab sofort und unter Hochdruck in erneuerbare Energien investieren, sind wir bald weg vom Fenster.«

»Male bitte nicht schon wieder den Teufel an die Wand! Darüber, dass wir etwas tun müssen, sind wir uns einig, doch was und wie viel müssen wir korrigieren. Da führt kein Weg dran vorbei.« Chuck ließ sich schwer in den Sessel vor ihrem Schreibtisch fallen. »Der Vorstand hat Folgendes überlegt: Erstens, du reduzierst in der Kalkulation die Anzahl der Ladesäulen für E-Autos in unseren Kernmärkten. E-Autos werden infolge von Chinas Marktmacht bei Seltenen Erden sowieso nicht so schnell und in dem Umfang auf den Markt kommen, wie die westlichen Politiker es gerne hätten und den Konsumenten weismachen.«

Carrie hörte Chuck ausdruckslos zu.

»Zweitens: Reduziere die Anzahl von neuen Produktionsstätten zur Herstellung von Kraftstoffen mit niedriger Treibhausgasintensität um ein Drittel, okay?«

Carrie nickte.

»Drittens: Du streckst die Investitionen über zehn, nicht über fünf Jahre.«

Carrie erwiderte eine ganze Weile nichts. Es hatte keinen Sinn, mit Chuck und dem gesamten Vorstand über Investitionssummen und Zeitfenster zu streiten. Wenn die Vorstandsmitglieder der Ansicht waren, dass die von ihr errechnete Summe zu hoch war, musste sie es hinnehmen, auch wenn sie es für eine fatale Fehleinschätzung des Vorstands hielt. Sie war der festen Überzeugung, dass es für *JAWI* unerlässlich war, rasche und hohe Investitionen in zukunftsweisende Kraftstoffe und entsprechende Produktionsanlagen zu investieren, wenn sie langfristig am Markt bestehen wollten. Langfristige Erreichung der Ziele statt kurzfristigem Schielen nach Profit unter Einsatz fragwürdiger Methoden, so lautete ihre ganz persönliche Devise.

»Chuck«, wagte sie sich schließlich mit sanfter Stimme vor, »Wasserstoff ist der Treibstoff der Zukunft. Wir können gar nicht genug in diese Technologie investieren.«

Sie hatte sich schon so oft gefragt, welches die vielversprechendste Technologie für die Zukunft war und auf welches Pferd sie setzen sollten. Sie persönlich glaubte an Wasserstoff, mit dem sich die E-Fuels erzeugen ließen, synthetische Kraftstoffe. Mit ihnen wurde eine klimaneutrale Betreibung von Verbrennungsmotoren vorstellbar, und das wäre in hohem Maß zukunftsorientiert. Sie ließen sich vor allem im Luftverkehr, in der Schifffahrt und im Schwerlastverkehr, wo die Elektrifizierung bislang nur schwer möglich war, einsetzen …

Chuck stöhnte. »Du hast ja recht, aber wir stehen nun mal vor dem aktuellen Problem, dass die Politiker weltweit auf E-Autos setzen, und da die keinen Sprit mehr brauchen und auch nicht mit Wasserstoff fahren, sieht es mau für unseren Sprit aus. Verdammt noch mal!«

»Sorry, Chuck, aber genau deswegen müssen wir erst einmal umfassend in Ladesäulen für E-Autos und parallel in zukunftsorientierte Treibstoffe investieren!«

»Meine Liebe, und wie erklärst du das unseren Aktionären? Alle im Vorstand sind sich darüber einig, dass sie bei hohen Investitionen in den nächsten Jahren keine Gewinnausschüttungen zu erwarten hätten. Das wäre fatal.«

»Ohne große Investitionen lassen sich aber keine neuen

Arbeitsplätze schaffen, außerdem würden wir gleichzeitig etwas fürs Klima tun«, sagte Carrie. »Langfristig rechnet es sich in jedem Fall.«

Chuck warf ihr einen Blick zu, und Carrie interpretierte ihn so, als würde er an ihrer realistischen Einschätzung der Situation zweifeln.

Carrie fiel auf, dass Chuck in dem weichen, opulenten Lederstuhl vor ihrem Schreibtisch plötzlich seltsam verloren wirkte, wenn auch nur für einen kurzen Moment, aber er reichte aus, dass sie sich die Frage stellte, wie gut Chuck nachts noch schlief. Oder betäubte er sich längst mit Alkohol und nahm Tabletten?

Sie betrachtete ihn, wie er zusammengesunken vor ihr saß. Wollte sie seinen Job wirklich? Den Dauerstress? Wollte sie den Drahtseilakt angesichts eines permanent drohenden Rausschmisses aus dem Vorstand wirklich haben? Hinzu kam, dass die anderen Vorstandsmitglieder es ihr als der einzigen Frau im Board sicher nicht leicht machen würden. Carrie seufzte. Vielleicht hätte sie eher auf eine hohe Abfindung setzen sollen.

Sie starrte auf die Hochhäuser vor ihrem Fenster und musste plötzlich an die Türme in San Gimignano in der Toskana denken. Sie waren im späten Mittelalter einzig zu dem Zweck erbaut worden, den eigenen Reichtum zu demonstrieren. Viele der Türme waren eingestürzt, weil die Bauherren zu hoch hinauswollten.

Verhielt es sich mit ihr und *JAWI* nicht ähnlich?

Carrie strich sich fröstelnd über die Arme. Sie griff nach ihrer dunkelblauen Kaschmirjacke, die über der Stuhllehne hing und die sie vorsorglich wegen der Klimaanlage im Büro deponiert hatte, und legte sie sich über die Schultern.

»Wenn wir schon beim Thema sind … Ich will wissen,

ob du deinen Job jetzt erledigt hast.« Chuck beugte sich vor, und plötzlich erkannte Carrie, dass er Angst hatte. In seiner Stimme lag ein Zittern, das sie überraschte. Sie fragte sich, wovor er Angst hatte, der große Chuck Bold, einer der Männer, die *JAWI* in den letzten zehn Jahren zu einem der größten Mineralölkonzerne weltweit gemacht hatten. Hatte er Angst um seinen Job? Oder fürchtete er tatsächlich für Tausende von Angestellten um den Verlust des Arbeitsplatzes?

Ein Großteil von ihnen würde über kurz oder lang sowieso das Feld räumen müssen, weil ihre Arbeitsplätze nicht mehr zukunftsfähig waren und ihr Know-how nicht mehr gefragt.

Carrie betrachtete Chuck mit neu erwachtem Interesse. Hatte er überhaupt ein soziales Gewissen? All seinen Beteuerungen zum Trotz glaubte sie nicht daran. Er dachte vermutlich nur an sich selbst, wie die meisten Menschen, alles andere war Augenauswischerei, dachte sie bitter.

Ihr Blick wanderte wieder zu den Hochhausfassaden vor ihrem Fenster. Dort wie hier zählte nur das Geld, das Schicksal der Menschen bedeutete nichts.

Carrie trat an die Glasscheibe, die ihr Büro auf drei Seiten umgab, und legte den Kopf in den Nacken. Den Himmel erblickt nur, wer nach oben sieht, dachte sie und schluckte.

»Carrie, noch einmal, hast du deinen Job erledigt oder nicht?«, insistierte Chuck.

»Selbstverständlich.« Carrie blickte Chuck direkt ins Gesicht, und sie bemühte sich um einen Ton, der ihn beruhigte, dunkel und weich. »Die beiden Deutschen sind tot.« Jetzt war es raus. Und in dem Moment, in dem sie die

Worte formuliert hatte, kam ihr der Inhalt ganz und gar unglaublich vor.

Sie sah vor sich, wie sie zusammen mit den beiden in Zürich am Tisch gesessen und Käsefondue gegessen hatte. Sie erinnerte sich an ihre Begeisterung und die Zuversicht, die sich in ihren Zügen spiegelte, und vor allem sah sie Meyers' Grübchen, wenn er lachte, auf jeder Seite seines Mundes hatten sich jeweils drei tief in die Haut gekerbt.

Die Standfestigkeit, mit der die beiden ihre Überzeugungen und Visionen vertraten, hatte ihr imponiert, sie brannten für ihre Ideen, und auf dem Rückflug nach Houston war sie noch lange ganz erfüllt davon gewesen. Zurück in den USA hatte sie wiederholt auch an Meyers' Blick denken müssen. In ihm hatte eine besondere Tiefe gelegen. Carrie ging davon aus, dass er mit diesem Blick schon auf die Welt gekommen war.

»Aber der Algorithmus …« Als sie zu einer Erklärung ansetzte, strich sich Chuck nervös mit einer Hand über die metallisch glänzenden silbernen Haare.

»Keine Einzelheiten«, wehrte er ab.

Carrie dachte an die Mail, die sie erst vor wenigen Tagen erhalten hatte. Tatsächlich gab es ein Problem.

Sie hatte Meyers und Lück unterschätzt, dabei hätte sie es besser wissen können, vor allem wenn sie an Meyers' Augen dachte. Bis heute war sie sich nicht darüber im Klaren, wie sie doch noch ihr Ziel erreichen konnte.

»Also alles im Lot?«, fragte Chuck nach.

Carrie knetete ihre Hände. Sie spürte, dass sich Feuchtigkeit in ihren Augen sammelte, was völlig unpassend war, und so wandte sie sich ab. »Ja, natürlich ist alles im Lot.«

»Dann ist es ja gut.«

Mein Gott, dachte Carrie. Er macht nicht den Eindruck,

als würde er mir glauben. Schauer liefen über ihren Körper, und auf einmal wurde ihr schlecht.

»Du siehst blass aus. Stimmt etwas nicht?«, fragte Chuck misstrauisch, beugte sich vor und beobachtete sie aufmerksam.

»Alles okay.« Carrie begann zu würgen.

Chuck sprang auf.

»Was ist los? Carrie!«

Carrie hielt sich die Hand vor den Mund. Sie versank tief in ihrer Einsamkeit, und die Welt um sie herum geriet in ein dunkles Schwanken. Sie senkte den Kopf und würgte und dachte, oh mein Gott.

Chuck rief nach Grace. Carries Sekretärin eilte herbei, warf einen Blick auf ihre Chefin und verschwand im selben Moment wieder im Vorzimmer, nur um wenige Sekunden später mit einer Schachtel Kleenex und einem Wasserglas zurückzukehren.

»Sie ist ja ganz bleich im Gesicht«, sagte Grace zu Chuck und wischte Carrie die Stirn mit dem feuchten Tuch ab.

»Wird es besser?«, erkundigte sie sich und tupfte wie besessen über ihr Gesicht.

Für einen Moment verschlimmerte sich Carries Übelkeit, sie konnte das Parfum des Kleenex-Tuchs nicht vertragen, und Grace drückte viel zu fest zu. Aus den Augenwinkeln bemerkte sie, wie Chuck mit hängenden Armen vor dem Schreibtisch stand, unschlüssig, was nun zu tun sei.

»Soll ich einen Krankenwagen rufen?«, hörte Carrie ihn aufgeregt fragen, doch sie spürte, wie lästig ihm die Situation war und wie unwohl er sich fühlte.

»Nein, es ist gleich vorbei. Es geht schon wieder«, beteuerte Carrie und öffnete die Augen. Im selben Moment sah sie den Schreck in Chucks Blick und außerdem den Zweifel. Den Zweifel an ihr. An ihren Fähigkeiten und seinen Versprechungen, sie nach seiner Pensionierung auf seinen Posten zu hieven.

Plötzlich ergoss sich der Inhalt von Carries Frühstück quer über ihren Schreibtisch.

Chuck drehte sich weg. »Rufen Sie ihr ein Taxi«, befahl er der Sekretärin. »Es soll sie nach Hause bringen. Nun machen Sie schon!«

»Es tut mir leid«, wisperte Carrie. »Es tut mir wirklich furchtbar leid.«

»Kein Problem«, sagte Chuck. »Kann vorkommen.« Er nickte ihr kurz zu und verließ eilig das Büro, doch Carrie wusste genau, dass er etwas ganz anderes dachte.

ZÜRICH, SCHWEIZ

Der Zürichsee breitete sich majestätisch vor ihr aus, und sein Wasser schimmerte in einem ungewöhnlich hellen Blau. Auf der Oberfläche an manchen Stellen zu glitzernden Kristallen gebrochen, tanzten die Strahlen des Sonnenlichts darauf hin und her, sie hatten etwas Unstetes und Leichtes an sich, das Hannah faszinierte. Es ist wie bei einem Walzer, dachte sie, drei Schritte vor, drei zurück, und alles bewegt sich im Kreis.

Am Bootssteg des Bürkliplatzes lag nur wenige Meter von ihr fest vertäut ein Ausflugsschiff mittlerer Größe, und obwohl ihm mit dem bloßen Auge kein Schaukeln anzumerken war, konnte Hannah selbst einige Meter entfernt noch spüren, wie das Wasser den Schiffsboden sanft streichelte und eine kaum merkliche Schwingung verursachte. Ein Schild am Steg mit dem Hinweis »Kleine Seerundfahrt« klärte darüber auf, dass auf die Ausflügler ein etwa einstündiges Vergnügen wartete. Hannah seufzte, heute blieb nicht genug Zeit, doch vielleicht fuhr sie morgen mit.

Sie lehnte am Geländer des Bootsstegs und fühlte sich ungewöhnlich frei. Eingebettet in eine Welt aus Blau und Gold und in die erwartungsfrohe Stimmung der Ausflügler, die mit der typischen Schweizer Gemächlichkeit in lockerem Strom über den mobilen Holzsteg das Schiff betraten, hatte sie die Gedanken an Carl und ihren Streit rigoros abgeschüttelt, und nun rückte er in immer weitere Ferne.

Hannah hing mit dem Oberkörper über der Brüstung und starrte auf dieses irre Blau des Wassers. Sie hatte gelesen, dass die Farbe einer biogenen Entkalkung zu verdanken war und nur dann auftrat, wenn die im See lebenden Pflanzen dem Wasser durch intensive Fotosynthese Kohlendioxid entzogen, wodurch das Kalk-Kohlensäure-Gleichgewicht gestört wurde, es zur Entkalkung und dadurch zu diesem herrlichen Blau kam.

Spätestens im August würde der Zürichsee jedoch wieder normal aussehen, sein Wasser auf der Farbskala irgendwo zwischen Blau und Grün und Grau schwanken, und zwar dann, wenn alle Kalkteilchen auf den Grund gesunken waren.

Hannah löste sich von der Brüstung, drückte den Rücken durch und kreiste mit den Schultern. Sie hatte zwar nur sechseinhalb Stunden inklusive Pause für die Fahrt von der Eifel nach Zürich gebraucht, fühlte sich jedoch steif vom langen Sitzen. Sie schirmte die Augen mit der Hand ab, irgendwo dort hinten vermutete sie das für seine Rosen bekannte Rapperswil. Hannah sah auf die Uhr, noch blieb ihr eine halbe Stunde, bis sie mit Meyers' Freund im Biergarten in der Nähe des Bürkliplatzes verabredet war.

Sie setzte sich auf eine freie Bank und blinzelte in die Sonne, die sie angenehm träge werden ließ. Seltsam unberührt fragte sie sich, was Carl wohl gerade machte. Vielleicht lud er in diesem Moment den neuen Hengst auf den Hänger, vielleicht auch nicht, es war ihr egal.

Um 7 Uhr in der Früh war sie losgefahren. Carl hatte noch geschlafen, oder er hatte so getan als ob, sie konnte es nicht genau sagen. Nach einem kurzen Zögern, ob sie ihn wecken und sich von ihm verabschieden sollte oder nicht, hatte sie nach einem doppelten Espresso leise das Haus verlassen.

Kurz vor Tübingen hatte Sven angerufen. Kiesling war schon um 9 Uhr bei ihm im Büro erschienen. Er hatte nochmal bestätigt, dass Meyers und Lück mit neuen Mess- und Berechnungsmethoden wahrscheinlich bedeutsame Dysprosium-Vorkommen entdecken konnten. Aus Gründen des internationalen Interesses und weil er erst Probebohrungen in Schweden abwarten wollte, habe er keine Einzelheiten ausplaudern wollen, hatte er erklärt und um Verständnis gebeten. Auch sei die Gefahr zu groß, dass andere Forscher oder die Industrie davon erführen, und die daraus folgenden Konsequenzen seien für sein Institut nicht absehbar. »Er hat sich einfach herausgeredet«, hatte Sven berichtet und hinzugefügt: »Aber es klang alles plausibel.«

Hannah stimmte ihm zu. »Hast du Kiesling gefragt, ob er es für denkbar hält, dass insbesondere Chinesen sich für Meyers' und Lücks Entdeckung interessieren könnten?«, hatte Hannah wissen wollen.

»Natürlich habe ich danach gefragt, doch Kiesling hat sich bedeckt gehalten. Wenn publik würde, dass es ein großes Dysprosium-Vorkommen in der Nähe Von Norra Kärr in Schweden gibt, würde sich die ganze Welt dafür interessieren, hat er behauptet. Nicht nur die Chinesen. Japan, Malaysia, Australien, USA, ganz Europa, selbst Afrika. Auf meine Frage, ob Meyers und Lück außer nach Schweden bereits Kontakte in andere Länder hatten, sagte er, die Frage könne er nicht beantworten. Wir hätten ja ihre Computer aus dem Institut, und denen wäre doch wohl einiges zu entnehmen.« Eine Welle der Enttäuschung hatte Hannah erfasst, und sie und Sven waren übereingekommen, dass er bei den Informatiker-Kollegen am Montag mehr Druck machen würde.

Mehrere laute, tiefe Hupsignale schreckten Hannah aus ihrer Erinnerung an das Gespräch mit Sven. Ihr Blick wanderte zum Schiff, es war gerade im Begriff abzulegen. Sie beobachtete, wie es langsam drehte und dann Kurs auf die Seemitte nahm.

Hannah kramte in ihrem kleinen Rucksack und setzte schließlich ihre Sonnenbrille auf. Ein Blick auf ihre Armbanduhr zeigte, dass es Zeit war aufzubrechen und sich auf die Begegnung mit Urs Schaffhauser einzustellen.

*

Hannah erkannte ihn sofort. Obwohl der Biergarten gut besetzt war, gab es darin nur einen Mann, von dem sie glaubte, dass er Professor Meyers' Freund sein konnte. Sie stellte sich neben den Stamm einer alten Kastanie und nahm sich Zeit, ihn unauffällig zu beobachten, denn sie wollte sich in Ruhe einen ersten Eindruck verschaffen. Urs Schaffhauser, wenn er es denn war, hatte schwarzes buschiges Haar und ebensolche Augenbrauen, eine kräftige Brust und einen klaren, festen Blick. Zwischen den Händen hielt er ein Bierglas, ab und zu nahm er daraus einen Schluck. Er beobachtete die Leute und sah immer wieder zum Eingang hin, schien Hannah aber noch nicht entdeckt zu haben. Er wirkte selbstbewusst auf sie und wie jemand, der in seiner Mitte ruhte.

Nach einer Weile hatte Hannah genug gesehen. Sie schlängelte sich durch die Tischreihen zu ihm hin, und als sie vor ihm stand, erhob er sich und reichte ihr freudig überrascht die Hand: »Frau Franckh?«

Hannah nickte.

»Ich habe Sie gar nicht kommen sehen!«

Hannah ergriff seine Hand und schüttelte sie, der feste Druck war ihr sofort sympathisch. Sie lächelte und setzte sich ihm gegenüber auf die Bierbank. Längst hatte sie registriert, dass der Abstand zu den anderen Gästen groß genug war, um in Ruhe mit ihm reden zu können.

»Wollen wir uns nicht duzen?«, fragte er und erklärte: »Bei mir im Job ist das so üblich. Journalisten sind eher unkonventionell, selbst in der Schweiz … Vielleicht liegt es auch daran, dass du ausschaust wie eine von uns, nicht wie eine Kommissarin.«

Seine Direktheit überraschte sie, doch sein Blick war ehrlich und gerade, und so nickte sie und sagte: »Einverstanden. Ich heiße Hannah.« Sie stellte fest, dass er dunkelbraune größere und kleinere Punkte auf seiner hellbraunen Iris hatte.

Eine Kellnerin erschien, um ihre Bestellung aufzunehmen, und Hannah deutete fragend auf sein Glas. »Ist das was Typisches?«

»*Bärner Müntschi*«, erklärte Urs. »Ein naturtrübes Bier aus der Schweiz, schmeckt nach Hopfen. Willst du mal probieren?« Und schon streckte er ihr das Glas hin, zog es jedoch sofort wieder zurück. »Entschuldige, wir kennen uns für so was noch nicht lang genug.«

Hannah musterte ihn interessiert, er schien verlegen. Dann lächelte sie und wandte sich an die Kellnerin: »Auch ein *Müntschi*, bitte.«

Nachdem die Frau verschwunden war, erkundigte Urs sich, ob Hannah eine gute Fahrt gehabt hätte, und sie plauderten über die freie Autobahn, und dass Zugfahren doch im Grunde wesentlich entspannter war. Es war ein Geplänkel ausschließlich mit dem Ziel, miteinander warm zu werden, es gehörte einfach dazu, ein Auftakt gewissermaßen, doch Hannah wollte natürlich so schnell wie möglich mehr über Meyers erfahren. Die Kellnerin kehrte zurück und stellte auch vor Hannah ein *Bärner Müntschi* hin, und bevor sie den ersten Schluck probierte, fragte sie über den Gläserrand hinweg: »Hast du den Umschlag mit den Informationen dabei?«

Urs schüttelte den Kopf. »Nein. Er ist noch in meiner Wohnung, besser gesagt in einem Karton im Keller. Und den Schlüssel zum Keller trage ich bei mir.« Er deutete auf seine Hosentasche.«

»Clever.«

Mit ernstem Gesicht erklärte er: »Es erschien mir zu heikel, ihn mitzubringen. Wer weiß, ob wir nicht beobachtet werden.«

Hannah überlegte einen Moment, ob er sich wichtigmachte, kam aber zu dem Schluss, dass er vielleicht sogar recht hatte. Außerdem hatte sie seine am Telefon gemachten Angaben überprüft, und alles, was er erzählt hatte, stimmte. Urs war tatsächlich Journalist und arbeitete für eine große Zürcher Tageszeitung, es war nicht davon auszugehen, dass er sich eine Lügengeschichte aus den Fingern sog. Obwohl … man wusste nie.

»Tatsächlich hatte ich in den letzten Tagen immer wieder das Gefühl, dass mir jemand folgt.«

»Wirklich?« Sie musterte ihn interessiert.

»Ja. Ich kann es leider nicht konkretisieren. Vielleicht kennst du das, man spürt, dass jemand hinter einem ist, und wenn man sich umdreht, ist er verschwunden. Ich denke, es war ein Mann.«

Hannah schüttelte den Kopf. »Nein. Kenne ich nicht.« Sie dachte an ihre Dienstwaffe, die sie im letzten Moment nach anfänglichem Zögern doch noch eingesteckt hatte, obwohl sie sich ja nicht auf Dienstreise befand … Nun ruhte sie auf dem Boden ihres kleinen Rucksacks. Sie dachte, dass es gut war, sie für alle Fälle dabeizuhaben.

»In welchen Situationen hattest du das Gefühl?«, hakte sie nach.

Urs sah über sie hinweg, den Blick in die Ferne gerichtet, ganz offensichtlich dachte er nach. »Im Supermarkt, auf der Straße und kürzlich morgens früh, als ich in mein Auto stieg, um in die Redaktion zu fahren«, sagte er schließlich.

»Könntest du den Mann beschreiben?« Hannah merkte, dass sie von Minute zu Minute aufgeregter wurde.

Urs überlegte einen Moment und schüttelte dann den Kopf. »Nein. Die Begegnungen waren zu flüchtig, aber er war eher groß als klein, und ich meine, er hatte dunkle Haare. Das Gesicht habe ich nicht gesehen.«

»Schade. Falls er dir nochmal begegnen sollte, versuche, dir möglichst viel von seinem Äußeren einzuprägen, okay?«

»Mache ich.«

»Und jetzt? Hast du jetzt auch das Gefühl, beobachtet zu werden?«

Urs sah sich um und überlegte eine Weile. »Nein«, sagte er dann.

»Es wäre ja auch zu schön gewesen«, seufzte sie, und dann hob sie das Glas und prostete ihm zu, und je länger sie in seine Augen blickte, desto deutlicher spürte sie, wie anziehend sie ihn fand.

»Hast du den Umschlag geöffnet und hineingesehen?«, kam sie zurück zum Thema. Es verwunderte sie, dass ihr das Du ganz leicht über die Lippen ging.

»Nein. Es ist mir schwergefallen, das gebe ich zu, aber ich hatte Peter versprochen, es nicht zu tun, und daran habe ich mich gehalten. Er wollte, dass ich den Umschlag an die deutsche Kripo übergebe, und daran halte ich mich.« Urs lächelte sie an, und plötzlich verspürte Hannah einen Hauch von Urlaub. Blauer Himmel, Sonne, und dazu ein lächelnder, gut aussehender Mann. Carl schwebte irgendwo in weiter Ferne, und immer, wenn er stärker Kontur annahm, schob sie den Gedanken an ihn beiseite. Hätte er am Abend zuvor nicht so heftig und ablehnend auf die Nachricht, dass sie nach Zürich fahren musste, reagiert, wäre es vielleicht anders gewesen, aber sie hatte sich während der Autofahrt immer mehr über sein Verhalten geärgert, und je weiter sie sich von ihm entfernte, desto weniger wollte sie noch an ihn denken. Hätte er ihr seine Enttäuschung nicht auch anders zeigen können? Sie einfach in den Arm nehmen können und sagen, dass er sie vermissen würde? Dann würde sie sich jetzt ganz anders fühlen.

»Ich konnte tasten, dass der Umschlag ein kleines Päckchen enthält, nicht größer als zwei mal zwei Zentimeter vielleicht, und möglicherweise etwas Papier …«, unterbrach Urs ihre Gedanken.

Hannahs Augenbrauen schossen in die Höhe. »Hast du eine Ahnung, was das sein könnte?«

»Nein. Ein USB-Stick vielleicht, den Peter gut verpackt hat?«

Hannahs Neugier wuchs. »Warum hat dein Freund dir das alles übergeben? Hattest du den Eindruck, dass er Angst gehabt hat?«

»Zumindest wird er eine Ahnung gehabt haben, dass ihm etwas zustoßen könnte. Angemerkt habe ich ihm jedoch nichts.« Urs schwieg einen Moment, bevor er sagte: »Er hat mir eben vertraut. Und für den Fall, dass etwas passiert, wollte er sichergehen, dass offenbar sehr wichtige Unterlagen nicht in fremde Hände fallen.«

Ein leichter Wind kam auf. Hannah hielt ihre Nase in die Luft und dachte: Urs riecht ein bisschen wie das Wasser des Zürichsees. Wenn sie den Kopf noch ein bisschen höher reckte, konnte sie auch von der Bierbank aus ein Eckchen davon sehen.

»Erzähl mir doch von dir und deiner Beziehung zu deinem Freund Peter«, forderte sie Urs auf.

Urs nickte. »Ich fange am besten bei unserer Kindheit an. Wir besuchten dieselbe Schule in Bonn, waren in einer Klasse und haben zur selben Zeit das Abi gemacht. Peter hat danach an der Technischen Hochschule Köln Geowissenschaften studiert, ich hingegen bin fürs Journalismus-Studium nach Dortmund gezogen. Wir hatten all die Jahre über bis zu seinem Tod Kontakt, haben uns gegenseitig besucht, zu Studentenzeiten Partys gefeiert und miterlebt, wie die verschiedensten Frauen in unsere Leben kamen und wieder gingen. Irgendwann haben wir geheiratet. Ich ließ mich vor zehn Jahren scheiden, Peters Frau starb an Krebs …« Urs nahm einen großen Schluck Bier. »Ihr Tod hat ihn tief getroffen, er hat sie geliebt, doch für Lea war der Tod der Mutter noch schlimmer.«

»Hast du Kontakt zu Lea?«, fragte Hannah erstaunt. Sie beobachtete ihn dabei, wie er sich mit der Hand etwas Schaum vom Mund wischte.

Eine große Hand und ein großer Mund, dachte sie.

»Ja. Sie ist mein Patenkind. Wir telefonieren öfter, und manchmal kommt sie mich in Zürich besuchen. Es war ein furchtbarer Schock für Lea, nun auch noch den Vater zu verlieren, und noch dazu auf diese Weise …« Urs schüttelte den Kopf, als könne er es immer noch nicht glauben, dass sein Freund ermordet worden war. Er blickte auf die Wipfel der Bäume, die eine Seite des Biergartens säumten. »Das Verhältnis zwischen Lea und Claudia ist nicht besonders gut.«

»Ich weiß«, nickte Hannah. »Kommst du denn klar mit Claudia?«

»Ehrlich gesagt, ich kann sie nicht leiden.«

Diese Aussage überraschte Hannah genauso wenig wie die Information, dass Urs der Patenonkel von Meyers' Tochter war. Er machte den Eindruck, als ob man sich auf ihn verlassen konnte, und genau das wollte man doch für sein Kind, einen sicheren Hafen, falls einem selbst etwas zustoßen sollte. So jemandem wie ihm hätte sie ihre Tochter Frida auch anvertraut.

»In den letzten drei Monaten reiste Peter ungewöhnlich oft nach Zürich«, sagte Urs, beugte sich etwas vor und sagte leise: »Er hat sich in kurzen Abständen zweimal hintereinander in einem Hotel mit einer Amerikanerin aus Houston getroffen, sein Kollege Lück war dabei. Außerdem gab es noch ein Treffen mit einem Chinesen aus Peking.«

Hannah starrte ihn an: »Tatsächlich?«

Aber warum hatten Meyers und Lück eine Amerikanerin getroffen? Einen Chinesen ja, das überraschte sie nicht, doch welches Interesse an ihren Forschungen konnte eine Amerikanerin haben?

»Weißt du, wo Meyers sich mit ihnen getroffen hat?« Hannahs Augen funkelten.

»Mit der Amerikanerin traf er sich zweimal im *Baur au Lac*, mit dem Chinesen einmal in einem Restaurant in der Altstadt, dem *Hongxi*. Tobias Lück war immer dabei. Es ging in den Gesprächen um Geld. Sowohl die Amerikanerin als auch der Chinese haben Peter und Tobias eine Menge Geld für Informationen über ihre Entdeckung geboten. So hat Peter es jedenfalls erzählt.«

Hannah nickte. Das passte ins Bild. »Wussten die Amerikanerin und der Chinese voneinander?«

»Nein. Wenn stimmt, was Peter sagte.«

»Kennst du die Namen?«

Urs schüttelte den Kopf.

Je länger sie ihm zuhörte, desto stärker drängte es sie danach, endlich aufzubrechen, den Umschlag zu öffnen und zu erfahren, was drin war.

Hannah griff nach der Sonnenbrille neben ihrem Bierglas und setzte sie auf.

»Weißt du, in wessen Auftrag die Amerikanerin und die Chinesen kamen?«, fragte sie, rechnete jedoch im Grunde nicht mit einer Antwort, die sie weiterbrachte.

Urs zuckte die Achseln. »Nein. Ich verfluche mich jeden Tag dafür, dass ich nicht nachgehakt habe. Seit Peter tot ist, kann ich kaum noch schlafen. Ich mache mir schreckliche Vorwürfe und frage mich, ob ich seinen Tod nicht irgendwie hätte verhindern können.«

Hannah zögerte einen Moment, dann legte sie ihre Hand auf seine. Sie fühlte sich trocken an, und doch auch angenehm weich. »Ganz sicher nicht.« Ihre Blicke trafen sich, vorsichtig zog Hannah ihre Hand zurück. Die Berührung hatte etwas in ihr zum Klingen gebracht, doch sie wollte lieber nicht nachspüren, was.

»Weißt du, wann Peters Leiche frei gegeben wird? Wegen der Beerdigung«, wechselte Urs das Thema und sagte: »Ich muss ein wenig planen.«

Hannah war dankbar für den Themenwechsel. »Es wird noch ein wenig dauern«, erwiderte sie und fügte hinzu:

»Ein, zwei Wochen vielleicht.« Sie ließ einen Moment verstreichen, und dann schlug sie vor: »Komm, wir zahlen!« Und schon wandte sie den Kopf und winkte der Kellnerin. Sie wollte jetzt endlich erfahren, was sich in dem Umschlag befand.

✳

Urs führte Hannah durch die Altstadt den Limmatquai entlang, an der Wasserkirche und an einigen historischen Zunfthäusern vorbei, bis er schließlich vor einem mehrstöckigen Gebäude stehen blieb, den Schlüssel ins Schloss einer großen Holztür steckte, und mit einem Seitenblick auf Hannah sagte: »Ich wohne im vierten Stock. 82 Stufen. Einen Aufzug gibt es nicht.«

»Kein Problem«, lächelte Hannah. »Ich bin zwar nicht mehr die Jüngste, aber noch ganz gut in Form.«

Urs hielt die schwere Holztür weit für sie auf und grinste anerkennend: »In bester Form, würde ich sagen.«

Hannah hoffte, dass sie jetzt nicht wie ein junges Mädchen errötete, denn sein unerwartetes Kompliment trieb ihr erstaunlicherweise das Blut in den Kopf. »Als Kommissarin bin ich durchtrainiert«, sagte sie vage und erklärte: »Crosstrainer, Hanteltraining, Bodensport … mindestens fünfmal in der Woche direkt nach dem Aufstehen.«

Die Tür fiel hinter ihr ins Schloss, und sie blickte im Zwielicht des Hausflurs auf die Treppe aus altem Eichenholz, die steil nach oben führte. Die Wände waren in halber Höhe mit Marmor getäfelt, was dem Treppenhaus etwas Nobles gab.

»Lass uns gleich in den Keller gehen«, drängte Hannah.

Der Flur war eng, sie spürte Urs' Wärme, und auch sein Geruch von Seewasser war wieder da.

Urs hob entschuldigend die Schultern. »Ich würde gern erst mal hoch in die Wohnung. Das Bier …«

Hannah verstand und nickte. Das war ein Argument.

Sie folgte ihm die 82 Stufen hinauf, und als sie ohne einen Anflug von Atemnot hinter seinem breiten Rücken darauf wartete, dass er die Wohnungstür aufschloss, wandte er sich halb zu ihr um und sagte irritiert: »Das gibt es doch gar nicht. Ich hatte vorhin garantiert abgeschlossen.«

»Die Tür ist unversperrt?«

»Ja!«

»Warte einen Moment.« Hannah inspizierte die Tür. »Es ist eingebrochen worden«, stellte sie fest und holte vorsichtshalber die Pistole aus dem Rucksack. »Ich gehe voran!«

Angespannt ging sie durch den langen Flur ins Wohnzimmer, und als sich der Raum vor ihnen auftat, blieb vor allem Urs wie erstarrt im Türrahmen stehen. Sie blickten auf ein heilloses Durcheinander. Irgendjemand hatte ganze Arbeit geleistet. Die Essstühle lagen umgekippt auf dem Boden, überall waren Bücher verstreut, manche aufgeklappt, und vor einer Vitrine, deren Flügeltüren weit geöffnet waren, häuften sich Scherben von zerbrochenen Tellern und Gläsern. Der braune Samt des Sofas, das in einer Ecke stand, und zwei Sessel waren aufgeschlitzt, heraus quoll Polstermaterial.

»So eine Sauerei!«, fluchte Urs, machte auf dem Absatz kehrt und stürmte ins Arbeitszimmer.

Hannah folgte ihm, die Pistole immer noch in der Hand. Auch hier bot sich ihren Augen ein riesiges Chaos. Auf den Boden gekippte Schubladen, ausgeräumte Regale, Ordner mit herausgerissenen Blättern, Briefe, Kontoauszüge, alles was zuvor sicher ordentlich verstaut gewesen war.

»Du bleibst hier und rührst dich nicht«, sagte Hannah und inspizierte die Küche, das Badezimmer und auch das Schlafzimmer, überall die gleiche Verwüstung. Dann kehrte sie zu Urs ins Arbeitszimmer zurück. »Keiner da«, sagte sie und spürte, dass sie darüber erleichtert war. Die Anspannung, die sie seit Betreten der Wohnung erfasst hatte, ließ nach, zurück blieb ein großes Fragezeichen. Langsam verstaute sie ihre Pistole wieder im Rucksack.

»Mein PC ist weg«, stammelte Urs, während er in alle Ecken spähte. »Ich glaube es einfach nicht.« Er steuerte den Schreibtisch an, dessen Schubladen weit herausgezogen waren.

»Stopp! Nichts anrühren!«, hielt Hannah ihn zurück. Urs sah sie erschrocken an und nickte schließlich. »Klar. Wegen der Spuren.« Seine Arme hingen wie zwei nutzlose Pendel schlaff an seiner Seite herab. »Lass mich aber bitte nachsehen, ob meine Festplatten noch da sind … ich habe alle meine Daten darauf gesichert. Ich rühre auch nichts an«, versprach er verzweifelt.

»Okay. Hast du die Daten nicht auch in einer Cloud?«, fragte Hannah erstaunt.

»Nein. Das schien mir zu unsicher. Könnten ja gehackt werden … der gläserne Mensch … du weißt schon.« Urs grinste schief.

Hannah spürte plötzlich großes Mitleid mit ihm. Wäre da nicht diese ungewöhnliche Anziehungskraft zwischen ihnen, hätte sie ihn in den Arm genommen und getröstet. Doch so fragte sie nur: »Waren wichtige Dateien drauf?«

Urs spähte in die Schubladen. »Alles weg«, stöhnte er und blickte auf. »Ja. Meine Recherchen zu den Themen der letzten zwei Jahre, ein Buchprojekt – der Artikel über das Schweizer Gesundheitssystem, an dem ich gerade arbeite – es darf nicht wahr sein.«

»Auch Informationen von Meyers? Dateien von ihm oder Lück?«

»Nein.«

Hannah atmete auf. Im Licht der Sonne, die durchs Fenster schien, bemerkte Hannah ein paar graue Haare in seiner schwarzen Mähne, und sie dachte, dass es für sein Alter noch erstaunlich wenig waren. Sie schätzte Urs auf Ende 50.

Sie sahen sich an, und Hannah sagte: »Das sieht nach einer ganz gezielten Suche aus. Hatte irgendeins von deinen Projekten besondere Brisanz?«

Urs schüttelte den Kopf. »Meine investigativen Zeiten sind längst vorbei. Ich hatte allerdings ein bisschen über Dysprosium recherchiert, weil es Peters Thema war. Die Informationen stammen jedoch alle aus dem Netz, sind für jedermann zugänglich. Also null Brisanz.« Er dachte einen Moment nach und schüttelte nochmals den Kopf: »Nein. Da ist nichts von Bedeutung drauf, jedenfalls nicht für jemand anderen. Für mich natürlich, klar, da es in erster Linie um Rechercheinhalte für meine Arbeit geht.«

»Hat irgendwer von dem Umschlag gewusst, den dein Freund Peter dir übergeben hat?«

Urs starrte sie an. »Hältst du mich etwa für so naiv, dass ich auch nur irgendjemandem davon erzählt hätte?«

Die Frage stand eine Weile unbeantwortet im Raum, und schließlich sagte er mit Nachdruck: »Niemand. Wirklich niemand.«

»Gut«, nickte Hannah. »Dann solltest du jetzt die Polizei rufen und den Einbruch melden.«

»Okay.« Urs zog sein Handy aus der Hosentasche, und während sie ihn dabei beobachtete, wie er erste Ziffern eintippte, überlegte Hannah, was sie den Kollegen über sich und den Grund ihres Aufenthalts in Zürich gleich erzählen würde, und plötzlich bat sie mit eindringlicher Stimme: »Moment noch!«

Urs hielt inne und sah sie überrascht an.

»Bevor du meine Kollegen rufst, gehen wir runter in den Keller und schauen nach, ob der Umschlag noch da ist.«

Urs steckte das Handy weg und nickte, und dann stiegen sie Stufe für Stufe die Treppe hinab.

JÖNKÖPING, SCHWEDEN

Es gab Neuigkeiten, und Nils fühlte sich ganz zittrig vor Ungeduld, endlich mehr zu erfahren. Er saß rund zehn Kilometer südlich von Jönköping im Gipfelcafé des Tabergs und bemühte sich, dem unbegrenzten Blick aus etwa 350 Metern Höhe auf die Stadt und den Vätternsee Ruhe abzugewinnen, so viel Ruhe, dass die tief in ihm sitzende Angst beherrschbar wurde und ihm nicht immer wieder den Atem nahm.

Alles in ihm sträubte sich dagegen zu begreifen, dass sein Leben im Wald vielleicht schon bald ein Ende hatte, und ihn quälte die Frage, was danach kam.

Er hatte sich immer noch nicht wiedergefunden und wusste nicht, an welchem Ort in der Welt, außer eben jenem, Platz für ihn war.

Nils seufzte. Wie sinnig von Linda, ausgerechnet den Taberg als Treffpunkt vorzuschlagen. Früher einmal hatte ein Bergwerk hier Eisenerze und Mineralien gefördert, Ende der 50er-Jahre war es dann stillgelegt worden. Linda hatte am Telefon zu ihm gesagt, sie finde, dass der Ort gut zu ihrem Thema passe, und hatte dabei leise gelacht. Auch Nils hatte gelacht, obwohl ihm überhaupt nicht danach zumute gewesen war.

Linda hatte auch deswegen darum gebeten, sich hier zu treffen, weil der Taberg nicht weit von Jönköping lag. Sie habe viel um die Ohren momentan, hatte sie gesagt, und dass sie die Abwesenheit der Kinder gerade nutze, um das Haus zu renovieren. Momentan sei sie mit dem Streichen der Wände beschäftigt, und vielleicht reiche die Zeit auch noch dafür, den Holzboden abzuschleifen. Während Nils ihr zuhörte, traf jedes ihrer Worte ihn wie eine Nadel, die Gift in ihn spritzte, und nachdem Linda endlich mit ihren Ausführungen fertig war, kam es ihm so vor, als bliebe, wie nach einer erfolgreichen Injektion, ein wenig Blut zurück.

Zudem sei sie ja auch noch für *Smaland Miljöförening* im Einsatz, was ebenfalls einige Stunden pro Woche in Anspruch nehme, hatte sie angeführt, und so war er mit dem Taberg ohne große Widerrede einverstanden gewesen, obwohl ihm ein Treffpunkt in seiner gewohnten Umgebung lieber gewesen wäre.

Linda hatte angekündigt, dass sie über den Mann ihrer Freundin Abbe in der Bergbaubehörde in Uppsala in Erfahrung bringen konnte, was es mit dem Explorationsroboter in seiner Gegend auf sich hatte, und sie hatte auch berichtet, dass einige Vereinsmitglieder, denen Mats eine Mail geschickt hatte, ähnlichen Robotern begegnet waren.

Nils ließ seinen Blick immer wieder über die Ebene schweifen und entspannte sich ein wenig, aber nur ein klein wenig. Daran, dass er ständig mit seinen Händen in Bewegung war, sich an Mund oder Nase oder am Kinn kratzte und ab und an über die Haare strich, erkannte er, wie aufgeregt er war, obwohl er schon fast 20 Minuten in dieser beruhigenden Umgebung saß und ebenfalls beruhigenden Melissentee trank.

Endlich sah er, wie Linda die Terrasse betrat, gefolgt von Mats, der nur wenige Schritte hinter ihr war. Nils wunderte sich kurz darüber, dass sie nichts davon erwähnt hatte, dass sie zu zweit kommen würden, aber grundsätzlich war es ihm recht. Er mochte Mats, und da er den Umweltverband leitete, würde seine Anwesenheit wahrscheinlich hilfreich sein. Nils hob die Hand und winkte, und als Linda ihn bemerkte, winkte sie freudig zurück. Ihr Blick war so offen wie früher, ohne Zurückhaltung oder Distanz, und einen Moment war alles zwischen ihnen wie immer.

»Hej«, lächelte sie, als sie vor ihm stand, und Mats lächelte ebenfalls. Dann ließen sie und Mats sich auf die mit Weidenrohr bespannten Stühle fallen. »Entschuldige, dass wir uns ein bisschen verspätet haben. Ich bin nicht rechtzeitig mit dem Streichen fertig geworden, und als ich auf die Uhr sah, war ich schon zu spät dran«, sagte Linda und ließ ihre große Handtasche auf den Boden sinken.

»Macht ja nichts«, sagte Nils und dachte, klar, daran dass sie unpünktlich ist, wird sich wohl nie etwas ändern, 15 Minuten Verspätung gehörten zu ihr wie ein Taschentuch zu Schnupfen. Er seufzte unmerklich und stellte fest, dass ein winziger weißer Farbklecks auf einer Strähne ihres hellblonden Haares klebte.

»Sie hat dann aber Gas gegeben, um noch einigermaßen pünktlich zu sein«, schmunzelte Mats.

Nils nickte. Auch das kannte er.

Linda und Mats bestellten eine Birkenwasser-Limo, und Linda wartete keine Sekunde länger als nötig, um ihm mitzuteilen: »Die Probebohrung wurde genehmigt. Sie beginnen schon mit den Vorbereitungen.«

»Shit!« Nils war schlagartig flau zumute. Er hatte es befürchtet.

»Abbe und ihr Mann Arvid, der in Uppsala in der Bergbaubehörde arbeitet, waren ein paar Tage verreist, deswegen hat es ein wenig gedauert, bis ich eine Rückmeldung bekam. Arvid hat vor einem Jahr eine Krebsdiagnose erhalten, und jetzt machen sie sich, so oft es geht, ein paar schöne Tage.«

»Ah ja«, sagte Nils. Er bemerkte, dass Linda und Mats ihn beobachteten. »Wo sollen die Bohrungen stattfinden?«, fragte er.

»Stichprobenartig auf einem Gelände, das circa 50 Quadratkilometer umfasst. Deine Hütte liegt mittendrin«, erklärte Linda und betrachtete ihn voller Mitgefühl.

Nils' Blick wanderte von Linda zu Mats und zurück. Kein Wort kam über seine Lippen.

»Es ist wahr«, bestätigte Mats.

Nils räusperte sich, und schließlich fragte er: »Wonach suchen sie?«

»Dysprosium. Eine Schwere Seltene Erde, die tatsächlich selten vorkommt, zu den in Fachkreisen sogenannten *Heavies* zählt und bislang vor allem in China abgebaut wird«, erklärte Mats. »Der Abbau ist eine Riesensauerei. Aber ohne Dysprosium keine zeitnahe Energiewende. Es wird in Windkraftanlagen und in E-Autos verbaut. Wenn davon nicht in Zukunft mehr verfügbar ist, stößt die E-Mobilität bald an ihre Grenzen. Es redet aber natürlich niemand davon.«

Nils suchte Bestätigung in Lindas Blick, und sie nickte.

»Zwei deutsche Wissenschaftler haben eine Methode entwickelt, mit der ein Explorationsroboter, wie du ihn gesehen hast, Vorkommen auch in sehr tiefen Erdschichten entdecken kann, und ebensolche Vorkommen vermuten sie in deiner Gegend, was sensationell wäre. Insgesamt sind drei der Roboter eingesetzt worden, einen davon hast du gesehen. Ein anderer wurde zerstört. Könnte sein, dass das unsere Radikalen waren. Ich weiß es nicht.«

Nils hörte angespannt zu.

»Wir wissen, dass einige Vereinsmitgliedern diesen Robotern begegnet sind«, fuhr Mats fort. »Alle waren etwa im Umkreis von etwa 50 bis 100 Kilometer Entfernung zu deiner Hütte unterwegs. Wenn die erfolgreich waren und was gefunden haben, müssen wir davon ausgehen, dass bald die ganze Gegend umgegraben wird.«

Nils hatte Mühe, den Schock zu verarbeiten. Er verspürte den Impuls aufzuspringen und sich zu bewegen, um sich irgendwie Luft zu verschaffen, doch er zwang sich dazu sitzen zu bleiben.

»Es kommt leider noch schlimmer«, kündigte Linda an, und ihre Stimme klang ungewohnt weich, so, als sei sie unsicher, ob Nils den nächsten Schlag verkraften könne.

»Ja?«, fragte er, und seine Stimme klang gepresst.

»Du wirst in den nächsten Tagen per Post über die Probebohrungen informiert. Man wird dich darauf hinweisen, dass du die Hütte eventuell schon bald räumen musst.«

Nils wurde schwarz vor Augen. Als er sich wieder gefasst hatte, fragte er: »Woher weißt du das?«

»Von Abbe natürlich, und sie weiß es von ihrem Mann.«

»Ich lasse mich nicht vertreiben«, sagte Nils. An seiner Stirn pulste eine Ader.

Linda beugte sich vor. »Ich weiß, wie sehr du an diesem Platz hängst. Es tut mir so leid für dich.«

»Keine Panik«, versuchte Mats zu beruhigen. »Bis es soweit kommt, fließt noch viel Wasser in den Vättern. Wir werden mit allen Mitteln versuchen, die Probebohrungen zu verhindern«, bekräftigte er und fügte hinzu: »Selbstverständlich werden wir mit allen Mitteln dafür kämpfen, die Natur in deiner Region zu erhalten.«

Nils wurde auf einmal alles zu viel. Er erhob sich. »Entschuldigt mich bitte einen Moment.« Der Weg zu den Waschräumen erschien ihm unendlich lang, doch als er schließlich sein Gesicht übers Waschbecken hielt und sich mit beiden Händen kaltes Wasser darauf klatschte, fühlte er sich langsam etwas besser. Es war wichtig, dass er sich nicht von seinen Emotionen überrollen ließ, er musste einen kühlen Kopf behalten. Als er in den Spiegel sah, starrte er sich erschrocken an. Seine Augen lagen tief in den Höhlen.

Als er wieder am Tisch saß, fragte Linda besorgt: »Alles in Ordnung? Du siehst blass aus.«

»Klar«, sagte Nils und blickte über die Bretter des Holzgeländers hinweg auf die weite Ebene.

»Du wirst doch nicht krank?« Sie betrachtete Nils aufmerksam, und es war ihm unangenehm.

»Wann wollen sie mit den Bohrungen beginnen?«, wollte er wissen, Lindas Frage ignorierend.

Linda bohrte nicht nach. »Arvid Engström meint, in etwa vier Wochen.«

»So bald schon.«

»Ja, aber es bleibt Zeit genug, um unsere Mitglieder zu mobilisieren und an verschiedenen Orten Demos zu organisieren«, sagte Mats. »Eine Pressekampagne ist in Vorbereitung. Morgen gehen erste Pressemeldungen an die Zeitungen, den Hörfunk und das Fernsehen raus, und eine Pressekonferenz haben wir auch in Planung. Wie es aussieht, kann sie nächste Woche stattfinden.« Je länger er sprach, desto mehr erregte sich Mats, sein Blick glühte.

»Unsere Aktionen werden viele Bewohnerinnen und Bewohner der Umgebung auf den Plan rufen«, versprach Linda und lächelte Nils aufmunternd an.

»Hoffentlich.« Nils fragte sich, wie viel Einfluss der Verein tatsächlich noch auf die bereits genehmigten Bohrungen ausüben konnte, oder ob die Aktionen von vornherein aussichtslos waren.

»Ich möchte bei den Vorbereitungen dabei sein«, sagte Nils.

»Okay. Komm mit nach Jönköping. Es sind noch Texte für die Einladung zur Pressekonferenz zu schreiben, außerdem müssen Hintergrundinformationen für die digitale Pressemappe vorbereitet werden«, erklärte Mats sich einverstanden.

»Ich glaube nicht, dass ich fürs Verfassen von Texten der Richtige bin«, gab Nils zu bedenken. »Ich schätze, das kann Linda besser.«

Linda nickte. »Du könntest dich vielleicht um den Veranstaltungsort kümmern«, schlug sie vor. »Wir haben zwei zur Auswahl und müssen uns entscheiden. Du könntest sie in Augenschein nehmen und die Kosten vergleichen.«

»Mache ich«, sagte Nils. Er war dankbar dafür, überhaupt etwas tun zu können.

»Außerdem ist noch eine Unterschriftenaktion vorzubereiten«, sagte Mats. »Du könntest einen Stand für den Markt am Samstag auf dem *Västra Torget* organisieren. Da sind immer viele Leute, und entsprechend viele Unterschriften kommen hoffentlich zusammen.«

»Klar, mache ich«, sagte Nils erneut, und während er darüber nachdachte, ob er heute Abend ausnahmsweise in einem Hotel in der Stadt schlafen sollte, anstatt in seine Hütte zurückzukehren, ging ihm eine verwegene Überlegung durch den Kopf, und er wusste nicht, ob sie völlig daneben oder durchaus vorstellbar war.

Was wäre, wenn er Linda fragte, ob er ihr nicht zwischendurch auch bei den Renovierungsarbeiten helfen konnte?

ZÜRICH, SCHWEIZ

Im Keller von Urs' Mietshaus roch es muffig, wie überall in alten Häusern. Die Wände schimmerten in den Ecken feucht, und auf dem Fußboden entdeckte Hannah Mäusedreck. Er überraschte sie, doch sofort wurde ihr klar, dass sie Opfer des Klischees von der sauberen Schweiz geworden war, indem sie annahm, so etwas gebe es hier nicht. Hannah rümpfte die Nase, nicht nur über den modrigen, von Mäuseurin geschwängerten Geruch, sondern vor allem über sich selbst.

Was passte schon ins Bild und was nicht?

Unwillkürlich musste sie lächeln. Wenn sie hier wohnen würde, würde sie jedenfalls in Absprache mit den anderen Mietern einen Kammerjäger kommen lassen.

Urs steckte den Schlüssel ins Schloss der Tür, die in seinen persönlichen Kellerraum führte und aus schmalen Holzlatten zusammengezimmert war, sie machte keinen besonders stabilen Eindruck auf Hannah, doch bei genauerem Hinsehen wurde ihr klar, dass sie völlig unversehrt war. Das kratzende Geräusch des Schlüssels tat ihr in den Ohren weh.

»Alles ganz normal«, bestätigte Urs und blickte sich zu ihr um. Endlich öffnete er die Tür, und Hannah und er starrten auf ordentlich übereinander gestapelte Kartons. Hannah atmete auf. Kein Anzeichen von Verwüstung.

»Ich bleibe hier stehen. Hol du den Umschlag«, bat sie.

Sie beobachtete ihn dabei, wie er ächzend einige Kartons umschichtete und schließlich einen der unteren öffnete. Nach wenigen Sekunden zog er einen gänzlich unbeschädigten braunen A4-Umschlag daraus hervor und hielt ihn in die Luft.

»Sehr gut«, sagte sie und nickte erleichtert. Kurz darauf stiegen sie wieder die Treppen zu Urs' Wohnung hinauf.

»Auch einen, bevor ich die Polizei anrufe?« Urs hielt zwei unversehrte Cognacgläser in der Hand, die er irgendwo in dem Chaos gefunden hatte.

»Gern, kann ich jetzt gut gebrauchen«, lachte Hannah, und ihr war zumute, als habe sie gerade unbeschadet einen gefährlichen Einsatz überstanden. Dabei hatte sie in ihrem Job schon Schlimmeres erlebt.

Urs schenkte ein. Sie saßen auf dem kleinen Balkon und blickten durch die Blätter einer Kastanie hinunter auf die Limmat, die gemächlich dahinfloss, und schwenkten die Flüssigkeit im Glas hin und her. Auf dem winzigen Tischchen vor ihnen lag der ungeöffnete Umschlag.

Urs prostete ihr zu, und Hannah hob ihr Glas. Der Cognac brannte in ihrer Kehle, er schmeckte nach Karamell und ein wenig nach Holz. Sie spürte, wie das Getränk sie schon nach den ersten Schlucken entspannte.

»Also dann«, sagte sie, zog Latexhandschuhe über, die sie vorsichtshalber mitgenommen hatte, und öffnete mit einem Messer, das Urs ihr reichte, den Umschlag. Vorsichtig zog sie ein Blatt daraus hervor, auf dem in Großbuchstaben handschriftlich geschrieben stand: »BANK SWISS«.

Sie hielt das Blatt hoch, sodass Urs es lesen konnte, und es bewegte sich ein wenig im Wind, der in der Zwischenzeit aufgekommen war.

»*Bank Swiss*?« Urs runzelte die Stirn und starrte auf das Blatt.

Hannah angelte in den Tiefen des Umschlags nach dem Päckchen, von dem Urs gesprochen hatte, und als sie es herausfischte, starrte sie ungläubig darauf und drehte es hin und her »Haushaltspapier«, stellte sie fest.

»Peter war praktisch veranlagt«, sagte Urs.

Um das Haushaltspapier spannte sich ein Gummiband. Hannah entfernte es, und einen Moment später hielt sie einen kleinen silbernen Schlüssel mit der eingeprägten Nummer 367 in der Hand.

»Ein Safeschlüssel«, sagte Urs. »Die sehen hier bei uns in der Schweiz manchmal noch so aus.«

»Wow.« Hannah spürte ein Prickeln in ihren Adern. »Wann öffnen bei euch die Banken?«

»Montag früh um 9 Uhr.«

»Dann müssen wir uns noch einen weiteren Tag gedulden«, sagte sie, und ihre Gedanken überschlugen sich. Gab es eine Möglichkeit, schon vorher an den Inhalt des Safes zu kommen? Sie fürchtete, nein. Dafür brauchte es eine gerichtliche Anordnung, und sie war in der Schweiz, und die Kollegen wussten noch nichts von ihr und ihrem Fall.

»Dann nutze ich den morgigen Tag, um weiter zu recherchieren.«

»Wenn du willst, helfe ich dir«, schlug Urs vor.

»Warum nicht?« Hannah dachte, dass ein Journalist vielleicht noch andere Methoden hatte, und möglicherweise würde sie davon profitieren.

»Vielleicht bleibt ja auch noch Zeit für eine kleine Seerundfahrt«, lächelte Urs.

Hannah fühlte sich ertappt. Konnte er etwa Gedanken lesen? »Wolltest du nicht aufräumen?«, fragte sie und deutete auf das Chaos hinter sich.

»Auf einen Tag früher oder später kommt es nicht an«, sagte Urs. »Der Vorteil meines hohen Alters ist, dass ich mich nicht mehr so stresse wie früher.«

Hannah strich sich über die Haare und dachte an Carl, und für einen Moment vermisste sie ihn, doch dann sagte sie wehmütig: »Ja, eine kleine Seerundfahrt wäre schön.«

Carl hatte ihr eine Nachricht auf dem Anrufbeantworter hinterlassen, sie hatte sie jedoch noch nicht abgehört. Sie hob den Cognacschwenker an ihre Lippen, und als der letzte Tropfen ihre Kehle hinuntergeronnen war, lächelte sie Urs an und sagte: »Und jetzt rufst du bitte eure Kantonspolizei.«

* ❋

Die Zürcher Polizei war innerhalb weniger Minuten vor Ort, und während die Einbruchspuren gesichert wurden, berichtete Urs dem ermittelnden Polizisten, dass er glaubte, seit einigen Tagen beobachtet zu werden. Tatsächlich beschrieb er mit einem Mal den Mann, der ihm vor etwa einer Woche im *Migros* aufgefallen war. Und er schilderte außerdem, dass er glaubte, jemand sei ihm vor etwa einer Woche auf dem Weg in die Redaktion gefolgt, ein Gefühl, das er durch nichts erhärten konnte, das aber untrüglich da gewesen war. Und dann fiel ihm auch noch eine Situation vor fünf Tagen im Hausflur ein. Er war dort einem Mann in Monteurkleidung begegnet, der behauptet hatte, im Auftrag einer Handwerksfirma im Keller Wartungsarbeiten an der Gasheizung vornehmen zu wollen, und dieser Mann hatte ihn flüchtig an den Mann im Supermarkt erinnert.

Hannah, die Urs den Zürcher Kantonspolizisten

zunächst als Freundin aus Deutschland vorgestellt hatte, folgte seinen Ausführungen mit wachsendem Erstaunen.

Warum hatte Urs ihr nichts davon erzählt?

Allerdings hatte sie so etwas schon öfter erlebt. Durch irgendeinen Auslöser, in diesem Fall wohl der Einbruch, tauchten plötzlich Erinnerungen auf, die zuvor unter der Flut anderer, ganz alltäglicher Eindrücke verschüttet gewesen waren.

»Kommen Sie am Montag zu uns aufs Amt, wir fertigen ein Phantombild an«, sagte Beat Brunner, ein kantiger Mann um die 50 mit Schnauzbart und flinken blauen Augen.

Urs nickte. »Und denken Sie daran, alle gestohlenen Dinge aufzulisten und die Liste mitzubringen«, forderte er Urs auf. »Können Sie jetzt schon sagen, ob etwas fehlt?«

»Bis auf den PC und zwei Festplatten scheint auf den ersten Blick nichts weiter gestohlen worden zu sein«, antwortete Urs. »Dass die Festplatten weg sind, ist eine Katastrophe. Dateien meiner sämtlichen Artikel aus den letzten zwei Jahren waren drauf und Recherchen zu allen Artikeln, an denen ich gerade arbeite.« Er massierte sich die Stirn und stöhnte: »Es ist schrecklich.«

»Wahrscheinlich werden Sie die Sachen nie wiederkriegen«, sagte Beat Brunner teilnahmsvoll und streute damit noch mehr Salz in Urs' Wunde. »In den seltensten Fällen taucht das Diebesgut wieder auf.«

Urs starrte ihn an und zuckte resigniert die Achseln. »Ich weiß.«

Hannah konnte sich gut vorstellen, was der Datenverlust für Urs bedeutete. Es waren die Früchte seiner Arbeit, und daher war es in gewisser Weise bares Geld. Er hatte Zeit und Mühen in die Recherche für weitere Aufträge investiert, und da er nicht angestellt, sondern freiberuflich tätiger Journalist war, bedeutete der Verlust der Festplatten sicher einen gehörigen Verdienstausfall.

Die Kantonspolizei war mit der Sicherung der Spuren nach einer guten Stunde fertig. Hannah hatte auf diesen Moment gewartet und gab sich nun endlich als deutsche Kollegin zu erkennen.

»Warum haben Sie mir das nicht gleich gesagt?«, funkelte Beat Brunner sie verärgert an. »Haben Sie etwas zu verbergen?«

»Natürlich nicht. Ich wollte einfach, dass Sie zunächst Ihre Arbeit machen, bevor ich Ihnen mit den Einzelheiten meines Falls komme«, beschwichtigte Hannah.

»So.« Beat Brunner betrachtete sie mit gerunzelter Stirn.

Hannah begann, von der Ermordung der deutschen Wissenschaftler Meyers und Lück zu berichten. Von deren Entdeckung, dass irgendwo in Schweden wahrscheinlich ein großes Vorkommen der schweren Seltenen Erde Dysprosium lagerte, und davon, dass dies vielleicht ganz und gar nicht im Interesse der Chinesen war. Dann übergab sie ihm Meyers' Umschlag mit dem Schlüssel für den Safe bei der *Bank Swiss*. Sie berichtete, dass ihr langjähriger guter Freund Urs ihn von Meyers erhalten habe, mit der Bitte sie zu informieren, falls ihm etwas zustoßen sollte.

»Sie hätten uns sofort kontaktieren müssen, als Sie Schweizer Boden betraten!«, insistierte Beat Brunner, immer noch aufgebracht. Er marschierte im Raum auf und ab und drohte mit Konsequenzen, weil sie gegen geltende Vorschriften verstoßen habe.

Hannah bemerkte die ungesunde Farbe in seinem Gesicht. Hoffentlich bekommt er jetzt keinen Herzinfarkt, dachte sie besorgt, doch nirgendwo in ihr regte sich ein schlechtes Gewissen.

»Ich habe keinesfalls gegen geltendes Recht verstoßen«, sagte sie ruhig, doch sie spürte, dass sie zu schwitzen begann, und nur einen Moment später schmeckte sie, dass ihre Mundwinkel salzig waren. Rasch angelte sie ein Papiertaschentuch aus ihrer Hosentasche und wischte darüber hinweg. »Ich kenne Urs Schaffhauser schon seit vielen Jahren«, behauptete sie mit fester Stimme, »nach Zürich kam ich heute aus völlig privaten Gründen. Mein Verhältnis zu Urs ist in der Polizeisprache meines Landes ein sogenanntes Kennverhältnis, wir sind also schon viele Jahre miteinander bekannt. Ich bin daher keineswegs nach Zürich gekommen, um Ihre polizeiliche Ermittlungshoheit zu verletzen.«

»Wer es glaubt, wird selig«, murrte Brunner.

Hannah zuckte mit den Achseln. »Warum sonst hätte ich Ihnen von dem Umschlag erzählt?«

Brunner brummte etwas Unverständliches.

Aus einem Impuls heraus ging Hannah auf ihn zu und streckte ihm die Hand entgegen, und nach einem ersten Zögern ergriff er sie und knurrte: »Also gut.«

Hannah atmete auf. Die Krise war überstanden. Misstrauen und Ablehnung der Schweizer Kollegen konnte sie jetzt wirklich nicht gebrauchen.

Hannah betrachtete fasziniert Brunners dunklen Schnurrbart, und plötzlich schob sich das Bild vor ihre Augen, wie er in einer Almhütte vor einem Bottich stand und mit einem langen Holzstab Käsebruch umrührte. Würde zu ihm passen. Eigentlich gehörte er ins Schweizer Nationalmuseum, so archaisch wirkte er. Sie musste bei diesem Gedanken unwillkürlich lächeln. Ein echtes

Urgestein. Doch auch in der Eifel gab es solche Typen, aber das hier war Zürich!

Unauffällig blickte sie sich um. Wo war Urs? Schließlich entdeckte sie ihn auf dem Balkon, er saß allein am Tisch. Als habe er ihren Blick gespürt, drehte er sich zu ihr um, und ein spontanes Lächeln ging über sein Gesicht, das sie seltsamerweise irgendwie beruhigte. Es war, als wären sie alte Vertraute.

Rasch wandte sie sich wieder ab und blickte ihren Kollegen an. »Wie schnell kommen wir an das Schließfach ran?«

»Ich muss erst eine richterliche Anordnung einholen«, erklärte er und fügte hinzu: »Dann wird es ein bis zwei Tage dauern, bis wir die amtliche Vorlage für die Bank haben. Mit viel Glück können wir das Fach Montagnachmittag öffnen, wahrscheinlich jedoch erst am Dienstag.«

Hannah holte tief Luft. Ich bin kurz vorm Ziel, dachte sie, aber verdammt noch mal, ausgerechnet beim Endspurt bremsen mich mal wieder die Bürokraten aus …

*

Auf dem Weg ins Hotel fühlte Hannah, wie ausgelaugt sie schon wieder von den Ereignissen des Tages war. Nun, da die Anspannung immer mehr von ihr abfiel, sehnte sie sich mit jedem Schritt mehr, der sie dem Hotel näherbrachte, nach einer Dusche und einem frisch bezogenen Bett.

Dennoch ließ Hannah sich nicht von ihrem Vorhaben abbringen, im Chinarestaurant *Hongxi* haltzumachen. Genau hier hatten Meyers und Lück sich mit dem Chinesen getroffen.

Urs ging an ihrer Seite. Auch er war erschöpft, allerdings hatte er sich nicht ausreden lassen, sie ins *Hongxi* zu begleiten, nicht nur weil er selbst neugierig war, sondern weil sie beide nach den Schrecken des Tages Hunger hatten und im *Hongxi* eine Kleinigkeit essen wollten.

Über den Tischen im Restaurant baumelten rote, mit schwarzen Schriftzeichen bemalte Lampen. Theke, Tische und Stühle waren aus hellem Bambusholz, und es roch nach Knoblauch und Ingwer. Hinter der Theke polierte eine junge Chinesin in roter Bluse Gläser. Sie begrüßte sie mit einem breiten Lächeln und wies auf einen Tisch am Fenster, von wo aus man einen Blick auf den wenig belebten Bürgersteig hatte. Nur einige Tische waren besetzt, aber es war noch früh am Abend. So war nur leises Gemurmel und hin und wieder dezentes Geschirrklappern zu hören, was Hannah nach den Strapazen des Tages als wohltuend empfand.

Sie und Urs nahmen am Fenster Platz, und Hannah fühlte sich plötzlich so verschwitzt und schmutzig, dass sie den Waschraum aufsuchte. Dort seifte sie ihre Hände, bis sie rot waren, wusch sich das Gesicht und trug Wimperntusche auf, außerdem Lippenstift und einen Hauch Rouge, und als sie an ihren Tisch im Gastraum zurückkehrte, fühlte sie sich wie neugeboren.

Sie und Urs bestellten gebratene Entenbruststreifen mit Gemüse süßsauer, und Hannah zeigte der jungen Kellnerin ein Foto von Peter Meyers und Tobias Lück. Urs hatte ihr das Foto überlassen, und Hannah brannte darauf zu erfahren, ob die junge Frau sich an die beiden erinnern konnte. Während sie das Foto betrachtete, beobachtete Hannah sie aufmerksam. Sie schien ernsthaft zu überlegen, doch schließlich schüttelte sie verneinend den Kopf, und Hannah hatte den Eindruck, dass die Geste der Wahrheit entsprach. Die Kellnerin rief laut nach ihrem Vater. Er sei der Inhaber des Restaurants, erklärte sie, und nur einen Moment später eilte er aus der Küche herbei. Mit einer Verbeugung stellte er sich als Herr Wang vor. Dann betrachtete auch er das Foto eingehend, und schon nach wenigen Sekunden blickte er freudig auf und verkündete zu Hannahs Überraschung, dass Meyers und Lück vor wenigen Wochen in Begleitung eines alten Familienfreundes aus China in sein Restaurant gekommen seien. »Daher erinnere ich mich gut an seine beiden Begleiter«, sagte er und fügte hinzu, dass sie sich aus geschäftlichem Anlass getroffen hätten, sein alter Freund habe dies erwähnt. Wang lächelte und führte aus: »Unsere Eltern sind im selben Dorf südlich von Peking aufgewachsen. Sun Yi ist ihr einziger Sohn.«

Hannah durchströmte bei seinen Worten eine Welle der Zuversicht.

Wang erzählte bereitwillig weiter: »Es war Zufall, dass wir uns wiedergesehen haben. Sun Yi hatte keine Ahnung davon, dass ich in Zürich lebe und dieses Restaurant betreibe, aber wie das Leben manchmal so spielt … plötzlich und unerwartet läuft man sich nach Jahren geradewegs in die Arme.«

»Sie haben sich gleich wiedererkannt?«, fragte Hannah verwundert und bemerkte, dass Urs gebannt zuhörte.

Wang schüttelte lächelnd den Kopf. »Natürlich nicht. Nach so vielen Jahren wären wir normalerweise aneinander vorbeigelaufen, doch wir gerieten ins Plaudern, und plötzlich kam es ans Tageslicht.« Er strahlte inzwischen über das ganze Gesicht.

Hannah nickte. Auch sie hatte Ähnliches schon erlebt. Als junge Frau war sie einmal während einer Tour durch Asien auf eine einsame thailändische Insel gereist und hatte dort eine Deutsche mit dem Namen Elke kennengelernt, die schon seit einem Jahr mit nichts als ihrem Rucksack und ein bisschen Geld in der Tasche unterwegs gewesen war. Sie waren sich auf Anhieb sympathisch gewesen, und nachdem sie sich stundenlang im Schatten der Palmen am Strand und auf den schlichten Holzbänken des einzigen Restaurants, in dem nicht mehr als drei Gerichte serviert wurden, über Gott und die Welt und ihre Bedeutung darin unterhalten hatten, hatte sich herausgestellt, dass Elke mit Hannahs sieben Jahre älteren Schwester zusammen auf dieselbe Schule gegangen war, und dass sie sogar ihr Zuhause kannte, weil sie dort ein-, zweimal auf einer Party von Hannahs Schwester gewesen war.

»Sun Yis Vater ist Mitglied der Kommunistischen Partei China, der KPCH, und Sun Yi ist in die Fußstapfen seines Vaters getreten. Er hat es zu was gebracht ... in der Partei Karriere gemacht ... Ich hingegen verkaufe nur Suppe.« Bescheiden senkte Wang den Blick, kurz darauf hob er ihn wieder und erklärte: »Sun Yi arbeitet im *Ministerium für Industrie und Informationstechnologie.*«

»Und was macht er da?«

»Er ist zuständig für den Export Seltener Erden. Ich weiß das, weil ich nachgefragt habe.«

Hannah suchte einen Moment nach Worten, und schließlich sagte sie: »Das hört sich wirklich wichtig an.« Sie war wie elektrisiert, und sie bemerkte, dass es Urs, der ihr gegenübersaß, ähnlich ging. Sie tauschten einen Blick.

»Würden Sie mir vielleicht Sun Yis Adresse geben?«, fragte sie liebenswürdig und erklärte: »Ich reise demnächst nach Peking, dann könnte ich ihn besuchen und ihm schöne Grüße von Ihnen ausrichten.«

Der Inhaber des *Hongxi* nickte: »Ich schreibe Ihnen seine Mailadresse auf.« Nach einigen höflichen Verbeugungen verschwand er zunächst wieder in der Küche, und seine Tochter erschien und servierte ihnen die Entenbruststreifen mit Gemüse und Reis, und Hannah und Urs sprachen darüber, welches Glück sie hatten, dass Wang zu ihnen an den Tisch gekommen war. Um ein Haar hätten sie nie mehr als Sun Yis Namen erfahren. Als sie fertig waren, überreichte Wang Hannah einen Zettel mit der Mailadresse von Sun Yi, und anschließend brachte er zwei Gläser Pflaumenwein.

»Wenn Sie nach Peking reisen, müssen Sie unbedingt auch zur Großen Mauer fahren«, empfahl er und strahlte vor Stolz, und dann zählte er eine Sehenswürdigkeit nach der anderen auf, die sie auf ihrer Besichtigungstour keinesfalls auslassen durfte.

Als Hannah und Urs das Restaurant verließen, steckte eine lange handschriftliche Liste mit Empfehlungen für Peking in ihrer Tasche.

»Willst du wirklich da hin?«, wollte Urs neugierig wissen, als sie nebeneinander auf dem Bürgersteig gingen.

Hannah schüttelte den Kopf und blinzelte. »Kleine Lügen sind erlaubt. Jedenfalls, wenn es der Wahrheitsfindung dient, wusstest du das nicht?«

»Und das sagt eine Polizistin«, lachte Urs.

»Es ist wirklich nicht nötig, dass du mich zum Hotel bringst«, sagte Hannah, als sie an einer Kreuzung standen, die in der einen Richtung zu Urs' Wohnung, in der anderen Richtung zum Hotel führte.

»Sicher ist sicher. Man kann nie wissen«, erwiderte er. »Natürlich bringe ich dich.«

Hannah hatte bemerkt, dass er sich, seit sie das Restaurant verlassen hatten, immer wieder umgeblickt hatte.

»Denkst du, dass uns jemand folgt?«, fragte sie.

»Nein.«

»Siehst du, ich auch nicht«, lachte sie, und es entsprach der Wahrheit. »Und wer ist hier Polizist? Du oder ich?«

»Trotzdem«, insistierte Urs.

»Na gut, wie du willst.« Es gefiel ihr, dass er sich wie ein Kavalier verhielt.

Sie setzten ihren Weg fort, am Limmatquai entlang und weiter durch die schmalen Gassen der Altstadt. Als Hannah die erleuchteten Fenster des Hotels vor sich auftauchen sah, überlegte sie kurz, ob sie ihn noch auf einen Drink an der Hotelbar einladen sollte, doch dann dachte sie an Carl und dass es besser war, nicht mit dem Feuer zu spielen.

Vor dem Eingang sah sie Urs einen Moment unschlüssig an, und sie dachte den Satz: Komm, umarme mich, sprach ihn aber nicht aus. Nur wenige Sekunden später wünschte sie Urs jedoch, ohne ihn auch nur mit der Fingerspitze berührt zu haben, eine gute Nacht, und verschwand eilig durch die gläserne Drehtür ins Innere des Hotels.

Zwei Stunden später lag Hannah frisch geduscht und mit ausgestreckten Beinen auf dem Hotelbett, nur die Nachttischlampe brannte. Um sie herum war es still. Durch das große Fenster blickte sie in eine violett-schwarze Dunkelheit, die unterbrochen vom Lichtkegel einer Straßenlampe war.

Hannah seufzte wohlig und griff nach ihrem Handy, um endlich in Ruhe Carls Nachricht abzuhören. Seine Stimme klang tief und weich, unendlich vertraut. Er sagte, dass es ihm leidtäte, dass er so wütend gewesen sei, und wollte wissen, ob sie ihm seine Unbeherrschtheit verzieh. Hannah presste das Handy noch dichter ans Ohr, denn er sagte nun auch, jedoch sehr leise, dass er sie liebe und dass er ihr viel Glück bei ihren Ermittlungen wünsche, und dass er sich darauf freue, wenn sie wieder nach Hause käme.

Hannah hörte die Nachricht noch ein zweites Mal ab und schloss die Augen. Durch das Fenster drang ein leises Lachen, und sie dachte, dass es gut war, dass sie allein in diesem Bett lag. Bevor sich noch ein einziger weiterer Gedanke in ihren Kopf schleichen konnte, war sie auch schon eingeschlafen.

JÖNKÖPING, SCHWEDEN

Nils Berglund nutzte die Gelegenheit und vereinbarte in Jönköping einen Termin beim Friseur. Seine blonden Haare waren inzwischen so gewachsen, dass sie fast bis auf seine Schultern reichten und er aussah wie ein Surflehrer in Kalifornien, das zumindest hatte Linda gestern behauptet. Zum ersten Mal seit Langem hatten sie herzhaft zusammen gelacht, und insgeheim hatte er ihre Äußerung sogar als Kompliment aufgefasst. Doch jetzt, da er in der Stadt möglichst viele Unterschriften gegen die Probebohrungen sammeln wollte, schien es ihm von Vorteil zu sein, etwas zivilisierter auszusehen. Er wollte nicht den Eindruck erwecken, ein versponnener Ökofreak zu sein, der irgendwo mutterseelenallein im Wald hauste und möglicherweise stank, und so ließ er sich nach Lindas Bemerkung direkt für den frühen Samstagmorgen, während Mats den Infostand auf dem Markt aufbaute, einen Termin bei Lisa, der Inhaberin des Frisiersalons, geben.

Er kannte Lisa. Sie hatte Kinder in Olovs und Ebbas Alter, ebenfalls ein Junge und ein Mädchen. Die vier hatten miteinander im Kindergarten gespielt, und inzwischen besuchten sie dieselbe Schule. Er war Lisa immer wieder bei Elternsprechtagen begegnet.

»Ich habe gehört, dass ihr gegen irgendwelche Probebohrungen bei dir da oben im Wald angehen wollt und eine Unterschriftenaktion plant, ist das wahr?«, erkundigte Lisa sich neugierig, während sie ihm das Haar shampoonierte.

Wassertropfen spritzten auf sein Gesicht und rannen unter der Pelerine in seinen Kragen, doch er beschwerte sich nicht. Mit geschlossenen Augen erklärte er, worum es ging, und Lisa ereiferte sich: »Die graben uns hier die Erde auf, beuten sie aus und zerstören unseren Wald, vertreiben die Tiere aus ihrem Lebensraum, und bei alldem denken sie nur ans Geld! Meine Unterschrift kannst du sofort haben.« Je mehr sie sich in Rage redete, desto nachdrücklicher massierte sie seinen Kopf, und Nils dachte, wenn sie nicht bald damit aufhört, muss ich auch noch zum Arzt. Er sehnte den Moment herbei, in dem sie ihn aus dem Waschbecken befreite.

Als er dann endlich mit nassen Haaren vor dem großen Spiegel saß, der sich über die ganze Wand erstreckte, und Lisa sich mit der Schere in ihren geschickten Händen an ihm zu schaffen machte, hielt er geduldig still und lächelte ihr im Spiegel schwach zu. Lisas Frisiersalon war eine Klatschbörse, dennoch war er sich dessen bewusst, dass Lisa eine wichtige Multiplikatorin und Botschafterin auch seiner Sache war.

»Wenn du einverstanden bist, lasse ich dir ein paar Listen zur Unterschriftensammlung hier«, schlug er vor. »Du könntest sie an der Empfangstheke auslegen.«

»Klar. Mache ich«, sagte Lisa. Sie teilte eine Strähne seines Haars ab, zog sie in die Länge und kürzte sie um mindestens 20 Zentimeter.

»Es wurde wirklich Zeit für einen Schnitt«, sagte sie und fügte hinzu: »Schön, dass du wieder da bist.«

»Ja.«

»Bleibst du länger hier?«, erkundigte sie sich.

»Ich weiß es noch nicht. Irgendwann in den nächsten Tagen findet eine Pressekonferenz statt, ich helfe *Smaland*

Miljöförening bei den Vorbereitungen.« Er fand, unter der Pelerine und mit den nassen Haaren sah er aus wie ein braves Kind.

»Super«, sagte sie.

Nils nickte.

»Halt den Kopf bitte still.«

»Entschuldige.«

Sie nahm seinen Kopf in beide Hände, richtete ihn mit prüfendem Blick so aus, dass er ganz gerade war, und schon fiel wieder eine Strähne seines Haars zu Boden.

»Wie geht es Linda?«, erkundigte Lisa sich wie beiläufig, doch Nils hörte deutlich heraus, dass ihr Interesse nicht allein Linda galt.

»Gut. Sie renoviert gerade das Haus.«

»Und wie geht es den Kindern?«

»Auch gut. Sie sind in den Ferien in Stockholm bei den Großeltern.«

»Wie … wollten sie denn nicht zu dir?« Lisa biss sich auf die Lippen, während sie weiter an seinen Haaren herumschnippelte. »Entschuldige, Nils. Ich wollte dir nicht zu nahetreten.«

»Schon gut.«

»Ich dachte nur, es wäre doch schön, wenn ihr wieder zusammenkämt, du und Linda. Allein für die Kinder …«

Lisa legte die Schere beiseite und griff zum Nackenrasierer. Die Schneidefläche kitzelte Nils' Haut, und der sirrende, sich in die Höhe schraubende Ton der kleinen Maschine kündigte ihm an, dass er gleich fertig war.

Lisa führte ihm mit Hilfe eines Handspiegels seinen Hinterkopf vor, und beflissen sagte er den Satz, den sie von ihm erwartete: »Sieht gut aus.« Mit zufriedenem Blick entfernte sie die Pelerine, und während sie die fei-

nen Haare neben seinem Stuhl ausschüttelte, kam sie hartnäckig zurück zum Thema: »Ich meine, es wäre doch gut
für die Kinder.«

»Lass mal, Lisa.« Nils erhob sich. Am liebsten hätte er
sie zurechtgewiesen, was ging sie sein Leben an, doch dann
dachte er an die Unterschriftenaktion und ermahnte sich
zu bedenken, dass sie eine wichtige Unterstützerin ihrer
Aktion war, und so entschied er, nichts weiter zu sagen.

Als Nils wenige Minuten später auf die Straße trat,
atmete er erleichtert auf, immerhin hatte er einen Stapel von Vordrucken für die Unterschriftenaktion auf der
Empfangstheke des Salons zurückgelassen. Und während
er mit schnellem Schritt Richtung Markt ging und die
frische Morgenluft in seine Lungen sog, dachte er, dass
Lisa mitten ins Schwarze getroffen hatte: Es wäre wirklich schön, wenn sie wieder zusammenkämen, und nicht
allein für die Kinder.

ZÜRICH, SCHWEIZ

Es war Mittag, als der Anruf kam.

Hannah würde diesen Moment nie vergessen. Sie starrte gerade fasziniert auf das Licht, das sich durchs Fenster auf die türkisblauen Vorhänge ergoss und den Stoff so zum Leuchten brachte, dass sie an die glitzernden Lichtpunkte auf dem Wasser des Zürichsees denken musste, und an die kleine Seerundfahrt, die sie vielleicht am Nachmittag mit Urs unternehmen würde, als ihr Handy klingelte. Sie war fest davon überzeugt, dass Urs am anderen Ende der Leitung war, und erwartungsfroh nahm sie das Gespräch an. Und dann ereilte sie der Schock.

Beat Brunners Stimme klang so ernst, dass sie sofort wusste, dass etwas Schlimmes passiert sein musste. Ihr Magen zog sich schmerzhaft zusammen.

»Urs Schaffhauser ist tot. Ich dachte, Sie sollten es sofort wissen.«

Hannah antwortete nicht gleich, sie hatte Mühe, den Sinn seiner Worte in der ganzen Dimension ihrer Bedeutung zu erfassen.

»Nein«, flüsterte sie. »Das ist nicht wahr.«

»Leider doch, es tut mir sehr leid.«

»Was ist passiert?«, hauchte sie.

»Ein Verkehrsunfall. Er ist heute Morgen um kurz vor 9 Uhr ein paar 100 Meter von Ihrem Hotel entfernt beim Überqueren der Straße von einem Pkw erfasst worden und schwerstverletzt noch an der Unfallstelle gestorben. Der Fahrer des Wagens ist geflüchtet, wir fahnden nach ihm. Es hat nur einen Augenzeugen gegeben, aber der ist 80 Jahre alt und kann sich nicht genau an den Unfallhergang erinnern. Er glaubt, dass ein Mann den Wagen gesteuert hat, um die 40, dunkelhaarig, und dass es sich bei dem Fahrzeug um einen dunkelblauen Wagen der Mittelklasse gehandelt hat. Welche Marke, wusste er nicht.«

Hannahs Gedanken überstürzten sich. Um 9 Uhr waren sie verabredet gewesen, weil sie zusammen in das Hotel gehen wollten, wo die Amerikanerin übernachtet hatte, und sie hatte sich gewundert, dass Urs nicht auftauchte. Auf seinem Handy hatte sie ihn nicht erreicht, und schließlich hatte sie sich gesagt, dass er sich vielleicht doch fürs Aufräumen seiner Wohnung entschieden hatte, aber dass er wenigstens hätte Bescheid sagen können.

Nun kannte sie den Grund. Urs war tot.

Hannah spürte, wie ihr die Tränen aus den Augen liefen, völlig geräuschlos, sie flossen einfach so aus ihr heraus, und es verwunderte sie, denn einen solchen Tränenstrom kannte sie nicht von sich. Der seltsame Gedanke ging ihr durch den Kopf, dass da jemand irgendeinen Hahn geöffnet haben musste. Sie hatte Urs nicht länger als einen Tag gekannt, und trotzdem erschütterte sein Tod sie zutiefst.

Ihr Kopf sank in ihre Hand, er fühlte sich plötzlich so schwer an, dass sie ihn stützen musste. »Das war kein Unfall«, sagte sie.

Am anderen Ende der Leitung blieb es einen Moment lang still, und schließlich erwiderte der Schweizer Kollege: »Wir werden das überprüfen.«

»Urs Schaffhauser glaubte, seit längerer Zeit beobachtet worden zu sein, das wissen Sie.«

»Deswegen wollten wir ja morgen ein Phantombild anfertigen«, sagte Beat Brunner.

»Wahrscheinlich wurde er umgebracht.«

Der Schweizer schwieg.

»Ich bin sicher, dass es zwischen den Morden an den beiden deutschen Wissenschaftlern und Urs Schaffhausers Tod einen Zusammenhang gibt«, bekräftigte Hannah.

»Ja, es sieht ganz danach aus«, stimmte Beat Brunner endlich zu, und nach einem Moment sagte er: »Was halten Sie davon, wenn wir eine gemeinsame Ermittlungsgruppe bilden? Es könnte an der Zeit sein. Was meinen Sie?«

»Ja, das macht Sinn.« Hannah wischte sich mit der Hand über ihr nasses Gesicht. Sie suchte nach einem Papiertaschentuch, die Tränen kitzelten schon ihren Hals, und erleichtert entdeckte sie ein ganzes Päckchen auf ihrem Nachttisch. Während sie ein Taschentuch daraus hervor fingerte, überlegte sie, dass eine gemeinsame Ermittlungstruppe nur von Vorteil wäre, denn sie bedeutete, dass gewonnene Erkenntnisse auch ihr als deutscher Kommissarin direkt zur Verfügung stünden, ohne dass sie erst auf umständlichen bürokratischen Wegen schriftlich um die Informationen ersuchen musste. »Gute Idee«, bekräftigte sie, ging zum Ganzkörperspiegel im Eingangsbereich, starrte in ihre roten Augen und rieb mit einem Taschentuch die Spuren ihrer schwarz zerlaufenen Wimperntusche ab.

»Möchten Sie Ihren Freund noch einmal sehen?«, fragte Brunner vorsichtig.

Hannah zuckte zusammen und überlegte einen Moment. »Besser nicht«, antwortete sie leise. »Ich möchte ihn in Zukunft vor Augen haben wie zuletzt.« Sie schwieg einen Augenblick, bevor sie fragte: »Haben Sie schon seine nächsten Angehörigen verständigt?«

»Mein Kollege hat das übernommen.«

»Kann ich Sie irgendwie unterstützen?«

»Nicht nötig«, wehrte Brunner ab. »Falls wir den flüchtigen Fahrer finden, informiere ich Sie. Sonst sehen wir uns morgen. Ich bin ab 8 Uhr im Büro. Im Laufe des Tages müssten dann auch alle Informationen von Ihrer Dienststelle vorliegen.«

»Okay.« Hannah war sofort einverstanden, so hatte sie heute mehr Zeit für sich.

Sie versprach Brunner, erneut in Deutschland bei ihrer Dienststelle anzurufen und dafür zu sorgen, dass sie ihm so schnell wie möglich alle ermittlungsrelevanten Unterlagen zu den Fällen Meyers und Lück zur Verfügung stellten, und verabschiedete sich.

Urs ist tot. Die Worte hämmerten in ihrem Kopf. Der Tod passt überhaupt nicht zu ihm, dachte sie. Urs war so vital, stand mit beiden Beinen im Leben, war voller Lebenslust. Sie war sich sicher, dass er absichtlich überfahren worden war.

Eine Weile lag sie wie betäubt auf dem Bett, und als sie sich wieder erhob, meinte sie, auch kurz geschlafen zu haben. Sie spürte jedenfalls auf einmal nicht mehr nur Trauer, sondern auch Wut und eine neue Kraft in sich.

Ich werde die Ratte, die ihn umgebracht hat, erlegen, schwor sie sich, und dann rief sie Sven an und forderte ihn auf, umgehend nach Zürich zu kommen.

Zwei Stunden später machte sie sich auf den Weg ins Hotel *Baur au Lac*. In diesem Haus der Luxusklasse hatte sich die Amerikanerin, deren Namen sie bislang nicht kannte, mit Meyers getroffen, und sie hatte auch hier übernachtet. Bevor Hannah durch die Tür in die Eingangshalle trat, sah sie sich noch einmal um. Der Blick auf die Alpen und den Zürichsee war umwerfend.

Urs hatte ihr nach einem Blick in seinen elektronischen Kalender gesagt, wann genau Meyers und Lück die Amerikanerin in dem Grandhotel getroffen hatten, sie selbst hatten sich mit einem kleinen Hotel in der Nähe von Urs' Wohnung begnügt.

Wer sich im *Baur au Lac* eine Übernachtung leisten kann, hat Geld im Rücken, entweder persönlich oder aber in diesem Fall über die Firma, überlegte Hannah, als sie mit ihren Mokassins im tiefen Teppich des Foyers versank. Die Menschen, die in den Sesseln der Lobby saßen oder sich durch die Eingangshalle bewegten, waren durchweg teuer angezogen, ganz anders als sie, und sie dachte, dass sie sich allein wegen ihres Äußeren deutlich von den Hotelgästen unterschied. Die schienen ihr ziemlich blasiert.

Und plötzlich glaubte sie, beobachtet zu werden. Sie konnte es nicht mit Bestimmtheit sagen, aber das Gefühl war da. Hannah überlegte einen Moment, und dann tat sie so, als würde sie auf jemanden warten, und blickte immer wieder ungeduldig auf die Zeitanzeige ihres Handys. Zwischendurch prüfte sie mit schnellen Blicken die Gesichter der Menschen im Foyer. Doch sie entdeckte niemanden, der infrage kam. Derjenige, der Urs beschattet und vermutlich auch getötet hatte, musste sie zusammen im Biergarten gesehen haben, bevor er Urs' Wohnung auf den Kopf gestellt hatte. Wahrscheinlich nahm er an, dass nun sie in Besitz der Unterlagen war, nach denen er gesucht hatte.

Irgendwann gab sie es auf, einen potenziellen Verfolger zu erkennen. Sie wandte sich an der Rezeption an eine junge, freundliche Empfangsdame und bat sie nach Vorlage ihres Dienstausweises und Nennung des Datums, an dem die Amerikanerin hier zu Gast gewesen sein musste, darum, im System die Namen aller Gäste durchzusehen, die zu diesem Zeitpunkt im Haus übernachtet hatten. Hannah war davon überzeugt, dass sie ihr den Namen der Amerikanerin tatsächlich verraten hätte, wäre nicht plötzlich ein Kollege aufgetaucht, der streng auf die gültigen Datenschutzbestimmungen verwies und die Herausgabe des Namens verweigerte. Außerdem sagte er, dass er ausschließlich der Schweizer Polizei Auskunft erteilen würde, nicht einer deutschen Polizistin, und da Hannah noch nichts Schriftliches über den geplanten gemeinsamen Ermittlungseinsatz in Händen hielt, verließ sie frustriert das Hotel.

Hannah holte tief Luft, als sie auf der Straße stand. Dann würde sie eben morgen mit Beat Brunner wiederkommen.

Also gut, dachte sie. Wann, wenn nicht jetzt, war der richtige Zeitpunkt für die kleine Seerundfahrt?

Auf dem Weg zum Schiffsanleger hatte sie wieder das Gefühl, dass jemand sie beobachtete. Ein dunkelhaariger Mann fiel ihr auf, der vor dem Schaufenster eines Möbelgeschäfts interessiert auf eine Essgruppe starrte, und ohne zu zögern stellte sie sich neben ihn und betrachtete ebenfalls die ausgestellten Einrichtungsgegenstände. »Schaut super aus, nicht wahr?«, sprach sie ihn an.

Er blickte auf und nickte. »Aber teuer.«

Im selben Moment kam eine blonde Frau seines Alters um die Ecke, hakte ihn unter und sagte: »Irgendwann können wir uns die Möbel leisten. Vielleicht im nächsten Jahr.« Und dann schlenderten beide lachend davon.

Im selben Moment wusste Hannah, dass sie sich getäuscht hatte. Die beiden waren ein harmloses Pärchen, das vermutlich gerade im Begriff war, sich eine gemeinsame Wohnung einzurichten. Sie ging weiter Richtung Bürkliplatz und blickte sorgenvoll zum Himmel. Es hatten sich dicke graue Wolken gebildet, die eilig am Himmel dahinzogen, und obwohl Hannah vermutete, dass sie im Laufe des Tages noch Regen bringen würden, kaufte sie am Anleger ein Ticket. Ihr war danach, sich abzulenken und auf dem langsamen, behäbigen Schiff in aller Ruhe nachzudenken, vielleicht zwischendurch auch einfach nur aufs Wasser zu starren.

Als sie an Deck saß, konnte sie nicht anders, sie prüfte genau die Mienen der Menschen, die auf den Bänken saßen oder an der Reling standen, und im Geist scannte sie ein Gesicht nach dem anderen.

*

Als Hannah in ihr Hotel zurückkehrte, setzte sie sich in den Sessel am Fenster und fragte sich erneut, ob einer der Schiffspassagiere auf der kleinen Seerundfahrt sie beobachtet hatte. Ein Mann mit Sonnenbrille war ihr aufgefallen, etwa zwei Meter groß, sie schätzte ihn auf Anfang bis Mitte 40. Dunkles kurzes Haar, gebräunter Teint. Sein Äußeres hatte sie sofort an Urs' Beschreibung des Installateurs erinnert, dem er im Hausflur begegnet war.

Er war allein an Bord gewesen und hatte nicht weit von ihr an der Reling gesessen und immer wieder wie zufällig zu ihr herübergeschaut, doch wenn sie zu ihm sah, hatte er den Blick schnell wieder abgewandt. Irgendwann hatte sie das Deck gewechselt, weil sie überprüfen wollte, ob er ihr folgte, doch er war an seinem Platz geblieben. Das hatte sie beruhigt.

Schließlich war es keine Besonderheit, wenn der Blick

eines Mannes, der allein unterwegs war, auf eine Frau fiel, die ebenfalls allein war.

Sie hatte überlegt, ob sie sich seinen Personalausweis zeigen lassen sollte, doch schließlich davon abgesehen. Sie war in der Schweiz! Als deutsche Polizistin hatte sie keine Befugnis.

Sie spürte immer noch ein ungutes Gefühl, wenn sie an ihn dachte. Allerdings war er in eine andere Richtung verschwunden, nachdem das Schiff wieder angelegt hatte und alle Passagiere von Bord gegangen waren.

Ihr Magen knurrte, und Hannah spürte, wie er sich zusammenzog.

Seit dem Frühstück hatte sie nichts außer Wasser zu sich genommen. Sie dachte, dass sie besser etwas essen sollte, bevor ihr noch schlecht wurde, und öffnete die Minibar. Es gab die üblichen Snacks, und beinahe hätte sie die kleine Kühlschranktür wieder zugeschlagen, doch schließlich griff sie nach der kleinen Tüte mit Crackern und nach kurzem Zögern nahm sie auch noch eine kleine Flasche Weißwein heraus. Dann ließ sie sich wieder in den Sessel am Fenster fallen, biss in einen Cracker und nahm einen Schluck Wein. Anschließend wählte sie Carls Nummer. Nach dem zweiten Klingeln nahm er ab, als hätte er schon auf ihren Anruf gewartet.

»Hannah?« Seine Stimme klang erfreut. »Schön, dass du anrufst.«

Sie schwieg einen Moment. »Ich habe mich gestern Abend sehr über deine Nachricht auf meiner Mailbox gefreut«, sagte sie, weil es der Wahrheit entsprach und sie dachte, dass Carl es gern hören würde.

»Es tut mir wirklich leid, wie ich mich vor deiner Abreise aufgeführt habe«, beeilte er sich zu sagen.

»Schon gut. Ich kann deine Enttäuschung ja verstehen«, lenkte sie ein.

»Immerhin«, sagte er. In seiner Stimme lag Erleichterung.

»Leider habe ich keine guten Nachrichten.« Hannah zögerte einen Moment.

»Was ist los?«

»Ich muss noch länger in Zürich bleiben. Es hat einen weiteren Mord gegeben.«

Hannah hörte, wie Carl Luft holte. Eine Weile herrschte Stille.

»Shit happens«, sagte er schließlich. »Irgendwann kommst du ja wieder nach Hause. Oder?«

»Sicher«, lachte sie.

»Weißt du schon, wann?«

»Spätestens Ende der Woche. – Hast du den Hengst geholt?«

»Ja. Er steht im Stall und macht die Stuten nervös«, versuchte Carl zu scherzen. »Du müsstest sehen, was für einen Tanz er vor Pippa aufführt.«

Hannah lächelte. Pippa war die rossige Stute, und sie freute sich schon jetzt auf das Fohlen, das hoffentlich bald auf die Welt kommen würde.

»Wie geht es Max? Und Juliane? Habt ihr Nachricht vom Gericht?«, fragte sie.

»In vier Wochen ist Verhandlung.«

»Oh. Na, ich bin gespannt, was dabei herauskommt.« Als Hannah das so leichthin sagte, merkte sie, wie viel es ihr doch ausmachte, dass Max sich wegen dieser Pralinen vor Gericht verantworten musste. Als würde es nicht reichen, dass er ein Problem mit seinem eigenen Drogenkonsum hatte. Hannah seufzte tief. »Grüß ihn bitte von mir, ja?«

»Mache ich.«

»Und Juliane auch.«

»Ja.«

»Carl?«

»Ja?«

»Ich liebe dich«, sagte sie leise, und sie wunderte sich über sich selbst. Die Worte waren einfach so über ihre Lippen gekommen. Ohne eine Erwiderung abzuwarten, sagte sie rasch: »Du, ich bin müde. Ich muss jetzt schlafen. Gute Nacht.«

Und schon hatte sie auf den Aus-Knopf ihres Handys gedrückt. Sie nahm noch einen Schluck Wein und blickte in die dicken Wolken, die sich endlich unwetterartig entluden. Regentropfen prasselten wie in einem Trommelfeuer gegen die Scheiben, und während Hannah mit ihren Augen den Rinnsalen folgte, die am Glas herunterliefen, seufzte sie und dachte: Morgen ist ein neuer Tag.

Und ich schwöre dir, ich werde dich kriegen.

HOUSTON, USA

Carrie war nun schon seit einigen Tagen nicht im Büro gewesen. Sie hatte ihre Sekretärin angerufen und ihr erzählt, sie sei immer noch krank, was nicht stimmte, doch das war ihr egal.

In ihrer Wohnung war es dunkel und still, sie hatte die Außenjalousien vor den Fenstern heruntergelassen. Hin und wieder drang kaum wahrnehmbar der Ton einer Polizeisirene oder eines Krankenwagens von der Straße herauf. Er schien Kilometer entfernt und erreichte Carrie genauso wenig wie der Schmerz in ihrer Brust, der sie vor einer gefühlten Ewigkeit nahezu betäubt hatte. Inzwischen sehnte sie sich danach, ihn wieder zu spüren. Alles schien ihr in diesen Stunden besser als diese Gefühllosigkeit, die seit dem letzten Gespräch mit Chuck auf ihr lastete.

Wahrscheinlich habe ich mir meinen Schmerz ganz einfach aus dem Leib gekotzt, dachte sie bitter und starrte an die Decke ihres Schlafzimmers. Sie wirkte im Halbdunkel trotz des weißen Anstrichs grau, so grau wie ein belangloser Tag, der sich einem genauso belanglosen Abend zuneigte.

Nachdem das Taxi sie von *JAWI* zu ihr nach Hause gefahren hatte, hatte sie sich sofort ins Bett verkrochen, ihr Gesicht ins Kissen gedrückt und die Decke über sich gezogen. Sie hatte am ganzen Leib gezittert und ab und zu noch in den Eimer gespuckt, den sie vors Bett gestellt hatte, bis nichts mehr kam als Galle. Und dann hatte sie wie im Koma unendlich lange geschlafen.

Erst am nächsten Morgen war sie mit zittrigen Knien aufgestanden, hatte beim Portier einen Bagel mit Cream Cheese vom neuen Deli ein paar Straßen weiter bestellt, und er hatte ihr das Hefegebäck mit dem Aufzug nach oben geschickt. Sie hatte ein paar Bissen davon genommen und sich dann wieder ins Bett gelegt und weitergeschlafen.

Als das Telefon klingelte, war sie nicht dran gegangen. Der Ton war wie aus weiter Ferne an ihre Ohren gedrungen, und obwohl er langanhaltend war, hatte er sie nicht aufgeweckt.

Später konnte sie sich daran erinnern, dass sie im Halbschlaf gelegen und vermutet hatte, dass vielleicht ihre Mutter oder Chuck sie zu erreichen versuchten, doch obwohl es immer wieder geklingelt hatte, hatte sie sich nicht aufraffen können, das Gespräch anzunehmen. Sie wollte niemandes Stimme hören, und noch weniger wollte sie mit irgendjemandem reden. Sie wollte einfach nur schlafen, und mit dem Schlaf die Wirklichkeit ausblenden.

Erst gegen Abend kam sie wieder hoch, und als sie um 18 Uhr in ihrem Nachthemd in ihrer selten benutzten Küche stand und sich eine Tomatensuppe aus der Dose aufwärmte, dachte sie immerzu: Feststeht, ich komme nicht mehr raus aus der Nummer. Und als sie die Tüte mit dem Buttertoast öffnete, dachte sie: Feststeht auch, dass ich es zu Ende bringen muss. Dann rührte sie mit dem Schneebesen so fest im Kochtopf herum, dass es kratzte.

Wer A sagt, muss auch B sagen, überlegte sie und wunderte sich über das bittere Lachen, das aus ihrer Kehle nach oben drängte. Was für ein dämlicher Spruch das doch war. Als würde jemand, der einen Fehler begangen hatte, völlig selbstverständlich auch die unangenehmen Folgen in Kauf nehmen und sich dann auch noch moralisch mit ihnen einverstanden erklären.

Dampf stieg aus dem Topf und kitzelte Carries Gaumen, und während sie in ihren Schränken nach einer Kelle suchte, erinnerte sie sich daran, dass ihre Mutter ihr diesen Satz eingebläut hatte, als sie noch ein Kind gewesen war.

Was für eine gute, harmlose Seele Mom doch ist, dachte sie und sog, über den Topf gebeugt, den süßsäuerlichen Geruch in die Nase und sah, wie eine Träne in die Suppe tropfte.

Und so naiv.

Carrie wünschte sich, sie könnte ihrer Mutter die Enttäuschung ersparen, wenn sie die Wahrheit über sie erfuhr. Doch die Wahrheit hatte in diesem Fall auch etwas Gutes, tröstete sie sich. Ihre Mutter würde sich endlich nichts mehr vormachen, sich nicht mehr länger selbst darüber belügen können, welch kluge, erfolgreiche und sympathische Tochter sie doch hatte. Eine Tochter, die sich so rührend um sie kümmerte, dass sie jedem von ihr erzählte. Dass sie zu allem Überfluss auch noch kundtat, dass Carrie sie monatlich mit einem höheren Geldbetrag unterstützte, und sie ihre Tochter damit in die Sphäre einer Heiligen katapultierte, nervte Carrie ungeheuer.

Was für ein Bullshit das alles ist, den Mom da über mich verbreitet, dachte sie, verflixter gottverdammter Bullshit.

Sie hob den Kopf. Wer A sagt, muss nicht zwingend B sagen, auch das steht fest, dachte sie widerborstig und schöpfte schwungvoll Suppe in den tiefen Teller, den sie neben den Herd gestellt hatte.

Wer A sagt, konnte doch auch erkennen, dass A falsch war.

Dieser Gedanke gefiel ihr, und rasch aß sie am Esstisch den Teller leer. Erst jetzt merkte sie, wie hungrig sie war. Sie holte sich noch einen Nachschlag, und als auch der letzte Rest aufgegessen war, spürte sie, wie auf einmal neue Zuversicht sie erfüllte.

Carrie warf den Kopf in den Nacken, dann strich sie sich eine Strähne ihres dunklen Haares aus dem Gesicht und dachte plötzlich voller Trotz: Wer A sagt, muss nicht, aber er kann B sagen.

Anschließend stellte sie sich unter die Dusche, zog sich ein weißes Leinenkleid an, öffnete ihr Mailprogramm, tippte fünf Worte und drückte nach kurzem Zögern die Senden-Taste. Eine Mail, deren Wortlaut sie nie mehr vergessen würde, auch dann nicht, wenn sie 100 Jahre alt würde.

Fortan hämmerte die Botschaft in ihrem Kopf.

ZÜRICH, SCHWEIZ

Wo, verdammt nochmal, blieb Sven?

Hannah war früh erwacht, hatte gegen 8 Uhr im Frühstücksraum des Hotels ein Weckli und einen Milchkaffee zu sich genommen, und wartete seither auf Sven. Er hatte den Nachtzug genommen, und wenn sein Zug nicht Verspätung gehabt hätte, säßen sie jetzt bereits zusammen. Hannah klappte ungeduldig ihren Laptop auf, um erste Mails zu lesen.

Ein Kollege aus der EDV-Abteilung ihrer Dienststelle hatte tatsächlich schon eine Nachricht geschickt. Er hatte auch am Wochenende gearbeitet, ebenso Sven, bevor er in den Nachtzug nach Zürich gestiegen war. Er hatte noch einmal die Telefonlisten von Meyers' und Lücks Diensthandys gecheckt, nachdem Hannah ihm Namen und Arbeitsstelle des Chinesen mitgeteilt hatte, und auch, dass Meyers' und Lücks amerikanische Kontaktperson in Houston, Texas, lebte.

Mit wachsendem Interesse las sie, dass es zwischen Meyers und der Bergbaubehörde in Uppsala sowie dem Geologischen Institut in Stockholm mehrfach schriftlichen Kontakt gegeben hatte. In den Mails war es um Zeitpunkt, Beschaffenheit sowie auch die Kosten für Probebohrungen gegangen.

Mails zwischen dem *Ministerium für Industrie und Informationstechnologie* in Peking und Meyers existierten, jedoch gab es keine Mails mit einer Amerikanerin aus Houston.

Ein Chinese namens Sun Yi hatte angefragt, ob man sich zu einem Gespräch in Zürich treffen könne, das Ministerium sei sehr an einer Kooperation mit dem *Institut für Angewandte Geowissenschaften* interessiert, alles Weitere würde man mündlich besprechen. Drei Mails waren zwischen Peking und Köln im Zeitraum von etwa sechs Wochen hin und her gegangen, bis schließlich zwischen Meyers, Lück und Sun Yi ein Treffen in dem Zürcher Chinarestaurant *Hongxi* vereinbart worden war.

Soso, Kooperation nennt man das, dachte Hannah elektrisiert.

Sven hatte ihr am Telefon bereits erzählt, dass es auf Meyers' und Lücks Diensthandys auch Anrufe aus dem Pekinger Ministerium und einer Mineralölgesellschaft mit dem Namen *JAWI* aus Houston gab.

Hannah blickte auf und dachte, ein Hoch auf die Kollegen. Vorgestern erst hatte sie um die Informationen zu China und USA gebeten, und schon waren sie da.

Ihre Hände waren vor Aufregung ganz feucht. Um sich zu beruhigen, trat sie ans Fenster. Es hatte aufgehört zu regnen, doch der Himmel war immer noch bewölkt und grau, die Wolkenformationen so unscharf und diffus wie das falsch belichtete Foto einer Trauergesellschaft. Es schien auch merklich abgekühlt zu haben, die Menschen unten auf der Straße trugen Jacken.

Auf ihrem Handy machte es »Pling«, sie hatte eine Nachricht erhalten, Hannah griff zum Gerät und las: »Bin um 11.15 Uhr am Züricher Bahnhof. Sven«

»Treffen uns um 12 Uhr bei Beat Brunner, Polizeidienststelle Zürich«, antwortete sie.

Dann gab sie in ihren Computer »JAWI« ein und drückte im Suchprogramm auf Return.

Hannah und Sven trafen etwa gleichzeitig vor dem Züricher Polizeigebäude ein. Hannah wollte es gerade betreten, da fuhr Sven mit dem Taxi vor.

»Bist du einigermaßen ausgeruht?«, fragte Hannah anstelle einer Begrüßung und musterte ihn. Erst dann nahm sie ihn kurz in den Arm.

»Ich habe in der Bahn ganz gut geschlafen«, nickte Sven und sagte: »Wir können sofort loslegen, wenn du willst.«

»Dann komm. Beat Brunner wartet sicher schon.« Mit diesen Worten ging Hannah ihm voran, und nachdem sie durch eine Sprechanlage ihre Namen und ihr Anliegen mitgeteilt hatte, wurde die Tür elektronisch geöffnet, und sie traten ein. In einem Vorraum wurden ihre Personalien überprüft, und dann geleitete ein Schweizer Kollege sie zu Brunners Büro.

Er saß vor dem PC, erhob sich aber sofort, als sie eintraten, und begrüßte sie mit ernstem Gesichtsausdruck, doch mit freundlichem Händeschütteln. Hannah stellte Sven und Brunner einander vor, und Brunner verzichtete auf eine Bemerkung darüber, dass sie Verstärkung aus Deutschland mitgebracht hatte.

»Die Informationen aus Deutschland sind allesamt da. Ihre Kollegen sind fix«, sagte Brunner anerkennend.

Hannah lächelte, und insgeheim war sie stolz, auch wenn sie es nicht anders von ihren Kollegen erwartet hatte. Brunner bot ihnen an, Platz zu nehmen, und noch während sie im Begriff war, sich zu setzen, sagte Hannah: »Ich schlage vor, wir besprechen den Fall in allen Einzelheiten. Einverstanden?«

»Gern.« Beat Brunner sah sie aus seinen stahlblauen Augen an und nickte. Es verging etwa eine Stunde, bis Hannah und Sven alle Fragen beantwortet hatten, die Beat

Brunner wichtig erschienen. So fragte er detailliert nach den vorhandenen Spuren, außerdem, wie Lück in den Wagen gekommen sei, bevor das Kohlenmonoxid in das Wageninnere geleitet wurde, da keine Kampfspuren entdeckt worden waren. Sven erklärte, dass Lück nach neuesten Ergebnissen einer Urinuntersuchung tatsächlich mit K.-o.-Tropfen betäubt wurde und dann wahrscheinlich etwa 15 Minuten später willenlos zum Wagen geführt worden war. Die Gamma-Hydroxybuttersäure war im Blut nur etwa sechs Stunden nachweisbar, im Urin jedoch bis zu zwölf Stunden. Da diese Untersuchung nur mit Hilfe von speziellen Messsystemen durchgeführt werden konnte, hatte es ein wenig länger gedauert, bis das Ergebnis vorlag.

Hannahs Puls ging etwas schneller, diese Information war neu für sie. Doch sie war zufrieden, denn ihr Verdacht hatte sich bestätigt.

»Unerklärlich bleiben nach wie vor die Katzenhaare an den Leichenfundorten«, sagte sie. »Wir gehen jedoch davon aus, dass beide Wissenschaftler von demselben Täter ermordet wurden. Fußeindruckspuren, die Rückschlüsse auf sein Gewicht zulassen, Fußabdruckspuren und Schuhgröße sowie die sichergestellten Haare von exakt derselben Katze weisen darauf hin. Als Ausgangsmaterial für eine DNA-Analyse haben wir leider nur Nasensekret, doch damit könnten wir den Täter überführen.«

Beat Brunners Stimme klang belegt, als er sagte: »Was für ein Pech, dass wir nun keine Aussage von Urs Schaffhauser mehr haben, um ein Phantombild anzufertigen. Es würde uns jetzt enorm weiterhelfen.« Er strich nachdenklich über seinen schwarzen Schnurrbart und zog die buschigen dunklen Augenbrauen zusammen. »Der 80-jährige Zeuge erinnert sich immer noch nicht, weder an den genauen Unfallhergang noch an das Aussehen des Fahrers, der Ihren Freund überfahren hat.« Er nickte Hannah anteilnehmend zu und sagte: »Unmittelbar nach seinem Tod hat unsere Schutzpolizei die Order erhalten, stichprobenartig blaue Mittelklassewagen von der Straße zu winken und die Personalien der Fahrer zu kontrollieren. Außerdem überprüfen wir die Kfz-Werkstätten in Zürich sowie im Umland. Schaffhauser hat Blut verloren, der Wagen wird entsprechende Unfallspuren aufweisen.«

Hannah dachte an Urs, alles in ihr sperrte sich dagegen, sich vorzustellen, wie er gestorben war, wie der blaue Wagen ihn erfasst, auf die Straße geschleudert und überfahren hatte, und plötzlich spürte sie, dass sie wieder feuchte Augen bekam. Sie blinzelte und strich kurz mit der Hand über die Lider, so, als ob sie störende Staubkörner wegwischen wollte. Urs war in jeder Hinsicht viel zu früh gestorben, und sie hoffte, dass es schnell gegangen war und er nicht allzu sehr leiden musste.

Was hatte er wohl zuletzt gedacht?

Hannah schob den Gedanken beiseite, er belastete sie gerade zu sehr. Und dann kam ihr der Mann auf dem Schiff in den Sinn. Er war etwa zwei Meter groß gewesen, auch sein Gewicht passte in etwa zum mutmaßlichen Täter.

Hatte Urs den Installateur in seinem Mietshaus nicht so ähnlich beschrieben?

Hannah erkundigte sich bei Beat Brunner nach ihm.

»Wir haben bei dem Heizung- und Sanitärfachbetrieb, der das Haus betreut, angerufen. Sie haben in den letzten Wochen keinerlei Wartungsarbeiten durchgeführt.«

Hannah und Sven starrten den Schweizer Kollegen an.

»Vermutlich war der Mann im Treppenhaus der Typ, der in Urs Schaffhausers Wohnung eingebrochen ist«, sagte

Brunner und klopfte nervös mit einem Kugelschreiber auf den Schreibtisch.

»Hat Ihre Spurensicherung irgendetwas in Urs' Wohnung gefunden, das uns weiterbringt?«, wollte Hannah wissen, von dem Geräusch, das der Kugelschreiber verursachte, in ihrer Aufmerksamkeit gestört. »Könnten Sie das bitte unterlassen?«, wandte sie sich an Brunner.

Er sah sie irritiert an, doch dann begriff er, was sie meinte, und legte den Stift zurück auf den Tisch: »Selbstverständlich.«

Hannah spürte, dass sie leicht zitterte.

»Die Spurensicherung hat in Schaffhausers Wohnung Katzenhaare gefunden. Sie könnten von einem Freund stammen, der eine Katze besitzt, oder sie stammen vom Täter. Wir werden die DNA mit der der Katzenhaare aus Deutschland abgleichen.«

»Es wird ja immer spannender.« Hannah strich sich eine Haarsträhne aus der Stirn. Auch Sven rutschte unruhig auf seinem Stuhl hin und her.

»Sonst nichts von Bedeutung«, sagte Beat Brunner. »Es war ein Profi am Werk.«

Brunner ließ Kaffee und Plätzchen bringen, und Hannah sagte, dass der Fall vielleicht wesentlich größer war, als es auf den ersten Blick schien. Möglicherweise war er von internationalem Ausmaß.

Brunner sah sie zweifelnd an, sagte jedoch, und er wiegte dabei den Kopf: »Nichts ist unmöglich.« Er forderte sie auf, ihre Theorie darzulegen, und Hannah erklärte, dass die Chinesen als Hauptlieferant von Dysprosium weltweit kein Interesse daran haben konnten, ihre Marktmacht sowohl wirtschaftlich als auch in geopolitischer Hinsicht zu verlieren, und dass sie mit Ausübung dieser Macht in erheblichem Maß die Klimapolitik der restlichen Welt beeinflussten, weil Dysprosium in vielen der Klimapolitik dienlichen Produkten wie E-Autos oder Windkraftanlagen verbaut wurde.

Beat Brunner schwieg eine ganze Weile, bis er sagte: »Das wäre natürlich ein Motiv.«

»Ja«, nickte Hannah und fuhr fort: »Meyers und Lück wurden von einem Chinesen mit dem Namen Sun Yi kontaktiert. Er arbeitet in Peking im *Ministerium für Industrie und Informationstechnologie* und ist dort zuständig für Abbau und Export Seltener Erden. Ich habe ihm eine Mail geschickt und ihn dringend darum gebeten, sich bei mir zu melden. Wenn er nicht reagieren sollte, müssen wir auf höherer Ebene aktiv werden.«

Brunner nickte. »Kompliment, Kollegin.«

Ein Lächeln stahl sich in Hannahs Gesicht, und sie sprach weiter: »Jetzt müssen wir allerdings noch herausfinden, welche Rolle die Amerikanerin aus Houston spielt, die Meyers und Lück im *Baur au Lac* getroffen haben.« Sie holte kurz Luft. »Vermutlich arbeitet sie für eine international tätige, in Houston ansässige Mineralölgesellschaft mit dem Namen *JAWI*.«

»*JAWI*? *JAWI*-Tankstellen haben wir auch in der Schweiz«, sagte Brunner.

»Ich bin sicher, dass die Amerikanerin beziehungsweise das Unternehmen, für das sie arbeitet, ein erhebliches Interesse an Meyers' und Lücks Entdeckung von Dysprosium-Vorkommen in Schweden hat.«

»Aber welche?« Brunners buschige Augenbrauen schossen in die Höhe.

»Ganz einfach«, sagte Hannah und erklärte: »Wenn E-Mobilität dank großer Dysprosium-Vorkommen auch außerhalb Chinas keine Grenzen gesetzt sind, wer hat dann das Nachsehen?«

Brunner schwieg.

»Die Mineralölindustrie«, sagte Sven und nahm Brunner damit die Antwort ab. »Tankt ja dann keiner mehr Benzin.«

Hannah beobachtete Brunners Reaktion. Er war sichtlich erschüttert. Ihr Schweizer Kollege fuhr sich mit der Hand über seinen Bart und durch die dunklen Haare, und Hannah bemerkte, dass Sven sich auf die Unterlippe biss.

»Die Mineralölindustrie hat ganz offensichtlich verpasst, rechtzeitig in neue Geschäftsfelder zu investieren«, sagte Hannah und fügte hinzu: »Sie hätte also durchaus auch ein Interesse daran, die E-Mobilität einzubremsen.«

Brunner erhob sich, und wie er so massig hinter seinem Schreibtisch stand, sah er aus wie ein großer in den Boden gerammter Pfosten.

»Wir müssen den Namen der Amerikanerin herausfinden«, erklärte Hannah bestimmt. »Diese Frau und ihr Unternehmen sind genauso tatverdächtig wie Sun Yi und sein Ministerium. Mir als deutscher Polizistin wollten die Hotelangestellten im *Baur au Lac* gestern keine Auskunft geben.«

»Haben Sie das Datum, wann sie da übernachtet hat?«, fragte Brunner.

»Ja.« Hannah nannte es ihm, und Brunner griff sofort zum Telefon und gab einem seiner Mitarbeiter die entsprechende Order.

Eine Weile sahen sie sich an und schwiegen.

»Hut ab, Hannah«, sagte Sven, hob anerkennend den Daumen und sagte, so wie man zu einem Kumpel spricht, dem man etwas anvertraut, an Brunner gewandt: »Sie ist die Beste.«

Brunner runzelte die Stirn, doch er nickte, und Hannah dachte, ich sage jetzt besser nichts.

In diesem Moment öffnete sich die Tür, und eine junge Polizistin rief aufgeregt, ein Stück Papier hin und her wedelnd: »Die richterliche Anordnung liegt vor. Die *Bank Swiss* muss uns den Zugang zum Tresorraum ermöglichen!«

Hannahs Herzschlag setzte für eine Sekunde aus.

»Dann nichts wie los!«, sagte Brunner mit blitzenden Augen, und Hannah dachte, jetzt kommt die Stunde der Wahrheit. Sie schob entschlossen ihr Kinn vor, und es fühlte sich plötzlich an, als wäre es aus Granit.

*

Im Polizeiwagen kamen Hannah und Sven mit Beat Brunner überein, dass sie und Sven den Tresor öffnen würden, während Brunner und seine Kollegen vor der Bank warteten. Er murrte ein wenig, doch schließlich überließ er ihr den Vortritt, da der *große Fall*, wie er sich ausdrückte, in erster Linie der ihre war. Außerdem lag mittlerweile die Genehmigung für die gemeinsame Ermittlungsarbeit vor, und so gab es für Hannahs und Svens Einsatz in der Züricher *Bank Swiss* zumindest aus polizeirechtlicher Sicht keine Einwände.

»Diskretion ist alles – vor allem für unsere Banken und ihre Kunden. Und davon leben wir in gewisser Weise alle hier in der Schweiz.«, erklärte er Hannah grinsend und ließ die beiden etwa 50 Meter vor dem Hauptportal aussteigen.

In der Bank geleitete sie ein Angestellter bis zum gesicherten Zugang zum Tresorraum und ließ sie anschließend allein.

Hannah und Sven gingen auf die Wand mit den unzähligen grauen Schließfächern zu. Sven nickte aufmunternd, und Hannah steckte den Schlüssel ins Schloss und drehte ihn langsam herum. Der Schlüssel bewegte sich ganz leicht, und voller Anspannung zog sie vorsichtig das mit dunkelgrünem Samt bezogene Tresorfach heraus. Im Fach lag eine kleine Festplatte, ein Brief sowie der zweite Schließfach-Schlüssel.

»Es gibt immer zwei«, sagte Hannah und murmelte: »Gut, dass er hier ist. Ich hatte schon die Befürchtung, dass der Mörder ihn haben könnte.«

»Was da wohl drauf ist?« Sven deutete mit dem Kopf auf die Festplatte.

»Bestimmt der Algorithmus«, sagte Hannah und hatte für einen Moment das Gefühl, als hätten sie einen großen Schatz vom Meeresgrund geborgen.

Vorsichtig öffnete sie den Brief. Er trug die Überschrift: *Für den Fall, dass mir etwas zustoßen sollte.*

Hannah sah Sven bedeutungsvoll an und beugte sich über den Brief. Nach einem Moment blickte sie auf und sagte: »Meyers beschreibt, dass Carrie Green von der Mineralölgesellschaft *JAWI* in Houston sowie Sun Yi vom Pekinger *Ministerium für Industrie und Informationstechnologie* unabhängig voneinander und im Abstand von drei Wochen versucht hätten, ihn und seinen Kollegen Doktor Lück zu bestechen. Sie wollten den alles entscheidenden smarten Algorithmus, den er und Lück entwickelt hatten. Carrie Green habe jedem von ihnen zwei Millionen Euro geboten, der Chinese Sun Yi jedem von ihnen eine Million.«

»Und die machen Milliarden ...« Sven verdrehte die Augen.

»Meyers schreibt weiter, dass er und Lück nicht darauf eingegangen sind, da sie sich zutiefst dem Umweltgedanken und Europa verpflichtet fühlen und daher um jeden Preis vermeiden wollen, dass der Algorithmus in falsche Hände gerät.«

»Mannomann«, stöhnte Sven beeindruckt. »Die beiden sind ja echte Patrioten.«

»Sieht ganz danach aus«, sagte Hannah. Sie und Sven tauschten einen langen Blick, bevor Hannah sich wieder in das Schriftstück vertiefte und dann weiter referierte. Sven lehnte inzwischen mit vor der Brust verschränkten Armen an der Tresorwand.

»Etwa vier Wochen nach den Gesprächen mit Carrie Green und Sun Yi sind Meyers und Lück telefonisch von einem Unbekannten kontaktiert worden. Er hat weder seinen Namen genannt noch verraten, für wen er arbeitet. Allerdings hat er ebenfalls Interesse am Algorithmus bekundet und ein Treffen angeregt, auf das sich Meyers und Lück jedoch nicht eingelassen haben, da der Mann bedrohlich auf sie gewirkt habe.«

»Warum haben sich die beiden denn nicht an uns gewandt?«, ereiferte sich Sven und kratzte sich am Hals. »So bescheuert kann man doch nicht sein, das für sich zu behalten!«

»Ich verstehe es auch nicht«, sagte Hannah. »Hör zu, es geht noch weiter … Daher haben sie vorsichtshalber alle relevanten Algorithmen von den Computern im *Institut für Geowissenschaften* gelöscht. Die befinden sich nun auf der im Tresor befindlichen Festplatte.« Sie deutete mit dem Finger darauf und sagte: »Dieser hier. Meyers schreibt, wir dürfen sie ausschließlich Professor Kiesling aushändigen. Er sei von ihnen nicht über die Geschehnisse informiert worden, genauso wenig wie irgendjemand sonst.«

Hannah zuckte ratlos mit den Schultern, bevor sie sich erneut über den Brief beugte.

»Da steht, warum sie sich nicht an die Polizei gewandt haben.« Sie überflog den Inhalt und blickte auf: »Meyers schreibt, dass sie die Polizei nicht einschalten wollten, weil auch die weder sie noch den Algorithmus schützen könne, davon seien sie überzeugt. Kiesling würde auf der Festplatte jedoch die Grundlagen für den bedeutsamsten ihrer smarten Algorithmen vorfinden, der allerletzte wichtige Baustein befände sich aber nur in ihrem Kopf.«

»Das ist nicht wahr«, stöhnte Sven und sah Hannah mit großen Augen an.

»Doch.«

Als Hannah vor das Bankgebäude trat, spürte sie einen Schatten hinter sich. Kurz darauf wurde sie brutal angerempelt. Instinktiv drehte sie sich zur Seite, dann fühlte sie einen schmerzhaften Stich im Unterarm und ließ, ohne es zu wollen, den Rucksack fallen. Ihr wurde schlecht vor Schmerzen, und sie sank auf den Bürgersteig. Verdammt nochmal, fluchte sie innerlich, während sie auf den Steinen lag, was sind wir für Idioten. Wir hätten es wissen müssen.

Sie hörte Sven laut schreien, dann beugte sich jemand über sie. Nur wenige Sekunden später vernahm sie Brunners aufgeregte Stimme, die sich mit den Rufen anderer Polizisten mischten, und dann hörte sie mehrere Schüsse.

KÖLN, DEUTSCHLAND

Am deutlichsten erinnerte Hannah sich an den Schlag und den heißen Stich im Arm, und verschwommen sah sie auch, wie ihr Rucksack über den Bürgersteig geflogen war, gegen eine Hauswand donnerte und dort liegenblieb, und wie ein dunkelhaariger Mann sich danach bückte, mit dem Rucksack wegrannte und Sven die Verfolgung aufnahm.

Eine Woche war das jetzt her, und Hannah und Sven waren seit einem Tag zurück in der Heimat. Nun saß sie auf einer Holzbank vor einer Imbissbude und sah auf seinen Rücken, das blau-weiß geringelte T-Shirt, das er trug, und ließ den Blick über die ganze Länge seines Körpers schweifen, während er auf die zwei Falafel wartete, die sie bestellt hatten. Auf einmal drehte er sich zu ihr um, als habe er ihre Blicke gespürt, und lächelte ihr zu, und sein Lächeln war so warm, dass sie fühlte, wie eine Welle tiefer Zuneigung sie erfasste.

Ein schwacher Geruch nach Knoblauch reizte ihren Gaumen, und sie freute sich auf das Junkfood und die gemeinsame Mittagpause mit Sven. Ihm hatte sie es zu verdanken, dass ihr vor der Bank in Zürich nicht noch Schlimmeres passiert war. Er hatte sich zwischen sie und den Täter geworfen und ihm das Messer aus der Hand geschlagen, bevor der erneut zustechen konnte, und es war ein Wunder, dass ihm nichts weiter passiert war.

Hannah schloss die Augen, und die Bilder vom Überfall, die begleitenden Rufe und Schreie waren sofort wieder da. Beat Brunner und seinen Leuten war es nach einer aufregenden Verfolgungsjagd gelungen, den Täter festzunehmen. Zwei Schüsse hatten ihn an der Schulter getroffen, und letztendlich war es der Verletzung zu verdanken, dass er ihnen nicht entkommen war.

Ihr rechter Arm steckte in einem dicken Verband. Sie lagerte ihn auf dem langen Holztisch, an dem sie saß, damit ihr Blut nicht in die Hand sackte und sie anschwellen ließ, doch sie spürte kaum noch Schmerzen. Der Messerstich hatte zwar eine tiefe Wunde in ihrem Unterarm hinterlassen, doch ein Rettungswagen hatte sie in Windeseile in ein Züricher Krankenhaus gebracht, wo sie sofort genäht worden war. Einen Tag später konnte sie das Krankenhaus bereits wieder verlassen.

Das ist also der Typ, der Meyers, Lück und Urs auf dem Gewissen hat, und der auch mich umgebracht hätte, wenn es darauf angekommen wäre, hatte sie voller Verachtung gedacht, als sie dem Täter mit dem Namen Thomas Hersching zum ersten Mal gegenüberstanden hatte.

Er kam aus München, war Soldat in Afghanistan gewesen und hatte danach Spezialaufträge für eine Agentur aus Hamburg erledigt, die international arbeitete und sich offiziell als Security Unternehmen ausgab.

Hersching litt unter einer Allergie, was das Nasensekret in Meyers' Küche erklärte, und er hielt sich in seiner kleinen Kölner Wohnung, die er unter falschem Namen angemietet hatte, eine Hauskatze, da er sich während seines Aufenthalts in Köln wohl einsam fühlte.

Hannah stellte sich vor, wie er abends in der spärlich möblierten Wohnung auf seiner am Boden liegenden Matratze mit ihr kuschelte und dachte, auch Mörder sehnen sich nach Zärtlichkeit.

Das Security Unternehmen in Hamburg hatte zwar bestätigt, dass Hersching gelegentlich für sie tätig war, ansonsten aber zunächst alles abgestritten. Nach der Beschlagnahmung sämtlicher Rechner und Akten hatten sie jedoch herausgefunden, dass es Kontakte zu Carrie Green gab, auch wenn sämtliche Mails gelöscht waren. Aber die Spezialisten würden die Inhalte, entweder bei den Hamburgern oder auf Carrie Greens Computer, schon rekonstruieren können.

Bei der Vorstellung, dass diese Amerikanerin die Männer ganz konkret hatte töten lassen, musste Hannah schlucken. Es war besser, nicht mehr daran zu denken.

Brunner hatte das FBI informiert, und sie hatten Carrie Green inzwischen in ihrem Büro bei *JAWI* festgenommen.

Sven kehrte mit Falafel und Salat gefüllten Tellern zu ihrem Tisch zurück, und sie beobachtete mit einem warmen Lächeln, wie er seine Fracht vorsichtig balancierte, darauf bedacht, dass nichts herunterfiel.

Sven zerteilte Hannahs Falafel und schob ihr den Teller zu.

»Danke«, lächelte Hannah. Das Gute an ihrem verletzten Arm war, dass sie in den Genuss fürsorglicher Behandlung kam. Erst jetzt merkte sie, wie hungrig sie war.

»Hersching ist zwar – zumindest bis zum Überfall auf dich – äußerst professionell vorgegangen, doch das alles hat ihm wenig genützt«, sagte Sven zufrieden kauend und fügte hinzu: »Er wird wohl lebenslänglich hinter Gitter wandern. Es gibt reichlich Beweise, Nasensekret, Katzenhaare, Urs Schaffhausers PC, der bei ihm sichergestellt wurde ... wenn er kooperiert, wird das Strafmaß etwas kleiner ausfallen. Naja, und dem Geschäftsführer der Hamburger Security Agentur wird hoffentlich Ähnliches blühen.«

»Zu Recht«, nickte Hannah zufrieden. Sie wusste nicht, warum, doch auf einmal sah sie die toten Gesichter von Meyers und Lück, und sie hatte wieder den Triumph in Meyers Zügen und die Wut in Lücks Gesicht vor Augen. Hannah holte tief Luft. Sie hatten Hersching nicht gegeben, was er haben wollte, und deswegen hatten sie so ausgesehen.

»Dass Lück und Meyers sämtliche Berechnungen auf ihren Computern im Institut gelöscht haben, ist natürlich heftig«, sagte Sven und fragte übergangslos: »Möchtest du noch einen türkischen Mokka?«

»Gern.« Sie überlegte kurz: »Immerhin haben sie ihrem Chef eine Festplatte mit grundlegenden Berechnungen hinterlassen.«

»Aber bis andere Forscher das alles entscheidende Puzzleteil gefunden haben ...«, sagte Sven und erhob sich, um den Mokka zu holen.

Hannah nickte. »... kann viel Zeit ins Land gehen.«

JÖNKÖPING, SCHWEDEN

Nils hockte auf einer aus Holzbrettern zusammengezimmerten Plattform in etwa vier Meter Höhe in einer Kiefer, und so langsam hatte er es satt. Trotz der Nadeln um ihn herum brannte die Sonne auf seinen Kopf, und der Schlapphut, den er trug, schützte zwar die Haut, doch hielt er nicht die Hitze ab, die für diese Breitengrade ungewöhnlich war. Seit einigen Tagen zeigte das Thermometer 33 Grad, und seit ganzen fünf Tagen saß er hier. Genau wie etwa 100 andere Umweltaktivisten, verschwitzt und schmutzig wie er, darunter Mats und Linda. Sie hatte ihre Eltern in Stockholm gebeten, die Kinder noch zehn Tage länger dazubehalten, und sie hatten begeistert zugestimmt. Ebba und Olov brachten Abwechslung und Schwung in ihr Leben, durch ihre Anwesenheit fühlten sie sich um Jahrzehnte jünger, sagten sie.

Nils lehnte den Kopf an den nach Harz duftenden Stamm und sah in den Himmel. Wie lange würde er noch hier hocken?

Staubkörnchen flirrten in der Sonne, und er dachte, bald kriege ich einen Koller.

Um ihn herum in den Bäumen hingen Plakate, auf denen stand »KEINE PROBEBOHRUNG!« oder »LASST UNSEREN WALD AM LEBEN!«

Mehrfach täglich gab Mats Journalisten verschiedener Tageszeitungen, Radio- und Fernsehsender Interviews. Regelmäßig wurde über ihre Aktion berichtet. Wenigstens das hatten sie erreicht, seufzte Nils. Sie hatten die Öffentlichkeit aufgescheucht.

Allein in Jönköping hatte *Smaland Miljöförening* im Laufe einer Woche etwa 30.000 Unterschriften gegen die Probebohrungen und die Abholzung des 200 Kilometer nordöstlich von Jönköping gelegenen Waldstücks gesammelt, wo Nils' Hütte lag und wo er wohnte. Auch in angrenzenden Orten wie Huskvarna, Fagerslätt und Kaxholmen waren die Vereinsmitglieder aktiv gewesen, insgesamt hatten sie mehr als 90.000 Unterschriften zusammengebracht.

Mehrere Mitarbeiter des Umweltministeriums und Regionalpolitiker waren mit ernsten Mienen bei ihnen im Wald erschienen, um sie mit Drohungen, und als das nichts half, mit Versprechungen, dann wieder mit Drohungen, dazu zu bewegen, von den Bäumen zu steigen.

Dysprosium sei eine wichtige Ressource zur Erreichung der Klimaschutzziele, hatten sie behauptet, und sie als sogenannte Umweltschützer seien dagegen?

Von wegen Klimaschutz, hatte Mats geantwortet. Beim Abbau von Dysprosium fielen radioaktive Abfälle an, führte er ins Feld, und damit wir hierzulande E-Autos fahren könnten, sollten wir diese Gefahr ignorieren? Niemals, sagte Mats. Die Journalisten sollten bitte schön darüber berichten und auch mal genauer nach China schauen, was Dysprosium dort an Umweltverschmutzung, Bodenverseuchung und Gefahr für Leib und Leben der Minenarbeiter bedeutete.

Sie würden nicht weichen, versicherte Mats. Wenn die Regierung und die Bergbaubehörde in Uppsala ihren Forderungen nicht nachgeben wolle, würden sie sich eben an die Bäume ketten. Dann müsste die Polizei sie mit Gewalt herunterholen.

Nils bewunderte Mats für seine Stärke und Unnachgiebigkeit. Wenn es hart auf hart kam, würde sich niemand einschüchtern lassen, da war er sicher, erst recht nicht von Polizeigewalt.

Er spürte, dass sein Mund immer trockener wurde. Auch die Augen brannten von der heißen Luft, und seine Lippen fühlten sich rissig an. Er griff nach der Wasserflasche und stellte fest, dass sie leer war, doch er fühlte sich zu matt, um vom Baum zu klettern und sich aus dem Verpflegungszelt Nachschub zu holen. Müde ließ er den Kopf wieder gegen den Baumstamm sinken, und seine Augen wanderten träge zu Linda, sie hockte zwei Bäume weiter. Ihrer Haltung nach zu urteilen war auch sie erschöpft, ein mittlerweile vertrautes Bild.

Selbst nachts verließen sie die Bäume nicht, sondern schliefen, so gut es ging, auf den Brettern zwischen den Ästen, horchten auf die Eulen und Wildschweine und Füchse im Wald, und in der letzten Nacht hatten sie tatsächlich zusammen gesungen.

Nils seufzte. Die Knochen taten ihm weh. Er zog seine steifen Knie an den Oberkörper, um sich durch die veränderte Sitzposition etwas Erleichterung zu verschaffen.

Und plötzlich sah er sie kommen. Ein Trupp von acht Männern, darunter sechs Polizisten.

Sie hatten ein Megafon mitgebracht, und einer der Zivilisten, offensichtlich ein Politiker, rief ihnen durch den Verstärker zu: »Die Probebohrungen wurden abgesagt! Sie können die Aktion beenden!«

Stunden später saßen Linda und Mats frisch geduscht auf der Holzveranda vor dem Haus, in dem Linda mit den Kindern seit der Trennung wohnte, und tranken Wasser mit Zitronensaft.

Zwei Jahre war er nicht mehr hier gewesen, doch es fühlte sich irgendwie immer noch vertraut an.

Zunächst hatten sie an ein taktisches Manöver der Ordnungskräfte gedacht, sich dann aber davon überzeugen lassen, dass sie tatsächlich gewonnen hatten.

»Den plötzlichen Gesinnungswechsel verstehe ich nicht«, sagte Linda und beugte sich vor zu Mats: »Du etwa?«

»Vielleicht tatsächlich die Macht der Straße«, antwortete Mats und strich sich über sein Kinn. »Oder die teuren Bohrungen sind nicht vielversprechend genug. Das werden wir sicher früher oder später noch erfahren.«

»Den Brief, in dem sie mich auffordern, meine Hütte zu räumen, kann ich aber wohl zerreißen«, sagte Nils und holte tief Luft. »Das habe ich euch zu verdanken.«

»Es ging ja nun nicht nur um dich. Es ging um uns alle und die Welt, in der wir leben«, lächelte Mats. »Aber du hast natürlich den Anstoß gegeben.«

Letztendlich war es Nils egal, was den Gesinnungswandel der Politiker herbeigeführt hatte, er war einfach unendlich dankbar dafür, dass er in seiner Hütte bleiben konnte und der Wald unbeschadet weiterexistierte. Käfer, Spinnen und Ameisen, Hasen, Füchse, Mäuse und Eulen und was es sonst alles noch so gab, sie alle würden weiter über den Boden streifen oder durch die Lüfte fliegen, sie würden fressen und gefressen werden, und sie würden sich vermehren und ganz warm vom Leben sein.

Die Dielen der Veranda unter seinen nackten Füßen fühlten sich beinahe samtig an, und Nils strich wohlig mit den Zehen darüber. Er hatte die Veranda noch vor Ebbas Geburt gebaut.

»Ich bin total k.o.«, sagte Mats gähnend und erhob sich.

Sein Gähnen steckte die anderen an, und Nils machte ebenfalls Anstalten zu gehen.

»Wenn du magst, kannst du heute auch hier übernachten«, sagte Linda zögernd. »Ist vielleicht netter als im Hotel. Zu dir in die Hütte wirst du doch nicht mehr fahren?«

Nils starrte sie an, und es dauerte einen Moment, bis der Inhalt ihrer Worte zu ihm durchgedrungen war. Ihr Vorschlag kam einfach zu überraschend. Er überlegte kurz, dann nickte er und sagte: »Vielleicht kann ich dir ja morgen auch beim Abschleifen des Parketts helfen.«

»Einverstanden«, lächelte Linda.

Nachdem Mats sich verabschiedet hatte, machte sie jedoch trotz ihrer Müdigkeit keine Anstalten, ins Bett zu gehen, und so saßen sie noch eine Weile zusammen und redeten über alles, was gut oder schlecht gelaufen war bei der Aktion, und endlich verstummten sie. Nils horchte in sich hinein und stellte fest, dass das Schweigen sich nicht belastend anfühlte, sondern einmütig, und dass es sie auf seltsame Weise sogar verband.

Irgendwann blies Linda die Kerze aus, und als sie so vor ihm stand, nahm er sie instinktiv in den Arm. Der Kuss, den er ihr gab, trug ihn zurück in die alte Zeit, und er dachte, dass sie vielleicht doch eine gemeinsame Zukunft hatten.

KÖLN, DEUTSCHLAND

In Hannahs Büro summte leise die Klimaanlage. Das FBI hatte sich bei Beat Brunner gemeldet, und er hatte sofort bei ihr angerufen, um ihr das Neueste aus den USA mitzuteilen. Je länger wir zusammenarbeiten, desto reibungsloser läuft es, stellte Hannah zufrieden fest.

Sven platzierte einen Becher Kaffee vor ihr auf dem Tisch, er hatte ihn eben aus dem Automaten gezogen.

»Das FBI hat bei seinen Ermittlungen herausgefunden, dass Carrie Green in ihrer Jugend, kurz vor ihrem High School-Abschluss, einen schizophrenen Schub hatte.«

»Oh. Ist sie verrückt?«, fragte Sven und zog eine Augenbraue hoch.

»Wenn, dann psychisch krank. Zumindest war sie es wohl mal. Und als sie festgenommen wurde, hat sie ständig denselben Satz vor sich hingemurmelt. *You have to kill her.*"

»You have to kill her?«

»Sie hat wohl mich gemeint.« Hannah nahm einen Schluck und sah Sven über den Becherrand hinweg an: »Hat ja zum Glück nicht geklappt. Aber ob sie jetzt wirklich krank ist oder nicht – ihre Krankengeschichte scheint zumindest ihren Chefs sehr gelegen zu kommen. Carrie Green hat nämlich ihren Vorgesetzten, einen Chuck Bold, zunächst schwer belastet. Sie behauptet, Bold habe sie zu den Morden angestiftet, um den Vormarsch der Elektromobilität hinauszuzögern und Zeit für neue Entwicklungen in der Mineralölindustrie zu gewinnen.«

»Vorstellbar.«

»Ja. Aber für ihn und für *JAWI* ist es nun sehr praktisch, dass einige Kollegen, darunter auch ein Arzt aus dem Betrieb, behaupten, dass Carrie Green sich seit etwa sechs Monaten auffällig verhalte. Manchmal sei sie depressiv gewesen, dann wieder wie aufgedreht. Ihr Vorgesetzter und ihre Sekretärin haben ausgesagt, sie spreche manchmal mit jemandem, auch wenn niemand im Raum sei. Also höre sie wohl auch Stimmen.«

»Hm«, machte Sven, rutschte auf seinem Stuhl hin und her und schlug die Beine übereinander.

Hannah zuckte mit den Schultern. »Am Arbeitsplatz und in der Wohnung wurden Beruhigungsmittel und Antidepressiva gefunden.

Also alles in allem wird man sie wohl weiter untersuchen müssen und dann lieber in die Psychiatrie als ins Gefängnis schicken.

Die Aussage gegen ihren Chef würde im Falle eines Falles als unglaubwürdig unter den Tisch fallen, und wenn FBI und das *Department of Justice* sonst nichts finden, müssen auch keine Vorstandsköpfe bei *JAWI* rollen ...«

Hannah nahm den letzten Schluck des Kaffees und schob den Becher an den Rand des Schreibtischs.

Sie betrachtete Sven und überlegte, warum er eine Sonnenbrille trug, obwohl sie im Zimmer saßen und die Außenjalousien heruntergezogen waren. Sie kam zu dem Schluss, dass er sich wahrscheinlich attraktiver damit fand. Und tatsächlich, die rechteckigen grünen Gläser in der braunen Hornbrillenfassung machten ihn irgendwie interessant. Beinahe hätte sie ihm vorgeschlagen, die Brille auch abends beim Tangotanzen aufzusetzen.

»Hast du dich eigentlich nie gefragt, woher die Amerikanerin und der Chinese von Meyers' und Lücks Forschung wussten?«, fragte sie stattdessen.

»Natürlich habe ich mich das gefragt.« Sven schüttelte leicht verärgert den Kopf.

»Ich habe vorhin eine Mail von der Bergbaubehörde in Uppsala bekommen«, sagte sie. »Einer ihrer Mitarbeiter hat die Chinesen und den amerikanischen Konzern *JAWI* kontaktiert und für die Information, dass wahrscheinlich unfassbar viel Dysprosium in schwedischer Erde lagert und Probebohrungen stattfinden, abkassiert.«

»Was?«, fragte Sven erstaunt.

»Ja. Ein gewisser Arvid Engström. Er hat Speiseröhrenkrebs, vermutlich nicht mehr allzu lange zu leben und wollte sich und seiner Frau noch ein paar schöne Monate gönnen.«

»Das entschuldigt nichts.«

Hannah nickte. »Die Probebohrungen wurden übrigens abgesagt.«

Sven sah sie erfreut an. »Wie kommt's?«

»Der letzte Baustein des Algorithmus' fehlt, da wären die extrem teuren Probebohrungen wie ein Stochern im Nebel. Erfolg sehr ungewiss.«

»Ein Grund mehr, dass Kiesling ziemlich sauer auf Meyers und Lück sein wird«, kommentierte Sven. Kopfschüttelnd sagte er: »Und diese beiden Forscher behalten das letzte Mosaiksteinchen einfach für sich …«

»Wer weiß, wofür es gut ist«, sagte Hannah und sah aus dem Fenster. Die Blätter der Birke schienen für dieses Jahr ihre endgültige Größe erreicht zu haben. Sie wandte ihren Blick zurück zu Sven. »Wann triffst du nun deine schöne Argentinierin?«

»Am Sonnabend. Es sei denn, dir fällt ein, wieder irgendwo hin zu reisen und rufst nach mir.«

»Keine Sorge«, lächelte Hannah. »Ich habe frei. Was gibt es zu essen?«

Sven zwinkerte. »Bratwürstchen und Kartoffelsalat!«

PEKING, VOLKSREPUBLIK CHINA

Drei Wochen nach seinem Besuch auf dem Minengelände in der Provinz Jiangxi betrat Sun Yi mit gesenktem Kopf den Yonghe-Tempel in Peking, einen der berühmtesten außerhalb Tibets und mit seinen geschwungenen Ziegeldächern und den fünf Gebetshallen eine imposante Anlage. Er fühlte sich immer noch schuldig, weil er Wu gegenüber klein beigegeben und sein persönliches Wohl über das der Arbeiter gestellt hatte. Nun erhoffte er sich von dem Tempelbesuch inneren Frieden. In dem Moment, in dem er seinen Fuß über die Schwelle setzte, umfing ihn wohltuende kontemplative Stille, die seine Seele streichelte und ihn beruhigte.

Er ließ sich kostenlose umweltfreundliche Räucherstäbchen aushändigen, eine Aktion, mit der der Tempel um Besucher warb. Die Stäbchen bestanden ausschließlich aus natürlichen Inhaltsstoffen und entwickelten weniger Feinstaub als die übliche Massenware, die die Luft verschmutzte und Menschen anfälliger für Lungenkrebs machte.

Sun Yi rümpfte leicht die Nase, was nicht allein am Duftgemisch von Holz und ätherischen Ölen, allen voran Weihrauch, lag, sondern an dem Gedanken, der ihm unwillkürlich kam. In Jiangxi müssen die Arbeiter für eine bessere Schutzkleidung kämpfen, dort besteht die Gefahr, dass radioaktive Teilchen Luft und Boden verseuchen, und hier? Hier bekommen wir kostenlos umweltfreundliche Räucherstäbchen. Es war absurd, doch Sun Yi wischte diese Überlegung beiseite, es brachte nichts, noch länger darüber nachzudenken. Es war besser für ihn, wenn er seine Zweifel ignorierte.

Er zündete ein Stäbchen an und musste sofort husten, trotz der ganzen Nachhaltigkeit und Natürlichkeit.

Unwillkürlich blickte er sich um. Er wusste, dass die Partei es nicht gern sah, wenn ihre Mitglieder einer Religion anhingen, und vielleicht wurde er beobachtet. Sun Yi war kein gläubiger Buddhist, doch manchmal musste es einfach sein, da musste er hierherkommen, um Trost zu finden.

Es war gut, dass ich Zhangs Pferd mit nach Jiangxi genommen habe, ging ihm durch den Kopf. Es hat mich beschützt und darauf aufgepasst, dass ich keinen Fehler mache. Egal, was sein Kollege aus der Informationsabteilung sich bei dem Geschenk auch gedacht hatte, es hatte sich als nützlich erwiesen. Immerhin würde er seine Position im Ministerium behalten.

Obwohl er niemandem von seinem Gespräch mit Wu erzählt hatte, war er sicher, dass Zhang über alles im Bilde war. Er hatte ihn nach seiner Rückkehr aus Jiangxi gemustert und seltsam angelächelt, und in Anspielung an die deutschen Forscher hatte er gesagt, dass Sun Yi ja nochmal richtig Glück gehabt habe. Die Probebohrungen in Schweden seien endgültig abgesagt. Nach dem Tod der deutschen Forscher fehle ein wichtiger Algorithmus zur Programmierung der Explorationsroboter für das Aufspüren weiterer Vorkommen, sei ihm von seiner Kontaktperson in der Bergbaubehörde in Uppsala hinterbracht worden, also verzichte man zunächst auch auf die Probebohrungen. Und Zhang hatte breit gegrinst und gesagt, die Drecksarbeit hätten ja wohl die dummen Amis gemacht.

»Vom Tisch ist das Thema jedoch nicht«, hatte er hinzugefügt und den Kopf gewiegt, und Sun Yi hatte gesagt: »Aber wir haben Zeit gewonnen.«

Nach dem Gespräch mit Zhang war ihm endgültig klar geworden, dass sein Kollege die ganze Zeit gewusst hatte, was in Deutschland im Gange war, und dass er es hinter seinem Rücken von Wu erfahren haben musste.

Das Schreiben der deutschen Kommissarin hatte Sun Yi daraufhin unbeantwortet in den elektronischen Papierkorb verschoben. Doch jetzt wollte er nicht weiter über die Angelegenheit nachdenken, und so eilte er zu der Wand gegenüber, wo sich in einem Bambusbehälter die Stäbchen befanden, mit denen man ein Orakel warf.

Er kniete umständlich nieder. Meine Knochen sind steif, weil ich sie zu wenig bewege, dachte er, und dann ließ er den Kopf auf die Brust sinken und betete. Im Stillen stellte er sich die Frage, die ihn seit seiner Rückkehr aus Jiangxi bewegte: Was würde beruflich aus ihm werden? Und wie konnte er im Ministerium zu neuen Ehren kommen und Wus Vertrauen zurückgewinnen?

Nach einer Weile tiefer Versunkenheit erhob er sich und schüttelte den Behälter mit den durchnummerierten Bambusstäbchen so lange, bis eines herausfiel. Es trug die Nummer acht. Erfreut ging Sun Yi hinüber zu dem Regal mit Weissagungen. Die Acht war eine gute Zahl, sie symbolisierte Glück, und er nahm einen entsprechend mit der Acht nummerierten Zettel heraus und las:

Blicke nach vorn, blicke nach oben – dort warten Aufgaben, die mit dir wachsen, wenn du sie lässt.

Sun Yi atmete auf und hob den Kopf. Er zog die Stirn kraus, überlegte einen Moment, aber dann wusste er, was zu tun war.

Er würde sich neben den *Heavies* der Begrünung von Dächern widmen, es war wichtig und zukunftsweisend, die Atemluft in Chinas Großstädten zu verbessern. Er würde diesen schwedischen Umweltschützer, der ihm damals nach dem Kongress das Haarwuchsmittel geschickt hatte, kontaktieren. Der war Fachmann auf dem Gebiet.

Auf seinem Gesicht lag ein zufriedenes Lächeln, als er den Tempel verließ.

KÖLN, DEUTSCHLAND

Endlich war es soweit. Vor Hannah lag ein freies Wochenende, und sie freute sich unbändig darauf.

Wegen ihres bandagierten Arms hatte ihr der Arzt für die Dauer einiger Wochen untersagt, ein Auto zu lenken, doch da sie sich nicht hatte krankschreiben lassen, war ihr zu ihrer Erleichterung ein Chauffeur bewilligt worden, der sie zur Arbeit und wieder nach Hause fuhr.

Er war ein netter, schweigsamer Mann, der mit Vorliebe rot karierte Hemden trug, immer glatt rasiert war und sich mit dem Fahrdienst seine schmale Rente aufbesserte. Nun saß er mit entspannter Miene hinterm Steuer und brachte sie in die Eifel, wobei er sich konsequent an die vorgeschriebene Geschwindigkeit hielt.

Hannah hatte es sich auf dem Rücksitz bequem gemacht und ließ ihren Blick über die entlang der Autobahn liegenden Felder schweifen. Als sie am Kreuz Meckenheim auf die B257 abbogen, freute sie sich über die sanft geschwungenen grünen Hügel, das Rot der Mohnblumen, das Weiß der Margeriten und auch über den spitzen Kirchturm, der sie jedes Mal, wenn sie an ihm vorbeikam, wie ein guter alter Bekannter willkommen hieß.

Als sie an die freien Tage dachte, die vor ihr lagen, spürte sie ein Hochgefühl in ihrer Brust, als säße da ein Blasebalg, der sie weitete, und Hannah musste unwillkürlich lächeln. Sie würde zwar an diesem Wochenende keine romantische Nacht mit Carl im Hotel verbringen, doch er würde Forellen aus den Teichen im Nachbarort für sie grillen, und sie würden lange auf der Terrasse sitzen und in den dunklen Nachthimmel schauen, der oft vor lauter Sternen so gelb gesprenkelt war wie eine Wiese voller Löwenzahn.

Hannah seufzte zufrieden. Sie und Sven hatten den Fall gelöst, und auch wenn es sie gehörig frustrierte, dass Chuck Bold nicht einmal festgenommen worden war, und sie an die Chinesen nicht herankamen, so waren zumindest Thomas Hersching und Carrie Green gefasst, auch wenn die beiden nach Hannahs Einschätzung eher Bauernopfer waren.

Chuck Bold und *JAWI* kamen ungeschoren davon.

Hannah schürzte verächtlich die Lippen und musste an Max denken. Wie hatte er es noch ausgedrückt? Die Kleinen nehmt ihr fest, doch die Big Player lasst ihr laufen.

Instinktiv hielt sie sich in der Kurve einer Autobahnauffahrt am Sicherheitsgurt fest.

Die Chinesen konnte sie nicht belangen. Sie hatten versucht, Meyers und Lück zu bestechen, um an ihre Formel zu kommen, doch wer konnte das schon beweisen? Die Forscher waren tot, und außer Meyers' Angaben in dem Brief, den sie im Schweizer Banktresor sichergestellt hatten, hatten sie nichts in der Hand.

Hannah musste auch an Arvid Engström, den krebskranken Verräter aus der Bergbaubehörde in Uppsala, denken. Ohne ihn wären die Ereignisse niemals in Gang gesetzt worden. Er war der Stein, der alles ins Rollen gebracht hatte. Demnächst wurde ihm der Prozess gemacht, das Urteil würde er aller Wahrscheinlichkeit nach jedoch nicht mehr erleben.

Hannah seufzte leise. Sie überlegte, ob und wann sie nochmal mit Max über eine Entziehungskur reden sollte, dann schob sie jeden Gedanken daran beiseite. An diesem

Wochenende nicht. Genauso wenig würde sie ihm etwas von Helmis Angebot, ihm eventuell einen Job zu besorgen, erzählen.

»Nur noch zehn Kilometer, dann sind wir da«, hörte sie den Fahrer sagen. Ihre Augen begegneten sich im Rückspiegel, und das Braun seiner Iris erinnerte Hannah auf einmal an Urs, zwar nur entfernt, aber die Erinnerung stieg hoch. Hannah schluckte. In zwei Wochen würde er beigesetzt, und sie hatte sich vorgenommen, zur Trauerfeier nach Zürich zu fahren.

Ihr Blick ruhte auf den hängenden Altmännerschultern des Fahrers, sie rührten sie, und sie hatte das Gefühl, sie müsste irgendetwas zu diesem bescheidenen stillen Mann sagen, egal was, und so fragte sie etwas unbeholfen: »Haben Sie etwas Schönes vor an diesem Wochenende?«

»Meine Frau hat morgen Geburtstag, sie wird 65«, antwortete er und erklärte: »Die ganze Familie kommt zum Kaffee, und abends gibt's Schnittchen.«

»Das wird sicher nett!« Hannah nickte. Es beruhigte sie, dass auch ihren Fahrer etwas Positives erwartete. So, wie es den Anschein machte, waren nicht nur er, sondern auch seine Frau und wahrscheinlich die ganze Verwandtschaft harmlos und liebenswürdig.

Der Fahrer drehte das Radio lauter, es kamen Nachrichten. Die Moderatorin meldete, dass sich die Anzahl von Elektroautos in Europa im Vergleich zum Vorjahr um etwa 40 Prozent erhöht habe, weltweit läge sie bei mehr als drei Millionen Zulassungen im vergangenen Jahr.

Na prima, dachte Hannah und blickte verärgert aus dem Fenster. Warum taten Politiker und Journalisten so, als sei der Vormarsch der Elektromobilität eine einzige problemlose Erfolgsgeschichte, die sich endlos fortsetzen würde?

Bullshit war das.

Welches Problem allein in der Ressourcenbeschaffung der *Heavies* lag, wie der schweren Seltenen Erde Dysprosium, darüber wurde kaum gesprochen.

Warum? Hannah starrte aus dem Fenster.

Weil niemand unbequeme Wahrheiten hören wollte. Weder die Politiker noch die Bosse aus der Automobilindustrie. Und engagierte Journalisten, die sich ernsthaft für ein Thema interessierten, aufwendig recherchierten und sich nicht nur mit Meldungen von Presseagenturen zufriedengaben, gab es immer seltener.

Die Nachrichten waren zu Ende. Der Fahrer drehte den Ton wieder leiser, und Hannah hörte Schlagermusik.

Sie glaubte nicht daran, dass das Heil und die Zukunft der Mobilität im E-Auto lagen. Nicht, solang diese große Abhängigkeit von China bestand. Nicht, solang Dysprosium knapp war oder nicht zumindest ein Weg gefunden wurde, auch ganz ohne *Heavies* auszukommen. Und solche Wagen dann auch zu einem Preis zu produzieren, den Ottonormalverbraucher sich leisten konnte.

Meyers und Lück sind tot, dachte sie. Und mit ihnen und ihrer geheimnisvollen Formel auch der Weg aus der Abhängigkeit.

Hannah strich sich eine Haarsträhne hinters Ohr.

Sie überlegte, dass wahrscheinlich bald andere Forscher in Meyers' und Lücks Fußstapfen traten.

Oder es kommen noch ganz andere neuartige Entwicklungen zum Tragen, von denen wir alle jetzt noch nichts ahnen, dachte sie.

Der Chauffeur drosselte die Geschwindigkeit, und Hannah stellte zu ihrer Überraschung fest, dass sie soeben auf den Hof einbogen.

Sie sah Carl, der aus dem Haus trat und ihr entgegeneilte, und sie bemerkte die Lichtpunkte in seinen Augen, als er sich zu ihr hinunterbeugte.

Ein Duftgemisch aus Pferdemist und Flammkuchen stieg ihr in die Nase. Sie drehte sich aus dem Wagen, gestützt von seiner Hand unter ihrem Arm, und als sie mit beiden Beinen auf der Erde stand und ihren Blick über den Hof und die Wiesen schweifen ließ, wusste sie, dass sie nirgendwo anders mehr sein wollte. Nur hier.

Und plötzlich war völlig egal, was an Aufregung und Anspannung hinter ihr lag, wichtig war nur noch er: Carl.

ENDE

DANK

Mein herzlicher Dank gilt allen Experten, die mir mit ihrem fachlichen Rat zur Seite standen und mir halfen, die Komplexität des Themas Seltene Erden in ihren zahlreichen Facetten zu verstehen. Experten, die mir wichtige Impulse für die Story-Entwicklung gaben und auf Rohstoffmangel und Rohstoffengpässe als Fortschrittsbremse hinwiesen sowie auch die Umweltgefahren durch den Abbau beleuchteten. Die mir die Hintergründe geopolitischer Abhängigkeiten erklärten und aufgrund ihrer Kenntnis der internationalen Rohstoffmärkte die Notwendigkeit der Erschließung alternativer Materialien und Techniken verdeutlichten.

Mein Dank gilt all daher allen Pressesprechern, Geologen, Geoinformatikern und Experten für Rohstoffeinkauf und -strategie aus der Automobilzulieferindustrie, die mir den Blick durchs Schlüsselloch auf ein unglaublich spannendes Thema ermöglichten, das die Art und Weise sowie das Tempo unserer Energiewende so erheblich beeinflusst, wie ich es vor meiner Recherche nicht für möglich gehalten hätte.

Insbesondere danke ich den Mitarbeitern der Bundesanstalt für Geowissenschaften und Rohstoffe (BGR) in Hannover: Andreas Beuge, Dr. Harald Elsner, Martin Schodlok sowie Maren Liedtke von der Deutschen Rohstoffagentur (DERA) in der BGR.

Darüber hinaus gilt mein besonderer Dank Harald Fischer, der aus langjähriger persönlicher Erfahrung u.a.

als Rohstoffstratege für die Automobilindustrie mit Hintergründen zu internationalen Rohstoffmärkten und Handelskriegen aufwartete, die ich sonst nie erfahren hätte und die so erheblich zur Story-Entwicklung beigetragen haben.

Ein weiteres Dankeschön gilt dem BKA für ausführliche Informationen zur internationalen Polizeiarbeit. Sollten sich aus fachlicher Sicht Ungenauigkeiten oder Fehler eingeschlichen haben, sind sie allein mein Verschulden.

Ein herzliches Dankeschön an das Team des Gmeiner-Verlags, insbesondere Claudia Senghaas, die sich auf Anhieb für das Thema begeisterte und die sich von vornherein dafür stark machte.

Susanne Pankalla danke ich für ihre klugen Bemerkungen während der Story-Entwicklung sowie meinem Mann für all seine Anregungen, die vielen Diskussionen und Gespräche – eine unschätzbar wertvolle Unterstützung, ohne die dieser Roman so nicht entstanden wäre.

DIE NEUEN *Lieblings-plätze*